BASTEI
LÜBBE
TASCHENBUCH

*Titel in der Regel auch als E-Book erhältlich*

Über die Autorin

Alison Littlewood hat bereits Kurzgeschichten in zahlreichen Magazinen veröffentlicht. *Winters Herz* ist ihr erster Roman. Er wurde in Großbritanniens populärem *Richard & Judy-Book-Club* besprochen und mit Lob überhäuft. Littlewood lebt mit ihrem Partner in der Nähe von Wakefield in West Yorkshire. Besuchen Sie die Autorin auf: www.alisonlittlewood.co.uk

Alison Littlewood

# Winters Herz

Roman

Aus dem Englischen
von Wulf Bergner

BASTEI
LÜBBE
TASCHENBUCH

BASTEI LÜBBE TASCHENBUCH
Band 16941

1. Auflage: Oktober 2013

*Dieser Titel ist auch als E-Book erschienen*

MIX
Papier aus verantwortungsvollen Quellen
FSC® C014496

Vollständige Taschenbuchausgabe

Deutsche Erstausgabe


Titel der englischen Originalausgabe: »A Cold Season«
Originalverlag: Jo Fletcher Books, an imprint of Quercus


Textredaktion: Christina Neuhaus
Titelillustration: © John Race / Trevillion Images;
© Sally Mundy / Trevillion Images
Umschlaggestaltung: Manuela Städele
Satz: two-up, Düsseldorf
Gesetzt aus der Minion
Druck und Verarbeitung: GGP Media GmbH, Pößneck
Printed in Germany
ISBN 978-3-404-16941-2

*Für Mum und Dad*
*und für Fergus*

## Kapitel 1

Der Nebel verschluckte alles: Moor, Farben, Geräusche. Sogar Ben auf dem Beifahrersitz war verstummt. Die Straße war kaum mehr als ein schmales Asphaltband, das sich durch etwas schlängelte, das Cass für ein Paradies auf Erden hielt – das sie als weit und hügelig und offen kannte, auch wenn es heute im Nebel verborgen lag.

Cass erhaschte einen Blick auf Farne und Heidekraut, alles war welk und farblos geworden. Vor ihr führte die Straße in eine flache Senke hinab, bevor sie sich wieder in die Höhe schlängelte. Sie nahm den Fuß vom Gaspedal, und der Wagen wurde langsamer.

»Was ist los?« Ben bewegte sich, und sie stellte fest, dass er geschlafen hatte. »Wo sind wir?«

»Saddleworth Moor.« Cass bremste, kam zum Stehen, deutete hinab in die Senke. »Ist das nicht verrückt? Man würde denken, dass der Nebel sich da unten sammelt, aber dort ist alles frei.« Sie wandte sich ihm zu. Sein Gesichtsausdruck war verschlossen, desinteressiert. »Das solltest du dir anschauen. Bei diesem Nebel bekommst du nicht viel vom Moor zu sehen.«

Er zuckte mit den Schultern. *Mir doch egal.*

Cass umfasste wieder das Lenkrad und nahm den Fuß von der Bremse. Als der Wagen anzurollen begann, trat sie das Pedal durch.

Ben wurde nach vorn geworfen und machte ein finsteres Gesicht. »Was soll das?«

Cass starrte weiter in die Senke hinunter.

Ben folgte ihrem Blick. »Da ist doch nichts.«

Ihr Sohn hatte recht, aber Cass umklammerte das Lenkrad

trotzdem noch ein bisschen fester. »Hast du's nicht gespürt?« Sie nahm den Fuß ein wenig von der Bremse, und der Wagen rollte wieder an. »Er bewegt sich zurück.«

Diesmal sah Ben es auch. Er setzte sich auf und blickte nach hinten in die Richtung, aus der sie gekommen waren.

Als Cass den Fuß ganz vom Bremspedal hob, rollte der Wagen noch schneller rückwärts. Hier ging es eindeutig bergauf. »Verdammt«, sagte sie halblaut. Ihr war schwindlig. »Das hier ist ein Hügel.«

»Wovon redest du?«

»Davon habe ich schon mal gehört. Es ist … ich weiß nicht, Ben … eine Art optische Illusion. Das Ganze sieht wie eine Senke aus, ist in Wirklichkeit aber ein Hügel. Die Straße fällt nicht ab, sondern steigt an.«

Bens Miene hellte sich auf, und Cass fühlte etwas über sich hinwegfluten. Hoffnung? Freude? Sie wusste es nicht.

»Wow!«, sagte er.

Sie streckte die Linke aus und rieb sein Knie. »Spür's selbst. Ich lasse ihn rollen.«

»Also los, Mom!«

Cass lächelte, verringerte wieder den Druck aufs Bremspedal. Der Wagen begann zurückzurollen: erst langsam, dann schneller werdend. Plötzlich plärrte ein lautes Hupen in der Stille, zerriss die Luft und wurde dann tiefer, als etwas Dunkles an ihnen vorbeischoss. Kurz beleuchteten Scheinwerfer alles taghell; dann war der andere Wagen verschwunden.

Cass trat erneut auf die Bremse.

»Oh *Mom*«, stöhnte Ben genervt. Seine Miene war wieder so verschlossen wie bei Fahrtbeginn. Das war sie, seit Cass ihm erklärt hatte, dass sein Vater nicht mehr zurückkommen würde.

»Sorry.« Cass blickte in den Rückspiegel, sah aber nur eine geschlossene graue Wand. Sie gab behutsam Gas, fuhr diesmal vorwärts. Trotzdem kam der Wagen nur langsam voran. Cass gab noch mehr Gas – doch sie kamen zum Stehen. Sie atmete geräuschvoll aus.

»Mom, jetzt lass den Unsinn!«

Der Wagen rollte schaukelnd rückwärts. Cass bremste, beugte sich vor, hielt das Lenkrad fest und starrte auf die Straße vor ihnen. Sie hatte das Gefühl, etwas schiebe sie, aber dort vorn war nichts. Nur diese Senke. Eine runde natürliche Mulde, als sei ein riesiger Fußball auf weicher Erde aufgeschlagen.

Sie trat das Gaspedal durch, bis der Motor aufheulte. Plötzlich war der Wagen frei und schoss davon.

Ben gab einen aufgebrachten Laut von sich, verschränkte die Arme und wandte sich ab, um aus dem Seitenfenster zu starren.

»Sorry«, sagte Cass. »Keine Ahnung, was das war.«

»*Du* warst das.«

»Nein … das muss der Wind oder sonst was gewesen sein.« Cass' Herz raste. Ihre Hände am Lenkrad waren feucht. Es hatte sich nicht wie der Wind angefühlt.

Ihr Sohn schwieg weiter.

Der Wagen überwand die Senke – *den Hügel*, erinnerte Cass sich –, und der Nebel umschloss sie wieder, verschluckte alle Geräusche, verschluckte die Straße bis auf einen grauen Streifen vor dem Wagen und die Grasbüschel, die ihren Rand markierten.

Cass versuchte auszumachen, ob sie bergauf oder bergab fuhren, aber sie musste sich ganz darauf konzentrieren, dem Verlauf der Straße zu folgen. Die weiße Nebelwand wich vor dem fahrenden Wagen zurück, sodass sie ein kurzes Stück weit sehen konnten, und schloss sich hinter ihnen wieder. Der Nebel dämpfte alles. Cass horchte auf das stetige Brummen des Motors, aber es schien nur da zu sein, wenn sie es zu hören versuchte. Der Nebel war wie eine sichtbare Stille.

Sie hatten schon länger kein anderes Auto mehr gesehen.

Ben rutschte auf seinem Sitz hin und her. »Sind wir noch immer im Moor? Es gefällt mir nicht.«

»Ja«, antwortete Cass und fragte sich im selben Moment, woher sie das so genau wusste. »Weit kann's nicht mehr sein.«

Sie ließ den Blick auf der Straße. Diese Fahrt war eher ein Schweben. Es erinnerte sie an eines von Bens Videospielen: Man fuhr einen Rennwagen, und die Straße bestand nur aus zwei kurzen Linien vor einer stummelförmigen Haube. Es war unmöglich gewesen, die Spur zu halten.

»Was ist das?« Ben wand sich in seinem Sitz, blickte aus dem Seitenfenster. Als Cass zu ihm hinübersah, breitete sein Atemhauch sich auf der Scheibe aus. Es wirkte so, als verströme sein Körper Nebel ins Wageninnere.

»Lass das«, sagte sie, dann dachte sie: *Warum?*

Ben hob eine Hand und legte die gespreizten Finger ans Glas. Jeder Finger hinterließ eine dunkle Spur in dem Beschlag. Er drückte sich die Nase an der Scheibe platt.

»Was siehst du, Ben?«

»Ich dachte … nichts«, sagte er und sank wieder auf dem Sitz zusammen. »Es war nichts.«

Cass konzentrierte sich wieder auf die Straße. Das Licht der Scheinwerfer ließ den Nebel wie eine massive, weiße Wand erscheinen. Cass starrte angestrengt nach vorn, als er sich endlich aufzulösen schien, am Ende doch seine wahre Natur offenbarte – nichts als in der Luft schwebende Wassertröpfchen, eine wogende, flüchtige Erscheinung. In der Mitte schien der Nebel sich plötzlich zu verdichten, sodass in seinem Herzen etwas Dunkles sichtbar wurde.

Cass sah eine Gestalt, die mit ausgebreiteten Armen auf der Straße stand. Gesichtszüge waren keine zu erkennen, nur Schatten.

Im selben Augenblick erinnerte sie sich an die berühmten Moormorde, die in den 1960er-Jahren in dieser Gegend verübt worden waren. Ja, hier im Saddleworth Moor lagen ermordete Kinder begraben. Waren sie alle gefunden worden? Sie wusste es nicht mehr. Zum Nachdenken blieb ihr auch keine Zeit. Noch während sie an die verlorenen Kinder dachte, bremste sie scharf und schlug das Lenkrad ein. Der Wagen schleuderte und schlingerte, aber dann griffen die Reifen, und sie kamen rumpelnd zum Stehen. Ben flog nach vorn, wurde von seinem Sicherheitsgurt gehalten und in den Sitz zurückgeworfen. Diesmal beschwerte er sich ausnahmsweise nicht.

Cass und Ben starrten sich an. Das Gesicht ihres Sohnes war weiß. Cass vermutete, dass ihres ähnlich aussah.

Sie sah in den Rückspiegel. Der von ihren Bremsleuchten grell angestrahlte Nebel waberte dicht hinter ihnen. Wenn jetzt ein weiteres Auto kam … Sie sah aus dem Seitenfenster. Wie weit sie auf die Gegenfahrbahn geraten war, ließ sich unmöglich feststellen.

Ein Klappern ließ sie den Atem anhalten. Ben schrie leise auf, und als Cass sich ihm zuwandte, sah sie an seinem Fenster die Umrisse eines Gesichts, das in den Wagen spähte. Ben wich davor zurück, sodass sein kleiner Arm gegen Cass' Körper drückte. Sie zog ihn beschützend an sich.

Dann pochte jemand an die Scheibe. Eine Hand blitzte auf: nicht etwa zur Faust geballt, sondern mit locker gekrümmtem Zeigefinger, als klopfe jemand an eine Tür. *Klopf klopf klopf.* Am Mittelfinger steckte ein großer Ring, etwas mit Blüten und Blättern aus lebhaft gefärbten Steinen.

*Klopf klopf klopf.*

»Ben«, sagte Cass, »lass das Fenster runter.« Als er an sie gedrückt verharrte, fiel ihr ein, dass sie sein Fenster von ihrer Seite aus bedienen konnte. Sie legte ihm den rechten Arm noch fester um die Schultern und tastete mit der anderen Hand nach dem Schalter. Ein lautes Summen ertönte, dann sickerten Nebelfäden herein, brachten kalte, feuchte Luft mit sich.

»Gott sei Dank«, sagte eine Stimme. »Vielen Dank, dass Sie gehalten haben!« Die Gestalt beugte sich näher zu ihnen, und ihr Gesicht erwies sich als das einer Frau, deren dunkle Locken die feuchte Luft gekräuselt hatte. »Ich bin Sally«, sagte sie. »Fahren Sie nach Darnshaw?«

»Wir sollten jetzt weiterfahren«, sagte Sally. »Sie wollen doch nicht, dass ihnen jemand hinten reinfährt. Dies ist ein schlechter Platz zum Anhalten.«

Cass musste sich beherrschen, um die Frau nicht scharf zu mustern. Sally saß nun auf dem Beifahrersitz. Cass hatte Ben aufs Haar geküsst und ihn nach hinten klettern lassen, wo er zwischen Gepäck eingezwängt hockte. Seinen Platz nahm jetzt der dunkle Regenmantel der Frau ein. Beim Einsteigen hatte Cass gesehen, dass sie Stiefel trug, deren Rand mit Pelz besetzt war. Einer war bis oben hin durchnässt, als sei sie in ein Sumpfloch getreten. Und sie brachte einen Modergeruch mit, der den ganzen Wagen erfüllte.

»Tut mir leid, wenn ich Ihnen Angst gemacht habe«, sagte Sally. »Ich hatte weiter hinten eine Panne.«

»Oh«, sagte Cass. »Ich hab kein Auto gesehen.«

»Es steht in einer Haltebucht.«

Cass hatte auch keine Haltebucht gesehen, aber das sagte sie nicht. Sie hätte dicht an dem Wagen der Frau vorbeifahren können, ohne ihn zu bemerken. Die erwähnte Haltebucht war vielleicht nur eine Lücke in dem Saum aus Grasbüscheln am Straßenrand, vielleicht noch nicht einmal das.

»Hier oben funktioniert kein Handy – ich kann von Glück sagen, dass Sie vorbeigekommen sind. Der Heimweg wäre zu Fuß ziemlich lang geworden.« Sally lachte. »Scharfe Linkskurve voraus.« Sie unterbrach ihr Geplapper immer wieder, um Anweisungen zu erteilen, und Cass fuhr etwas schneller. War es so offensichtlich, dass sie die Straße nicht kannte?

»Bald kommen S-Kurven«, sagte Sally. »Die führen runter ins Dorf.« Sie drehte sich halb nach hinten um. »Ich hab einen Sohn ungefähr in deinem Alter«, sagte sie zu Ben.

Er gab keine Antwort. Einige Sekunden später fragte Cass: »Geht er auch auf die Grange School?«

Sally lächelte. »Sie sind die Lady, die eine Wohnung in der Foxdene Mill gemietet hat, nicht wahr?«

»Stimmt.« *Die Welt ist klein.* Die Neuigkeit hatte bereits die Runde gemacht.

»Ja, Damon besucht die Grange. Alle Kinder aus Darnshaw gehen dorthin. Die Schule ist sehr gut.«

»Das hab ich gehört«, meinte Cass. »Das ist einer der Gründe dafür, dass ich zurückgekommen bin.«

»Zurück?«

»Als Kind hab ich eine Zeit lang hier gelebt«, erklärte Cass.

»Wie reizend.«

»Wie ist denn Mrs. Cambrey?«

»Bitte?«

»Mrs. Cambrey. Die Rektorin. Am Telefon hat sie sehr nett geklungen.«

»Sie ist … ja, sie ist wunderbar.« In Sallys Stimme lag etwas Undefinierbares.

Cass musterte sie. »Ich hab am Montag einen Termin bei ihr.«

»Natürlich.« Sallys Stimme klang heiterer. »Nun, sie wird sicher begeistert sein, Sie beide hier zu haben. Ich bin's jedenfalls. In Darnshaw ist's sehr still. Wird Zeit, dass wir etwas frisches Blut bekommen.«

Sie verfielen in Schweigen, während Cass die Kurven bewältigte. Zwischen Steilabfällen auf einer Seite und hohen Stützmauern auf der anderen schlängelte die Straße sich nun tatsächlich bergab. Alles andere blieb im Nebel verborgen – doch dann plötzlich schoss der Wagen aus den Schwaden hervor, und sie hatten zu allen Seiten freie Sicht. Es war, als träte man aus einer

Tür nach draußen. Im Rückspiegel sah Cass, dass der Nebel wie eine Wand quer über der Straße lag. Ben verdrehte sich auf dem Rücksitz den Hals, um ihn zu betrachten.

»Merkwürdig«, sagte Cass. »Der Nebel hat schlagartig aufgehört.«

Sally sah sich nicht um. »Das passiert manchmal. Er setzt sich auf den Hügeln fest. Kommt man etwas tiefer, ist alles wieder klar. Da, sehen Sie!« Sie deutete nach rechts. Dort stand ein Fasan auf der Stützmauer. Hinter ihm wuchsen orangerote Farne, die vom Regen dunkel waren, und einige schief stehende Krüppelkiefern. Cass glaubte, aus dem Augenwinkel heraus etwas wie einen blassen Lichtschein über Wasser huschen zu sehen, aber dann war dieser Eindruck schon wieder verschwunden.

Da fiel ihr etwas ein. »Sally«, sagte sie, »Sie kennen doch gewiss die Straße weiter hinten – wo sie scheinbar durch eine große schüsselförmige Senke führt.«

Ihre Mitfahrerin schwieg.

»Dort sind wir … aufgehalten worden. Es hat ausgesehen, als fuhren wir bergab, aber das stimmte nicht. Wir sind die ganze Zeit bergauf gefahren. Wissen Sie, welche Stelle ich meine?«

Sally runzelte die Stirn. »Nein, leider nicht. Hab auch nie gehört, dass es hier in der Gegend so was gibt. Wird wohl am Nebel gelegen haben. Der lässt manchmal alles ganz anders aussehen.«

»Aber es hat wirklich wie eine Senke gewirkt … doch wir sind *zurück*gerollt …«

»Das war nur der Nebel«, unterbrach Sally sie. »Wenn's dort so was gäbe, würd ich's wissen. Ich kenne diese Straße ziemlich gut.«

Diesmal schwieg Cass.

»Da sind wir«, sagte Sally. »Willkommen in Darnshaw!«

Die ersten Häuser kamen in Sicht: eine Zeile von Reihenhäusern aus Naturstein, der durch Rauch und Autoabgase geschwärzt war. Cass bog um die erste Ecke und befand sich nun auf einem Sträßchen, das dem Verlauf des Tals folgte. Hier und da zweigten Seitenstraßen ab, die zu weiteren kleinen Häusergruppen führten. Sie sah einen Lebensmittelladen, eine Poststelle, einen Fleischer, einen Gemüsehändler und ein Blumengeschäft. Zu beiden Seiten ragten unter bedecktem Himmel steile Hügel auf.

»Sie sind vorbeigefahren«, sagte Sally. »Das eben war Ihre Abzweigung. Aber wenn Ihnen ein kleiner Umweg nichts ausmacht, könnten Sie mich zu Hause absetzen.«

Cass nickte. Sie versuchte, in alle Seitenstraßen zu blicken, während Sally sie auf einen kleinen Park und die Schule aufmerksam machte. Auch erklärte sie ihnen, wo verschiedene Wanderwege begannen, von denen die meisten den Fluss entlangführten. Dann zeigte sie auf die Straße, in der sie wohnte: Willowbank Crescent. Eine unauffällige Straße mit Häusern in Ziegelbauweise statt aus Naturstein. Erst als Sally auf eine kleine Doppelhaushälfte zeigte, merkte Cass, dass die Frau zitterte.

»Sie werden nicht mit reinkommen wollen, schätze ich«, sagte Sally mit einer Hand auf dem Türgriff. »Sie wollen sich hier bestimmt erst eingewöhnen? Nun, nochmals vielen Dank.« Sie lächelte, stieg aus und schloss die Tür hinter sich.

Cass wendete in der nächsten Einfahrt und fuhr die Straße entlang zurück. Als sie wieder an dem Haus vorbeikam, sah sie, dass Sally noch davorstand. Cass winkte, bog auf die Hauptstraße ab und merkte erst dann, dass sie Ben keine Gelegenheit gegeben hatte, sich wieder nach vorn zu setzen.

»Wir sind bald da«, sagte sie über die Schulter hinweg.

Keine Antwort.

Cass fuhr langsam, sah sich um und stellte fest, dass ihr Sohn die Stirn runzelte. »Mir gefällt's hier nicht«, sagte er. »Die Lady hat gemieft.«

»Ben, so was sagt man nicht!«

»Sie hat schlecht gerochen, und ich hasse es hier.«

»Du musst Darnshaw eine Chance geben. In deinem Alter habe ich's geliebt.« Noch während sie das sagte, fragte sich Cass, ob das stimmte. Aber als sie nach langer Zeit den Namen Darnshaw wieder gehört hatte, hatte sie sich vorgestellt, wie Ben hier lachend über Hügel rannte und die idyllische Kindheit genoss, die sie ihm unbedingt ermöglichen wollte.

»Sie hat gestunken wie ein Metzgerladen.«

»Oh, Ben.« Sie wusste nicht, was sie sonst sagen sollte. Auch sie *hatte* einen Geruch wahrgenommen. Ein Modergeruch, ein bisschen wie feuchte Wolle. Darunter noch etwas, unter dem erdigen Moorland – ein Geruch, der schärfer, animalischer war.

*Wie ein Metzgerladen.*

Cass musste über ihre überbordende Fantasie lächeln. »Komm, wir sehen uns die neue Wohnung an, ja?«

Die Mühle leuchtete inmitten winterlich kahler Bäume. Schon von der Abzweigung aus konnte Cass ein graues Schieferdach zwischen den hochgereckten Fingern alter Eichen sehen. Im Sommer würde der alte Bau malerisch wirken. Selbst jetzt, zu Beginn des neuen Jahres, wirkte der frisch sandgestrahlte Stein heiter und warm. Die Fotos waren ihm nicht gerecht geworden. Sie lächelte. »Na, was sagst du dazu?«

Ben zuckte mit den Schultern.

Die Zufahrt führte zu einer weiten Fläche hinunter, deren Kies unter den Autoreifen knirschte. Sie umgab die Mühle auch seitlich, aber Cass und Ben hatten nur Augen für die Front. In der dunkelrot gestrichenen Eingangsnische verkündete eine Glastafel mit geätzten Buchstaben *Foxdene Mill.*

Endlich bewegte Ben sich. »Gibt's hier andere Kinder?« Er löste seinen Sicherheitsgurt und beugte sich zur Seite, um besser hinaussehen zu können. Das Gebäude hatte vier Etagen.

»Natürlich«, sagte Cass. Dem Prospekt nach war die Mühle in einundzwanzig Apartments umgebaut worden: je sechs in den drei Geschossen, mit Blick übers Tal oder auf den Mühlteich, und drei Dachterrassenwohnungen ganz oben. »Bestimmt gibt's jede Menge. Du wirst hier viel Spaß haben.«

Sie hatten eine linke Eckwohnung auf der Rückseite des Gebäudes – mit Aussicht auf den Mühlteich und den Fluss. Cass hatte sie sich gesichert, sobald ihr der Prospekt in die Hand gefallen war, sich aber für Miete statt Kauf entschieden. Sie musste Ben rasch ein Zuhause schaffen, damit er in neuer Umgebung sesshaft werden konnte. Möbliert zu mieten bedeutete, dass alles vorhanden war: Betten, Schränke, Tische und Stühle. Und all diese Dinge brauchte sie auch. Sie hatten ihr nur zur Verfügung gestanden, solange sie in einer Dienstwohnung der Army lebte – und dort konnte sie ohne Pete nicht ewig bleiben.

Als der Prospekt in ihrem Briefkasten gelegen und sie gesehen hatte, dass die Mühle in Darnshaw stand, war ihr das wie ein Wink des Schicksals vorgekommen. Sie hatte die Wohnung unbesehen gemietet.

Cass parkte vor der Haustür. Als sie ausstieg, hörte sie den Fluss, der brausend und gluckernd zu Tal rauschte. Die Luft roch grün und rein: wie Waldland nach Regen. Sie sah nach oben und entdeckte den Turm, den sie auf den Fotos gesehen hatte. Die Turmuhr hatte ein weißes Zifferblatt, an das sie sich noch erinnerte, aber keine Zeiger. Hier im Tal stand die Zeit offenbar still – was nur passend war. Sie dachte daran, wie sie sich als kleines Mädchen übers Gartentor gelehnt und dem Rauschen des Flusses gelauscht hatte.

Ben stieg aus und blieb bei ihr stehen. Er sträubte sich, als sie ihm das Haar zerzauste, aber das war ihr egal. »Riechst du's?«, fragte sie.

Er rümpfte die Nase.

»Komm, wir sehen uns oben um, bevor wir ausladen.«

»Wo sind denn alle?«

Cass tippte den Zugangscode auf dem Tastenfeld neben der

Tür ein. Als es piepste, legte sie eine Hand auf die Messingklinke. »Daran könnte ich mich gewöhnen«, sagte sie. Die Tür war extrabreit und vertäfelt. Wahrscheinlich nicht original, aber die Wirkung war trotzdem toll.

Die Eingangshalle war weitläufig und ein bisschen kalt. Links führte eine mit einem roten Läufer belegte Treppe nach oben. In die rechte Wand waren Briefkästen mit Messingziffern eingelassen, und die Tür direkt vor ihnen führte bestimmt in die Erdgeschosswohnungen. Die Eingangshalle besaß einen mit Steinplatten gefliesten Boden, dessen raue Oberfläche die Spuren vieler Jahre trug.

Cass hatte das Gefühl, den Weg nach oben bereits zu kennen: die Treppe hinauf, durch die Brandschutztür und in den Vorraum. Ben blieb etwas zurück, stampfte laut mit den Füßen auf.

Der Vorraum im ersten Stock war so prächtig wie das Foyer unten: roter Teppichboden, weitläufig, von weiß lackierten Türen gesäumt. Cass ging an ihnen vorbei, ohne nach links oder rechts zu sehen, bis sie vor einer stehen blieb. Sie sah wie alle anderen aus, aber irgendwie wusste sie, dass dies ihre war. Und tatsächlich trug die Tür eine 12 in Messingziffern.

*Ein reizendes Apartment mit Blick auf den Mühlteich und das Tal hinunter, ein heiteres, friedliches Bild …*

Cass zog den Schlüssel aus der Tasche. Der Anhänger bestand aus einem Stück Pappe, darauf prangten mit einem Kugelschreiber geschrieben die Zahl 12 sowie der schmutzige Fingerabdruck eines Bauarbeiters. Die Mühle war erst vor Kurzem kernsaniert worden. Alles würde neu sein; sie wären nach dem Umbau die ersten Bewohner. Cass spürte einen erwartungsvollen kleinen Schauder, als sie die Tür aufstieß. Aber als sie sich umdrehte, um Ben zuzulächeln, war sein Gesicht völlig ausdruckslos. Cass forderte ihn mit einer Handbewegung zum Eintreten auf.

Auch ihre Diele war von weißen Türen gesäumt, von denen nur die mittlere offen stand. Cass ging hindurch und fand sich in einem großen Wohnzimmer mit zwei Fensterwänden wieder. Als sie an das erste Fenster trat, wurde ihr klar, wie riesig es war. Sie würde gemütlich auf der Fensterbank sitzen können – vielleicht mit einem Buch oder nur, um die Aussicht zu genießen. Sie sah hinaus.

Der Mühlteich war ein giftgrüner Strich unter den Bäumen. Zwischen Mühle und Teich waren Kies- und Sandhaufen aufgetürmt, neben denen ein gelber Bagger vor sich hinrostete.

»Wo sind denn alle?«, fragte Ben, wie Cass auffiel, zum zweiten Mal.

»Heute ist Samstag«, sagte sie. »Da wird nicht gearbeitet. Bestimmt werden noch einige der Wohnungen ausgebaut.«

»Aber wo sind die anderen Bewohner?«

Cass runzelte die Stirn und trat ans nächste Fenster. Dieses führte auf einen mit Kies bestreuten großen Parkplatz hinaus, an dessen Ende ein Nebengebäude stand. An seiner Seite waren graue Papiersäcke gestapelt, die Zement zu enthalten schienen, und dahinter führte ein Zauntritt auf ein Feld und zu einem Pfad, der sich zum Fluss hinunterschlängelte. Hinter allem erhoben sich steile Hügel.

»Sieh nur«, sagte Cass, »wir können am Fluss spazieren gehen. Ist das nicht prima?«

»Aber wo sind die *Kinder*?« Ben machte ein finsteres Gesicht, kniff die Augen zusammen. In ihnen glitzerte es auf eine Weise, die Cass nicht gefiel. Als sie sich wieder dem Fenster zuwandte, fiel ihr etwas Merkwürdiges auf. Der Parkplatz war völlig leer.

»Ich will Dad«, sagte Ben.

»Ben, *bitte.*«

»Ich will, dass er zurückkommt – wie soll er uns jetzt finden? Er weiß überhaupt nicht, wo er suchen soll.« Er verzog weinerlich das Gesicht.

Cass beugte sich hinunter, legte die Arme um ihren Sohn. Bens ganzer Körper war heiß, und sie legte ihm eine Hand auf die Stirn, um zu fühlen, ob er Fieber hatte. Er schob ihre Hand nicht weg. »Ich will zu ihm«, wiederholte er.

»Ja, ich weiß. Tut mir leid, Ben, aber du musst begreifen, dass er nicht zurückkommt.«

Ben wehrte sich gegen ihre Umarmung, aber sie zog ihn enger an sich. Hielt ihn tröstend fest. »Ich will ihn auch«, flüsterte sie. »Ben, ich will ihn auch. Aber du wirst sehen, wir kommen zurecht.« Sie gab ihn frei. »Wir sind jetzt zu zweit«, sagte sie, »und alles kommt in Ordnung.«

## Kapitel 2

Cass schlug die Augen auf. Um sie herum war alles grau – und das kam ihr falsch vor. Sie vernahm keinen Laut, und auch das war so nicht richtig, denn sie hatte eben noch etwas gehört. Sie war davon aufgewacht.

Eine Sekunde lang wurde alles sepiabraun, die Farbe der Wüste. Sie rieb sich die Augen. Sie war mit Pete zusammen gewesen; sie hatte von ihm geträumt.

Sie hörte ein Geräusch. *Kratz, kratz.*

Pete hatte sie in den Armen gehalten. Er hatte sie an sich gedrückt, während das Gebäude erzitterte und abfallender Putz auf ihren Kopf herabregnete, ihr Haar wie Schneeflocken bedeckte.

*Kratz, kratz.*

Cass wälzte sich auf den Rücken, streckte eine Hand aus und berührte die Wand neben ihrem Bett. Sie war rau unter ihren Fingerspitzen. Das Kratzen hörte auf. Stattdessen vernahm sie ein anderes Geräusch, als ob etwas auf kleinen Pfoten davonlief. Sie verzog das Gesicht.

Als sie sich wieder nach dem leeren Raum umdrehte, sah sie Pete vor sich stehen.

Sie blinzelte, aber er stand weiter dort, sein blondes Haar im Dunkel blassgrau. Er streckte die Arme aus, und seine Lippen bewegten sich. Sie konnte nicht hören, was er sagte. Während sie ihn beobachtete, öffnete er seine zu Fäusten geballten Hände, in denen blaue Edelsteine lagen. Sie glitzerten, brachten die einzige Farbe in den Raum. Die Steine fielen nacheinander zu Boden, und der Boden verschluckte sie. Alles war lautlos, alles farblos bis auf die Steine in seinen Händen.

Cass hörte ein Scheppern, das sie aus dem Bett springen ließ. Als sie sich wieder nach Pete umdrehte, war er verschwunden. Sie suchte unwillkürlich die blauen Edelsteine auf dem Teppich, aber dort war nichts.

Sie schluckte trocken, dann atmete sie tief durch. Sie musste einen klaren Kopf bewahren. Natürlich hatte sie eben von ihrem Mann geträumt. Diese Szene, die sie gesehen zu haben glaubte – sie war ein Nachbild gewesen, sonst nichts, eine im Halbschlaf gesehene Erinnerung.

Dann war ein neuer Laut zu hören. Ein trockenes Schleifen, als stapften schwere Stiefel durch Sand.

Sie schüttelte den Kopf. Das Geräusch blieb, aber es verwandelte sich in etwas, das sie einzuordnen wusste, und Cass begann wieder zu atmen. *Kratz, kratz.*

In den Wänden waren Mäuse. *Kratz, kratz.* Das klang nicht mehr nach Stiefeln im Sand, sondern nach dem Kratzen winziger Pfoten. In einem so alten Gebäude gab es natürlich Mäuse. Das hätte sie sich denken können. Sie würde Fallen oder Gift kaufen müssen. Sie stellte sich vor, wie Ben auf eine Falle stieß und einen kleinen Kadaver mit grauem Fell am Schwanz hochhielt, und verzog das Gesicht.

Als Cass die Augen verengte, konnte sie rechts vor sich einen dunkleren Fleck erkennen, der die Tür war. Sie ging darauf zu und tastete sich in die Diele hinaus, ohne Licht zu machen. Unter Bens Tür leuchtete ein blasser Schein hervor. Sie ertastete die Klinke und ging hinein.

Bens Nachtlicht – ein kleiner blauer Plastikmond – leuchtete schwach. Es hatte zu den ersten Dingen gehört, die sie ausgepackt hatte. Seit Pete sie zum letzten Mal verlassen hatte, schlief ihr Sohn nicht mehr gern ohne Licht.

Er hatte sich fest in die Decke gewickelt, ein kompaktes kleines Bündel. Cass beugte sich darüber und sah ihm ins Gesicht … dann schrak sie zurück. Seine weit offenen Augen starrten zu ihr auf. Sie holte tief Luft, dann wedelte sie mit der Hand vor seinem Gesicht, aber er bewegte sich nicht. Im bläulichen Schein des Nachtlichts wirkten seine Wangen blass und eingefallen.

Er schlief mit offenen Augen.

Cass zog die Decke etwas von seinem Gesicht weg, lockerte sie und achtete darauf, ihn dabei nicht zu wecken. Ein Teil ihres Ichs wollte dies zwar, um seinen Augen ihren Ausdruck wiederzugeben, aber es war bestimmt besser, ihn nicht zu stören. Besser, ihn schlafen zu lassen. Sie überzeugte sich davon, dass er gut zugedeckt war. Das war ihr wichtig, dann blieb sie stehen und betrachtete wieder sein Gesicht. Sie wusste, dass sie noch etwas für ihn tun musste – es fiel ihr nur gerade nicht ein.

Dann kam sie drauf. Schon streckte sie eine Hand aus, bevor sie sich im letzten Moment zusammenriss.

Was sie hatte tun wollen, war ganz einfach: die Hand ausstrecken, sie auf seine Lider legen und ihm die Augen schließen – wie einem Toten. Cass überlief ein kalter Schauder.

Sie verließ rückwärtsgehend lautlos das Zimmer.

## Kapitel 3

Ben stand im Wohnzimmer, sah aus dem Fenster. Cass streckte sich noch leicht verschlafen, dann ging sie zu ihm und legte ihm eine Hand auf die Schulter.

»Wir sind noch immer hier«, sagte er mit schwacher Stimme.

Sie beugte sich hinunter, um ihn zu umarmen, und spürte zarte Knochen unter seinem Schlafanzug. »Wollen wir nicht den Fernseher aufstellen?«, schlug sie vor. »Für deine Videospiele.«

Er machte große Augen. »Können wir? Das würde mir gefallen, Mami.«

*Mami.* Als sei er wieder ein Kleinkind. Cass lächelte, hob ihn auf die Fensterbank, stopfte ihm ein Kissen in den Rücken. »Sieh zu, wie die Welt sich dreht«, sagte sie. »Sag Bescheid, wenn irgendwas passiert.« Sie sah aus dem Fenster. Nirgends ein Auto, keine Bewegung. Der Himmel war bedeckt, alle Farben waren gedämpft, es gab nicht mal eine Brise, die die Zweige bewegte. Dort draußen passierte überhaupt nichts. *Gut,* dachte sie. *Nichts war gut.*

Wenig später hockte Ben wie gebannt vor dem Fernseher, und Cass baute in einer Zimmerecke ihren Computer auf. Die Internetverbindung funktionierte so gut, wie der Immobilienmakler versprochen hatte. Das war eine Erleichterung. Sie wusste, dass der Handyempfang hier schlecht war, deshalb würde das Netz ihre Lebensader sein. Für einen Kunden – ihren bisher einzigen Kunden – sollte sie eine neue Website erstellen, und das musste klappen. Nachdem Pete nun fort war, musste sie sich um Ben kümmern und etwas für ihn aufbauen: ein neues Leben für sie beide.

»Ich möchte ein Spiel spielen, Mom«, rief Ben ihr zu.

Sie richtete ihm die Konsole ein, dann kehrte sie an den Monitor zurück, wo eine E-Mail ihres Kunden mit einigen Änderungswünschen für die Website wartete. Sie antwortete: »Werde die Änderungen schnellstmöglich hochladen, damit Sie sie sich ansehen können.« Ihr Kunde würde nicht mal bemerken, dass sie umgezogen war.

Danach schaltete sie ihren PC ab; heute war Sonntag, die Arbeit konnte bis Montag warten. Darauf hatte ihr Vater immer bestanden, und sie hatte dieses Prinzip von ihm übernommen.

Cass sah zu Ben hinüber. Er hockte, den Controller der Spielkonsole im Schoß, auf dem Teppichboden und starrte mit offen stehendem Mund den Fernsehschirm an.

»Ben, was hast du?« Sie ging zu ihm und sah, dass auf dem Bildschirm sein Lieblingsspiel lief. Es war ein Kriegsspiel, und das Gefechtsfeld war mit Trümmern und Stacheldraht übersät. Alles war sepiabraun, sandfarben.

»Ben?«

Dieses Spiel hatte sein Vater ihm geschenkt. Cass war damals der Meinung, Ben sei noch zu jung dafür, aber Pete hatte es gefallen, und sie hatten es zusammen gespielt. So waren die beiden eine Zeit lang gemeinsam Soldaten gewesen.

Sie streckte eine Hand aus und strich Ben das Haar glatt, dann nahm sie das Gamepad von seinem Schoß. Als er die Unterlippe vorschieben wollte, kniete sie neben ihm nieder, umarmte ihn und drückte seinen Kopf fest an sich.

»Komm, Schatz«, sagte sie, »draußen ist herrliches Wetter. Was hältst du davon, wenn wir uns ein bisschen umsehen?«

Als sie die ins Dorf führende schmale Straße hinaufgingen, sah Cass sich nach der Mühle um. Der gelbbraune Stein passte wundervoll zum Wetter, verschwamm mit den Braun- und Grüntönen der Umgebung. Es tat gut, draußen zu sein, die saubere, kalte Luft zu atmen. Auf ihrem Weg durch das Gebäude hatte

Cass festgestellt, dass es ihr nicht gefiel, durch die stille Mühle zu gehen. Obwohl sie aufmerksam gehorcht hatte, hatte sie keinen Laut aus irgendeiner der anderen Wohnungen vernommen. Die hochroten Teppiche schluckten auch das Geräusch ihrer eigenen Schritte, sodass man den Eindruck gewann, hier sei überhaupt niemand.

Die Geschäfte im Dorf waren bis auf den Lebensmittelladen geschlossen. Cass kaufte ein paar Bonbons für Ben. Die Grauhaarige an der Kasse verzog keine Miene; sie nahm Cass' Geld schweigend entgegen, gab schweigend heraus und nickte nur, als Cass sich verabschiedete.

Draußen wechselte Cass einen Blick mit Ben; dann brachen sie beide in Gelächter aus, und sie war der unfreundlichen Frau kurzzeitig dankbar. Ben bot ihr von den Bonbons an, und sie nahm einen.

Sie gingen weiter zum Park, der zum Fluss hin abfiel. Der Rasen war sehr kurz gewachsen und mit kahlen Stellen durchsetzt. Drunten am Fluss gab es einen kleinen Spielplatz mit Schaukeln, einem Karussell und einer Rutsche. Unter den Büschen, die den Blick auf das rauschende Wasser verbargen, hatten sich leere Chipsbeutel und Schokoriegelhüllen angesammelt, als suchten sie Schutz vor Regen.

Cass und Ben lieferten sich einen Wettlauf zu den Schaukeln, dann saßen sie dort nebeneinander.

»Tach auch«, sagte eine Männerstimme hinter ihnen.

Als Cass sich umdrehte, sah sie einen alten Mann den Fußweg vom Fluss heraufkommen. Ein schwarzer Hund mit grauer Schnauze folgte ihm durch die Lücke in den Büschen. Am Schädel das Alten klebten noch ein paar letzte graue Haarsträhnen. Er zog wegen der Kälte die Schultern hoch, hatte die Hände tief in den Hosentaschen vergraben. Seine Backen waren rot geädert.

Ben sprang von der Schaukel, lief zu ihm und bückte sich, um den Hund zu streicheln. Während Cass sich vornahm, mit ihrem Sohn mal ein ernstes Wort über das richtige Verhalten gegenüber Fremden zu reden, lächelte sie dem Alten zu.

»Sie sin' aus der Mühle«, sagte der Mann.

Neuigkeiten verbreiteten sich schnell. Wusste das ganze Dorf von ihnen?

»Bert Tanner«, stellte er sich vor, »aus der Mietwohnung.« Das sagte er, als setze er voraus, dass sie wusste, wo die Mietwohnung lag.

»Ich bin Cass.« Sie schüttelte ihm die Hand. »Und das hier ist Ben.« Sie drehten sich um und beobachteten, wie Ben den Hund streichelte und ihm etwas ins Ohr flüsterte. Der Hund war ein kräftiger, stämmiger Mischling mit schon ergrauter Schnauze. Ben rümpfte die Nase, als der Köter ihm ins Gesicht hechelte.

»Is' schon alt«, sagte der Mann, »genau wie ich. War schon als Junge hier.«

Cass wusste nicht, was sie dazu sagen sollte. »Wie nett.«

Ben sprang auf und lief in die Büsche. Dort streckte er eine Hand aus und wühlte zwischen dem angewehten Müll herum.

»Nein, Ben, nicht im Schmutz ...«, begann sie, als er sich umdrehte und einen verblassten grünen Tennisball hochhielt. Der Ball sah ziemlich zerbissen aus. Er hielt ihn dem Hund vor die Schnauze.

»Captain jagt kein' Ball mehr, mein Junge.«

Als Ben ihn trotzdem warf, landete der Ball auf einer schrägen Rasenfläche und rollte ein Stück weit zurück. Der Hund sah dorthin, schnüffelte, sah kurz zu Ben hinüber und watschelte langsam und schwanzwedelnd die kleine Steigung hinauf. Dort angekommen schnappte er sich den Ball und drehte sich nach Ben um, als wolle er fragen: *Kommst du?*

»Donnerwetter«, sagte Bert. »Du kannst's mit Hunden, mein Junge.«

Er wandte sich an Cass und deutete auf den Fluss. »Netter Spaziergang«, sagte er. »Nur 'n bisschen lang. Das Gehen tut mir gut. Auch wenn ich nicht mehr viel aus Darnshaw rauskomm'.« Er begann ihr zu erklären, wo die Schule und die Geschäfte waren, und Cass ließ ihn reden. Er brauchte nicht zu erfahren, dass Sally ihr schon alles gezeigt hatte. Sie gingen miteinander ins Dorf zurück. »Da drüben is' das Postamt. Ich wohn' gleich drüber, wenn Sie mal was brauch'n. Bloß sagen.«

Sie lächelte gerührt. »Das ist sehr nett von Ihnen. Danke, Bert.«

»Und da ob'n is' die Kirche.«

Er sagte »Kiche« – ohne das r. Cass folgte seinem Blick und erstarrte.

Die ziemlich hoch auf dem Hügel stehende Kirche reckte ihren Turm in den blassgrauen Himmel. Von hier aus schien sie wie ein unheimliches Wesen über ihnen aufzuragen. Aber das war es nicht, was Cass erzittern ließ.

»Sie sin' wohl keine Kirchgängerin«, sagte Bert.

Sie sah ihn an. Er hatte sehr blasse Augen, wässrig unter hängenden Lidern.

»Daran liegt's nicht«, sagte sie. »In meiner Kindheit sind wir immer hingegangen. Sie ist irgendwie der einzige Teil von Darnshaw, der vertraut wirkt. Alte Erinnerungen, nehme ich an.«

»Wie'n Schauder, der einem übern Rück'n läuft.«

»So was in dieser Art, ja.«

»Tja, wenn Sie mal geh'n woll'n, sind Sie immer willkommen. Der Pfarrer kommt jed'n zweit'n Sonntag von Moorfoot rüber. Nächste Woche isses wieder so weit.«

Cass wollte ihm erklären, sie gehe nicht mehr in die Kirche, aber irgendetwas in seinem Blick hielt sie davon ab, und sie nickte nur. Ben kam mit dem blassgrünen Ball in der Hand und einem Leuchten in den Augen herangestürmt.

Bert nickte. »Wir woll'n weiter. Denk'n Sie daran, was ich gesagt hab. Brauch'n Sie mal was, kommen Sie zu mir. Über dem Postamt.«

Sie sahen den beiden nach, als sie gingen. Ben neben ihr keuchte noch immer. Ihr Sohn war mehr gelaufen als der Hund. Cass betrachtete den stillen Park. Wenn auch sie gingen, würde er leer sein. Das war traurig. Sie hatte Ben Kinder versprochen, mit denen er spielen konnte, jede Menge Kinder, und jetzt hatten sie nur einen alten Mann und seinen Hund gefunden.

Trotzdem lächelte ihr Sohn sie an, wobei seine Zähne blitzten. »Darf ich ihn behalten, Mom?, fragte er und hielt ihr den schmutzigen, vollgesabberten Tennisball hin.

»Natürlich.« Cass erwiderte sein Lächeln. Sie sah zum Himmel auf. Die Unterseite der Wolkendecke erschien formlos eben. Während Cass sie betrachtete, schwebten ganz kleine Schneeflocken aus ihr herab und wurden wie Asche davongetragen.

Ben streckte die Hand aus. »Es schneit!«, rief er.

Cass legte den Kopf in den Nacken und ließ die Schneeflocken auf ihr Gesicht fallen. Sie waren so winzig, dass sie kaum bemerkte, als sie auftrafen. Sie spürte nur, wie Kälte sich über ihre Haut ausbreitete.

## Kapitel 4

Das Tal war teilweise in Nebelschwaden gehüllt und erinnerte an ein unvollendetes Gemälde. Der Schnee war nicht liegen geblieben, aber Cass hatte trotzdem Bens wärmste Jacke herausgelegt. Als sie ihn weckte, verzog er das Gesicht, als müsse er eine scheußliche Medizin schlucken, aber er sagte nichts. Es war Montagmorgen, und er sollte in die Schule.

Auf der Hauptstraße durchs Dorf herrschte mehr Verkehr, als Cass insgesamt seit ihrer Ankunft hier gesehen hatte. In jedem Auto saß ein Kind auf dem Beifahrersitz, Cass brauchte sich also über den Weg zur Schule keine Gedanken zu machen, weil sie einfach nur in der Kolonne mitfahren musste. Der Parkplatz war bereits voll, aber sie schaffte es, sich ganz hinten in eine Lücke neben einem schlampig geparkten Land Rover zu quetschen.

»Sorry.« Eine junge Frau mit glattem schwarzen Haar winkte ihr von der anderen Seite des Rovers aus zu. »Hab's heute Morgen ein bisschen eilig. Ich bin Lucy.«

»Ich bin Cass. Und das ist kein Problem.« Cass sah ein kleines Mädchen, das um die Motorhaube des Land Rovers herumspähte und lächelte der Kleinen zu, während sie Ben aussteigen ließ. Sie stellte ihren Sohn vor.

»Das ist Jessica«, sagte Lucy. »Ihr werdet sicher gute Freunde. Jess, du könntest auf Ben aufpassen, weil er doch neu ist. Willst du nicht mit ihm reingehen?«

»Wir haben erst einen Termin bei Mrs. Cambrey«, erklärte Cass. »Aber ihr könntet später miteinander spielen, nicht wahr?«

Jessica nickte. Sie war ein paar Zentimeter kleiner als Ben und ein Mädchen – er freundete sich nicht oft mit Mädchen an. Cass sah, wie ihr Sohn die Unterlippe vorschob. Nun, sie hatten es versucht, und wer konnte schon wissen, wie so etwas ausging? Vielleicht vertrugen die beiden sich trotzdem gut.

»Mrs. Cambrey ist echt nett«, sagte Lucy. »Tja, ich muss weiter.« Sie beobachtete, wie Jessica sich auf den Weg zu der zweiflügligen Eingangstür machte, und winkte, bevor sie in den Land Rover stieg.

»Gut«, sagte Cass in bemüht positivem Tonfall. »Die Rektorin scheint schon mal in Ordnung zu sein, nicht wahr, Ben? Also los!«

Die Eingangshalle war düster, selbst wenn man aus diesem grauen Morgen kam. Während Cass sich zu orientieren versuchte, sah sie, dass die Wände mit Kindermalereien bedeckt waren. Fröhliche Farbkleckse, die dort im Halbdunkel leuchteten, und Cass nahm schwach den Geruch von Plakatfarbe wahr.

Sie gingen an Klassenzimmern vorbei, in denen Kinder lachend und schwatzend ihre Jacken aufhängten. Das Schulgebäude war ebenerdig, und Cass konnte Büros am Ende des Korridors sehen. An einer Tür stand *Lehrerzimmer*, an einer anderen *Schulleitung* und darunter *Mrs. Cambrey.*

Cass klopfte an und klopfte nochmals, als keine Antwort kam. Sie brachte ihr Ohr etwas näher an die Tür heran, um zu hören, ob jemand in dem Zimmer war.

»Entschuldigen Sie bitte«, sagte eine Stimme hinter ihr. Es war eine Männerstimme, weich und kultiviert. »Tut mir leid, dass ich Sie habe warten lassen. Aber es gibt so viel zu organisieren.«

Als Cass sich umdrehte, sah sie einen großen, schlanken Mann mit dunklen Locken und sorgfältig getrimmtem Dreitagebart, der sein leicht hohlwangiges Gesicht nachzeichnete. Er erwiderte ihren Blick, ergriff ihre Hand und drückte sie. »Heute Morgen ist alles etwas chaotisch«, sagte er. »Kommen Sie bitte herein.«

Er ging voraus ins Büro, und sie nahmen auf beiden Seiten

eines mit Papieren überhäuften großen Schreibtischs Platz. Cass starrte das vor ihr stehende Schild mit der Aufschrift *Mrs. Cambrey* an.

Der Mann folgte ihrem Blick, nahm das Schild weg und legte es in eine Schublade. »Mrs. Cambrey musste leider verreisen«, sagte er. »Ein Notfall in der Familie. Ich bin Mr. Remick – Theodore Remick – und vertrete sie.« Er wandte sich an ihren Sohn. »Und du musst Ben sein.« Er streckte ihm die Hand hin. Ben starrte sie an, sah kurz zu Cass hinüber, dann schüttelte er Mr. Remicks Rechte und lächelte zu ihm auf.

Sie besprachen ein paar Dinge – Bens bisherige Schulleistungen, Unterrichtszeiten, Freizeitaktivitäten –, und Cass fand den Lehrer tüchtig und effizient. Dann stand er auf, und sie folgte seinem Beispiel. Als sie das Büro verließen, wandte Mr. Remick sich nochmals an Ben. »Du kommst in meine Klasse«, sagte er. »Wir werden uns bestimmt prima verstehen.«

In diesem Moment gellte eine Stimme durch den Flur. »Cassandra! Juu-huu, Cassandra, kommen Sie, Sie müssen alle kennenlernen!«

Cass drehte sich um und sah Sally auf sich zukommen, die einen Jungen ungefähr in Bens Alter mit sich zog. Ihr folgten drei weitere Frauen.

»Dies ist meine Ritterin in schimmernder Wehr«, sagte Sally, als sie herankamen. »Cassandra hat mich neulich praktisch aus dem Moor gerettet.« Dann bemerkte sie Mr. Remick, und ihr Gesichtsausdruck veränderte sich. Sie fasste Cass am Arm und zog sie mit sich, wobei ihre Locken Cass' Schultern streiften. »Oh, Sie haben wirklich Glück«, wisperte sie. »Er ist ein Fuchs, nicht wahr?«

Cass unterdrückte ein Lächeln. Das hatte Mr. Remick bestimmt gehört.

»Kommen Sie, lernen Sie die Mädels kennen. Das hier sind Helen, Dot und Myra. Mädels, dies ist Cassandra.«

»Freut mich, Sie alle kennenzulernen. Ich heiße übrigens nur Cass – das ist die Abkürzung für Cassidy.«

»Cassidy? Na, den Namen hab ich ja noch nie gehört«, sagte Sally.

»Er kommt von …«

»Wie David – David Cassidy.« Sally lachte schallend laut.

»Sie haben den neuen Lehrer kennengelernt«, sagte Myra. Es klang fast vorwurfsvoll. Sie war eine untersetzte Frau in einem geblümten Kleid und hatte langes rotbraunes Haar.

»Er ist zum Anbeißen, nicht wahr?« Sally lachte.

Ein Mundwinkel Myras zuckte. »Er ist ein Geschenk Gottes.«

»Stimmt«, erwiderte Sally. »Wir haben um jemanden wie ihn gebetet.«

Helen lächelte sie an. »Ich wette, dass *du*'s getan hast. Du Glückspilz«, sagte sie, und alle lachten.

Cass sah sie der Reihe nach an.

Sally lachte lauter und länger als die anderen. »Stimmt, das bin ich. Und das weiß ich.« Sie lächelte Cass zu. »Bin Lehrerassistentin«, sagte sie. »Hab immer Mrs. Cambrey geholfen, und …«

»Und …«, sagten die anderen im Chor.

»Natürlich hat *sie* sich als Erste auf ihn gestürzt.« Sally nickte in Cass' Richtung.

»Ich musste nur einiges wegen Ben mit ihm besprechen. Heute ist sein erster Tag.« Cass sah sich nach ihrem Sohn um, aber der war bereits von einem der Klassenzimmer verschluckt worden. Sie wusste nicht, in welchem er nun war.

»Er ist bestimmt in Damons Klasse«, meinte Sally. »Oder wäre Dämon richtiger?« Sie prustete vor Lachen, und die anderen stimmten ein. »Nun, ich muss jetzt los – neue Bekanntschaften machen. Solange er sein Herz noch nicht an eine andere verloren hat.« Sie sah sich nach Cass um, bevor sie im nächsten Klassenzimmer verschwand. »Vergessen Sie nicht, uns bald mal zu besuchen!« Dann war sie fort, und auf dem Flur wurde es still.

Als Cass sich zu den anderen Frauen umdrehte, entfernten die drei sich bereits.

Sie wandte sich wieder den Türen der Klassenzimmer zu, die inzwischen alle geschlossen waren, und überlegte, ob sie versuchen sollte, durch die Glaseinsätze zu spähen. Aber Ben würde sie vielleicht sehen, und Sally würde ihren Sohn aufgrund dessen womöglich bereits an seinem ersten Tag in Verlegenheit bringen.

Also wandte sich Cass nach einer Weile ab und ging allein in Richtung Ausgang davon.

Hinter der glänzend lackierten Eingangstür der Mühle erwartete sie Stille. Cass war schon auf dem Weg zum Treppenaufgang, als ihr die geschlossenen Türen einfielen, die sie in ihrem Stockwerk erwarteten. Sie änderte ihre Meinung und ging stattdessen durch die Tür, die aus der Eingangshalle in den Vorraum des Erdgeschosses führte. Mit seinem roten Teppichboden und den weißen Türen sah er genau wie der im ersten Stock aus. Die Apartments hier waren von 1 bis 6 nummeriert. Cass ging die Reihe entlang und horchte auf irgendwelche Laute, aber hinter den Türen blieb es still.

Sie machte kehrt und klopfte diesmal leise an jede Tür, an der sie vorbeikam. Als sie die Wohnung erreichte, die genau unter ihrer lag, ließ sie ihre Hand auf der Türklinke ruhen, während sie horchte, und spürte, wie sie unter ihrem Griff nachgab.

Cass packte fester zu und drückte die Klinke herab. Dabei war ein Klicken zu hören.

Sie sah sich in dem Vorraum um und stellte fest, dass sie nach wie vor allein war. Sie starrte die Nummer 6 aus Messing an, dann stieß sie die Tür mit einer Hand auf, während sie mit der anderen anklopfte. Ihre Lippen bildeten ein Hallo, aber irgendwie brachte sie keinen Ton heraus; die Geräuschlosigkeit der Mühle hatte ihre Stimme verschluckt.

Cass stellte mit einem Blick fest, dass sie sich die Mühe des Anklopfens hätte sparen können: Das Apartment war nicht nur leer, sondern befand sich noch im Rohbau. Der Fußboden bestand aus nackten Bodendielen, und sie sah sofort, weshalb die Wohnung so kalt war. Die Fenster waren unverglast, sodass nichts das Einströmen der beißend kalten Luft verhinderte. Sie wurde auch von keinen Wänden aufgehalten, denn die bestanden vorerst nur aus Holzgerüsten, die mit Gipskarton beplankt werden sollten. Zwischen den Kanthölzern konnte Cass Leitungsbündel sehen, die zu lose auf dem Boden liegenden Steckdosen führten.

Sie durchquerte den Raum, wobei ihre Schritte auf den Dielen hallten, und sah aus dem Fenster. Der Bagger stand noch immer zwischen den Kieshaufen. Das Führerhaus war leer. Sie sah auf ihre Armbanduhr: Kurz vor zehn Uhr an einem Montagmorgen, und die Bauarbeiter waren nicht gekommen.

Sie sah zu Boden und entdeckte dort etwas: halb in einem Haufen aus Abfällen und Hobelspänen begraben lag eine Kinderpuppe. Cass hob sie auf und klopfte sie ab. Zwei Fetzen Stoff waren ungefähr in Menschenform zugeschnitten und zusammengenäht worden, aber das Ergebnis sah erbärmlich aus, und das Gewebe war fleckig und schimmelig. Die Puppe erinnerte sie an einen Lebkuchenmann. Das Haar bestand aus einzelnen Wollfäden, und das Gesicht war aufgemalt. Hingekritzelte Linien deuteten ein Top und einen Rock an. Cass brachte sie näher an ihr Gesicht heran; sie roch eigenartig. Sie konnte schon viele Jahre alt sein, hatte vielleicht jemandem gehört, der in der Mühle arbeitete, aber so sah sie eigentlich nicht aus. Das Gesicht schien mit einem Filzschreiber aufgezeichnet zu sein.

Sie sah erneut zu Boden und entdeckte eine weitere Puppe, die jedoch kleiner war. Anscheinend sollte sie einen Jungen darstellen. Er trug ein T-Shirt und Shorts.

Cass verzog das Gesicht und ließ die Puppe fallen. Sie hatte das Gefühl, als seien ihre Fingerspitzen vom Staub besudelt.

Aus den Wohnungen im zweiten Stock sowie den drei Penthouses drang ebenfalls kein Laut. Cass rüttelte auch hier an den Klinken, wurde kühner und drückte gegen die Türen, weil sie sich danach sehnte, die Aussicht von ganz oben zu genießen, aber sie fand keine Tür, die sich öffnen ließ.

Als Cass in ihr eigenes Stockwerk zurückkam, sah sie unter der Tür von Nummer 10 eine Zeitung stecken, die halb hindurchgeschoben war. Sie blieb kopfschüttelnd stehen. Eigenartig, dass jemand heraufgekommen war, um sie zuzustellen, wo es doch im Erdgeschoss Briefkästen gab. Sie trat näher und klopfte an die Tür.

Sie wartete. Niemand kam. Cass horchte auch an dieser Tür, hörte aber nichts; die Bewohner mussten ausgegangen sein.

Auch ihr Klopfen an die übrigen Wohnungstüren blieb unbeantwortet.

Sie dachte an ihr Gespräch mit dem Immobilienmakler. »Die Nummer zwölf ist frei«, hatte er gesagt, als sei das eine überraschende Entdeckung, und sie tue gut daran, rasch zuzusagen, bevor jemand sie ihr wegschnappte. Als hätte es einen regelrechten Ansturm auf die Wohnungen in der Mühle gegeben.

Cass erinnerte sich an die Kratzgeräusche, die sie nachts gehört hatte, und spürte einen leichten Schauder. Sie verdrängte diese Erinnerung, schloss die eigene Tür auf, fuhr ihren Computer hoch und ignorierte das Gefühl der Leere hinter sich.

Ihr Kunde hatte eine weitere E-Mail geschickt – mehr Arbeit, als Cass erwartet hatte, aber das war gut, weil sie ihm die berechnen konnte. Sie machte sich daran, die gewünschten Änderungen an der Website vorzunehmen, verschob Bilder, änderte Layouts und hakte in Gedanken ab, was erledigt war, während sie sich in ihre Arbeit vertiefte. Zuletzt lud sie die Dateien hoch und schickte dem Kunden eine E-Mail: »Alles erledigt. Hoffentlich gefällt es Ihnen. Lassen Sie mich wissen, was ich sonst noch für Sie tun kann.«

Sie lehnte sich zurück und rieb sich die Augen, danach stand sie auf, um ihre steifen Glieder zu recken, und drehte sich um.

Die Welt draußen war weiß.

Cass stieß vor Überraschung einen leisen Schrei aus und trat ans Fenster.

Der Parkplatz war mit einer zwei bis drei Zentimeter hohen Schneeschicht bedeckt. Die steilen Hügel waren ebenso weiß wie der Himmel; die Flocken, von denen die Luft erfüllt war, waren dick und segelten träge herab, setzten sich überall fest. Schnee bedeckte die Bäume, ließ Äste und Zweige dicker erscheinen. Der einzige Farbklecks war der gelbe Bagger zwischen den Kieshaufen. Die Welt war einfarbig geworden.

Sie dachte an Ben und murmelte einen Fluch. Wenigstens hatte er seine wärmste Jacke dabei, die rote.

*Aber die Straße.* Cass stellte sich den Schulweg vor: Die Hauptstraße führte geradewegs durchs Tal, verlief im Dorf mehr oder weniger eben. Aber die zur Mühle hinunterführende kleinere Straße konnte bei Eis und Schnee heimtückisch sein. Sie atmete tief durch. Daran hatte sie nie gedacht; sie war gar nicht auf den Gedanken gekommen, die Zufahrt zur Mühle zu begutachten. Trotzdem spielte das eigentlich keine Rolle – sie selbst konnte überall arbeiten. Und wenn der Straßenzustand allzu schlecht wurde, konnte sie Ben zu Fuß in die Schule bringen.

Cass sah aus dem Fenster. Obwohl er vielleicht Probleme brachte, war der Schnee schön. Er rief eine Erinnerung wach, die in ihrer Lebhaftigkeit überraschend war. Cass und ihr Vater und ihre Mutter, die gemeinsam durch Schnee gingen, als so etwas noch möglich gewesen war. Unter ihrem Mantel trug Cass ein mit Rüschen besetztes weißes Kleid, und sie drehte darin Pirouetten, teils weil der Schnee um ihr Haar wirbelte, teils weil sie wusste, dass die anderen Kinder neidisch sein würden. Sie riss den Mund auf und schmeckte Schneeflocken auf ihrer Zunge.

Dann blickte sie auf und sah die Kirche. Ihr Vater drehte sich um und …

Cass runzelte die Stirn. Sie wollte sich nicht daran erinnern, wie es weitergegangen war, nachdem die Dinge ernst und streng und freudlos geworden waren … nur an den Spaß, den sie zusammen gehabt hatten, wollte sie denken, daran, wie sie als Familie gemeinsam gelacht hatten, bevor Cass in die Kirche gegangen war.

Natürlich hatte sie damals nicht Cass geheißen.

## Kapitel 5

Frisch gefallener Schnee erstreckte sich vor der karmesinroten Eingangstür der Mühle. Er war jungfräulich, wies keine Fußabdrücke auf. In den letzten Stunden konnte niemand die Mühle betreten oder verlassen haben, und Cass musste wieder an ihren geheimnisvollen Nachbarn in Apartment 10 denken.

Ihr Auto war das einzige in der Nähe des Eingangs geparkte Fahrzeug. Cass wischte Schnee von den Scheinwerfern, dann von den Spiegeln und Scheiben. Der Schnee machte ihre Ärmel dunkel und ließ ihre rot gewordenen Hände vor Kälte kribbeln. Die Kälte spürte sie auch im Gesicht, als sie hinters Lenkrad glitt und den Zündschlüssel drehte.

Der Motor gab ein Röcheln von sich, das wie das Keuchen eines uralten Kettenrauchers klang.

Cass fluchte, pumpte mehrmals mit dem Gaspedal und versuchte es erneut. Wieder das Röcheln, aber diesmal sprang der Motor an. Als Erstes ließ sie eine Zeit lang die Heizung laufen, hielt ihre Finger an die Lüftungsschlitze. Sie nahm sich vor, nächstes Mal Handschuhe zu tragen.

Sie legte den Rückwärtsgang ein. Der Wagen zitterte, und die Räder drehten durch. Als Cass etwas weniger Gas gab, setzte er sich in Bewegung, holperte über den Schnee und brach dann seitlich aus. In ihrem Rückspiegel konnte sie die schmale Zufahrt sehen, die steil zur Hauptstraße hinaufführte. Zu steil. Sie seufzte resigniert, wechselte in den ersten Gang und fuhr ein kleines Stück vorwärts – auf den Platz zurück, den sie schon als ihren betrachtete. Auf ihrer Uhr war es Viertel nach drei.

Cass sprang aus dem Auto, knallte die Tür zu und hastete die Zufahrt hinauf.

Ihre Wadenmuskeln schmerzten, als sie die Schule erreichte, und sie hatte klatschnasse Füße. Auf dem Schulhof waren noch ein paar Kinder, die sich lachend mit Schneebällen bewarfen. Alle trugen Schals und Wollmützen und Stiefel. Cass' Herz sank. Bens Stiefel waren noch in irgendeinem Umzugskarton verpackt.

Dann sah sie Mr. Remick, den Stellvertreter der Rektorin, an der Eingangstür stehen. Nach den weißen Flecken auf seinem Mantel zu urteilen, hatte er bereitwillig bei dieser ersten Schneeballschlacht des Jahres mitgemacht. Oder einige der Kinder waren frecher, als in dieser abgelegenen Weltgegend zu erwarten gewesen wäre. Er winkte ihr zu.

»Tut mir leid, ich …«

»Nicht nötig, nicht nötig. Wir haben uns wundervoll amüsiert. Ich gebe allerdings zu, dass ich mir meinen ersten Tag nicht ganz so vorgestellt habe.«

»Damit hat Ben bestimmt auch nicht gerechnet.« Sie lächelten sich zu. Cass sah, dass Mr. Remick klare blaue Augen hatte. »Wo ist er?«

»Er wartet bei Mrs. Spencer.«

Cass zog die Augenbrauen hoch.

»Die haben Sie heute Morgen kennengelernt, glaube ich. Sally Spencer.« Er grinste. »Nicht leicht zu übersehen.«

»Oh. Natürlich.« Cass musste unwillkürlich lachen.

»Sally beschäftigt ihn mit irgendeiner Zeichnung. Sie haben hoffentlich nichts dagegen, Mrs. …«

»Cass.«

»Sie haben hoffentlich nichts dagegen, Cass, aber ich habe mir erlaubt, Mrs. Spencer zu fragen, ob sie Ben und Sie heimfahren könnte. Nur für den Fall, dass es Schwierigkeiten gibt. Ich könnte mir vorstellen, dass die Zufahrt zur alten Mühle heimtückisch sein kann.«

»Das ist sie«, gab Cass widerstrebend zu. Sie wollte Sally nicht um Hilfe bitten, aber sie dachte daran, wie Ben ohne Stiefel würde heimgehen müssen … Sie hätte besser vorbereitet sein sollen. Und schließlich hatten sie Sally mitgenommen, als ihr Wagen im Moor liegengeblieben war.

Dann fiel ihr etwas ein. »Ich dachte, dass Sallys Wagen eine Panne hatte?«

»Wirklich? Davon hat sie nichts erzählt – er muss wohl repariert sein, denke ich. Jedenfalls hat sie gesagt, das sei kein Problem.«

»Ich kann Sie zu Hause absetzen.«

Als sie sich umdrehten, stand Lucy hinter ihnen, die Frau mit dem Land Rover. »Ich fahre ohnehin vorbei.«

»Danke, nicht nötig«, sagte Mr. Remick. »Wir haben alles unter Kontrolle.«

»Aber Sally wohnt in entgegengesetzter Richtung.« Lucy wandte sich an Cass. »Sie können schon mal in den Landy steigen. Jess sitzt bereits drin – ich bin nur zurückgelaufen, um ihren Schal zu holen.«

»Sehr freundlich von Ihnen«, sagte Cass. Während sie das sagte, erschien Ben, der ein bisschen blass war, am Ausgang. Er kam zu seiner Mutter und blieb schweigend neben ihr stehen. Cass fühlte den Drang, sich zu ihm hinunterzubeugen und ihn fest zu umarmen, aber sie beherrschte sich. Vielleicht wurden sie von potenziellen Spielkameraden beobachtet; mit solchermaßen zur Schau gestellter mütterlicher Fürsorge konnte der Neue leicht zum Opfer werden. Stattdessen legte sie ihm eine Hand auf die Schulter und drückte sie kurz.

»Großartig«, sagte Mr. Remick. »Danke, Lucy.« Seine Züge wurden weich, als er sich etwas zu Cass hinüberbeugte. »Wir sehen uns morgen«, sagte er, und sie glaubte fast, seinen Atem auf der Wange gespürt zu haben.

Die Kinder hockten schweigend auf dem Rücksitz des Land Rovers, während Lucy und Cass schwatzten. Lucy lebte ein Dorf weiter, sagte sie, einige Meilen flussaufwärts.

Cass wollte oben an der Straße abgesetzt werden, aber Lucy bestand darauf, sie bis vor die Tür zu fahren. Der Land Rover bewältigte die verschneite Zufahrt mühelos und hielt direkt vor der Haustür, gleich neben Cass' Wagen.

»Ziemlich belebter Parkplatz«, scherzte Cass. »Sehen Sie sich also vor, wenn Sie wenden.«

»Ja, echt schade um die alte Mühle«, sagte Lucy mit einem Blick nach oben. »Ein imposanter Bau.«

»Aber nur halb fertig. Ich habe mich gefragt, warum heute keine Bauarbeiter gekommen sind – sie müssen wohl gewusst haben, dass es schneien würde.«

Lucy beobachtete sie aus dem Augenwinkel heraus. »Sorry«, sagte sie. »Ich dachte, Sie wüssten Bescheid – ich meine, vielleicht hat es ja nichts zu bedeuten …«

»Was denn?«

»Na ja, der Baufirma soll das Geld ausgegangen sein. Die Arbeiten sind vor ein paar Wochen eingestellt worden. Trotzdem findet sich vielleicht bald ein anderer Investor. Haben Sie …?« Sie brachte den Satz nicht zu Ende.

Cass schüttelte den Kopf. Sie spürte, wie eine Woge der Erleichterung sie durchflutete. »Nein«, sagte sie, »nein, ich bin keine Eigentümerin, Gott sei Dank. Hätte ich die Wohnung vorher besichtigen können, hätte ich sie vielleicht gekauft, aber so wohnen wir nur zur Miete.«

»Das ist gut. Da kann Ihnen nichts passieren. Und vielleicht ziehen bald mehr Leute ein. Wie man hört, versucht der Makler noch immer, die fertigen Wohnungen zu vermieten.«

Cass hörte kaum, was sie sagte. Sie dachte an all die Türen, still und geschlossen, und an Bens verkniffenes Gesicht, während er am Fenster Ausschau nach Spielgefährten hielt, die vielleicht niemals kommen würden. Und dann dachte sie an das nicht verglaste Apartment, das Wind und Wetter ausgesetzt war. Dort würde sicher nicht so bald weitergebaut werden.

»Sie kommen bestimmt zurecht.« Lucy wirkte besorgt. »Hören Sie, wenn Sie mal das Bedürfnis nach einer Freundin oder einem Schwätzchen haben oder sonst was brauchen … Hier, ich gebe Ihnen meine Telefonnummer.« Sie nahm einen Zettel aus der Ablage und kritzelte ihre Nummer darauf.

Cass bedankte sich, stieg aus und winkte ihnen zum Abschied zu, während Ben stumm neben ihr stand. Sie blieben noch einen Augenblick in der Kälte stehen. »Hast du mit Jessica geredet?«, fragte Cass schließlich.

»Sie ist ein Mädchen.«

Cass unterdrückte ein Lächeln. »Ja, das stimmt. Aber hast du mit ihr geredet?«

Ben schüttelte den Kopf.

»Ist sie in deiner Klasse?«

Keine Antwort.

»Mit wem hast du geredet?«

Ihr Sohn sah auf. »Damon.«

Ausgerechnet Damon, der Sohn der lautesten Frau in Darnshaw.

»Und du hast bei Mrs. Spencer gezeichnet. Hat dir das gefallen?«

Ben warf ihr einen Blick zu und verzog das Gesicht. Seine Lippen waren zusammengepresst.

Cass seufzte. Sie würde versuchen müssen, ihn ein bisschen aufzuheitern. Vielleicht konnten sie gemeinsam etwas Spaß haben, vielleicht einen Schneemann bauen. Aber dann sah sie sich um und merkte, dass der Abend bereits nahte. Der Himmel war bleiern dunkelgrau, und während sie noch dastanden, begann es wieder zu schneien. Dicke weiße Flocken füllten den Himmel, schwebten sanft und lautlos herab.

Cass setzte sich ruckartig auf und strich sich die Haare aus dem Gesicht. Irgendetwas hatte sie geweckt – *Ben.* Sie sprang aus dem Bett und lief durch das Apartment in sein Zimmer. Als sie das Bett ihres Sohns erreichte, gab er jedoch keinen Laut mehr von sich. Sie kniete bei ihm nieder, streckte eine Hand aus. Ben fühlte sich heiß an und hatte sich in die Decke verwickelt. Seine Wangen waren feucht, aber nicht von Schweiß, sondern weil er geweint hatte. Er verzog unwillig das Gesicht, wich etwas Unverständliches murmelnd vor ihr zurück. Sein Blick war leer.

Wieder einmal sagte er: »Er bleibt mein Daddy.«

»Ruhig, Ben. Natürlich bleibt er das.«

»Er ist's. Er ist mein Daddy.«

Cass hielt ihn umarmt und versuchte, nicht an Pete zu denken. Wenn Ben früher geweint hatte, hatte Pete ihn im Kreis geschwungen und sich über seine Tränen lustig gemacht – aber niemals mit verletzenden Worten. Nein, er hatte es verstanden, den Jungen wieder zum Lachen zu bringen.

Ben wurde unruhig in ihrer Umarmung, und Cass ließ ihn los. Ihr Sohn war jetzt hellwach, starrte sie mit großen Augen an. »Wenn ich einen anderen Dad bekäme, bliebe er trotzdem mein Daddy, nicht wahr?«

»Was?«

»Daddy. Wenn jemand anderes mein Dad sein wollte, würde er mich trotzdem weiter lieben, stimmt's?«

»Natürlich würde er das.« Cass zog ihren Sohn verwirrt an sich. Wie kam er nur auf solche Ideen? Sie dachte an Sallys Worte auf dem Schulflur, an ihr törichtes Lachen. Was hatte die Frau gesagt? *Sie haben wirklich Glück.* Irgendwas in dieser Art. Das musste Ben gehört haben.

Cass hielt Ben mit ausgestreckten Armen fest und sah ihm in die Augen. Sie wählte ihre Worte sorgfältig. »Natürlich bleibt er dein Dad«, sagte sie. »Für immer.«

»Wo ist er dann?«

Ihr Herz sank.

»Wo ist er?«

Cass atmete tief durch. »Dein Daddy … Pete …« Es fiel ihr schwer seinen Namen auszusprechen. »Er ist gestorben, Ben. Er war Soldat, und er war sehr tapfer, und er … tut mir leid, aber er kommt nicht mehr zurück. Nie mehr. Aber das bedeutet nicht, dass er aufgehört hat, dich zu lieben.« *Uns,* dachte sie. Er hat *uns* geliebt. Sie spürte, dass ihre Hände zitterten.

»Das ist nicht fair.«

»Ich weiß, Ben. Ich weiß, dass das nicht fair ist. Ganz ruhig …« Cass wiegte ihn, hielt ihn an sich gedrückt, fühlte sein feuchtes Haar an ihrer Haut.

»Ich will keinen anderen Daddy«, flüsterte er.

Cass verwünschte Sally Spencer im Stillen. Sie öffnete den Mund, um ihren Sohn zu beruhigen, und machte ihn wieder zu. Was sollte sie dazu sagen? Vor ihrem geistigen Auge erschien Mr. Remick. Und sein Blick war so lebhaft, als sei er hier im Zimmer bei ihr.

Sie konnte das Gesicht ihres Sohns nicht sehen, aber sie wusste, dass er auf eine Antwort wartete.

»Ich weiß«, sagte sie nochmals, während sie ihn weiter an sich gedrückt hielt. »Ich weiß, Ben.« Sie blieb im Halbdunkel sitzen und wiegte ihn, aber seine Anspannung löste sich nur ganz allmählich.

# Kapitel 6

Cass wachte früh auf, hatte aber Mühe, den Kopf klar zu bekommen. Sie war noch müde, hatte nicht gut geschlafen, nachdem sie lange an Bens Bett gesessen hatte. Obwohl sie sich nicht erinnern konnte, irgendetwas geträumt zu haben, stand ihr Petes Gesicht vor Augen, als sie aufwachte. Der Gedanke an ihn beschäftigte sie weiter.

Die Vorstellung, Ben müsse ohne Stiefel in die Schule gehen, ließ sie hastig aufstehen. An diesem Morgen suchte sie Schal, Handschuhe und Stiefel heraus, bevor sie ihn weckte. Er rieb sich das Gesicht und lächelte sie an, als sei nichts passiert. »Schneit es?«, fragte er als Erstes.

»Komm, wir sehen mal nach.«

Noch bevor sie das Fenster erreichten, konnte Cass sehen, dass der Himmel weiß war. Als Ben hinaussah, stand ihm der Mund offen, und Cass zerzauste ihm das Haar. Nachts hatte es noch mehr geschneit. Eine dicke Schneeschicht verdeckte die Zufahrt und hüllte die Bäume in ein ungewohntes weißes Laubkleid.

»Wir werden wieder zu Fuß gehen müssen«, sagte Cass. Ihr Blick wanderte zu den weißen Hügeln hinüber, die mit dem Himmel verschmolzen. Sie kam sich vor wie auf dem Boden einer riesigen Schüssel – zu allen Seiten beengt und eingesperrt.

Als sie angezogen waren, traten sie in die Kälte hinaus, in der ihr Atem sichtbare Wolken bildete. Das Auto war etwa fünfzehn Zentimeter hoch mit Schnee bedeckt, und Ben rannte sofort hin, steckte einen Finger in den Schnee und zeichnete dann mit der ganzen Hand ein Gesicht auf die Motorhaube. Er machte einen lockeren Schneeball, den er nach Cass warf. Das Ding löste sich jedoch auf, bevor es sie erreichte. Sie lachte. »Nächstes Mal, Soldat«, sagte sie und bereute ihre Wortwahl sofort, aber Ben achtete gar nicht darauf; er lief bereits schlurfend die Zufahrt hoch und hinterließ eine einzige breite Fährte.

»Was bin ich?«, rief er. »Was bin ich?«

»Ein großer Hund«, riet Cass, und er drehte sich mit weit aufgerissenen Augen um und nickte.

»Ich bin Captain«, sagte er. »Wuff! Wuff!«

Obwohl es mühsam war, durch den hohen Schnee zu stapfen, erreichten sie die Schule noch rechtzeitig.

»Seien Sie gegrüßt«, rief eine vertraute Stimme. »Sie haben's geschafft. Gut! Heute Morgen sind wir ziemlich wenige.«

Cass sah Mr. Remick, der sich die behandschuhten Hände rieb, am Eingang stehen. Seine Wangen waren gerötet, seine Augen blitzten, und Cass lächelte unwillkürlich. Ben ergriff ihre Hand und zog daran, aber als sie auf ihn hinuntersah, sagte er nichts und sah sie auch nicht an.

»Viele werden es heute nicht hierher schaffen«, sagte Mr. Remick. »Ich kann von Glück reden, dass es mir gelungen ist. Auch manche Lehrer werden eingeschneit sein, vermute ich.«

Cass sah sich um. Der Parkplatz war fast leer, und auf dem Schulhof liefen nur eine Hand voll Schüler durcheinander. »Soll ich Ben wieder mitnehmen?«, fragte sie und spürte, dass er ihre Hand noch fester umklammerte.

»Nein, das ist nicht nötig. Ich glaube allerdings, dass wir heute nur eine Klasse werden bilden können. Für meine besonderen Schüler.« Mr. Remick beugte sich zu Ben hinunter und blinzelte ihm zu. »Aber das ist in Ordnung; ich übernehme sie.«

Lautes Trampeln und Gekicher hinter ihnen verriet Cass, dass weitere *besondere Schüler* angekommen waren.

Mr. Remick richtete sich auf und versammelte die Kinder mit einer knappen Geste um sich. Ihr Geplapper verstummte, als er zu sprechen begann. »Weil ihr es geschafft habt, heute Morgen herzukommen, während alle anderen zu Hause geblieben sind, schlage ich vor, dass wir mit einer vorgezogenen Pause anfangen. Wie wär's mit einem Wettbewerb im Schneemannbauen?«

Lauter Jubel von allen Seiten. Ben bekam leuchtende Augen; er lachte ebenfalls und ließ dabei kleine weiße Zähne blitzen. Er entzog Cass seine Hand, als merke er erst jetzt, dass sie in ihrer lag. Cass lächelte ihm zu. Mr. Remick beobachtete sie beide. »Ich hoffe, Sie sind damit einverstanden«, sagte er. »Ernsthaften Unterricht gibt es natürlich auch noch.«

»Das ist perfekt«, sagte Cass. »So kann er sich wunderbar eingewöhnen.« Vielleicht würde der Schnee sich doch noch als Segen erweisen. Ihr Blick glitt über die Hügel hinweg, die sie umgaben und deren jungfräuliches Weiß nur an einigen wenigen Stellen durch eine Steinmauer oder einen kahlen Baum unterbrochen wurde.

Mr. Remick sprach leiser. Seine Stimme war sanft, fast tonlos. »Sie können bleiben, wenn Sie möchten.«

Cass sah ihn an, und der Blick seiner klaren blauen Augen ging ihr durch und durch. Ihr stockte der Atem.

»Sie könnten mithelfen, Schneemänner zu bauen, meine ich. Vielleicht macht Ihnen das Spaß. Sie könnten unser Ehrengast sein.« Mr. Remick lächelte.

Cass senkte den Kopf und merkte, dass Ben sie anstarrte. Sie wandte sich wieder an Mr. Remick. »Danke, lieber nicht«, sagte sie. »Ich will dich schließlich nicht vor aller Welt blamieren, was, Ben?«

»Mom baut total miese Schneemänner«, sagte Ben.

Cass wechselte einen Blick mit Mr. Remick, dann lachten sie beide.

»Tja, das wollen wir natürlich nicht. Vielleicht ein andermal.« Der Lehrer streckte die Hand aus, um Bens Rucksack von Cass' Schulter zu nehmen. Die leichte Berührung war kaum zu spüren und dauerte nicht lang, aber sein Blick ließ sie die ganze Zeit nicht los.

Cass brach den Blickkontakt ab. Um ihre Verwirrung zu überspielen, beugte sie sich zu Ben hinunter und gab vor, seine Jacke zurechtzuziehen. Als sie sich wieder aufrichtete, zwang sie sich zu einem neutralen Gesichtsausdruck.

Draußen auf der Straße drehte Cass sich noch mal zum Pausenhof der Schule um. Dort liefen ungefähr zwanzig Kinder aller Altersstufen lachend und kreischend durcheinander. Schon ganz in ihre Arbeit vertieft, rollten sie große Kugeln aus Schnee, unter dem an einigen Stellen grünes Gras zum Vorschein kam. Cass erkannte Ben an seiner auffälligen roten Jacke. Einer der Jungen winkte ihn zu sich heran, und Ben lief hin, um mitzuhelfen, eine der Kugeln auf eine andere zu heben, damit der erste Schneemann einen Kopf bekam.

Eine vertraute Stimme hallte über den Platz. Selbst aus der Entfernung war Sally Spencers durchdringendes Organ unüberhörbar. Die Frau stapfte umher und feuerte die Kinder an, schneller zu bauen; dann wandte sie sich der Straße zu und legte schützend eine Hand über die Augen. Unwillkürlich trat Cass zwei Schritte zur Seite, um hinter einer hohen Torsäule zu verschwinden.

»Tach auch«, sagte eine Stimme.

Cass drehte sich um und sah Bert, eng in seinen Mantel gehüllt, mit Captain, der hinter ihm hertrottete. Dem stark hechelnden Hund hing die rote Zunge aus der Schnauze.

»Hallo, Bert. Nehmen Sie sich in Acht. Captain könnte zum Schneemannbauen abgestellt werden.«

Bert sah auf den Hund hinab, der ebenfalls haltgemacht hatte. »Aye«, sagte er und hob wieder den Kopf, um die Kinder zu beobachten. »Schon alles eingelagert?«

»Wie bitte?«

»Aye. Haben Sie Vorräte im Haus?«

»Vorräte?«

Der Alte nickte. Sein Hund stand da und hechelte. »Sobald die erste Schneeflocke fällt, gibt's in Darnshaw kein Brot mehr«, leierte er monoton herunter. »Und Milch. Und alles andere, was man sonst so braucht.« Seine Schultern zuckten, als lache er innerlich. Er deutete die Straße entlang. »Glaub nich', dass in nächster Zeit Lieferungen durchkomm'n. Am besten geh'n Sie gleich in den Laden, wenn Sie sich nich' eingedeckt hab'n.«

»Oh«, sagte Cass. »Vielen Dank.« Warum hatte sie nicht dran gedacht, dass es wegen des Schnees Versorgungsengpässe geben könnte? Wo sie früher gewohnt hatte, war das Verkehrswegenetz besser gewesen, doch hier …

»Aber die Straßen werden sicher bald geräumt? Oder gestreut, damit wenigstens die Geschäfte versorgt werden können?«

Er seufzte schwer. »Das weiß man nie. Die Verwaltung hat natürlich jedes Jahr weniger Geld. In den Kleinstädten wird geräumt, aber in letzter Zeit wird Darnshaw manchmal ›vergessen‹.« Er machte eine Pause. »Aye, kauf'n Sie am besten gleich ein, Schätzchen.«

»Gut, das tue ich. Danke, Bert.«

Er nickte. »Postamt«, sagte er. »Mietwohnung. Nich vergess'n: Brauchen Sie was, kommen Sie zum alten Bert, und er sieht zu, was sich mach'n lässt.«

»Sie sind ein Held.«

Der Alte wandte sich ab und starrte seinen Hund an. Sein Gesicht begann rot zu werden. »Tach auch«, sagte er plötzlich. Diese beiden Worte ließen sich offenbar als Begrüßungs- und Abschiedsformel verwenden. Dann marschierte Bert steif wie ein Ladestock in Richtung Park davon. Captain trottete neben ihm her.

Von ihrem leicht erhöhten Standort aus sah Cass wieder zu den Kindern hinüber. Auf dem Sportplatz war ein Kreis aus Schneemännern entstanden, der sie an eine prähistorische Anlage mit ringförmig aufgestellten Monolithen erinnerte. Mr. Remick stand in der Mitte, streckte die Hände aus und lachte. Die Kinder rissen sich ihre Schals und Mützen herunter, um damit ihre Schöpfungen zu schmücken. Während sie zusah, nahm Mr. Remick seinen eigenen Schal ab, knotete ihn Bens Schneemann um und zerzauste dem Jungen das Haar.

## Kapitel 7

Als Cass näher kam, sah sie, dass das Lebensmittelgeschäft hoffnungslos überfüllt war. Das konnte sie daran erkennen, dass in der Schaufensterauslage, die vorher ziemlich voll gewesen war, nun fast keine Waren mehr lagen. Auf den Regalen hinter der Scheibe war nur eine seltsame Ansammlung von Dingen zurückgeblieben: ein kleiner rosa Teddybär, eine Schachtel Gummibälle und ein paar Wollknäuel, die den hiesigen Strickerinnen nicht gefallen hatten.

Drinnen drängten sich Kunden und Kundinnen, die den Stapel Einkaufskörbe aus rotem Kunststoff schon fast unter sich aufgeteilt hatten. Die Kasse befand sich am Ausgang, und Cass konnte den Rücken der mürrischen Frau sehen, bei der sie neulich gezahlt hatte – war das erst vorgestern gewesen? Die Arme der Frau bewegten sich gleichmäßig, während sie einen endlosen Strom von Einkäufen über den Scanner führte, der den Strichcode las.

Cass stieß die Ladentür auf und trat in eine Kakophonie ein: scharrende Laute von Konservendosen, Schritte, das Rascheln, mit dem Packungen aus den Regalen genommen und in Körbe gelegt wurden. Das ständige Piepsen des Strichcodelesers, das Rattern der Kassenschublade. Das Einzige, was fehlte, waren Gespräche. Der Laden war voller Leute – die meisten älter, grauhaarig, dick gegen die Winterkälte eingepackt –, doch keiner sprach mit irgendjemandem.

Sie schnappte sich einen Korb. Die Gemüseauslage dahinter waren leer geräumt bis auf ein paar verschrumpelte Apfelsinen und einige wenige Champignons. Vorgestern war sie noch übervoll gewesen. Cass sah den Gang entlang. Viele der Regale waren ebenfalls leer, sodass nur noch die Plastikschilder mit den aufgedruckten Preisen erkennen ließen, was dort einmal gestanden hatte.

Cass sammelte die Apfelsinen und Champignons ein und schob sich an einem alten Mann vorbei, der misstrauisch an einer Packung Reisnudeln roch.

Brot gab es keines mehr. Cass gelang es, Frühstücksflocken, Gemüsekonserven und mehrere Packungen Nudeln zusammenzuraffen. Die Kasse zu erreichen dauerte eine Ewigkeit. Sie stellte ihren Korb auf den Boden und schob ihn Schritt für Schritt mit dem Fuß weiter. Im Augenblick konnte sie nicht mehr tragen, aber sie konnte diesen Einkauf nach Hause bringen und zurückkommen. Vielleicht würde sie ein paar Sachen für den Tiefkühlschrank und Bens Lieblingslimonade kaufen – genug für ein paar Tage, nur für den Notfall.

Sie schloss kurz die Augen, erinnerte sich an Bert. *Danke,* dachte sie.

Mit schmerzenden Armen stellte Cass ihre Einkaufstüten auf dem Küchenboden ab und legte ein paar Sachen in den Gefrierschrank, in dem bisher nur eine Schale mit Eiswürfeln gestanden hatte. Sie zog gleich wieder los – die Zufahrt hinauf und ins Dorf zurück –, ging mit gesenktem Kopf und versuchte, das Brennen in ihren Wadenmuskeln zu ignorieren. Als sie das Geschäft erreichte, streckte sie eine Hand aus und wollte die Tür aufziehen, aber sie bewegte sich nicht. Sie hob den Kopf und versuchte, durch das milchige Glas zu sehen, aber innen an der Tür klebten Mitteilungen von Kunden, die meisten angegraut und an den Rändern eingerissen: Eine entlaufene Katze. Übungsabende der Musikkapelle. Buggy zu verkaufen. Sie trat ans Schaufenster, sah hinein und konnte erkennen, dass das Geschäft leer, das Licht ausgeschaltet und die Registrierkasse mit einer grünen Schutzhaube abgedeckt war. In den Warenregalen schien überhaupt nichts Essbares zurückgeblieben zu sein.

Im Dorf gab es einen kleinen Fleischerladen, Winthrop's, der auch schon fast leergekauft war, aber der Fleischer wickelte ihr ein paar Sachen ein und packte sie in eine blau-weiß gestreifte Plastiktüte. Cass wusste kaum mehr, was sie dort eigentlich gekauft hatte.

Der Gemüseladen hatte ebenso vorzeitig Feierabend gemacht wie das Postamt. Das letzte Geschäft, der Blumenladen, nützte ihr nichts und war obendrein ebenfalls geschlossen. Vermutlich schon länger, denn die Plastikbuchsbäume im Schaufenster waren mit einer Staubschicht bedeckt. Cass starrte sie eine Zeit lang an, dann wandte sie sich ab. Sie konnte nicht mehr tun, als nach Hause zurückzugehen.

Als sie wieder vor der Mühle stand, wollte sie gerade nach dem Tastenfeld neben der Tür greifen, als sie mitten in der Bewegung erstarrte. Sie trat einen Schritt zurück, starrte das Türblatt an, streckte die Hand aus und berührte die rauen Kanten der tiefen Kratzer in dem neuen Lack.

Auf der Tür prangte ein Kreuz: Längs- und Querbalken mit mehreren kräftigen Schnitten tief ins Holz geritzt. Lack und Holzsplitter hafteten an der glatten Oberfläche. Cass fuhr mit dem Zeigefinger darüber, zog sich einen Splitter ein und steckte den Finger mit einem leisen Aufschrei in den Mund. Das Holz unter dem Lack war dunkel und feucht.

*Ein Kreuz.* Cass dachte an ihren Vater. Was er wohl dazu gesagt hätte?

Sie sah sich um. Sie war nicht lange fort gewesen; das Kreuz musste noch ziemlich frisch sein. Bestimmt waren das Kinder gewesen, die die Schule geschwänzt und dumme Streiche gespielt hatten. Cass spürte, wie Zorn sie überflutete. Wenn sie jetzt im Schnee herumlaufen konnten, hätten sie auch in die Schule gehen können.

Aber dies sah nicht nach einem Kinderstreich aus. Wieso hätten sie ein Kreuz wählen sollen?

Cass gab den Zugangscode ein, betrat das Foyer und überzeugte sich davon, dass das Türschloss einrastete. Sie sah durchs Glas hinaus. Draußen bewegte sich nichts. Im Schnee war ein Gewirr aus Spuren zu sehen, aber wer sie hinterlassen hatte, ließ sich unmöglich feststellen. Sie konnte nur ihre eigenen Fußabdrücke und die breite Spur identifizieren, die Ben auf dem Weg zur Schule hinterlassen hatte.

Sie dachte an die Wohnung unter ihnen, deren Trennwände nichts weiter als Holzgerüste waren und deren Fenster zu den Hügeln hinaus offen standen.

Als sie die Treppe hinaufging und den stillen Vorraum betrat, sah sie, dass ihr unbekannter Nachbar eine weitere Zeitung zugestellt bekommen hatte. Sie war verknittert, weil sie halb unter die erste geschoben worden war.

Die Einkaufstüten standen noch dort, wo Cass sie abgestellt hatte. Sie zog das Fleischpaket der Metzgerei hervor, das sich unangenehm weich anfühlte, und legte es in den Kühlschrank. Sie konnte sich nicht daran erinnern, was es enthielt, und wollte jetzt auch nicht nachsehen. Stattdessen ließ sie die übrigen Einkäufe liegen, ging in ihr Zimmer und zog eine Schachtel unter dem Bett hervor.

Sie hatte sich geschworen, das nicht zu tun, nicht jetzt, nicht wenn sie in einer neuen Wohnung allein war. Sie wollte ein neues Leben beginnen, etwas Neues aufbauen, und Ben gewöhnte sich bereits ein, schien Freundschaften zu schließen. Und doch … Er bleibt mein Daddy, hatte ihr Sohn gesagt.

Cass stellte die Schachtel aufs Bett und nahm den Deckel ab. Pete blieb Bens Daddy, blieb ihr Ehemann. *War* ihr Ehemann. In der Schachtel lag ein Bündel Briefe. Cass blätterte darin und hielt inne, als sie auf ein Foto stieß, das sein vertrautes Gesicht zeigte. Sein aschblondes Haar hatte fast dieselbe Farbe wie seine

Uniform, das Zelt hinter ihm und der Boden, auf dem es stand. Alles war sepiabraun. Sie fuhr mit einer Fingerspitze über die Oberfläche und erwartete fast, den rauen Sand zu spüren.

Sie blätterte die Briefe auf dünnem Luftpostpapier durch, las hier und da einige Zeilen.

*Wir versuchen dem Chaos mit albernen Zeichnungen Herr zu werden. Komisch, wie sehr sie Kinderzeichnungen gleichen. Ich wünschte, ich könnte ihn jetzt sehen. Ihr fehlt mir schrecklich.*

Cass erinnerte sich an den Tag, an dem dieser Brief gekommen war. Ben und sie hatten Bilder von Pete gezeichnet und überall in der Küche aufgehängt, um ihrem eigenen Chaos mit albernen Zeichnungen Herr zu werden. Aber auch das hatte ihn nicht nach Hause gebracht.

Sie legte die Briefe wieder in die Schachtel und beförderte sie mit dem Fuß ins Dunkel unter dem Bett zurück.

## Kapitel 8

Cass fuhr ihren PC hoch, war aber in Gedanken noch immer bei anderen Dingen. Sie hatte eine neue E-Mail. Ihr Kunde wollte die Website, die in der kommenden Woche an den Start gehen würde, um ein neues Produkt erweitern. Er entschuldigte sich mehrmals für diese kurzfristige Änderung, ließ aber keinen Zweifel daran, dass der Auftrag eilig war.

»Kein Problem«, mailte Cass zurück. »Morgen früh ist alles fertig.« Dann saß sie da und starrte den Bildschirm an.

Sie konnte sich nicht konzentrieren. Stattdessen erinnerte sie sich an jenen Tag in Darnshaw, an dem es geschneit hatte und ihre Familie gemeinsam unterwegs gewesen war. An den Tag, an dem sie in ihrem neuen weißen Kleid zur Kirche getänzelt war.

Sie hatte bei den anderen Mädchen gestanden und gewartet, während ihr Vater die Reihe abschritt. Er hatte Cass mit demselben Blick gemustert wie alle anderen: nachdenklich, überlegend und abschätzend, ob sie gut genug war.

Und Cass hatte in diesem Moment das schreckliche Gefühl beschlichen, dass sie es nie sein würde.

Sie schüttelte den Kopf, um wieder klar denken zu können, griff nach der Maus und fuhr den Computer herunter.

Cass war niemals gut genug gewesen, auch nicht in ihrem weißen Kleid. Sie hatte gewusst, dass sie irgendetwas Dummes tun würde: die Hostie fallen lassen, das schneeweiße Tuch mit Wein beflecken. Und jetzt war sie wieder hier in Darnshaw – was hatte sie sich bloß dabei gedacht? Und wieso hatte sie geglaubt, dieser Ort könnte gut sein für Ben? Hätte er jetzt einen Unfall, sie hätte ihn nicht einmal ins Krankenhaus fahren können. Vielleicht würden sie sogar bald hungern müssen.

Cass fuhr zusammen, als das Telefon klingelte. Sie schob ihren Arbeitsstuhl zurück und sah sich um, weil sie fast damit rechnete, dort jemanden stehen zu sehen.

*Ben.* Eben noch hatte sie daran gedacht, dass ihm etwas zustoßen könnte, und jetzt klingelte das Telefon. Nein, das konnte nicht sein; bestimmt hatte sich jemand verwählt. Oder jemand rief aus der Kaserne in Aldershot an, um ihr alles Gute zu wünschen. Aber das stimmte nicht. Sie *wusste,* dass das nicht stimmte. Frauen, deren Männer noch lebten, wollten nichts mit Gefallenen zu tun haben, in keinster Weise.

»Hallo, Cass«, sagte eine fröhliche Stimme, und Cass hätte beinahe geantwortet: *Nein, Sie haben die falsche Nummer gewählt.* Aber dann erkannte sie die Anruferin.

»Ich rufe nur an, um zu fragen, ob Ben heute Nachmittag zum Tee zu uns kommen könnte. Das würde uns sehr freuen. Oh, und entschuldigen Sie, dass ich mir Ihre Nummer besorgt habe … ich war in Mr. Remicks Büro und dachte … Nun, er hätte bestimmt nichts dagegen. Also bin ich ungezogen gewesen!« Die Frau lachte so laut, dass Cass den Hörer vom Ohr weghielt.

»Damon hat ein neues Spiel, *Street Skirmish* oder so ähnlich, das die beiden Jungs spielen möchten. Sie sind schon richtig gute Freunde – ist das nicht nett?«

Cass fuhr sich mit der Zungenspitze über die Lippen. »Das ist sehr freundlich von Ihnen«, begann sie, »aber …«

»Augenblick, Sie können gleich selbst mit ihm reden.«

Cass' Herz sank. Aus dem Hörer drang eine Stimme, die sie fast nicht erkannte. »Darf ich, Mom? Wir wollen Gummibärchen essen und dann ein paar Spiele ausprobieren, und Mrs. Spencer hat gesagt, dass wir später gemeinsam im Schnee zurückgehen können. Und …«

Cass schloss die Augen. Ihr Sohn hatte sich irgendwie verändert. Er klang glücklich, das war es. Sorglos, wie ein Kind klingen sollte. Wie er früher geklungen hatte. »Natürlich darfst du«, hörte sie sich sagen. »Natürlich. Geh hin und amüsier dich, Schatz.«

»Super.« Das war wieder Sally. »Keine Sorge, wir kümmern uns gut um ihn. Versprochen.«

»Gut.«

»Ich rufe kurz an, wenn wir hier aufbrechen. Sie brauchen gar nichts zu tun; wir bringen ihn zurück. Damon freut sich schon darauf.«

»Vielen Dank«, sagte Cass automatisch, dann wurde am anderen Ende aufgelegt. Sie stand mit an die Brust gedrücktem Telefonhörer da. Die Traurigkeit war zurück, das Gefühl, mit dem sie aufgewacht war, das schon den ganzen Tag auf ihr lastete. *Ihm geht's gut,* sagte sie sich, *er ist nicht verletzt, muss nicht ins Krankenhaus.* Und er hatte einen neuen Freund gewonnen. Seine Stimme hatte glücklich geklungen. Ben gewöhnte sich rasch ein und hatte ein richtiges Zuhause, in dem er Wurzeln schlagen konnte – war das nicht von Anfang an der Plan gewesen?

## Kapitel 9

Cass war so in ihre Bildschirmarbeit vertieft, dass sie erst nicht wusste, ob sie wirklich etwas gehört hatte, als sie ein Klopfen vernahm. Sie hob den Kopf und wartete; dann wiederholte sich das Geräusch. Cass stand auf und fragte sich, ob sie endlich ihren geheimnisvollen Nachbarn kennenlernen würde. Sie ging zur Wohnungstür, dachte im letzten Augenblick daran, dass sie in einem weitgehend leeren Haus allein war, und sah durch den Spion. Draußen stand ein Mann in einem dunklen Wintermantel. Sie konnte nur erkennen, dass er Schneeflocken auf den Schultern hatte, als er nochmals anklopfte, fast so als wisse er, dass sie hinter der Tür stand. Sie streckte automatisch die Hand aus und öffnete die Wohnungstür.

Der Besucher war Mr. Remick. Cass blinzelte ihn an. *Ben.* »Gibt's irgendein Problem?«, stieß sie hervor. Sie musste die Tage verwechselt haben – Sally hatte angerufen, um ihr zu sagen, dass Ben *morgen* bei ihr sein würde, nicht heute, und Cass hätte ihn doch von der Schule abholen müssen. Aber wo war er, wenn diese Vermutung zutraf? Sie sah um Mr. Remick herum und erwartete beinahe, dort Ben stehen zu sehen: verloren und unglücklich, weil seine Mutter ihn nicht abgeholt hatte.

Stattdessen sah sie, dass Mr. Remick etwas unter den Arm geklemmt trug. »Kein Problem«, sagte er. »Ich dachte nur … Na ja, Sie sind gerade erst eingezogen, und Sally hat erwähnt, dass Ben nach dem Unterricht mit zu ihr kommen würde, daher …«

Errötete er etwa? Er brachte den Satz nicht zu Ende, sondern streckte ihr hin, was er mitgebracht hatte. Cass blinzelte erstaunt. Es war ein Laib Brot in einer Papiertüte.

»Ich dachte, Sie würden sich vielleicht einsam fühlen. Und ich weiß, wie's hierzulande ist, wenn der erste Schnee kommt – frisches Brot ist die neue Währung.« Er grinste.

Cass nahm es entgegen. »Sehr aufmerksam von Ihnen. Vielen Dank.« Sie ging in die Küche voraus. »Sie müssen schnell gewesen sein. Ich hab heute Morgen einzukaufen versucht und dachte schon, wir würden von Frühstücksfleisch in Dosen leben müssen.«

»Hier geht's tatsächlich ums Überleben. Aber ich war ehrlich gesagt nicht ganz so schnell. Mrs. Bentley aus dem Laden hat was für mich übrig, glaube ich. Sie hält manche Sachen für besondere Kunden zurück.«

»Schön für Sie.« Cass lachte. Es tat ihr gut, nur zu reden und zu lachen. Sie fühlte sich fast wieder wie in Aldershot: von alten Freunden umgeben, die nicht fürchteten, ihr Verlust könnte auch sie irgendwie belasten.

»Ach, ich weiß nicht. Mir macht ein bisschen Sorge, dass sie vielleicht was dafür will.« Auch er lachte, dass seine blauen Augen blitzten, und Cass stellte sich plötzlich vor, wie die mürrische Mrs. Bentley ihre schmalen Lippen spitzte und die Augen schloss.

Sie hatte Mühe, ein Grinsen zu unterdrücken. »Kaffee?«

»Wenn er nicht rationiert ist.«

»Ich komme zurecht, denke ich.«

»Nach dem heutigen Tag kann ich einen brauchen. Diese Kinder … So energiegeladen.«

»Das mit den Schneemännern war eine tolle Idee, finde ich.« Cass erinnerte sich, dass er seinen Schal für Bens Schneemann hergegeben hatte. Er trug ihn auch jetzt nicht, und sie fragte sich, ob er noch immer – durchweicht und steif gefroren – draußen auf dem Sportplatz war.

»Reiner Egoismus.« Er trank einen kleinen Schluck Kaffee. »Das ist eine gute Methode, die Kinder kennenzulernen. Und

Neuen die Chance zu geben, sich einzugewöhnen.« Das Lächeln verblasste. »Tatsächlich überlege ich, ob ich Sie etwas fragen dürfte.«

»Was denn?«

Er seufzte. »Ich mache mir ein bisschen Sorgen. Vermutlich grundlos, aber … Nun, Sie haben gesehen, dass wir den Kindern heute alle möglichen abwechslungsreichen Tätigkeiten angeboten haben. Das ist nur fair, wenn die Hälfte ihrer Klassenkameraden beim Schlittenfahren ist. Heute haben wir also gezeichnet.« Er zog etwas aus der Innentasche seiner Jacke, ein Stück Papier.

Als er es auseinanderfaltete, sah Cass ausdrucksstarke Primärfarben: Sonnengelb, Himmelblau, Feuerrot. Wollte er darauf hinaus, dass Ben ein Problem hatte? Das Bild wirkte bunt und heiter. Sie hatte irgendwo gelesen, dass unglückliche Kinder, deprimierte Kinder, alles in Schwarz malten.

Mr. Remick hielt ihr das Bild hin. »Es hat wahrscheinlich nichts zu bedeuten«, begann er, aber Cass hörte nicht mehr zu. Die Hauptfarbe in dem Bild war Gelb. Es zeigte eine Wüste, die sich endlos weit erstreckte. Im Vordergrund war ein Soldat mit aschblondem Haar und sandbrauner Uniform zu erkennen. Sein Gesicht war kreuz und quer durchgestrichen. Cass konnte sehen, wo die Buntstiftspitze das Papier durchstoßen hatte. Ein schwarzer Stift.

Die Gliedmaßen der Gestalt waren verbogen wie bei einer zerbrochenen Puppe. Aus ihrer Brust spritzte etwas Rotes. Aber der Wüstensand war mit glitzernden blauen Punkten übersät.

Cass schloss die Augen und erinnerte sich an die Steine, die Pete ihr im Traum dargeboten hatte. Die zu Boden gefallen und dann verschwunden waren. Sie streckte die Hand aus und berührte den Rand der Zeichnung, ohne sie Mr. Remick aus der Hand zu nehmen. *So zornig,* dachte sie. Sie hatte nie geahnt, dass ihr Sohn so zornig war.

»Entschuldigung«, sagte er. »Ich dachte, Sie hätten schon ähnliche Bilder gesehen. Offenbar nicht.«

Cass schüttelte den Kopf, holte tief Luft. »Ben hat seinen Vater verloren.« Das war das erste Mal, dass sie diesen Satz herausbrachte, ohne dass ihr die Stimme brach. »Er war in Afghanistan.«

»Das tut mir sehr leid.«

Cass' Lippen formten das Wort *nein,* aber sie sprach es nicht aus.

Blaue Steine. Ein gelber Himmel von gleicher Farbe wie die Erde. Und Rot, dieses viele Rot.

»Nun, dann ist's kein Wunder. Dass er seine Gefühle auf diese Weise ausdrückt, ist unter solchen Umständen vermutlich gut für ihn.«

Cass nickte. Sie erinnerte sich daran, wie Ben vor seinem Videospiel gesessen hatte und das Gamepad seinen Händen entglitten war. Das war einmal sein Lieblingsspiel gewesen – aber in Wirklichkeit nur wegen Pete.

Vielleicht hatte er einfach etwas gezeichnet, das er auf dem Bildschirm gesehen hatte.

Cass fragte sich, was ihr Sohn in diesem Augenblick machte. Zu Damon war er gegangen, um dessen Spiele zu spielen, nicht wahr? Als sie sich auf die Unterlippe biss, spürte sie Mr. Remicks Hand leicht auf ihrem Arm.

»Er kommt bestimmt zurecht. Er ist ein großartiger Junge, auf den Sie stolz sein können. Er beginnt, sich einzugewöhnen.«

Als sie sich jetzt umdrehte, war Mr. Remicks Gesicht mit besorgtem Blick nur eine Handbreit von ihrem entfernt. Sie wich zurück. Sie hatte nicht gespürt, dass er so nahe war.

Er straffte sich ein wenig, und Cass fühlte das Bedürfnis, sich zu entschuldigen. Stattdessen biss sie sich auf die Unterlippe. Sie traute sich nicht, etwas zu sagen. *Auch ich habe ihn verloren,* dachte sie.

Als könne er ihre Gedanken lesen, sagte Mr. Remick: »Ben und Sie kommen bestimmt gut zurecht. Sie werden sehen, wie schnell Sie sich einleben.«

Cass runzelte die Stirn.

»Lebensmittel horten, einen Bunker bauen, Konserven einlagern …«

Sie warf ihm einen erstaunten Blick zu, dann brachen sie beide in Gelächter aus. Cass lachte länger als Mr. Remick. Sie spürte wieder die Leichtigkeit von vorhin, als würde ihr etwas von den Schultern genommen.

»Ich muss gehen, glaube ich«, sagte er.

»Sie können eine Kleinigkeit mitessen, wenn Sie möchten.« Cass sah auf die Uhr. Wie konnte die Zeit so rasch verflogen sein? »Ich könnte …« Sie machte eine Pause.

»Toast machen?« Er zeigte lächelnd auf den Brotlaib.

»Ich denke, etwas Besseres könnte ich schon zaubern.«

»Tut mir leid, ich muss wirklich weiter. Ich habe Aufsätze zu korrigieren.«

Als Cass ihn hinausbegleitet und die Tür hinter ihm geschlossen hatte, erschien die Wohnung ihr zu still. Sie sah sich in der Diele um. Vor dem Garderobenschrank waren noch Umzugskartons gestapelt, die darauf warteten, ausgepackt zu werden. Ihr Blick fiel auf das Haustelefon an der Wand.

Es gehörte zur Türsprechanlage: Besucher konnten unten am Haupteingang klingeln, und sie betätigte den Türöffner, um sie einzulassen. Cass runzelte die Stirn. Mr. Remick hatte einfach vor ihrer Wohnungstür gestanden. Darüber hatte sie bisher nicht nachgedacht, aber wie zum Teufel war er hereingekommen?

Sie erinnerte sich an die andere Wohnungstür mit den Zeitungen darunter. Vielleicht hatte derjenige, der dort wohnte, ihn eingelassen. Mr. Remick war neu in Darnshaw, nicht wahr? Den Code konnte er unmöglich kennen … es sei denn, er hatte bei seiner Wohnungssuche auch die umgebaute Mühle besichtigt, bevor er sich für ein anderes Apartment entschieden hatte. Den Code 1234Z konnte man sich leicht merken.

Trotzdem wünschte sie sich, sie hätte Mr. Remick gefragt, ob er wisse, wer in der Nummer 10 wohnte. Und wie lange er selbst schon in Darnshaw lebte, da er zu Mrs. Bentleys besonderen Kunden gehörte und sogar ihren Namen kannte. Cass stellte fest, dass sie den Wunsch hatte, ihn vieles zu fragen.

Wirklich schade, dass er so früh hatte gehen müssen. In Mr. Remicks Anwesenheit war die Zeit förmlich verflogen. Nun war Cass wieder allein, und weil Ben nicht da war und Krach machte, war es in der Foxdene Mill eindeutig zu still. Sie dachte an die leeren Fensterhöhlen der Wohnung unter ihrer und spürte einen leichten Schauder. Jammerschade, dass nicht mehr Leute eingezogen waren. Mr. Remick hätte sogar ein Nachbar sein können. Vor ihrem inneren Auge stand plötzlich das Bild, wie er durch eine Fensterhöhle hereinkletterte, und brachte sie zum Lächeln.

Cass trat an ihr eigenes Fenster. Sie sah den Schnee lautlos vom Himmel rieseln und alles wie mit Watte bedecken. In der Abenddämmerung wirkten die Hügel etwas heller als der Himmel. Sie war in Sorge wegen Ben. Er würde später durch Nacht und Schnee heimgehen müssen. Aber in Begleitung eines Freundes würde es ihm Spaß machen, eine neue Fährte zu hinterlassen und auf dem ganzen Heimweg Schneebälle zu werfen.

Sie packte die letzten Kartons aus, legte sie flach zusammen und stapelte sie ordentlich auf. Es war gut, das hinter sich zu haben – es machte das Apartment wohnlicher –, aber es bedeutete zugleich, dass sie in Darnshaw bleiben würde. Bisher war sie halb sesshaft, halb auf dem Sprung gewesen. Sie dachte an die Leute, die sie kennengelernt hatte: Mrs. Bentley mit dem verdrießlichen Blick, die ihre Einkäufe wortlos über den Scanner schob. Die laute, leicht ordinäre Sally … und Mr. Remick. In ihren Gedanken lächelte er und sah sie mit seinen klaren blauen Augen an. Er konnte bestimmt in die Menschen hineinsehen. Sie stellte sich vor, wie sie eine Hand ausstreckte und die leicht eingefallene Wange des Lehrers berührte, seinen Dreitagebart unter den Fingern spürte. Wie er die Arme – dünn, aber sehnig – um sie legte.

Cass verdrängte diesen Gedanken, erinnerte sich an Pete. Auch wenn ihr Mann größer, stärker, ganz anders als Mr. Remick gewesen war, glaubte sie, den Lehrer attraktiv finden zu können. Das lag vor allem daran, wie eindringlich er einen mit diesen klaren Augen ansah.

Sie warf einen Blick auf ihre Armbanduhr. Kurz nach 18 Uhr. Sally hatte nicht erwähnt, wann sie Ben nach Hause bringen würde, und Cass hatte nicht daran gedacht, sie zu fragen. *Wir rufen an, wenn wir aufbrechen*. Hatte sie das nicht gesagt? Wenigstens wusste Cass, wo sie wohnte. Ein Glück, dass sie Sally droben im Moor aufgelesen hatten. Sie fragte sich, ob Ben sich beim Heimkommen wieder über ihren Geruch beschweren würde, und versuchte, nicht zu grinsen.

Ben würde sich amüsieren; das würden sie alle drei tun: Sally und Damon und er.

Mr. Remick hatte Bens Zeichnung auf dem Sofa liegen gelassen. Sie griff danach, strich sie glatt und fuhr mit einem Finger über die Stelle, wo sein Bleistift das Papier durchstoßen hatte. Sie stellte sich vor, wie Ben dabei ausgesehen, wie seine Augen geglitzert hatten, als er das Gesicht unkenntlich gemacht hatte, bevor er mit dem intensivsten Blau, das er finden konnte, diese Steine – falls es welche waren – auf den gelben Sand gemalt hatte. Dann runzelte sie die Stirn, weil sie sich fragte, wie er darauf gekommen sein mochte.

Cass sah nochmals auf die Uhr und wünschte sich, ihr Sohn käme bald nach Hause. Die Nacht sank herab, draußen schneite es weiter, aber Sally rief noch immer nicht an. Cass lehnte sich in die Polster zurück, schloss die Augen und ließ die Zeichnung neben sich aufs Sofa fallen.

Als Cass sich aufsetzte und aus dem Fenster sah, war es nicht mehr dunkel. Nebel hatte die Hügel und den Fluss verschluckt und reflektierte jetzt das Mondlicht, sodass es draußen fast taghell war. Als sie auf die Uhr sah, war es schon spät – nach 21 Uhr –, aber Sally hatte noch immer nicht angerufen. Sie musste eingenickt sein; nun hatte sie Kopfschmerzen.

Sie ging vom Fenster zum Telefon hinüber und fragte sich, ob sie vielleicht zu fest geschlafen hatte, um es zu hören, falls es doch geklingelt hatte. Sie ballte die Hände zu Fäusten, streckte die Finger wieder. Wie konnte Sally sich so verspäten? Warum hatte sie sich nicht gemeldet? Zu ihrer Überraschung brannten ihre Augen plötzlich vor Tränen. Sie könnte versuchen, die Nummer der letzten Anruferin vom Display ihres Telefons abzulesen, um sie zurückzurufen. Gelang das nicht, könnte sie sich zu Fuß auf den Weg zu Sallys Haus machen. Aber was war, wenn Sally den Weg am Fluss oder irgendeine andere Route wählte? Dann würden sie sich verpassen.

Im Vorraum waren Stimmen zu hören.

Cass lief zur Wohnungstür, riss sie auf und starrte ins Leere. Sie blickte nach links und rechts und fragte sich, ob irgendjemand ihr einen Streich spielen wollte.

Wieder diese Laute. Diesmal erklangen sie hinter ihr.

Anscheinend eine Kinderstimme – die eines kleinen Mädchens.

Sie wartete, weil es ihr widerstrebte, sich danach umzudrehen, und hörte die tiefere Stimme eines Mannes. Gleichzeitig spürte sie, wie die Tür ihr aus den Fingern glitt und ins Schloss fiel.

Jetzt begann ein neues Geräusch: anfangs nur leise, dann rasch anschwellend, ein Ratschen und Scheppern von Holz auf

Holz, Holz auf Metall. Es wurde noch lauter, fast ohrenbetäubend laut.

Cass drehte sich langsam um und erwartete beinahe, irgendeine große Maschinerie zu sehen, aber sie sah nur ihren eigenen Vorraum, in dem alle Wohnungstüren geschlossen waren – bis auf die eine direkt vor ihr.

Sie ging wieder hinein: äußerlich gelassen, aber mit jagendem Herzen. Sie warf einen Blick in die Diele, sah aber nur einen vertrauten Raum, dessen gewölbte Decke sich in den dunklen Fensterscheiben spiegelte. Hier war alles still. Das Geräusch war verstummt.

Aber nur einen Augenblick lang. Jetzt setzte es wie durch ihre Gedanken ausgelöst wieder ein: das rhythmische Pulsieren einer laufenden Maschinerie, das von Wänden zurückgeworfen wurde. Das Geräusch ließ den Boden unter ihren Füßen vibrieren. Es kam aus Apartment 6, der Wohnung unter ihrer eigenen.

Cass stand wie erstarrt. Sie konnte kaum noch atmen. Sie sah wieder die liegen gelassenen Stoffpuppen und die leeren Fensterhöhlen, durch die kalte Luft eindrang.

Dann hörte sie ein Pochen an ihrer Wohnungstür, worauf alles verstummte.

Sie biss die Zähne zusammen, während sie sich in dem Vorraum umsah. Als das Pochen sich wiederholte, hatte sie Mühe einen leisen Schreckensschrei zu unterdrücken.

Wieder das Pochen, als klopfe jemand an die Wohnungstür.

Cass merkte, dass sie wieder atmen konnte; sie gab sich einen Ruck und beeilte sich zu reagieren. Sie riss die Tür auf und sah draußen Ben stehen – mit erhobener Hand, um noch mal anzuklopfen. Er wich zurück, sein Lächeln verblasste.

»Meine Güte«, sagte Sally, »alles in Ordnung mit Ihnen? Sie sehen schrecklich aus.«

Cass hatte nur Augen für Ben. Er hatte so glücklich ausgesehen, als sie die Tür geöffnet hatte; jetzt lag eine Spur von Trauer in seinem Blick. Daran war sie schuld; ihretwegen war er wieder traurig.

»Tut mir leid, dass wir uns verspätet haben«, schwatzte Sally. »Wir haben gar nicht auf die Zeit geachtet, nicht wahr, Jungs? Ich wollte anrufen, aber das Telefon funktioniert anscheinend nicht. Bei solchem Wetter passiert das immer. Das hätte ich wissen müssen. Und diese beiden … Sie können sich gar nicht vorstellen, wie lange sie bis hierher gebraucht haben. Und wie viele Schneebälle ich unterwegs abwehren musste …«

»Haben Sie etwas gehört?«

»Was denn? Ist irgendwas passiert?«

Cass musterte sie forschend. Auf Sallys Gesicht zeichnete sich Verwirrung ab – und noch etwas anderes, vielleicht Verdruss? Cass fiel auf, dass sie ihre Verspätung nicht zu bedauern schien. Sie hatte es keineswegs eilig. »Schon gut«, sagte sie steif. »Hauptsache, er ist wieder da, nicht wahr, Ben?«

Bens Blick war unverwandt auf seine Mutter gerichtet. Er zuckte mit den Schultern, und das ärgerte Cass, machte sie wirklich wütend, aber sie schluckte ihren Ärger hinunter. Sie konnte Sally nicht gleich wieder wegschicken, nachdem sie den langen Weg bis hierher auf sich genommen hatte, und dieser Ausdruck auf Bens Gesicht … er hatte Spaß gehabt, zumindest bis er heimgekommen war.

Dann fiel ihr Blick auf Damon, der hinter seiner Mutter stand. Der Junge starrte sie durch seine in die Stirn fallenden schwarzen Haare an.

»Hallo, Damon«, sagte sie demonstrativ. »Habt ihr euch gut amüsiert?«

Keine Reaktion. Es war, als hätte sie nichts gesagt.

Sally antwortete an seiner Stelle. »Wir haben uns wunderbar amüsiert. Die beiden haben stundenlang am Computer gespielt. Ich schwöre, wenn ich das täte, würden meine Hände zu Krallen werden.«

»Wir haben *Street Skirmish* gespielt, Mom!« Bens Lächeln war wieder da. »Erst war ich der Böse, und dann war Damon der Böse, und wir haben ein Turnier gespielt, und er hat gewonnen, aber viele Runden sind an mich gegangen, stimmt's, Day?«

Damon bewegte den Kopf, um Ben anzusehen. Sein Blick war klar, als er jetzt zustimmend grinste.

Cass schüttelte den Kopf. Was hatte sie sich nur eingebildet? »Danke, dass er bei Ihnen sein durfte, Sally«, sagte sie. »Möchten Sie etwas trinken, bevor Sie wieder gehen? Etwas zum Aufwärmen?«

Sie drängten hastig herein, und erst als sie Handschuhe und Schals und Stiefel ablegten und ihre nassen Jacken auszogen, begriff Cass etwas, das Sally vorhin gesagt hatte. »Sally«, fragte sie, »haben Sie gesagt, dass das Telefon nicht funktioniert?« Ihre Stimme klang so scharf, dass Sally überrascht aufsah.

»Richtig. Bei starkem Schneefall gibt's immer mal Störungen. Dauert bestimmt ein paar Tage, bis die beseitigt sind.«

Aber Cass war schon mit großen Schritten in die Diele unterwegs, riss den Telefonhörer von der Gabel. Aus dem Hörer kam kein Freizeichen, nicht mal ein Summen, sondern nur ein schwacher silbriger Ton wie Schneefall.

»Das Telefon funktioniert bestimmt bald wieder. Ich wette, der Störungsdienst arbeitet schon daran. Müssen Sie jemanden anrufen?«

»Das nicht.« Cass ließ den Hörer langsam sinken. »Aber ich müsste beruflich ein paar Dateien verschicken.« *Morgen früh ist alles fertig*, hatte sie dem Kunden gemailt. Jetzt konnte sie nicht mal E-Mails verschicken, und ihren Kunden anrufen, um ihm die Verzögerung zu erklären, konnte sie ebenfalls nicht. Auch ihr Handy funktionierte hier nicht. Wieso hatte sie die Arbeit nicht gleich heute in Angriff genommen? Sie hätte sie nachmittags erledigen und anschließend wegschicken können. Bestimmt würden die Telefonleitungen bis morgen repariert sein.

Und vielleicht würde morgen auch alles andere wieder funktionieren: Die Straße war geräumt, ihr Auto lief einwandfrei, alles klappte wie am Schnürchen. Sie sah aus dem Wohnzimmerfenster. Der im Mondschein geisterhaft leuchtende steile Hügel war nur schwach sichtbar.

»Ach herrje«, meinte Sally. »Aber dafür wird man doch Verständnis haben, nicht wahr? Schließlich können *Sie* nichts dafür.«

*In einer Woche startet der Internetauftritt.*

Cass biss sich auf die Unterlippe. Ihr blieb noch eine Woche – nein, nicht so lange. Die Website würde schon früher stehen müssen.

*Sally hat recht, bis morgen haben sie die Telefonleitungen bestimmt wieder repariert,* sagte sie sich. *Alles kommt in Ordnung.* Das hatte auch Mr. Remick gesagt. Diese Hand auf ihrem Arm. *Alles kommt in Ordnung.*

Ben und Damon saßen auf dem Boden und tranken heiße Schokolade. Damon hatte Coke verlangt, aber die hatte Cass nicht im Haus, was ihr einen verächtlichen Blick Damons eingetragen hatte. Ben schien nicht zu merken, wie mürrisch der ältere Junge war. Er zeigte Damon seine Spiele, die er lebhaft schwatzend erläuterte, und beide ächzten laut, als Sally verkündete, sie müssten jetzt gehen. Sie klatschte in die Hände, und Damon rappelte sich mit finsterer Miene auf.

»Sag danke.«

»Wofür?«

»Sei nicht unhöflich. Sag danke für das Getränk und beeil dich.«

Damon richtete seinen Blick auf Cass. Die Iris seiner Augen war dunkel, fast so schwarz wie die Pupillen, und von einem Perlmuttschimmer überzogen. »Danke für die *Schokolade*«, sagte er.

Cass zog es vor, den Nachdruck in seiner Stimme zu überhören. Als sie den Becher aus seiner ausgestreckten Hand nahm, sah sie in seiner Handfläche eine hässliche Wunde. »Oh, was hast du da? Wie ist das passiert?«

Obwohl sie Sallys Blick auf sich spürte, ergriff sie Damons Hand und drehte die Handfläche nach oben, damit sie die Verletzung sehen konnte. Sie war nicht frisch, auch nicht so tief, wie sie erst geglaubt hatte. Er musste sich vor einiger Zeit geschnitten haben, denn das Rosa der verheilten Haut war etwas dunkler. Damon ließ seine Hand eine Sekunde lang kalt und schlaff in ihrer liegen, dann riss er sie weg.

Cass erwartete, dass seine Mutter etwas sagen, ihn vielleicht wieder ermahnen würde, nicht unhöflich zu sein, aber das tat sie nicht. Als sie sich umdrehte, sah sie, dass Sallys Lippen zu einer schmalen Linie zusammengepresst waren. Die beiden verabschiedeten sich, und Cass schloss die Tür hinter ihnen. Dann legte sie die Stirn erleichtert an das lackierte Holz.

Sie dachte an die Türsprechanlage. Auch Sally hatte sie nicht benutzt, sondern war gleich die Treppe heraufgekommen und hatte vor der Wohnungstür gestanden. Also musste auch sie den Zugangscode kennen – oder die Haustür war nicht geschlossen gewesen. Cass bezweifelte, dass Ben den Code schon auswendig wusste: Er war noch nicht ohne ihre Begleitung draußen gewesen, hatte ihn bisher nie gebraucht.

Sie drehte sich nach ihm um. »Wie seid ihr eigentlich reingekommen? Hat Mrs. Spencer den Code gekannt?«

Er zuckte mit den Schultern, wandte sich wieder seinen Videospielen zu und stapelte die Plastikboxen zu einem kleinen Turm mit exakt ausgerichteten Kanten.

»Ben, ich hab dich was gefragt.«

Er sah auf, zuckte nochmals mit den Schultern und schob die Unterlippe vor.

Cass seufzte. »Ich gehe noch mal kurz runter«, sagte sie. »Du lässt mich wieder rein, okay? Vielleicht benutze ich die Sprechanlage. Du weißt, wo sie ist, stimmt's?«

Er nickte, ohne aufzusehen.

Sie schlüpfte hinaus und lief die Treppe hinunter, die durch Bewegungsmelder abschnittsweise beleuchtet wurde. Die Zeitungen unter der Tür von Nummer 10 lagen noch da. Sie sahen erbärmlich, verlassen aus.

In der alten Mühle wurde es kälter, als Cass die schmucklose Treppe hinunterging, um zur Haustür zu gelangen. Sie bewegte die innere Klinke ein paarmal, horchte auf das Klicken und versuchte zu erkennen, ob das Schloss wirklich einschnappte. Dann zog sie die Tür auf und trat ins Freie.

Sie begann sofort zu zittern. Vor der Mühle stand eine einzelne gusseiserne Lampe, die einer altmodischen Straßenlaterne nachempfunden war. Schneeflocken umwirbelten sie wie von ihrem Licht angezogen. Außerhalb des Lichtkreises der Lampe war alles dunkel. Als Cass zu ihr aufsah, schwebten blasse Flocken aus der Dunkelheit herab und landeten auf ihrem Gesicht.

Cass sah sich um, dann ließ sie die Haustür hinter sich ins Schloss fallen. Als sie sich ihr zuwandte, stand sie wieder vor dem in die Tür geschnittenen hässlichen Kreuz, das sie ganz vergessen hatte. Was musste Mr. Remick bei diesem Anblick gedacht haben? Er hatte es nicht erwähnt. Sie legte eine Hand auf die kalte Messingklinke und versuchte vergeblich, die Haustür zu öffnen. Das Schloss war offenbar in Ordnung.

Cass schüttelte Schnee von ihrem Haar, wischte weitere Flocken von dem Tastenfeld. Sie begann den Zugangscode einzugeben, dann drückte sie die Korrekturtaste und gab stattdessen die Nummer ihres Apartments ein. Die Türsprechanlage war ein internes System, dem der Schnee bestimmt nichts anhaben konnte. Sie konnte das Klingeln hören: dreimal, viermal, fünfmal. *Komm schon, Ben.*

Als das Klingeln aufhörte, beugte sie sich nach vorn, um ins Mikrofon zu sprechen. »Ben, ich bin's.«

Die einzige Antwort war ein kaum wahrnehmbares Knistern der Sprechanlage. Cass gab noch mal die Nummer ihres Apartments ein und wartete. Vielleicht war die Anlage falsch verdrahtet und stellte überhaupt keine Verbindung zur Nummer 12 her. Sie stellte sich vor, wie das Telefon in einer leeren Wohnung klingelte – vielleicht in einer im Erdgeschoss. Sie stellte sich vor, dass dort jemand war: eine dunkle Gestalt, die sich umdrehte, als sie das Klingeln hörte. Die aufstand und ans Telefon ging, um sich zu melden.

Cass drückte erneut die Korrekturtaste. Diesmal gab sie mit klammen Fingern den Zugangscode ein und hörte das kräftige Summen des Türöffners. Sie trat ein, knallte die Haustür hinter sich zu, hastete die Treppe hinauf und klopfte an die Wohnungstür, damit Ben ihr aufmachte.

Sie wartete. Einige Sekunden später klopfte sie nochmals.

Keine Reaktion. Von drinnen drang kein Laut heraus. »Ben, hörst du mich?«, rief Cass. Dann klopfte sie erneut, diesmal kräftiger. Starrte die Messingziffern der Zahl 12 an. »Ben!«

Er antwortete nicht. Cass wartete, dann klopfte sie energischer als zuvor. Ihre Fingerknöchel schmerzten, aber das nahm sie kaum wahr. »Ben!« Sie versuchte es nochmals, klopfte acht, neun, zehn Male an. Dann klatschte sie mit der flachen Hand an die Tür. Zuletzt gab sie auf und lehnte sich dagegen.

Mit dem leeren Vorraum vor Augen stellte sie sich sekundenlang Nachbarn vor, viele Nachbarn, die ihre Türen öffneten und sich hinausbeugten, um sie neugierig anzustarren. Sie schüttelte den Kopf und wandte sich wieder der eigenen Wohnungstür zu. Ihr Atem ging schwer, als sei sie auf der Suche nach ihrem Sohn die Treppe hinauf und durch alle Gänge gelaufen. Aber er war nicht verschwunden; Ben war zu Hause in Sicherheit; es war sie, Cass, die hier ausgesperrt war.

Sie klopfte noch lauter, bis ihre Fingerknöchel schmerzten, und als sie sie an die Lippen führte, sah sie, dass sie rot waren. »Ben, bitte! Lass mich rein.«

Sie bemühte sich, gleichmäßiger zu atmen. Was war, wenn er gar nicht drinnen war? Wenn er bereits fort war? *Bereits?* Wieso hatte sie das gedacht? Nein, das würde nicht passieren, dazu würde es niemals kommen. Sie würden immer zusammen sein; sie würde für ihn sorgen …

*Deshalb stehst du hier draußen und kreischst dich heiser.*

Cass glitt an der Tür zu Boden und blieb mit dem Rücken ans Holz gelehnt sitzen. Dann drehte sie sich um und richtete sich kniend auf, als flehe sie die Tür an, endlich aufzugehen. Sie hob eine Hand, umfasste den Türknopf und rüttelte so heftig daran, dass das Blatt im Rahmen klapperte. »Ben, ich bin's! Mach sofort auf!«

Sie stand wieder auf und drückte ihr Ohr ans Holz, aber auf der anderen Seite der Tür war nichts zu hören, keine Fernsehgeräusche oder das Rauschen der Toilette, das erklären würde, weshalb er sie nicht reinließ.

»O Gott«, flüsterte sie. »Ben, *bitte.*« Sie hämmerte wieder an die Tür, dann warf sie sich mit dem ganzen Körper dagegen und spürte, wie das Türblatt ein wenig nachgab.

»Ben …«, jammerte sie – nicht mit einer Mutterstimme, einer forschen Alles-unter-Kontrolle-Stimme, sondern mit der eines kleinen Mädchens, das sich verlaufen hat. Mit derselben Stimme, die sie quälte und ihr innerlich zusetzte, seit Pete nach Afghanistan gegangen war, um nie mehr heimzukehren – nicht dieses Mal, niemals mehr. Mit *ihrer* Stimme.

Sie klopfte erneut. Als sie diesmal die Hand sinken ließ, waren ihre Fingerknöchel blutig. Sie sank zu Boden zurück und schloss die Augen. Aus dem Apartment drang kein Laut, und auch der Rest der Mühle blieb still. Cass dachte wieder an die Wohnung unter ihr, die mit den leeren Fensterhöhlen. Die würden jetzt wie schwarze Augen aussehen, durch die Schneeflocken hereintrieben und den Boden, den Staub, diese Puppen bedeckten.

Wenn dort jemand einstieg, war sie auf der Treppe und den Gängen mit ihm gefangen. Ihre Kehle war plötzlich wie ausgetrocknet.

Ben konnte krank sein … vielleicht war er dort drinnen zusammengebrochen, brauchte Hilfe.

Cass sah durch den Vorraum zu der Nummer 10 hinüber. Die Zeitungen steckten noch unter der Wohnungstür. Sie rappelte sich auf und ging zu der anderen Tür hinüber. Sie zögerte, bevor sie anklopfte, und wusste im Voraus, dass ihr niemand öffnen würde. Sie hatte einen solchen Krach gemacht, dass niemand, der dort drinnen war, ihn hatte überhören können.

Die Tür der Nummer 12 wurde geöffnet, und Ben streckte den Kopf heraus. Sein Haar war zerzaust – er musste zum Friseur -, und er ließ es sich wie Damon in die Stirn und fast über die Augen fallen. Er sah nach links und rechts, erst dann fiel sein Blick auf Cass. »Kommst du?«, fragte er. Sprach's und zog sich wieder ins Apartment zurück. Hinter ihm schwang die Wohnungstür zu.

Cass durchquerte den Vorraum mit dem unsicheren Schritt einer Schlafwandlerin. Sie drückte gegen die Tür mit der 12 aus Messing und erwartete fast, dass sie wieder verschlossen sein würde, aber dagegen hatte Ben sie mit dem Riegel des Sicherheitsschlosses gesichert. Warum war sie nicht auf diese Idee gekommen?

Sie trat langsam ein und schloss die Tür hinter sich.

Ben hockte im Wohnzimmer, war wieder mit seinem Videospiel beschäftigt. Er kehrte Cass den Rücken zu. Er saß ganz still, nur seine Hände, klein und geschickt, bewegten sich auf dem Gamepad.

»Wo hast du gesteckt?«

Er gab keine Antwort. Und er unterbrach auch nicht das Spiel.

»Ben, warum hast du mich nicht reingelassen? Du musst mich doch klopfen gehört haben!« In Cass Stimme lag ein klagender Ton, den sie nicht unterdrücken konnte. Verirrtes kleines Mädchen. Sie blickte auf ihre Hände herab, spreizte die Finger mit den blutigen Knöcheln.

Ihr Sohn antwortete erst nach einer Pause, als habe er nicht richtig zugehört. »Hab ich doch«, sagte er.

Cass stürmte auf ihn zu, riss ihn hoch und drehte ihn zu sich her. »Hast du nicht«, fauchte sie, »eine halbe Ewigkeit nicht. Hier, sieh dir das an!« Sie hielt ihm ihre Hand hin, zeigte ihm das Blut.

Sein Gesicht war ausdruckslos, und er sah sie mit halb geschlossenen Augen an. »Ich hab nichts gehört«, sagte er. »Nur die Ratten.«

Dann wanderte sein Blick zu ihrer sichtbar zitternden Hand. Ben nahm sie in beide Hände und beugte sich nach vorn. Cass erwartete, dass er sie küssen würde, damit sie schneller heilen würde, aber das tat er nicht; er streckte seine glatte rosa Zunge aus und leckte ihren blutigen Fingerknöchel ab.

Cass entriss ihm die Hand. »Was machst du denn da?«

Als er sie jetzt ansah, lag in seinen Augen ein Ausdruck, der ihr nicht gefiel: ein abschätzender Blick, ein wissender Blick. »Ben?«

Der merkwürdige Ausdruck verschwand, als habe es ihn nie gegeben. Ihr Sohn grinste, ließ dabei seine weißen Zähne sehen. »Spielst du mit mir, Mom?«

Cass richtete sich auf.

»Wir können einen Wettbewerb daraus machen. Das haben wir bei Damon getan. Er ist mein bester Freund.« Sein Gesichtsausdruck war arglos, sein offenes Lächeln das eines Kindes, aber Cass hörte seine Worte trotzdem mit Entsetzen. *Er ist mein bes-*

*ter Freund.* Sie erinnerte sich an Damons missmutiges Starren und dachte daran, wie Ben sie vorhin angesehen hatte. Hatte er das etwa von Damon übernommen?

»Er hat *Street Skirmish*. Hab ich das schon erzählt? War ein Geschenk – zu Weihnachten. Nein, nicht Weihnachten. Irgendwas anderes.«

»Irgendwas anderes?«

»Yeah. Und es ist echt klasse. Kann ich's auch kriegen, Mom?«

»Das muss ich mir noch überlegen.« Diese Worte kamen automatisch, aber während Cass sprach, fiel ihr etwas auf. Sie beugte sich zu Ben hinunter und griff ans Vorderteil seines Sweatshirts, um eine Stelle genauer zu betrachten. Auf dem Stoff zeichnete sich ein dunkler Fleck ab. Er war zu tiefem Rostbraun angetrocknet. »Was ist das?«

Ben zog ihr das Gewebe aus den Fingern. »Ribena«, sagte er. »Haben wir auch welches, Mom? Damons Mom hat Ribena. Sie hat alles.«

»Hat sie das?«, murmelte Cass, aber Ben hörte nicht mehr zu, hatte das Getränk aus schwarzen Johannisbeeren schon vergessen. Er hockte sich mit dem Gamepad in den Händen hin, um ein neues Spiel zu beginnen.

In dieser Nacht schlief Ben friedlich. Das wusste Cass, weil sie mehrmals in der Dunkelheit aufwachte, sich fragte, wo sie war, und sich desorientiert und unbehaglich fühlte. Sie stellte sich vor, auch Ben wälze sich erhitzt und fiebrig in seinem Bett, aber als sie nach ihm sah, lag er friedlich auf dem Rücken und hatte eine Hand unter sein zur Seite gedrehtes Gesicht geschoben. Das Nachtlicht erhellte die schwach gewölbte Fläche seiner blassen Wange. Er atmete gleichmäßig, wie es sich für ein schlafendes Kind gehörte.

Cass blieb eine Zeit lang bei ihm stehen, weil sie nicht ins Bett zurückwollte. Sie wusste, dass sie geträumt hatte, und obwohl sie sich an keine Details erinnern konnte, war eine vage Erinnerung zurückgeblieben.

Irgendwann drehte Ben sich seufzend um, und Cass verließ sein Zimmer auf Zehenspitzen. Sie lag noch lange wach, und als sie dann endlich die Augen schloss, begann wie auf Kommando das Kratzen in den Wänden.

Als der Traum kam, spürte Cass, dass jemand sich über sie beugte. Sie konnte kein Gesicht sehen, aber sie kannte die große, breitschultrige Gestalt in ihrem wallenden schwarzen Talar. Sie konnte spüren, wie der Mann in Schwarz sie betrachtete.

Ihr Vater, dessen Haar schimmerte, weil Kerzenschein hindurchleuchtete, beugte sich tiefer über sie. Er hielt ihr etwas hin, eine kleine weiße Scheibe.

Cass öffnete den Mund, und er legte sie ihr auf die Zunge. Die Hostie war trocken und papierartig und schmeckte nach nichts. »Dies ist Liebe«, sagte er, und Cass schrak wieder auf: völlig durchgefroren, als sie sich im Bett aufsetzte und ins Dunkel starrte.

## Kapitel 10

Die Welt blieb in Nebelschwaden verborgen, die über die Hügel und durchs Tal zogen, alles verhüllten und die Bäume in verschleierte Gestalten mit ausgestreckten Armen verwandelten. Cass stand am Fenster und trank Kaffee. Einen klaren Kopf bekam sie davon nicht.

Ben mampfte den in Milch eingeweichten Vollkornkeks aus seiner Fußballschale, schob sich so schnell wie möglich gehäufte Löffel in den Mund. Während er noch aß, goss er sich mit der freien Hand Milch nach. Er merkte, dass seine Mutter ihn beobachtete.

»Heute spielen wir Fußball in der Turnhalle«, sagte er. »Damon zeigt mir, wie man den Ball mit Kopf, Brust und Knien in der Luft hält.«

Cass reckte sich. Ihr Nacken war steif, ihre Gliedmaßen träge. Im Spiegel hatte sie gesehen, dass sie dunkle Ringe unter den Augen hatte. Sie hatte die halbe Nacht wach gelegen und sich Sorgen um Ben gemacht; nun machte sie sich Sorgen wegen ihres Kunden, der mit Sicherheit in seinem Büro auf und ab tigerte und auf die noch fehlenden Dateien wartete.

»Komm jetzt, Mom.« Bens Löffel fiel klirrend in die Schale; Milchtröpfchen spritzten hoch. »Hast du mein Zeug?«

Cass sah auf die Uhr und fluchte halblaut. Dann schnappte sie sich seinen Rucksack und das Lunchpaket und die Schlüssel. Ihre Jacken zogen sie an, während sie die Treppe hinunterliefen. Dass sie gestern Abend ausgesperrt gewesen war, erschien ihr bereits unwirklich, wie etwas, das sie geträumt hatte.

Sie stapften durch den Schnee, der unter ihren Stiefeln knirschte. Die Zufahrt war zugeschneit, in der obersten Schicht verharscht. Ben klaubte einige Stücke dieser Kruste auf und zerkleinerte sie mit Karateschlägen.

»Beeil dich, Ben!«, rief sie.

Er sprang auf und rannte die Arme schwenkend voraus. In diesem Moment sah Cass die inzwischen vertraute Gestalt von Bert oben an der Straße stehen. Captain war wie gewöhnlich an der Seite seines Herrn: mit breiter Brust zwischen stämmigen Beinen und rhythmisch ausgestoßenen Atemwolken.

Cass winkte dem Alten zu und hastete weiter, aber sie war nicht so schnell wie Ben, der geradewegs auf den Hund zurannte und schon die Hände ausstreckte, um Captains schwarze Schnauze zu streicheln.

Cass war noch einige Meter entfernt, als sie Captains Kiefer zuschnappen hörte. Sie blinzelte. Für einen Moment stand alles still, sodass sie glaubte, sich das Gesehene nur eingebildet zu haben: den Satz nach vorn, die angespannte kräftige Brust, den vorgestreckten Hals, während grau gewordene Lefzen hochgezogen wurden, um gelbliche alte Zähne freizugeben.

Dann geriet alles in Bewegung: Ben zog mit einem lauten Aufschrei den Arm zurück, umfasste ihn mit der anderen Hand; Bert hielt Captain am Halsband fest; Cass rief den Namen ihres Sohns.

Sie erreichte Ben und griff nach seinem Arm. Der Junge kniff die Augen zusammen und wehrte sich, schlug mit der anderen Hand um sich. Seine gespreizten Finger verfingen sich in ihrem Haar, und Cass spürte, dass ihr Strähnen ausgerissen wurden, aber sie achtete nicht darauf; sie war zu sehr damit beschäftigt, seinen Arm abzutasten und ihn nach Blut, nach den Löchern abzusuchen, die Captains Reißzähne hinterlassen haben mussten.

Aber sie fand nichts außer einer langen Speichelspur an seinem Jackenärmel, die den roten Stoff dunkel gefärbt hatte.

Ben drehte und wand sich, entriss ihr seinen Arm. »Lass mich los! Lass mich *los*!«

»Tut mir leid«, sagte Bert wieder und wieder, ein monotones Hintergrundgeräusch zu allem. »Tut mir leid.«

»Ben, fehlt dir wirklich nichts?«

»Glaub nich, dass er'n erwischt hat; er hat's bloß versucht, das ist alles. War nich sein Ernst, stimmt's, Captain?«

Ben wich einen Schritt zurück, funkelte den Hund an. Das Glitzern in seinen Augen, der kalte Blick von gestern Abend war wieder da.

In Cass verkrampfte sich etwas, und sie fuhr Bert wütend an: »Halten Sie Ihren Köter von meinem Sohn fern! Er ist gefährlich. Er sollte einen Maulkorb tragen.«

Noch während sie in Berts erschrockenes Gesicht blickte, sah sie die beiden, Ben und den Hund, wie sie im Park mit dem alten grünen Tennisball spielten, wie der Hund hinter dem Ball hertrottete, langsam, aber bereitwillig, mit eifrig wedelndem Schwanz.

»Tut mir leid«, sagte der Alte noch einmal und starrte mit blassem Gesicht und völlig ungläubig auf seinen Hund hinab. »Captain«, sagte er. *»Captain.«*

Cass tastete nach Bens Hand. Er wollte sie ihr entziehen, aber sie bekam sie zu fassen und hielt sie fest. Dann machte sie einen Bogen um Bert und den Hund, behielt ihren Sohn dabei hinter sich.

»Miss«, sagte Bert.

Sie drehte sich um und sah, dass seine Augen heller und wässriger waren als je zuvor. Zum Überlaufen voll. »Tut mir echt leid, dass …«

»Ich bin sicher, dass …«, begann sie, aber dann wusste sie nicht, wie sie fortfahren sollte, und wie hätte sie behaupten können, alles sei in Ordnung? Vielleicht war es das keineswegs. Cass machte den Mund wieder zu und ging davon, führte Ben die Straße entlang.

In einiger Entfernung von Bert und seinem Hund machte sie

halt und ging vor Ben in die Hocke. »Alles in Ordnung mit dir, Schatz?«

Ben nickte stumm. Seine Lippen waren zu einem dünnen Strich zusammengepresst.

»Wenn du willst, können wir wieder nach Hause gehen. Hat der Hund dir wehgetan?«

Er schüttelte den Kopf.

»Dir einen Schreck eingejagt?«

Bens Augen verengten sich, und der unheimliche Glanz war wieder da. Er verzog das Gesicht und schüttelte den Kopf. In seinem Blick lag Hass.

»Ich bin sicher, er hat's nicht so gemeint. Er ist ein alter Hund, der sich vielleicht erschreckt hat. Wir müssen einfach vorsichtig sein, wenn wir ihm noch mal begegnen, nicht wahr?«

Ben stieß mit einem verächtlichen Zischlaut die Luft aus. Cass spürte seinen warmen Atem auf dem Gesicht.

»Also gut«, flüsterte sie. »Du bist der Boss.«

Normalerweise hätte das ein Lächeln bewirkt, aber Ben sah sie nicht einmal an. Er starrte in die Ferne, bis Cass sich wieder aufrichtete und in Richtung Schule weiterging.

Als sie sich dem Schultor näherten, löste Ben sich von ihr und lief zu einer Gruppe von Kindern. Er stieß einen Jungen an, und die beiden steckten schwatzend und gestikulierend die Köpfe zusammen. Als der andere Junge aufsah, sah Cass ohne Überraschung, dass es Damon war. Sie lächelte ihm zu, aber er starrte sie nur an.

Ben winkte, rannte mit Damon zum Eingang und verschwand im Schulgebäude. Cass blieb stehen. Außer einer der Mütter, die Sally ihr vorgestellt hatte, sah sie hier niemanden, den sie kannte. Moira? Myra? Die Frau hatte glattes rotbraunes Haar, das sie rückenlang trug. Cass lächelte, als ihre Blicke sich begegneten. Die andere Frau sah rasch weg und beugte sich zu ihrer

Tochter hinunter, um sie auf die Wange zu küssen. Cass presste die Lippen aufeinander. Sie war sicher, dass Myra sie gesehen hatte.

Mr. Remick erschien am Eingang. Er kam auf sie zu, breitete zur Begrüßung die Arme aus. »Freut mich, Sie zu sehen«, rief er.

»Danke, gleichfalls«, sagte Cass und merkte, dass das stimmte. Sie sah zu ihm auf. Eigentlich war sein Gesicht nicht attraktiv zu nennen, nicht mit diesen hohlen Wangen und der leichten Hakennase. Seine Haut war trocken, nicht ganz glatt, sogar etwas pockennarbig, aber seine Augen – die waren schön.

Cass schüttelte den Kopf und versuchte so zu tun, als habe sie ihn nicht angestarrt. Sie wusste nicht, was sie sagen sollte.

»Sie sehen gut aus, Cass. Darnshaw bekommt Ihnen«, sagte Mr. Remick mit halblauter, vertraulicher Stimme. »Ein herrlicher Tag, nicht wahr?«

Sie folgte seinem Blick zu dem jetzt im Sonnenschein liegenden Hügel hinüber. Der Schnee leuchtete vor einem strahlend blauen Himmel.

»Hier wird's Ihnen gefallen, das weiß ich.« Er streifte ihren Arm so leicht, dass sie nicht sicher sagen konnte, ob sie eine Berührung gespürt hatte, und ging weiter, um die nächste Mutter zu begrüßen.

Als Cass sich abwandte, sah sie, dass Myra sie beobachtete, sie diesmal regelrecht anfunkelte. Das steckte also dahinter: Myra war eifersüchtig. Tatsächlich waren alle Mütter in den neuen Lehrer verknallt, und Sally hatte mit ihrem dummen Geplapper bestimmt schon einige Gerüchte in die Welt gesetzt. Nun, deshalb würde Cass sich keine grauen Haare wachsen lassen. Sie lächelte Myra freundlich zu. Als sie sich zum Gehen umwandte, sah sie Lucys Land Rover auf den Parkplatz fahren. Sie winkte und verfolgte, wie Lucy lächelnd aus dem Wagen sprang und Jessica beim Aussteigen half. Auch Lucy sah Mr. Remick und grüßte stumm in seine Richtung, aber ihr Blick blieb distanziert. Zumindest sie schien gegen seinen Charme immun zu sein.

»Verrückte Sache mit Mrs. Cambrey«, sagte sie, als Cass herankam.

Cass hatte die Rektorin, mit der sie bisher erst einmal telefoniert hatte, um Ben anzumelden, fast vergessen. »Eine Familienangelegenheit, stimmt's? Ich frage mich, wie's ihr wohl geht?« Ihr wurde bewusst, dass Mr. Remick vielleicht nicht mehr lange Schulleiter sein würde.

»Ich hab nichts gehört. Und das werden wir wohl auch nicht, falls Darnshaw noch länger ohne Telefonverbindung bleibt. Wer weiß, vielleicht wäre sie ja schon längst wieder bei uns, sitzt aber wegen der ungeräumten Straßen jenseits der Hügel fest.«

Cass nickte, aber sie war in Gedanken wieder bei ihrer Arbeit, bei den Dateien, die sie ihrem Kunden mailen musste. Damit war ihr Unterbewusstsein schon den ganzen Morgen beschäftigt.

»Alles in Ordnung bei Ihnen?«

»O ja, mir geht's gut.«

»Sorry. Sie sehen nur ein bisschen müde aus.«

Cass wusste, dass Lucy trotz Mr. Remicks Kompliment von vorhin recht hatte. »Ich hab nicht besonders gut geschlafen. Wahrscheinlich muss ich mich noch eingewöhnen. Aber das hat nichts zu bedeuten. Trotzdem nett, dass Sie gefragt haben.«

»Gut, dann kommen Sie«, sagte Lucy und nahm Cass' Arm. »Ich fahre Sie nach Hause. Ich bestehe darauf. Für mich ist das kein Umweg. Sie können sich mit einer Tasse Tee bedanken und mich durch die Foxdene Mill führen. Ich würde das Gebäude gern mal besichtigen. Ich hab ein Faible für Geschichte, bin aber noch nie in der Mühle gewesen – eigentlich komisch, wo ich ständig dran vorbeifahre.«

»Ich kann Ihnen sogar Kekse anbieten – trotz der Rationierung.«

»Himmel, ist der Laden schon wieder ausverkauft? Lächerlich! Man könnte glauben, wir lebten in der Arktis statt in Saddleworth. Sobald in diesem County ein paar Schneeflocken fallen, kommt alles knirschend zum Stehen.«

Cass stieg in den Land Rover. »Allerdings sind manche Leute besser gerüstet als andere. Ich wollte, ich hätte auch einen Geländewagen.«

Der Rover überwand die leichte Steigung vom Parkplatz zur Straße hinauf mühelos. »Hier ist nicht geräumt«, stellte Lucy fest, »und erst recht nicht gestreut. Das wird jedes Jahr schlimmer. Zu teuer, nehme ich an.«

»Mit meinem Auto schaffe ich's nicht mal zur Straße hinauf.«

»Haben Sie wenigstens genügend Vorräte?«

»Ja.« Sie würden sich vielleicht etwas einschränken müssen, aber verhungern würden sie nicht.

»Unser Dorfladen ist nur briefmarkengroß, aber in solchen Zeiten fahren wir zu den umliegenden Höfen. Sagen Sie mir, wenn Sie etwas brauchen. Meine Speisekammer ist immer voll.«

»Könnten Sie vielleicht …?«

»Ja? Was kann ich für Sie tun?«

»Na ja, ich frage mich … Hier in Darnshaw funktioniert kein Telefon mehr. Aber wie sieht's ein paar Meilen weiter bei Ihnen aus? Ich müsste jemandem dringend ein paar Dateien mailen, und falls Sie einen Internetzugang haben …«

»Kein Problem. Gestern Abend hat unser Telefon jedenfalls noch funktioniert. Brennen Sie mir das Zeug einfach auf eine CD.«

Cass lächelte hoffnungsvoll. »Ist das Ihr Ernst?«

»Natürlich.« Lucy wandte sich ihr zu und lachte. »Überhaupt kein Problem. Ich freue mich, einer Beinahe-Nachbarin helfen zu können. Das täten hierzulande die meisten Leute. Schließlich sind wir nicht alle im Mothers' Club. Ich hab übrigens mitgekriegt, wie Myra Sie angefunkelt hat. Wie kommen Sie auch dazu, unseren männlichen Neuzugang anzubaggern?«

Cass starrte sie mit heruntergeklappter Kinnlade an; dann brachen sie beide in Gelächter aus.

Lucy bog auf die Zufahrt ab und hielt oben an der Straße. Die alte Mühle stand golden vor einem schwarz-weißen Hintergrund. Die Sonne war etwas höher gestiegen, und ihre Strahlen ließen den Stein in Wüstenfarben leuchten. Ein stilles, friedliches Bild. Im weiteren Verlauf des Tals waren kaum andere Häuser zu sehen. Lucy hielt unwillkürlich den Atem an. »Wirklich hübsch. Da kann man nur gratulieren.« Sie ließ den Wagen die Zufahrt hinabrollen.

Cass lächelte unwillkürlich. »Ja, ich hab Glück gehabt«, sagte sie. Wie viele Menschen wohnten schon in einem Gebäude wie diesem, in einer Landschaft wie dieser?

Dann erinnerte sie sich an die stillen Korridore und das Gefühl, als dränge von außen Leere herein. »In der Mühle ist es sehr still«, sagte sie. »Ich glaube, wir wohnen noch allein dort – nur ein anderer Bewohner bekommt täglich seine Zeitung geliefert. Sie wissen nicht zufällig, wer außer uns noch eine Wohnung gemietet haben könnte?«

»Nein, leider nicht. Soviel ich weiß, sind Sie die erste Mieterin. Wenn die Straße wieder befahrbar ist, finden sich bestimmt weitere Interessenten. Dann wird auch weitergebaut, nehme ich an.«

»Hoffentlich. Vielleicht vertreibt das die Mäuse.« *Ratten,* hatte Ben gesagt.

»Mäuse? Ach du liebe Güte! Na ja, in einem großen leer stehenden Gebäude …«

»Solange sie nicht das Brot anknabbern.« Sie lachten wieder, als sie ausstiegen und zur Haustür stapften. Cass' eigenes Auto war so dick verschneit, dass von ihm nur noch ein Metallband in Türhöhe sichtbar war. Alles um sie herum war farblos bis auf das Natursteinmauerwerk der Mühle und die verkratzte rote Eingangstür.

»Sieh sich das einer an!«, rief Lucy aus, als sie näher kamen. Sie trat an die Tür und streckte die Hände nach dem eingeritzten Kreuz aus, ohne es zu berühren.

»Ja, ich weiß«, sagte Cass. »Es sieht schrecklich aus. Und ich glaube nicht, dass die Tür demnächst frisch lackiert wird.«

Lucy biss sich auf die Unterlippe. »Vandalismus, nehme ich an.« Sie beugte sich etwas vor, um das Zeichen genauer zu betrachten.

»Was gibt's?«

Zuletzt berührte Lucy das Holz doch, indem sie einen Handschuh abstreifte und mit dem Zeigefinger den Querbalken des Kreuzes nachfuhr. »Merkwürdig«, sagte sie. »Wer würde ein Kreuz als Graffito verwenden? Wenn's ein Kreuz der Verwirrung oder ein auf dem Kopf stehendes Kreuz wäre … aber ein gewöhnliches Kreuz? Das kündet nicht gerade von Revolution.«

Cass nickte. »Ich hab's für eine willkürliche Aktion gehalten. Oder für … ich weiß nicht, vielleicht für einen Teil des Logos einer Band.« Sie machte eine Pause. »Was ist ein Kreuz der Verwirrung?«

»Eines, das in der Mitte – ungefähr ab hier – zu einem Fragezeichen wird. Angeblich ein Zeichen der Rebellion gegen jegliche Autorität – gleichgültig ob kirchlich oder weltlich.« Sie lächelte Cass zu. »Ich liebe Geschichte, müssen Sie wissen. Wie dem auch sei, das Kreuz der Verwirrung diente in Darnshaw als Symbol, gewissermaßen als Banner, unter dem sich Hexen versammelt haben. Dafür war Darnshaw eine Art Zentrum.«

»Hexerei?«, fragte Cass ungläubig. Davon hatte sie nie etwas gehört, als sie als Kind hier gelebt hatte – aber vielleicht waren das auch keine Geschichten gewesen, die man Kindern erzählte.

»Das stimmt leider. Die Arbeiter aus der Mühle sollen zu den eifrigsten Anhängern gehört haben. Tatsächlich war das Ganze ziemlich hässlich: nicht bloß mit schwarzen Kerzen und Tanz ums Hexenfeuer, sondern mit Blutritualen und Opferungen – sogar von Kindern.«

»Sie haben *Kinder* geopfert?«

Lucy sah weg. »Ich hab von einem Fall gehört … Aber im Allgemeinen ist's eher darum gegangen, dass Kinder die Opfer dargebracht haben.« Sie machte eine Pause. »Natürlich haben die Erwachsenen alles geplant. Sie glaubten, der Verlust der Unschuld, wenn ein Kind irgendeine grausige Tat vollbringe … nun, sie dachten, das verleihe ihnen besondere Kräfte. Hässliche Sache. Und natürlich sehr lange her.« Sie wandte sich wieder dem Kreuz zu. »Das war bestimmt nur ein Streich von Kindern oder Jugendlichen.«

»Das ist *hier* passiert? In dieser Mühle?«

»Du lieber Gott, nein! Tut mir leid, Cass, ich wollte Sie nicht erschrecken. In der Mühle selbst war nichts, zumindest meines Wissens nicht.« Sie runzelte die Stirn. »Das Ganze hat sich unten am Fluss abgespielt, denke ich, oder oben im Moor. Und in der Kirche.«

»In der Kirche?« Cass machte große Augen.

»Darauf weist vieles hin. Das Christentum hat alle möglichen alten Zeichen und Symbole übernommen. Hält man die Augen offen, kann man in der Kirche noch heidnische Symbole entdecken. Aber sie ist leider auch für schlimmere Dinge benutzt worden.«

Cass erinnerte sich an ihren Vater, der sich in seinem schwarzen Talar zu ihr hinunterbeugte, ihr eine dünne Hostie auf die Zunge legte. *Dies ist Liebe.* Das Engagement, das er bewiesen hatte, der Glaubenseifer eines Konvertiten … hatte er gewusst, welche Schuld seine Kirche sich hier aufgeladen hatte?

»Das waren bestimmt nur Kids«, sagte Lucy. »Ein Streich von irgendwelchen Jugendlichen. Ohne Sinn und Ziel.«

»Nur Kids«, wiederholte Cass flüsternd. *Kinder, die ein Opfer darbringen.* Sie spürte einen kalten Schauder, als sie jetzt wieder zu der Mühle aufsah. Viel zu leicht konnte die Fantasie mit einem durchgehen, wenn man hier draußen allein war. Allzu leicht.

»Gelangweilte Teenager.« Lucy warf ihr Haar zurück. »Zum Schlittenfahren sind die heutzutage doch viel zu cool, stimmt's?«

Cass tippte den Zugangscode ein, ging mit Lucy nach oben, kochte Kaffee und bemühte sich, nicht daran zu denken, dass hinter jeder Ecke Hexen lauern konnten.

Während sie sich unterhielten, fuhr Cass ihren Computer hoch und überlegte sich, was sie dem Kunden mitteilen wollte. Sie kopierte das Anschreiben und die Dateien auf eine CD und erklärte Lucy, was sie gemacht hatte.

»Ich melde mich, sobald er antwortet«, versprach Lucy ihr. Sie lehnte sich zurück, um das alte Deckengewölbe und die hohen Fenster zu bewundern. »Ein prachtvoller Bau. Wie haben Sie diese Wohnung entdeckt, Cass? Woher kamen Sie noch gleich?«

»Von überall und nirgends.« Cass machte eine Pause. »Mein Mann war in der Army. Wir sind viel umgezogen – für Ben war das schwierig.«

»Das kann ich mir vorstellen.«

»Diese Wohnung war als dauerhafte Heimstatt gedacht, als schöne Umgebung, in der er aufwachsen kann.«

»Ja, hier wohnt man sehr hübsch.«

»Das dachte ich auch. Und die Schule ist gut.«

»Sie haben gemeint, dies sei als Heimstatt gedacht *gewesen.* Sind Sie denn inzwischen anderer Meinung?«

Cass hatte nicht auf ihre Wortwahl geachtet. »Ach, ich weiß nicht. Darnshaw ist nicht mehr so, wie ich es in Erinnerung habe.«

»Dann stammen Sie also aus Darnshaw?«, fragte Lucy überrascht.

»Nicht ursprünglich. Ich hab als Kind eine Weile hier gelebt.«

»Nun, Sie sind nicht gerade freundlich empfangen worden – mit Schnee und allem. Aber es ist ein guter Ort, um Kinder aufzuziehen. Die Umgebung ist wirklich schön.«

Cass sah nochmals aus dem Fenster und merkte, dass Lucy recht hatte. Der verschneite Hügel lag in hellem Sonnenschein; er leuchtete vor dem klaren blauen Himmel, dessen Färbung im Zenit dunkler wurde. Vor ihrem inneren Auge stand plötzlich Pete. In den Händen hielt er die blauen Steine. Sie hatten die Farbe des Himmels, und seine Lippen bewegten sich, aber sie konnte nicht verstehen, was er sagte.

»Cass, alles in Ordnung mit Ihnen?«

»Sorry. Ich muss geträumt haben«, sagte sie leichthin, doch sie spürte, dass in ihren Augen Tränen brannten. »Sie haben recht: Darnshaw ist genau das, was wir brauchen – was *Ben* braucht. Es ist nur … Pete fehlt mir so. Er fehlt uns beiden.« Sie machte eine Pause. »Er ist in Afghanistan gefallen.«

»Gott, Cass, das tut mir schrecklich leid.«

»Nein, nein, dafür können Sie nichts. Ich hätte nicht davon anfangen dürfen. Ben und ich, wir müssen beide nach vorn blicken. Ich sollte auch nicht ständig sagen, dass Pete *gefallen* ist. Er kommt nie wieder, hat man mir gesagt. Doch ich sage *gefallen* und wundere mich dann, dass Ben nur schwer begreift, dass sein Vater nie mehr heimkehren wird.«

Lucy schwieg.

»Entschuldigen Sie diesen Ausbruch. Er hat mich selbst überrascht.«

Sie saßen noch eine Zeit lang schweigend da. Dann stand Lucy auf, um zu gehen, und Cass fürchtete, sie werde wohl nie wieder zu ihr kommen, aber unten an der Treppe drehte sie sich um und sah Cass an. »Hören Sie«, sagte sie, »wenn Sie sich mal aussprechen wollen, bin ich für Sie da. Es ist nett, eine Frau kennenzulernen, die sich nicht nur über das beste Rezept für Erdbeermarmelade auslässt oder ›Mein-Kind-ist-besser-als-deins‹-Spielchen zum Hobby hat.«

*Willst du lieber über tote Ehemänner reden?*, dachte Cass, aber sie lächelte.

»Jederzeit«, sagte Lucy noch. »Dann bis zum nächsten Mal. Ich lasse Sie wissen, wie's mit der E-Mail geklappt hat.«

*Sie meint's ernst,* dachte Cass. *Sie versucht nicht nur, schnell wegzukommen.* »Ich freue mich schon darauf. Und keine Tränen, versprochen.« Sie lachten noch mal, und Cass winkte ihr zum Abschied nach. Der Land Rover bewältigte die schneebedeckte Zufahrt mühelos, und Cass blieb allein vor der verkratzten Haustür zurück.

Sie wollte hineingehen, aber dann blieb sie noch einmal stehen und fuhr mit den Fingern über das zersplitterte Holz. Als sie sich umdrehte und in Richtung Dorf blickte, konnte sie den Kirchturm sehen, der schwarz aus dem Tal aufragte. Heidnische Symbole, hatte Lucy gesagt. Hatte ihr Vater jemals von solchen Dingen gesprochen? Sie konnte sich nicht daran erinnern.

Kurze Zeit später war sie den Hügel hinauf in Richtung Kirche unterwegs. Dort hatte ihr Vater in ihrer Kindheit viele Stunden und Tage verbracht, fast als sei die Kirche sein Zuhause – und Cass und ihre Mutter nur Ablenkungen. Er hatte sich zu ihr hingezogen gefühlt, hatte sie umkreist und war mehr und mehr in ihren Bann geraten, bis er zuletzt der Mann in Schwarz wurde, der eine trockene Hostie auf ihre Zunge legte und dabei von Liebe sprach. Sie schloss kurz die Augen. *Dad,* dachte sie.

Und dann: *Ben.* O Gott, Ben.

Wieso hatte sie das nicht schon viel früher erkannt? Ben hatte sich nach seinem Vater gesehnt, und Cass hatte ihm zeigen wollen, wie man nach vorn blickte, hatte ihn davon zu überzeugen versucht, dass Pete nicht heimkehren werde – dass er seinen Vater aufgeben müsse. Und die ganze Zeit hatte sie auf ihre Weise den eigenen Vater gesucht, war auf seinen Spuren nach Darnshaw zurückgekehrt, wo ihre eigene Familie – während ihrer Kindheit – noch komplett gewesen war.

Sie schüttelte den Kopf, zwang sich dazu, die Vorteile des Ganzen zu bedenken: die gute Schule, das gesunde Landleben, die Tatsache, dass Ben sich bereits eingewöhnte. Er würde hier glücklich werden; sie hatte die richtige Entscheidung getroffen.

Die Kirche schien mit jedem Schritt größer zu werden, und das schwarze Steingemäuer wirkte, wie es vor ihr in den Himmel aufragte, dunkler als je zuvor. Die frostiger werdende Luft kündigte weitere Schneefälle an. Cass legte eine Hand auf die Klinke und stellte überrascht fest, dass die Kirchentür nicht abgeschlossen war. Sie schwang nach innen, bis sie von den Steinplatten gebremst wurde, und als Cass den Blick zu Boden senkte, konnte sie dort tiefe Schleifspuren erkennen, welche die Tür in all den Jahren im Stein hinterlassen hatte. Sie versuchte sich zu erinnern, ob es diese Spuren schon in ihrer Kindheit gegeben hatte, und merkte, dass sie's nicht konnte. Sie trat ein und hatte das Gefühl, die Vergangenheit, den Geruch nach altem Gemäuer und kalter Erde, riechen zu können. Aber sie verband damit keinen Geschmack. *Dies ist Liebe.*

Anfangs schien das Kircheninnere farblos zu sein. Cass erblickte dunkle Bankreihen und einen dunklen Altar, und die graue Luft dazwischen schien dick von Staub zu sein. Aber dann sah sie auf und staunte über die fast blendende Farbenpracht der Fenster in Rot, Gelb und leuchtendem Blau.

Cass ging durchs Mittelschiff nach vorn. Während sie eine Hand über die Rückenlehnen der Bänke gleiten ließ, erinnerte sie sich daran, wie unbequem hart man darauf gesessen hatte, wie sie im Sitzen die Beine geschlenkert und dabei ihre Füße in schwarzen Lacksandalen betrachtet hatte. *Weiße Socken. Ein reich mit Rüschen besetztes Kleid.* Sie hatte zu ihrem Vater aufgesehen, der dort vorn vor ihnen allen gestanden hatte, ernst und wichtig. Und sie hatte nicht geahnt, dass ihr dieser Bau den Vater nehmen würde, dass dies nun seine Familie war, diese dunkle Kirche mit ihrem trockenen Modergeruch. Dass er Gott gehörte.

Sie hatte nicht verstanden, warum Gott ihn ihnen wegnehmen wollte – er hätte sie nicht zurücklassen müssen; er hätte sie doch bestimmt mitnehmen können? Cass wusste noch, wie ihre Mutter ihn angeschrien hatte, während sie in ihrem Versteck unter der Treppe gelauscht hatte. Aber sobald ihr Vater etwas beschlossen hatte, ließ er sich durch nichts mehr umstimmen, und so waren es zuletzt Cass und ihre Mutter gewesen, die das Haus hatten verlassen müssen.

*Diesen Kampf hätte ich niemals gewinnen können*, hatte ihre Mutter gesagt. Damals hatte Cass nicht verstanden, was sie damit meinte, aber heute, hier in der Kirche, bekam sie so etwas wie eine Ahnung davon.

Cass war eifersüchtig gewesen, und dieses Gefühl kehrte jetzt zurück, schmeckte gallebitter auf ihrer Zunge. Sie war eifersüchtig auf den Gott, der ihr den Vater weggenommen hatte. Und wurde *er* nicht ebenfalls so genannt? Ein eifersüchtiger Gott. Sie hatte sich ausgemalt, wie Gott und sie in getrennten Ecken eines Raums saßen und wegen dieses Mannes aufeinander eifersüchtig waren.

*Mir hat er zuerst gehört,* dachte sie und schloss die Augen. Als sie sie wieder öffnete, schienen die Farben sie zu verspotten.

In dieser ganzen Zeit hatte sie Darnshaw als Ort für eine Familie, als ihren neuen Heimatort gesehen und dabei vergessen, dass sie hier ihre eigene Familie – ihren Vater – verloren hatte.

Cass sank auf eine Bank, sah durch Lichtschichten nach oben. Das hohe Kreuzgewölbe des Mittelschiffs war mit geschnitzten Figuren besetzt. Durch ein Büschel Zweige blickte ein Gesicht auf sie herab: ein grüner Mann. Ein heidnisches Symbol, genau wie Lucy gesagt hatte. Die Gestalt streckte spöttisch die Zunge heraus.

Die nächste Figur glich einer Meerjungfrau, deren langer Schwanz um einen jungen Mann gewickelt war, den sie gerettet, vielleicht auch geraubt hatte. Als Nächstes kam ein Reptil mit weit aus der Schnauze hängender Zunge. Cass lehnte sich auf der Bank zurück. Es folgte ein kahlköpfiger Mann, der seine Zähne in eine Schlange geschlagen hatte, die sich um seinen Kopf wand, dann ein Hirsch mit Menschenarmen und ein Schaf, das einen Wolf riss.

*Es gibt Zeichen. Sogar in der Kirche.*

Das war nicht einmal ungewöhnlich. Lucy hatte recht: Viele Kirchen waren an heiligen Stätten älterer Religionen errichtet worden, hatten sie gänzlich vereinnahmt oder ihre Zeichen und Symbole übernommen und daraus etwas Neues geschaffen. In manchen Kirchen waren sogar prähistorische Dolmen in die Wände eingelassen oder in Grabsteine verwandelt worden; in anderen standen Steinaltare heidnischen Ursprungs.

Cass stand auf und ging nach vorn. Ihr gefiel nicht, wie die Farben von den Fenstern über ihre Füße, ihre Kleidung fielen. Sie glaubte, sie fast körperlich spüren zu können.

Der Altar war wuchtig, ein einzelner Steinklotz, unregelmäßig und an den Kanten abgewetzt.

Sie streckte eine Hand aus, legte sie auf den Stein und fragte sich, was sie hier zu finden erwartet hatte. Quer über den Altar zog sich ein schmaler Läufer aus weißem Leinen, auf dem ein silbernes Kruzifix stand. Ein winziger Jesus mit schmerzverzerrtem Gesicht erwiderte ihren Blick.

Cass fuhr mit der Hand über den kalten Stein. Er war uneben, wies vielleicht noch Spuren von der Bearbeitung mit uralten Werkzeugen auf. Als ihre Hand über die Oberfläche glitt, entdeckten ihre Finger darin eine sauber herausgearbeitete Furche. Ihr Zeigefinger folgte dem glatten Kanal. Ein Blick nach unten zeigte ihr, dass die Furche sich über die ganze Länge des Altars erstreckte. *Eine Abflussrinne,* dachte sie und zog rasch die Hand zurück.

*Rituale. Blutrituale aus grauer Vorzeit.*

Das hatte nichts zu bedeuten. Die Kirche hatte diese alten Elemente längst absorbiert, sie zu Bestandteilen einer neuen Religion gemacht. Und dieser Stein hatte nun mal genau die richtige Form und Größe für einen christlichen Altar gehabt, das war alles.

Es war interessant, aber ohne Bedeutung.

## Kapitel 11

Sie ging durchs Dorf zurück. Überall war es still. In einiger Entfernung sah sie eine Frau, die den Treppenabsatz ihres Hauses mit Handfeger und Kehrblech von Schnee befreite, aber sie richtete sich auf und verschwand nach drinnen, bevor Cass nahe genug heran war, um Hallo sagen zu können.

Auch die Schule lag still da, obwohl Cass glaubte, hinter einem der Fenster eine Gestalt auf und ab gehen zu sehen. Die nächste Straße führte in den Park hinunter, und Cass folgte ihr. Hinter den unbeweglich herabhängenden Schaukeln sah sie die Lücke im Gebüsch, durch die Bert und sein Hund gekommen waren.

Cass sah durch den Spalt, konnte niemanden entdecken und betrat den schmalen Fußpfad, der zwischen weiß verschneiten Brombeerranken verlief.

Der Fluss rauschte zu Tal, gluckste über schwarze Felsen. Die Schneedecke reichte bis ans Wasser, war an den Rändern mit durchsichtigem Eis gesäumt. Die Bäume am Ufer streckten dunkel glänzende Wurzeln in den Fluss. Über ihnen war alles weiß: Felder, Moorland, Himmel. Schnee hing in der Luft.

Auf einem Baum bewegte sich eine Krähe, streckte einen Flügel und eine geschlossene Kralle gleichzeitig aus. Der Ast, auf dem sie saß, war mit Eis überzogen. Alle kleinen Dinge waren schön.

Wo der Weg breiter wurde, stand eine Reihe von Cottages mit Gärten bis zum Fluss hinunter. Cass betrachtete sie neugierig und war schon fast an ihnen vorbei, als sie stehen blieb und sich umdrehte.

*Das Gartentor muss mal grün gewesen sein,* dachte sie, *nicht weiß.* Vor ihrem inneren Auge stand ein Bild: ein kleines Mädchen, das am Gartentor hing, damit hin und her schwang, auf das Rauschen des Flusses horchte, vielleicht von weißen Rüschenkleidern oder Lacksandalen träumte oder nur darauf wartete, dass sein Vater heimkam.

Cass ging zurück, betrachtete die Cottages genauer und versuchte zu entscheiden, ob sie sich wirklich an sie erinnerte. Sie fühlte sich innerlich leer. Sie hob den Kopf und sah, dass die Fenster blind waren, nur den eintönig weißen Himmel reflektierten.

Ihr Blick ging zum Flussufer, und sie entdeckte graue Federn im Schnee, wo ein Vogel verendet war. Blut war keines zu sehen, aber es gab säuberlich abgenagte Knochen. Cass sah eine Gelenkpfanne, die zwei Knochen zusammengehalten hatte. Sie runzelte die Stirn. Die Knochen wirkten wie am Boden *angeordnet*. Sie beugte sich darüber und stellte fest, dass sie einen fast vollkommenen Kreis bildeten. Sie sah erneut zu den Cottages mit ihren blinden Fenstern auf.

*Rituale,* hatte Lucy gesagt – aus alter Zeit. Aus einer Zeit, lange bevor die Mühle in Apartments umgebaut worden und Cass nach Darnshaw zurückgekehrt war, vermutlich sogar weit vor der Ankunft ihres Vaters.

Aber solche Storys mochten gelangweilten Kindern und Jugendlichen interessant erscheinen. Sie konnten von Darnshaws Geschichte gehört, sich für den Gedanken an Hexerei und Knochen begeistert haben. Vielleicht hatten sie einen toten Vogel gefunden und sich einen Spaß daraus gemacht, seine Gebeine in dieser Weise anzuordnen.

Cass kehrte dem Ganzen den Rücken zu, folgte wieder dem Pfad und verdrängte das Bild des Knochenkreises. Wenig später konnte sie den Schulsportplatz sehen. Die Schneemänner standen noch dort. Sie sah, dass sie einen Kreis bildeten und jetzt Gesichter hatten. Augen, Nasen und Münder waren aus Steinen nachgebildet. Gestalten, die keinen Ausdruck besaßen, die nicht lächeln konnten – und trotzdem wirkte jeder Einzelne überrascht oder bedrückt oder gar entsetzt.

Sie riss sich von diesem Anblick los und sah, dass Bert ihr auf dem Weg entgegenkam. Er starrte so angelegentlich zu Boden, dass sie sicher wusste, dass er es vermied, sie anzusehen. Cass sah sich nach einem anderen Weg ins Dorf um, aber es gab keinen.

Als Bert herankam, sah er sie mit wässrigen Augen an und zog einen imaginären Hut. »Tach auch, Schätzchen. Das mit vorhin tut mir echt leid. Freut mich, Sie zu seh'n.«

Cass warf einen misstrauischen Blick auf seinen Hund, der hechelnd hinter Bert zum Stehen gekommen war. Captain wirkte harmlos, machte nicht den Eindruck, als wolle er sich bewegen oder gar zubeißen.

»Hallo, Bert«, sagte sie. »Mir tut auch leid, was passiert ist, aber wenn ihm mit Kindern nicht zu trauen ist, sollten Sie ihn vielleicht an die Leine nehmen.«

Berts Gesicht zuckte. »Er hat nie keine Schwierigkeit'n nich' gemacht.

»Ich weiß, aber ...«

»Also gut, Schätzchen, ich nehm' ihn an die Leine, wenn Ihnen dann wohler ist. Kein Problem. Gar kein Problem. Mir wär's schrecklich, wenn was passier'n würd'.«

»Mir auch. Danke, Bert. Ich bin Ihnen wirklich dankbar.«

»Wie geht's ihm?«

»Ben? Ihm geht's gut. In der Schule war die Sache schon wieder vergessen, also alles halb so schlimm.«

»Gut, gut. Netter kleiner Kerl ... ich meine ...« Bert machte eine Pause. »Sie sollt'n auf ihn acht'n.«

»Was?«

»Sie sollt'n drauf acht'n, was er tut. Aufpass'n, ob er ...«

»Ben ist ein lieber Junge. Er hat nichts getan.« Während sie sprach, erinnerte Cass sich an den Ausdruck im Blick ihres Sohns, an die Art, wie er sie ausgesperrt hatte. *Ich dachte, es seien nur die Ratten gewesen.*

»Ich weiß, aber …«

»Ben, er hat Captain nichts *getan*. Passen Sie lieber auf Ihren Hund auf, kümmern Sie sich nicht um meinen Sohn.«

»So hab ich's nicht gemeint …«

Cass starrte Bert an, und der starrte bedrückt zu Boden. Einen langen Augenblick später schob er seinen Hund mit dem Fuß beiseite, drängte ihn an den Wegrand, damit Cass vorbeigehen konnte.

»Danke«, sagte sie und ging davon.

Bert drehte sich um. »Ich mein's ernst«, sagte er. »Wenn Sie mal was brauch'n, müss'n Sie zu mir kommen.«

Cass blieb stehen und sah sich nach ihm um. »Ich weiß«, sagte sie. »Wirklich lieb von Ihnen. Bye, Bert.« Das sagte sie energischer, als sie eigentlich wollte, und bereute es sofort. Der Alte meinte es nur gut. Aber wie kam er auf die Idee, sie solle auf ihren Sohn aufpassen? Ganz schön unverschämt.

Sie machte sich auf den Heimweg und blieb kurz stehen, als sie die Rückseite der Mühle sah. Auf der grünen Fläche des Mühlenteichs breitete sich das Eis aus. Schnee begann zu fallen: federleichte Flocken, die nicht zu spüren waren, als sie auf ihrem Haar niedergingen. Sie vermied es, das ins Holz geschnittene Kreuz anzusehen, als sie die rote Haustür öffnete.

Im Vorbeigehen kontrollierte Cass ihren Briefkasten, steckte sogar die Hand hinein, aber sie sah bereits, dass er leer war.

## Kapitel 12

Cass stand vor der Schule, wartete auf Ben. Sie war früh dran. Schnee umwirbelte sie, landete auf Mütze, Jacke und Handschuhen, und die Flocken – kalt und vollkommen – blieben darauf liegen, bevor sie schmolzen und einsanken. Seit Cass nicht mehr in Bewegung war, erschien die Luft ihr eisig kalt.

Endlich flog die zweiflüglige Tür auf, und die Kinder strömten heraus. Manche jauchzten, machten sofort Schneebälle und versuchten, ihre Freunde damit einzureiben, während andere den Schnee kaum beachteten, als langweile er sie bereits. Es waren nicht viele Kinder; anscheinend waren weitere Straßen unpassierbar geworden.

Ben, dessen blonder Schopf mit dem schwarzen Wuschelkopf eines anderen Jungen zusammensteckte, gehörte zu den Letzten, die herauskamen. Schon bevor Cass das Gesicht des anderen sah, wusste sie, dass es Damon war. Dann hob der Junge den Kopf, ließ sein winterblasses Gesicht sehen und grinste hämisch. Er stieß Ben an, flüsterte ihm etwas zu. Sie lachten miteinander, und als ihr Sohn sie nun ansah, erkannte Cass ihn kaum wieder. In seinen Augen stand ein Ausdruck, den sie noch nie gesehen hatte.

Sally, die einen unförmigen dunkelroten Steppmantel trug, trat mit unter den Arm geklemmten Unterlagen aus der Tür. Gleich hinter ihr kam Mr. Remick, der im Kontrast dazu noch größer und schlanker wirkte. Dann erschien Lucy mit verkniffenem Gesicht neben Cass, hielt ihr etwas hin. »Sie haben eine Antwort«, sagte sie und drückte ihr ein Blatt Papier in die Hand. »Ich hab's eilig, Jess wartet. Sorry.« Und schon war sie fort.

Cass sah ihr bedrückt nach. Was hatte sie nur dazu gebracht,

Lucy an diesem Morgen von Pete zu erzählen? Damit hatte sie ihre erste potenzielle Freundin in Darnshaw offenbar vergrault.

Das Papier knisterte in ihrer Hand, als sie die Finger zur Faust ballte. Cass strich es glatt. Sie brauchte einen Augenblick, um die Worte zu erkennen, obwohl die E-Mail nur kurz war: *Was soll der Scheiß? Hab die Daten wie angewiesen aufgespielt. Soll das ein Witz sein? Website jetzt völlig unbrauchbar. Muss schleunigst gefixed werden!*

Sie starrte den Text an. Die Wörter verschwammen vor ihren Augen, aber die Nachricht blieb.

*Lucy.* Was hatte sie getan? Hatte sie die Dateien etwa nicht vollständig an ihren Kunden gemailt? Oder vielleicht irgendetwas anderes mitgeschickt, vielleicht irgendein Virus. Kein Wunder, dass sie so hastig verschwunden war. Cass drehte sich um, aber der Land Rover fuhr schon auf die Straße hinaus. Lucy konnte sie nicht mehr aufhalten.

Sie las nochmals die Antwort ihres Kunden.

»Cass?«

Sie blinzelte. Mr. Remick stand neben ihr, musterte sie besorgt. »Ich fragte, wie es Ihnen geht. Hoffentlich alles in Ordnung?«

Sie sah ihn an. Ben stand mit ausdrucksloser Miene vor ihr.

»Ich … ich verstehe das nicht.« Cass hatte Mühe, ein Wort herauszubringen.

»Kommen Sie einen Augenblick rein«, schlug Mr. Remick vor. »Sie sehen angegriffen aus.«

Sally mischte sich ein. »Ich würde sie heimfahren, aber ich traue mich nicht, zur Mühle runterzufahren. Die Zufahrt ist zu vereist.«

»Danke, schon gut, Sally. Sie können gehen. Ich kümmere mich um sie.«

Cass atmete tief durch. Die eiskalte Luft wirkte wie ein Schock, brachte sie wieder zu sich. »Mir fehlt nichts.« Sie rang sich ein Lächeln ab. Sie knüllte das Blatt Papier zusammen und stopfte es in die Tasche, weil Mr. Remick es aus irgendeinem Grund nicht sehen sollte. »Mir war nur ein bisschen komisch. Jetzt geht's wieder. Wir müssen weiter, nicht wahr, Ben?«

Ben zuckte mit den Schultern. Er sah zu dem Lehrer auf.

»Ich bestehe darauf. Außerdem bin ich Ihnen einen Kaffee schuldig.« Die Grübchen in seinen Wangen, die nicht ganz glatte Haut … Cass hätte am liebsten eine Hand ausgestreckt und sein Gesicht berührt. Mr. Remicks Stimme klang warm, beruhigend, und sie ließ zu, dass er sie beide ins Schulgebäude führte, den Korridor entlang und in sein Dienstzimmer. Er bot ihnen die Besucherstühle an und kam mit Kaffee und Biskuits auf einem Tablett zurück. Ben schnappte sich einen Keks und begann zu mampfen.

Auf seinem Schreibtisch war alles genau rechtwinklig ausgerichtet. Auf dem Namensschild in der Mitte stand T. REMICK.

»Was macht eigentlich Mrs. Cambrey?«, fragte Cass. Die Frage klang ungewollt barsch, und er sah sie nur an. Sie zögerte. »Ich frage mich, wie es ihrer Familie geht.«

»Darüber habe ich leider nichts gehört – muss aber zugeben, nicht danach gefragt zu haben. Es gibt derzeit so viel zu organisieren, und es müssen neue Unterrichtspläne gemacht werden, weil viele Lehrer es nicht schaffen herzukommen. Die Straße nach Gillaholme ist jetzt völlig blockiert.«

»Wirklich?«

»Durch umgestürzte Bäume – unter der Schneelast zusammengebrochen, denke ich.« Er lächelte plötzlich, ließ weiße Zähne sehen. »Weiß der Himmel, wann die weggeräumt werden.«

Cass trank einen kleinen Schluck Kaffee.

»Natürlich wohnen auch dort draußen Schüler von uns. Wir unterrichten in kleineren Klassen, legen sogar Jahrgänge zusammen, aber das lässt sich nun mal nicht ändern. Ben jedenfalls scheint das alles gut zu gefallen – stimmt's, mein Junge?«

Ben grinste, schlenkerte unter seinem Stuhl mit den Beinen.

»Er gewöhnt sich wirklich gut ein.« Das klang fast so, als erwarte er eine Antwort.

»Gut. Gut.« Cass sah auf. »Und Sie – Sie scheinen sich auch sehr gut eingewöhnt zu haben.«

»Ach Gott, ich komme mir vor wie in der guten alten Zeit. Als wäre ich nie fort gewesen.«

»Sie waren früher schon mal hier?«

»Ich bin von hier«, sagte Mr. Remick grinsend und griff nach seinem Kaffee. »Meine Familie lebt seit Generationen hier – mir gehört das alte Pfarrhaus. Ich hatte schon länger beschlossen, für einige Zeit zurückzukommen, und als Mrs. Cambrey wenig später verreisen musste, habe ich angeboten, sie zu vertreten.«

»Ein Glück für die Schule. Ich hab mich schon gefragt, was Sie hierher verschlagen hat.«

»Oh, ich finde immer wieder nach Darnshaw zurück. Als ob man's nie ganz verließe.« Er blinzelte ihr zu.

Cass sah rasch zu Ben hinüber, aber er hatte nichts mitbekommen. »Ich hab mich gefragt, wie Sie das Brot organisiert haben. Mrs. Bentley erschien mir nicht übermäßig umgänglich.«

»Sie ist eine gute Seele – wie eigentlich alle. Sie werden's noch merken.«

Cass versuchte, sich vergeblich ein freundliches Gespräch mit Mrs. Bentley vorzustellen. »Wir müssen los, glaube ich«, sagte sie.

Ben sprang sofort auf, obwohl er sie weiterhin nicht ansah. »Wieso können wir nicht mit dem Auto fahren?«, fragte er. Seine Stimme klang nicht sanft, nicht bettelnd, sondern hart und fordernd. Cass funkelte ihn an.

»Nicht unverschämt werden, Ben.«

Mr. Remick lächelte bedauernd. »Ich würde Ihnen anbieten,

Sie mitzunehmen, aber ich fahre nicht oft«, sagte er. »Ich brauche eigentlich gar kein Auto.«

»Wir wollen Ihnen keine Umstände machen. Komm jetzt, Ben. Ein Spaziergang tut uns gut.«

Sie traten in den Schnee und den herabsinkenden Abend hinaus. Cass drehte sich noch einmal um und winkte, aber Mr. Remick war schon wieder hineingegangen. Ben hastete voraus und überhörte ihre Aufforderung, auf sie zu warten.

»Ben, was ist bloß in dich gefahren?«

Er blieb ruckartig stehen, drehte sich jedoch nicht zu ihr um.

Cass holte ihn ein, ergriff seine Hand. Sie lag kalt und schlaff in ihren Fingern. »Wo sind deine Handschuhe? Frierst du nicht an den Händen?«

Ben ließ nicht mal erkennen, ob er sie gehört hatte. Er stand nur da und starrte unter der Kapuze, die sein Gesicht verbarg, in den Schnee.

»Ben? Hast du mich gehört?«

Nichts.

*»Ben.«*

»Du bist richtig scheiße in deinem Job.« Seine Stimme war ausdruckslos.

»Was?«

Ben entriss ihr seine Hand und stampfte mit geräuschvoll an seine Seiten klatschenden Armen davon.

Cass sah ihm nach. Sie presste eine Hand auf die Tasche, in die sie Lucys Ausdruck gestopft hatte, und hatte plötzlich einen sauren Geschmack im Mund. Ben verschwand bereits mit schlenkernden Armen in der Ferne. Sie konnte sich des Eindrucks nicht erwehren, als marschierten dort nur leere Kleidungsstücke davon – fort und hinein in die Düsterkeit. Es war, als ob in ihnen jemand steckte, den sie nicht zu erkennen vermochte.

Ben ließ seinen Rucksack fallen, ging sofort zum Fernseher und hockte sich davor auf den Boden. Als Cass ihre Jacke aufhängte, saß er bereits mit dem Rücken zu ihr vor dem Bildschirm und hatte das Gamepad in der Hand.

Cass sah über seine Schulter. Am unteren Rand ragte ein kurzer MP-Lauf ins Bild, der inmitten einer Wüstenlandschaft mit Sanddünen langsam von einer Seite zur anderen geschwenkt wurde. Über einem Grat tauchte ein Stahlhelm auf. Als Ben einen Feuerstoß abgab, zerplatzte der Helm in einer Blutwolke.

»Ich dachte, dieses Spiel gefällt dir nicht mehr?«

Ben gab keine Antwort. Sein Avatar in Uniform marschierte weiter wachsam die Düne hinauf. Dies war das Spiel, das er mit seinem Vater gespielt hatte. Pete hatte es Spaß gemacht, ihm Anweisungen zu geben, seinem Sohn etwas beizubringen, von dem er viel verstand, und ihn zu lehren, worauf er achten musste. Ben hatte gespannt zugehört und dann so getan, als verteidige er seinen Dad, indem er die bösen Kerle erledigte, bevor sie ihn erledigen konnten.

*Zu spät.*

Ben warf eine Handgranate in einen Holzschuppen, der in einer gelbroten Stichflamme hochging.

»Gewinnst du?«

Ein weiterer Soldat, dieser mit einem Schal vor dem Gesicht, explodierte zu roten Fragmenten. Eine Hand landete im Sand: zuckend, rote Pixel, blutend.

Cass öffnete den Mund, um den Namen ihres Sohns zu sagen, brachte aber keinen Laut heraus.

Sie ging um den Fernseher herum und sah Ben ins Gesicht. Es war schmal und blass, seine Augen glitzerten. Er blinzelte nicht. Seine Finger waren das Einzige, was sich an ihm bewegte, während sie über die Knöpfe des Gamecontrollers tanzten, die Tod und Verderben brachten. Er stieß kein Triumphgeheul mehr aus wie früher, sondern sein Ausdruck blieb leblos. In seinem Blick lag weder Erregung noch Schmerz, auch keine Verbindung zu seinem Vater oder sonst etwas.

Cass wandte sich von ihm ab und schaltete ihren Computer ein. Ihre Finger fühlten sich taub an. Sie berührte die Tasche, in der das zusammengeknüllte Stück Papier steckte.

Sie musste ihre Arbeit checken, damit sie sich morgen mit Lucy treffen und sie bitten konnte, die Dateien noch mal zu versenden. Vielleicht kannte Lucy ja auch jemanden, dessen Computer nicht verseucht war und der ihr diesen kleinen Gefallen tun würde.

*Du bist richtig scheiße in deinem Job.* Hatte ihr Sohn das wirklich gesagt?

Cass starrte den Bildschirm an, fühlte ihre Frustration wachsen. Noch vor Kurzem hatte sie auf Knopfdruck selbst Mails verschicken können. Jetzt brach alles um sie herum zusammen: die Telefone, der Verkehr – hätte wenigstens noch irgendwas davon funktioniert, zum Beispiel ihr Handy, wäre alles nicht so schlimm gewesen. Sie wäre zu dem Kunden gefahren, hätte die geänderten Dateien persönlich überbracht, ihm das Missgeschick nach Möglichkeit erklärt oder wenigstens mit ihm gesprochen. Aber dies …? Man hätte glauben können, die ganze Welt sei zum Stehen gekommen.

Alle Dateien waren vorhanden, ordentlich in dem Kundenordner abgelegt. Cass klickte die erste an und gelangte zur Begrüßungsseite der Website. Das Logo ihres Kunden erschien, und die ersten Bilder, die sie dort platziert hatte, aber der Rest …

Cass verschlug es den Atem.

Die erste Produktabbildung war durch ein Hakenkreuz ersetzt worden, unter dem in roten Großbuchstaben FUCK YOU stand. Absurderweise hatten einige Abbildungen überlebt und teilten sich die Website mit weiteren Hasssymbolen. Die Produktbeschreibungen waren jedoch durchgängig ersetzt worden. Er lebt, stand nun dort. *Er herrscht. Er wird triumphieren. Er kommt.* Ganz unten war ein Kreuz abgebildet, das in einem Bogen endete. Es sah ein bisschen wie eine Sichel oder ein auf dem Kopf stehendes Fragezeichen aus. Darunter: *Er ist dein Vater.*

Cass starrte es an: ein Kreuz der Verwirrung, genau wie Lucy es beschrieben hatte.

Sie drehte sich um, um nach Ben zu sehen. Er starrte noch immer unverwandt den Bildschirm an, dessen Widerschein sein blasses Gesicht erhellte. Cass hatte das Gefühl, einen Eisblock im Magen zu haben. Sie drehte sich um und öffnete weitere Dateien. Manche waren verändert worden, andere nicht. Sie zog die Nachricht ihres Kunden aus der Tasche. *Was soll der Scheiß? Hab die Daten wie angewiesen aufgespielt. Soll das ein Witz sein? Website jetzt völlig unbrauchbar. Muss schleunigst gefixed werden!*

»Jesus«, ächzte Cass und schlug die Hände vors Gesicht.

»Nein«, sagte eine Stimme hinter ihr. »Nicht er. Keinesfalls. *Er* kommt, Mami.«

Als Cass sich umsah, starrte Ben mit unnatürlich nach oben gerollten Augen die Zimmerdecke an. Der Widerschein des Fernsehschirms ließ das Weiße seiner Augen leuchten.

Cass öffnete den Mund, brachte aber nur ein Krächzen heraus. Sie packte ihren Sohn an den Armen, zog ihn zu sich heran, fand auch ihre Stimme wieder. »Ben?« Sie schüttelte ihn, fasste mit einer Hand unter sein Kinn, drehte sein Gesicht zu sich.

Seine Pupillen kamen unter den Lidern hervor, erwiderten ihren Blick. »Ich will mein Abendessen«, sagte er.

Cass sah zu, wie ihr Sohn aß, wandte den Blick keine Sekunde von ihm ab. Sie wollte nicht wegsehen, denn sie fürchtete eine Wiederholung des unheimlichen Tricks mit den Augen. Der Gedanke an diese glänzenden Augäpfel ließ sie erschaudern.

*Das war nicht er,* dachte sie. Ben stopfte sich riesige Ladungen Bohnen in den Mund, kaute mechanisch, starrte dabei ins Leere. Als er fertig war, schob er den Teller weg und wollte sofort wieder aufstehen.

»Ben?«

Ihr Sohn erstarrte mit einer Hand auf dem Tisch.

»Alles in Ordnung mit dir?«

Er zuckte mit den Schultern.

»Mit meiner Arbeit am Computer ist irgendetwas passiert – ein paar wirklich wichtige Dateien sind korrumpiert. Warst du an meinem Rechner? Hast du vielleicht sogar damit gespielt?«

Ein knappes nachdrückliches Kopfschütteln.

»Weißt du, was mit den Dateien passiert sein könnte?«

Endlich wandte Ben sich ihr zu. Seine Augen leuchteten. Er öffnete den Mund, aber nicht zu einem Lächeln; er riss ihn nur weiter und weiter auf, sodass sie seine Zähne, seine rosa Zunge und eine kleine Ansammlung von Speichel sehen konnte. Dann gab er einen Laut von sich, der fast ein Lachen war.

»Ben?«

*»Agh … agh … agh …«* Er klappte den Mund zu, schluckte trocken und zog dann wie ein Hund knurrend die Lippen hoch, sodass die Zähne sichtbar wurden.

Cass überwand ihre Betäubung und trat auf ihn zu, aber als sie eine Hand ausstreckte, schlug Ben sie weg und zischte dabei wie eine Schlange. Sein Speichel benetzte ihr Gesicht.

»Himmel, was …?«

»Dein Essen war *scheiße*«, sagte Ben. »Ich wär lieber bei Sally.«

Sie riss empört die Augen auf und wich zurück, als habe er sie geschlagen. Zu ihrer Bestürzung merkte sie, dass ihr Tränen in die Augen stiegen. Sie blinzelte angestrengt, und das sah Ben.

Er lächelte.

»Geh in dein Zimmer, Ben«, sagte sie mühsam beherrscht. *»Sofort.«*

Ihr Sohn schob den Stuhl zurück und verließ den Raum. Er beeilte sich nicht, er knallte auch nicht die Tür zu, sondern tat einfach, wozu er aufgefordert worden war, und ging in sein Zimmer. Dort angekommen schloss er sorgfältig die Tür hinter sich.

Dann hörte Cass etwas gegen das Türblatt poltern.

Sie ging auf Strumpfsocken in die Diele hinaus, horchte und glaubte, seine Steppdecke rascheln zu hören. Als sie die Tür öffnen wollte, war die Klinke von innen blockiert.

»Ben, mach auf.«

Schweigen. Sie holte tief Luft. »Ben, ich verlange, dass du *sofort* aufmachst!« Ihre Hände zitterten. Wäre Pete hier gewesen, hätte er gewusst, was zu tun war. Wäre er hier gewesen, wäre dies nie passiert.

Im nächsten Augenblick hörte sie, wie etwas von der Tür weggenommen wurde, und als sie's erneut versuchte, ließ die Klinke sich mühelos herunterdrücken, und die Tür schwang auf. Ben schlüpfte gerade ins Bett, zog die Steppdecke über sich, drehte das Gesicht zur Wand.

»Was ist bloß in dich gefahren, Schatz?«

Er gab keine Antwort.

Cass trat ans Bett und berührte den kleinen Hügel unter der Steppdecke mit den Fingerspitzen. »Was hast du, Ben? Möchtest du darüber reden?«

Keine Antwort.

»Wenn dich irgendwas ärgert, kann ich vielleicht helfen.« Cass wartete. Dann streckte sie eine Hand aus und streichelte sein Haar. Es fühlte sich feucht unter ihren Fingern an. Sie seufzte, richtete sich wieder auf. Vielleicht war es am besten, ihn eine Zeit lang allein zu lassen, damit er sich beruhigen konnte. Sie bückte sich und schaltete das Nachtlicht ein, das den Raum mit seinem bläulichen Schimmer erfüllte.

Ben wälzte sich auf die andere Seite. Seine Hand schlängelte sich unter der Decke hervor und schaltete das Licht aus. »Das brauche ich nicht mehr«, sagte er und kuschelte sich wieder unter die Steppdecke.

Cass atmete tief durch, dann wandte sie sich ab, schloss die Tür hinter sich und ließ ihren Sohn im Dunkel zurück.

## Kapitel 13

Am folgenden Morgen war Ben als Erster aus dem Bett, griff sich seinen Rucksack und warf ihn auf den Boden vor der Wohnungstür. Cass hörte ihn duschen, Als sie mit verquollenen Augen und unangenehm straffer, trockener Haut aus ihrem Zimmer kam, war er mit grauer Hose, Karohemd und blauem Pullover bereits für die Schule angezogen.

»Ich bin fertig«, sagte Ben fast schreiend laut, aber Cass schüttelte den Kopf. Er machte ein finsteres Gesicht.

»Ben, ich habe nachgedacht. Tut mir leid, dass du schon fertig bist, aber du gehst heute nicht in die Schule.«

»Doch, ich gehe. Ich hab Zeichnen bei Mrs. Spencer. Sie sagt, dass ich echt gut bin.«

»Nun, das freut mich, aber ich denke, wir können beide eine Ortsveränderung brauchen. Wir machen eine nette Wanderung übers Moor – die tut uns beiden gut. Erinnerst du dich ans Moor? Es ist so schön.« Sie versuchte sich zu erinnern: War es schön? Sie hatte eigentlich immer nur ein Stück Straße im Nebel gesehen.

»Du lügst.«

*Vermutlich,* dachte Cass. Sie atmete tief durch. »Du warst in letzter Zeit sehr ungezogen, Ben. Wir müssen uns mal aussprechen, glaube ich. Wir wandern nach Moorfoot hinüber und quartieren uns ein paar Tage in einem Hotel ein. Wir können die Sehenswürdigkeiten besichtigen, in Restaurants essen – wird das nicht nett?«

Er runzelte zwar nicht die Stirn, aber er wirkte auch nicht erfreut.

»Ein kleines Abenteuer«, sagte Cass. Und es würde ihr natürlich die Chance geben, ihren einzigen Kunden umzustimmen und zu behalten. Sie hatte die halbe Nacht damit verbracht, ihr Projekt durchzusehen, alle unerwünschten Änderungen zu entfernen und die Website abgabefertig zu machen. Trotzdem hatte sie hier keine Möglichkeit, sie dem Kunden zu schicken. Aber aus der Kleinstadt Moorfoot konnte sie ihn wenigstens anrufen, bevor sie dort einen funktionierenden Computer auftrieb und ihm die Dateien mailte. Klappte auch das nicht, konnte sie ihm die CD per Post schicken.

Sie rieb sich die Augen. Sie hätte gut schlafen sollen, weil sie nach der Arbeit todmüde gewesen war, aber sie fühlte sich trotzdem wie zerschlagen, nicht im Geringsten erfrischt.

Ben stand weiter nur da. »Am besten packst du deinen Rucksack mit ein paar Sachen zum Wechseln. Komm, beeil dich! Und zieh dich warm an. Dort droben ist's kalt, kälter als hier unten im Tal.«

Es würde eine Erleichterung sein, von hier wegzukommen. Vielleicht würde sie mit Ben sogar zum Arzt gehen.

»Die Schulpflicht ist ein *Gesetz*«, sagte er. »Ich *muss* in die Schule.«

Cass warf den Kopf in den Nacken. »In Saddleworth geht die Hälfte aller Kinder heute nicht zur Schule – was wollen sie dagegen machen? Bitte beeil dich.«

Ben machte wieder ein finsteres Gesicht und ging schmollend in sein Zimmer. Diesmal knallte er die Tür hinter sich zu.

Die Sonne stand schon hoch, als sie die Zufahrt zur Straße hinaufgingen. Ein Blick über die Schulter zeigte Cass den sandfarbenen Stein der Mühle in warmen Ocker- und Brauntönen. Dann sah sie wieder Ben an. Normalerweise wäre er auf einer solchen Wanderung vorausgelaufen und hätte im Schnee gespurt, aber heute blieb er zurück, ließ mit mürrischer Miene den Kopf hängen. Seinen Rucksack trug er tiefer als sonst und mit unter die Tragriemen gehakten Daumen. Cass biss sich auf die Unterlippe. Sie wollte ihn auffordern, sich zu beeilen, aber seit gestern Abend wusste sie, dass das eher das Gegenteil bewirken konnte. Stattdessen ging sie rascher, schwang die Arme und hoffte, dass er sich ein Beispiel an ihr nehmen würde. Aber als sie oben an der Straße ankam, war Ben, der ihr schlurfend folgte, noch halb unten.

»Heut kommt er aber zu spät!«, rief eine raue Stimme, und als Cass sich umsah, kam Bert die Straße entlang.

Sie fluchte halblaut. War der Alte eigentlich *überall?*

Ben schlurfte im Schnee weiter, hinterließ eine eigene Fährte. Dass Bert sie erreichen würde, bevor sie entkommen konnten, stand außer Frage. Cass spürte ein sorgenvolles Kribbeln. Wie würde der Hund sich diesmal verhalten? Ben würde vielleicht Angst vor ihm haben, aber das wollte sie nicht. Sie wollte nicht, dass ihr Sohn für den Rest seines Lebens Angst vor Tieren hatte. Sie konzentrierte sich auf Captain. Der Hund mit der grauen Schnauze folgte Bert auf den Fersen, und sie sah jetzt, dass er angeleint war. Die Leine war lose um Berts Hand geschlungen, die in seiner Tasche steckte, damit sie warm blieb.

Cass unterdrückte ihre Sorge, weil sie sich daran erinnerte, dass Kinder sich von der Furchtsamkeit ihrer Eltern anstecken lassen konnten. »Wir gehen heute nicht zur Schule.« Sie trat einen Schritt zur Seite, damit Ben sehen konnte, wie sie Captain den Kopf tätschelte. Sein leicht öliges Fell verströmte einen warmen animalischen Geruch.

Ben kam weiter den Weg heraufgeschlurft, ohne seine Mutter eines Blickes zu würdigen. Cass widerstand der Versuchung, sich die Hand an ihrer Jacke abzuwischen.

»Wirklich nich'?« Bert sah rasch zu Ben hinüber. »Nichts passiert, hoff ich.«

»Nein, nein. Wir haben nur das Bedürfnis, uns etwas zu erholen. Der Umzugstrubel war ziemlich stressig, und ich möchte mir mehr Zeit für Ben nehmen. Wir wollen ein paar Tage in Moorfoot bleiben, uns die Umgebung ein bisschen ansehen.«

»Aye.« Bert nickte, als habe er genau das erwartet, als sei das etwas, das die Einheimischen für gewöhnlich taten. Er nickte zur Straße hinüber. »'ne ganz schöne Strecke.«

»Ich weiß – aber wir sind gut ausgerüstet. Ich hab eine Thermosflasche mit Suppe und belegte Brote dabei, und wir tragen nicht schwer. Wir kommen schon zurecht.«

»Der Weg durchs Moor wär' kürzer.«

»Ein Weg?«

Er deutete die Straße entlang. »Geh'n Sie bis zum Zauntritt an Bauer Broath' Feld. Der Weg führt durch sein' Hof, dann übers nächste Feld und danach ins Moor raus. Dort seh'n Sie die steh'nden Steine. Halten Sie sich rechts von denen, wenn der Weg verschneit ist. Dann geht's gerad'aus zur Straße rauf. Die Abkürzung spart mind'stens 'ne Meile.«

»Danke, Bert. Damit haben Sie uns sehr geholfen.« Während Cass sprach, kam Ben heran. Er hielt jedoch Abstand und sah zu Bert hinüber, ohne ein Wort zu sagen. Aber er ließ keine Angst erkennen, beachtete den Hund nicht einmal. Captain hob den Kopf und schnüffelte, bevor er keuchend tief Luft holte.

Cass starrte Ben überrascht an, dann erinnerte sie sich daran, dass sie alles tun musste, damit er keine Angst bekam.

»Nun, freut mich, Sie getroffen zu haben, Bert.« Cass nickte ihm zu, und er erwiderte ihr Nicken. *Allmählich hab ich den Dreh raus,* dachte sie. Das ist der hiesige Jargon: ein Nicken für alles.

»Moment noch«, sagte Bert, und Cass drehte sich um, als sie eine Hand an ihrem Ärmel spürte. »Bloß 'ne Idee, aber pass'n Sie auf den See auf. Der ist zugefror'n. Oben bei den Steinen. Manchmal schwer zu seh'n.«

»Klar. Danke.« Wie konnte man einen See übersehen? Trotzdem winkte sie ihm lächelnd zu, als sie davongingen.

»Bye, junger Mann«, rief Bert ihnen nach. »Pass auf deine Mom auf, ja?«

Obwohl die Sonne schien, war es klirrend kalt. Cass legte ein flottes Tempo vor und stampfte mit den Füßen auf, damit sie warm wurden. Sie hatten noch nicht mal die steinernen Reihenhäuser am Ortsrand von Darnshaw passiert, und Ben blieb immer weiter zurück. »Beeil dich, Ben«, rief sie, »wir müssen uns bewegen, damit wir warm bleiben.«

Er sah auf und verzog das Gesicht. »Die Schule weiß nicht Bescheid.«

»Was?«

»Woher soll sie's wissen? Du hast nicht Bescheid gegeben, dass ich nicht komme.«

»Ben, das Telefon ist gestört, und ich denke nicht daran, bis zur Schule zu gehen, nur um zu sagen, dass ich dich für ein paar Tage mitnehme. Ich kann niemanden verständigen, aber das werden sie einsehen. Ihnen bleibt gar nichts anderes übrig.«

Cass ging etwas langsamer weiter. Sie erreichte die letzte Häuserzeile am Ortsrand. Die Straße führte um sie herum und schlängelte sich ins Moor hinauf. »Ben, muss ich dich an der Hand nehmen?«

Er warf ihr einen bösen Blick zu und steckte beide Hände in die Taschen

»Gut, dann beeil dich jetzt.«

Ben senkte den Kopf und stapfte demonstrativ durch den Schnee, ohne aber sein Tempo zu steigern. Cass wandte sich wieder um und marschierte voraus. Die auf einer Seite mit einer dunklen Stützmauer befestigte Straße schlängelte sich bergauf. Auf der anderen Seite erstreckte sich eine unberührte weiße Schneefläche, aus der nur einzelne kleine Baumgruppen ragten. Ein schönes Bild. Cass stellte sich vor, wie aus ihrem Ausflug ein Abenteuer werden konnte: Sie konnten hoch oben im Moor ein Picknick machen – weit von allen Menschen entfernt, allein mit dem weiten Land und der Aussicht. Vielleicht bei Berts stehenden Steinen.

Ihr Blick ging durch das Tal, und sie stellte fest, dass sie auch dem Flusslauf hätten folgen können. Dieser Weg wäre viel einfacher – aber was dann? Sie hätten ein weiteres Dorf wie Darnshaw erreicht. Nein, sie hatte das Bedürfnis, einmal von hier wegzukommen. Das Moor erschien ihr als eine Art Grenze: die Zivilisation auf der einen Seite, Darnshaw mit all seiner Fremdartigkeit auf der anderen.

Vor ihrem inneren Auge erschien Mr. Remicks lächelndes Gesicht, sein klarer, ehrlicher Blick. Sie schluckte trocken und blinzelte es weg.

Ben holte sie ein. Sie zerzauste ihm das Haar. »Großartig, nicht wahr?«, fragte sie. »Wir haben schon lange keinen Tagesausflug mehr gemacht.«

Ben sah sich um und rümpfte die Nase. Er gab keinen Kommentar ab, aber seine Miene sagte alles.

»Du wirst schon sehen. Und später kaufe ich dir Chips.«

»Ich will mein Spiel weiterspielen.«

»Das kannst du ein andermal tun.«

Cass forderte ihn zum Weitergehen auf und stapfte bergauf voraus. Wenig später konnte sie schon den Zauntritt sehen, der die Mauer am Straßenrand überwand. »Komm jetzt, Ben. Dort vorn liegt der Bauernhof.« Auf dem Fußweg würden sie querfeldein unterwegs sein, die Straße mit ihren Kurven hinter sich lassen. Hinter dem Zauntritt führte ein unbefestigter Weg, eigentlich nur ein Trampelpfad, zu einem niedrigen Haus aus dem ihr inzwischen vertrauten geschwärzten Naturstein.

Oben auf dem Zauntritt machte Cass halt und blickte auf Darnshaw hinunter. Sie sah verschneite weiße Hausdächer und den hohen schwarzen Kirchturm, aber keine weitere Farbe unter dem hohen blauen Himmelsgewölbe.

Sie holte ihr Handy hervor. Noch immer kein Empfang.

Cass half Ben über den Zauntritt und ging dann voraus. Unter dem Schnee verborgene, vereiste Furchen ließen sie immer wieder ausrutschen. Ihr Rucksack begann zur Last zu werden. Sie trug ihre eigene Kleidung, die Hälfte von Bens Sachen, die Thermosflasche, ein paar Sandwichs und die Projekt-CD.

Vielleicht hätte sie doch lieber der Straße folgen sollen. Dort wäre der Untergrund glatt gewesen, nicht uneben wie hier. Aber wenn sie jetzt sagte, sie müssten umkehren … Cass seufzte bei dem Gedanken an Bens Reaktion. Er blieb schon wieder zurück, schlurfte träge hinter ihr her. Da war es besser, weiterzugehen und abzuwarten, wie der Weg hinter dem Gehöft aussah.

»Ben, trödel nicht so«, sagte Cass, als sie den Hof der Farm erreichten. Hier roch es nicht besonders gut, und irgendwo kläffte ein Hund. Das Areal war von niedrigen Holzbauten – Stallungen – umgeben, deren Tore alle geschlossen waren.

Ben blieb stehen, verzog angewidert das Gesicht. »Hier stinkt's.«

»Das stimmt nicht. Komm, Ben, ich schau mal, wo der Weg weitergeht. Mal sehen, wer von uns zuerst dort ist!«

Cass ging an den leeren schwarzen Fenstern in der Rückwand des Wohnhauses vorbei. Aus einer Lüftungsöffnung stieg Dampf auf, aber sonst gab es nirgends ein Lebenszeichen.

Der Weg führte der Linie der Feldsteinmauer folgend vom Haus fort und auf ein weites weißes Feld hinaus. Cass hatte das Gefühl, das Dorf erst jetzt wirklich zu verlassen, seiner Anziehungskraft zu entfliehen, und ihre Stimmung hob sich, obwohl sie hörte, wie Ben hinter ihr missmutig Schneewolken hochkickte. Sie machte lange Schritte und spürte ein Ziehen in ihren Wadenmuskeln, als der Weg steiler wurde. Die Luft hier schien reiner, kälter zu werden, brannte an den Ohren und in der Nase. Dann begannen ihre Augen zu tränen, und die salzige Flüssigkeit verursachte ein irritierendes Stechen auf ihrer Bindehaut. Sie rieb sich die Augen, schniefte und hastete weiter.

Als Cass sich umdrehte, war Ben eine kleine Gestalt, die knietief im Schnee stand. Er hatte aufgehört, Schneewolken hochzukicken.

Die Straße wäre so viel einfacher gewesen.

Cass wartete an die Feldsteinmauer gelehnt und wühlte in ihrem Rucksack. Als Ben sie erreichte, drückte sie ihm einen Schokoriegel in die Hand. Schweigend starrte er ihn an. Er hatte eine rote Nase und gerötete Backen. Cass zog ihm die Mütze über die Ohren und hörte ihn scharf Luft holen, als sie sie berührte. »Sorry, Ben. Alles in Ordnung? Das ist eine Schinderei, was?«

Er riss die Verpackung des Schokoriegels mit den Zähnen auf und spuckte den abgerissenen Fetzen aus.

»Ben, heb das auf.«

Da holte er mit dem Fuß aus, kickte den Schnee so hoch in die Luft, dass er gegen Cass' Jacke spritzte und im Fallen das Stück Verpackungsfolie bedeckte.

»Du weißt, dass du das nicht liegen lassen darfst. Was ist, wenn der Schnee schmilzt? Dann sieht's hässlich aus.«

»Der schmilzt nie mehr. Der bleibt ewig da – und du auch, wir beide auch.«

Sie rang sich ein Lachen ab. »Was soll das heißen? Natürlich schmilzt er. Und wir gehen, wohin wir wollen, nicht wahr? Und genau das tun wir jetzt auch.« Cass verstummte abrupt. Ihre Stimme klang in ihren eigenen Ohren hohl.

Anscheinend lief sie Gefahr durchzudrehen. Vermutlich eine Nachwirkung dieser letzten Tage, sonst nichts. Des ungewohnten Gefühls, eingeschneit zu sein. Sie hatte zu fürchten begonnen, nie mehr aus diesem Talkessel heraus und über die Hügel in eine Gegend zu gelangen, in der Telefone funktionierten und die Straßen frei waren.

Ben biss ab und kaute, schluckte, biss nochmals ab.

Cass seufzte, scharrte im Schnee und hob die Verpackungsfolie selbst auf. »Komm jetzt. Bis wir oben sind, dauert's nicht mehr lange. Ab dann geht's bergab.«

Sie erinnerte sich an das merkwürdige Erlebnis auf der Fahrt hierher, als ihr Wagen auf einer Gefällestrecke zurückgerollt war, als schiebe sie jemand weg. Aber das schien ewig lange her zu sein.

Sie senkte die Stimme. »Komm jetzt, Schatz. Wir müssen uns beeilen.«

Ben seufzte. Er balancierte auf einem Bein, hob den anderen Fuß und schüttelte Schnee von seinem Stiefel. Cass lachte übermäßig laut. »So ist's richtig! Mal sehen, ob wir diese stehenden Steine finden können.«

Allerdings hätte sich Cass darüber keine Sorgen zu machen brauchen. Sie sah die Steine, sobald sie die Mauer erreichte, die den oberen Feldrand begrenzte. Sie waren groß und schwarz, ragten aus ihrer schneeweißen Umgebung auf wie auf dem Hügel stehende Wachposten.

»Ben, siehst du diese …«

Als sie sich umdrehte, war Ben nicht da. Er war weit hinter ihr, steckte viel tiefer im Schnee als sie, kam fast nicht voran. Cass legte die Hände an den Mund und rief: »Ben, *komm* jetzt!« Dann wartete sie an die Mauer gelehnt, bis er zu ihr aufgeschlossen hatte.

Als er endlich heran war, stieß er einen gewaltigen Seufzer aus.

»Alles wäre leichter, wenn du aufhören würdest herumzualbern.«

»Alles wäre leichter, wenn ich nicht hier wäre.«

»Sei nicht so neunmalklug.« Cass legte eine Hand auf seinen Rücken, schob ihn vorwärts, aber er schwenkte die Arme und schüttelte sie ab. »Gut, dann geh eben allein. Ich habe deine Faxen satt. Geh jetzt voraus.«

Ben stapfte dahin, hatte die Hände in die Jackenärmel gezogen und schlug damit wie mit Flügeln, aber Cass war das egal, solange er sich nur bewegte. Die Luft wurde noch kälter, und nun setzte auch noch leichtes Schneetreiben ein, bei dem winzige Flocken wie Nebelschleier über die Hänge zogen. Als Ben dort hineingeriet, wurde seine rote Jacke allmählich unsichtbar.

Cass hastete hinter ihm her. *Wieso ist er plötzlich so schnell?* Sie konnte sehen, wie seine kurzen Beine bis zu den Knien im Schnee versanken – und trotzdem vergrößerte er seinen Vorsprung noch. Jetzt kam zu allem Überfluss Wind auf, der über den Hügel pfiff und um die Steine heulte. Er trieb Schnee vor sich her und nahm Cass die Sicht. Sie hatte das Gefühl, Ben werde vom Schneetreiben verschluckt.

Sie beeilte sich noch mehr, versuchte ihn einzuholen und rutschte plötzlich aus. Als sie den Sturz abfangen wollte, versank ihr ausgestreckter Arm bis zur Schulter in einer Schneewehe. Sie befreite sich prustend daraus. Der Weg vor ihr war noch erkennbar, aber Bens Fußabdrücke waren bereits verweht.

Seine kleine Gestalt tauchte für einen Augenblick zwischen den Steinen auf und verschwand dann.

Cass rief seinen Namen. Der Wind frischte auf, und grobkörnige Schneekristalle ließen ihre Haut brennen. Sie hielt sich mit einer Hand ihren Schal vors Gesicht, streckte die andere aus, um das Gleichgewicht zu bewahren. »Ben!«

Er kam nicht zurück, und sie hörte ihn auch nicht rufen. Sie senkte des Windes wegen den Kopf und stapfte hinter ihrem Sohn her. Als sie zum nächsten Mal aufsah, fand sie sich zu ihrer Überraschung schon zwischen den Steinen wieder.

Aus der Nähe betrachtet erinnerten sie Cass an Grabsteine, flach und breit, ihre Oberflächen pockennarbig. Die dünne Schneeschicht, die sie bedeckte, ließ Wirbel und andere schwach hervortretende Muster erkennen. Alle Steine waren stark verwittert, und einer war mit der Zeit so erodiert, dass in seiner Mitte ein unregelmäßiges Loch entstanden war.

Ein weiterer Stein lag umgestürzt im Schnee, der seine Umrisse verwischte. Er erinnerte Cass an den mit weißem Leinen bedeckten Kirchenaltar. Sie blinzelte. Auf dem Tuch – nein, auf dem *Schnee* – lag ihr Sohn.

Sie lief zu ihm, zog ihn hoch und legte ihm einen Arm um die Schultern. Sie schüttelte ihn; er war kraftlos schlaff. Schnee bedeckte seine Wangen, hatte sich in den feinen Wimpern festgesetzt, und Cass wischte ihn weg. »Ben, alles in Ordnung mit dir?«

Er schlug die Augen auf. Sie glühten über seinen geröteten Wangen, und Cass glaubte die Hitze zu spüren, die Ben ausstrahlte.

»Scheiß auf dich«, sagte er. »*Scheiß* auf dich.«

Cass fuhr zusammen; ihr um seine Schultern gelegter Arm zuckte.

Ben spitzte die Lippen und spuckte ihr einen dünnen, warmen Speichelstrahl ins Gesicht. »Er lässt dich nicht«, sagte ihr Sohn mit so hochgezogenen Lippen, dass sie sein rosa Zahnfleisch sehen konnte. »Ich gehe nicht. Ich tu's *nicht.*«

»Ben, was hast du?« Ihr brach die Stimme. Ein Zeichen von Schwäche, aber das war ihr egal, sie kannte diesen wilden, zornigen Jungen nicht. *Er ist nur ein Kind,* dachte sie. Wie kann er solche Dinge sagen? Und wie konnte sie vor ihrem eigenen Fleisch und Blut zurückweichen? Sie erinnerte sich daran, wie sie ihn als Baby in den Armen gehalten und gewiegt hatte. Das tat sie auch jetzt. »Nicht, Ben. Alles ist gut. Wir bleiben eine Zeit lang sitzen und essen unser Picknick, und dann gehen wir von hier fort und kommen nie mehr zurück. Wir gehen weit, weit weg …«

Er hob ruckartig den Kopf. Was hatte sie gesagt? Sie hatte ihn nur beruhigen wollen, war sich kaum bewusst, welche Worte sie gesprochen hatte.

»Nein«, rief er strampelnd und um sich schlagend. »*Neinneinneinnein …*«

Cass ließ nicht locker, aber Ben war kaum zu bändigen. Sie schloss ihn in die Arme, begrub ihn halb unter sich, während ihr Atem sich zu einer einzigen Wolke vereinigte. Irgendwann flaute der Sturm ab.

»Pst, pst, alles ist gut.«

»Nein, nichts ist gut. Wir ziehen ständig um. Daddy würde mich nicht dazu zwingen. Ich hasse dich. Ich *hasse* dich.«

»Schon gut. Ich hab's nicht so gemeint, Ben.« Aber sobald sie das sagte, erkannte Cass, dass sie es doch so meinte: Darnshaw und seine Lebensart und seine Bewohner, die Kirche und die Mühle hatten sie praktisch vom ersten Augenblick an abgestoßen. Alles fühlte sich *falsch* an. Sie konnte nichts im Detail herausarbeiten, wusste keinen einzelnen Punkt zu benennen, der es falsch machte, aber es lag nicht nur an ihrer Wohnsituation. Sie konnte sich einfach nicht vorstellen, wie Ben hier aufwachsen, mit dem Schulbus in eine weiterführende Schule fahren und mit einem Mädchen von hier ausgehen würde. Nichts davon stand ihr vor Augen.

Ben zappelte und strampelte nicht mehr.

»Darüber können wir später reden«, sagte Cass. »Wir gehen nicht für immer fort, Ben, wir machen einen Ausflug, das ist alles, nur für ein paar Tage.« An den Stein gelehnt ließ sie ihren Rucksack von den Schultern gleiten. Sie zog die Thermosflasche heraus, füllte den Schraubbecher mit Suppe und roch den würzig-süßen Duft von Tomaten, bevor der Wind ihn forttrug. »Hier. Das wärmt dich auf.« Sie hielt Ben den Becher hin.

Er schlug ihr den Becher aus der Hand, sodass die Suppe eine lange orangerote Spur im Schnee hinterließ.

»Was ist denn bloß in dich gefahren? Ben, du musst irgendwas essen. Damit du wieder zu Kräften kommst. Hör auf, so garstig zu sein.«

Er murmelte etwas Unverständliches.

»Wie bitte?«

Er wiederholte das Gesagte nur wenig lauter. »Ich gehe nirgends hin.«

»Wie du willst.« Cass trank etwas Suppe, schraubte die Thermosflasche zu, setzte den Becher auf und verstaute sie wieder. Dann stand sie auf, schwang sich den Rucksack über die Schulter. »Komm jetzt. Wir wollen weiter.«

»Ich nicht.«

Cass packte ihn an den Schultern, zog ihn hoch. Sein Körper war schlaff wie der einer Marionette, und er ließ sich auf die Knie sinken.

»Steh auf, Ben. Wir gehen weiter.«

»Du kannst gehen.«

»Wir gehen beide.« Sie zerrte an ihm. »Ben, bitte.« Ihre Beine waren plötzlich kraftlos, und sie sank neben ihm nieder. »Ben, ich schaff's nicht allein. Hilfst du mir bitte?« Sie strich ihm die Haare zurück und spürte durch ihre Handschuhe hindurch, wie heiß seine Stirn war. Sie runzelte die Stirn, als ihr einfiel, er könnte krank sein. Was war, wenn er ernstlich krank war und sie ihn ohne Rücksicht auf seine Sicherheit übers Moor schleppte?

*Seine Sicherheit.* Aber war die nicht der wahre Grund dafür, dass sie sich zu diesem Ausflug entschlossen hatte. Sie erinnerte sich an Sallys fröhliches, oberflächliches Gerede. An Mr. Remicks Lächeln, seine klaren Augen. Sein Blick war vorwurfsvoll. »Scheiße«, murmelte sie halblaut. Ben bewegte sich nicht, ließ nicht einmal erkennen, ob er etwas gehört hatte.

»Jetzt ist's nicht mehr weit. Wir müssen nur noch bis zum Hügelrücken hinauf. Dann sind wir wieder auf der Straße und kommen leichter voran. Siehst du?« Cass deutete nach vorn, obwohl sie kaum weiter als bis zu dem letzten Stein sehen konnte. Alles verschwand in dem weißen Nebel.

»Komm jetzt, Schatz.«

Ben schüttelte ihre Hand ab, krümmte sich in der Hocke zusammen und legte den Kopf auf die Knie, die er mit beiden Armen umschlang. »Ich will heim.« Seine Stimme klang dumpf. »Ich will heim. *Ich will heim.*«

»O Gott, Ben, wir bleiben nur ein paar Tage, bis ich alles wieder auf die Reihe gebracht habe.« Cass hörte sich reden und kniff die Augen zusammen. *Ich,* dachte sie. *Geht's denn nur um mich? Und meine Bedürfnisse?*

»Ich will heim.«

»Bald«, sagte Cass. »Bald.« Sie versuchte ihn hochzuziehen, aber er war zu schwer und zog sie mit sich herunter. Seine Jacke war weiß gesprenkelt, und sie merkte, dass es wieder schneite – die Luft, der Himmel, alles war weiß. Bens Hose war bereits durchnässt, wo er im Schnee gekniet hatte, und jetzt setzten sich Schneeflocken auf seine Kapuze, auf der sie dunkler zerlaufend schmolzen. Cass' eigene Beine brannten vor Kälte. Ihre Zehen waren taub, die Gefühllosigkeit breitete sich weiter aus, und plötzlich war ihr alles zu viel. Es stimmte: Allein konnte sie's nicht schaffen.

»Also gut«, sagte sie wieder an den Stein gelehnt. »Na schön, Ben, du hast gewonnen. Wir kehren um.«

Er sagte kein Wort, richtete sich nur auf, als sei er gerade aufgewacht, streckte die Arme aus und räkelte sich. Über sein Gesicht zog ein Lächeln, aber als er Schnee von sich abklopfte, konnte Cass sehen, dass das kalte Leuchten seine Augen nie verlassen hatte.

## Kapitel 14

*Eigentlich sollte ich froh sein*, dachte Cass, als sie auf demselben Weg zurückstapften. Froh darüber, dass Ben Darnshaw als seine Heimat sah, dass es ihm dort schon so gut gefiel, dass er unbedingt bleiben wollte. Das war gut, nicht wahr? Hatte sie sich das nicht gewünscht?

Trotzdem merkte sie, dass ihre Gereiztheit zunahm. Sie kamen jetzt rascher voran, erreichten einen markanten Punkt nach dem anderen: die Mauer am Feldrand; den ihr folgenden Weg; die zertrampelte Stelle im Schnee, wo sie sich wegen der Schokoriegelfolie gestritten hatten; die Öffnung zum Hof der Farm. Selbst das raue Kläffen des Hundes klang wie zuvor, und auch der Mistgestank war wieder da. Aber dass sie bergab leichter vorankamen, war nicht der einzige Grund, nein, Ben ging jetzt aufrecht, schritt kräftig aus, schwang die Arme, wirkte grenzenlos energisch. Er bewegte sich geradezu beschwingt.

Aber das passte nicht zu dem kalten Blick in seinen Augen.

Cass schob die Unterlippe vor. »Warte«, sagte sie, weil ein Teil ihres Ichs das Bedürfnis hatte, seine Begeisterung zu dämpfen. Als er sich ihr zuwandte, war der kalte Blick jedoch verschwunden. Seine Augen waren klar.

»Hör zu, Ben, anscheinend bleiben wir jetzt eine Weile in Darnshaw. Da sollten wir lieber versuchen, etwas Essen zu organisieren, hmmm?«

Ben zuckte die Achseln.

»Ich will mal schauen, ob sie auf der Farm Eier zu verkaufen haben.«

Sie erwartete, dass er wegen dieser Verzögerung meckern würde, aber sein Gesichtsausdruck blieb neutral.

Cass ging um das Farmhaus herum. Vom Eingang aus hatte man einen Blick übers ganze Tal. Weißer Nebel bedeckte das Dorf wie ein Vogel seine Brut – oder seine Beute.

Sie sah durch eines der Fenster. Drinnen waren ein Durcheinander aus alten Möbeln und ein Sessel zu sehen, auf dem ein hingeworfener Kittel lag. Als sie anklopfte, erklang wütendes Stakkatogebell, und sie hörte hölzerne Stuhlbeine über einen Steinboden scharren. Cass wartete eine gefühlte Ewigkeit. Sie konnte der Versuchung nicht widerstehen, sich umzusehen und das Gesicht zu verziehen; als Ben ebenfalls eine Grimasse schnitt, musste sie lachen und spürte, wie ihr leichter ums Herz wurde.

Die Haustür öffnete sich knarrend, und auf der Schwelle erschien eine stämmige alte Frau. Sie trug einen geblümten Rock, hautfarbene Strümpfe und mehrere ausgebleichte Wolljacken übereinander. Ein erregt blaffender Schäferhund versuchte an ihr vorbeizugelangen. Seine Krallen scharrten auf den Steinen.

»Platz, Jesse, *Platz.*« Das Gesicht der Frau war von tiefen Falten durchzogen. Sie trug ein fest verknotetes Kopftuch. Sie wollte dem Hund mit einem Bein den Weg blockieren, aber sein geschmeidiger Körper zwängte sich dennoch an ihr vorbei, und er streckte den Kopf aus der Tür. Cass spürte Bens Hände auf ihrem Rücken.

Der Hund sprang knurrend an ihr hoch – und schien seinen Sprung dann mitten in der Luft abbrechen zu wollen. Er zappelte mit den Beinen, und sein Knurren wurde zu einem hohen Winseln, das Cass in den Ohren wehtat. Sodann machte er kehrt und flüchtete mit eingezogenem Schwanz ins Haus zurück.

Die Alte starrte dem Hund nach. Dann wandte sie sich Cass zu und hob fragend die Augenbrauen.

»Entschuldigen Sie die Störung«, sagte Cass, »aber verkaufen Sie vielleicht Eier oder sonst was in dieser Art? Ich dachte …«

»Jack«, rief die Frau nach hinten. »Jack!«» Sie musterte Cass misstrauisch, bevor sie zurücktrat und die Haustür wieder schloss. Cass hörte Stimmengemurmel, dann erschien ein runzliges Männergesicht im Türspalt.

Der Farmer nickte Cass zu, also nickte sie ebenfalls. »Ich wollte fragen, ob Sie Eier verkaufen. Der Laden im Dorf hat geschlossen, und …«

»Wir hab'n nichts«, sagte er. »Bloß für Hiesige.«

»Aber wir sind von hier. Wir sind gerade in die alte Mühle eingezogen, und jetzt sind wir eingeschneit. Wir könnten wirklich ein paar …«

Sie verstummte, als der Alte ihr die Tür vor der Nase zuschlug. Irgendetwas verhakte sich, und er musste sie fest ins Schloss drücken. Dann hörte Cass, wie ein Riegel vorgeschoben wurde.

»Na toll«, murmelte Cass vor der geschlossenen Haustür. Soviel zu der Idee, Darnshaw als ihre neue Heimat zu betrachten.

Zehn Minuten später gelangten Cass und Ben in Sichtweite der Mühle. Als sie die Straße erreichten, hüpfte Ben geradezu voraus.

»Ben, warte«, rief Cass, »ich muss noch was erledigen.«

»Ich bin müde.«

»Es ist nicht weit, und so müssen wir auch nicht später noch mal aus dem Haus.«

»Ich kann zu Hause bleiben.«

»Nein, das kannst du nicht, nicht allein.«

Ein demonstrativ lauter Seufzer.

»Komm schon. Wir gehen ins Dorf.«

Cass rechnete damit, dass das Postamt wie das Lebensmittelgeschäft noch geschlossen sein würde, aber als sie gegen die Tür drückte, öffnete sie sich mit lautem Gebimmel.

Hinter der niedrigen Glastrennwand stand eine Frau mit schiefergrauem Haar. »Die neue Lady«, sagte sie, als sie die beiden sah. »Die aus der Mühle.«

Ihre fröhliche Art heiterte Cass auf. »Nennen Sie mich Cass. ›Lady‹ bewirkt, dass ich mir alt vorkomme.«

»Ich bin Irene. Und wer ist dieser junge Mann?«

Cass stieß ihren Sohn an.

»Ben«, sagte er. »Ich müsste in der Schule sein.«

»Du meine Güte.« Irene verzog das Gesicht. »Lerneifrig, was? Ich hab's in seinem Alter nicht erwarten können, aus der Schule rauszukommen.« Sie lachte quieksend. »Hoffentlich haben Ihnen die Zeitungen gefallen.«

»Wie bitte?«

»Haben Sie die nicht bekommen? Dieser Junge!« Sie schüttelte missbilligend den Kopf. »Er sollte sie unter Ihre Tür stecken. Wir haben den Zugangscode, wissen Sie, damit wir an die Briefkasten können.«

»Das verstehe ich nicht.«

»Sie sollten ein paar kostenlose Zeitungen bekommen. Das machen wir bei allen, die neu herziehen. Wir hoffen natürlich, dass sie anschließend welche abonnieren. Allerdings ziehen nicht oft Leute her. Bei uns geht's eher ruhig zu, wissen Sie.«

So viel zu dem geheimnisvollen Nachbarn und die für ihn gelieferten Zeitungen. Cass fühlte ihr Herz sinken. Ben und sie waren also doch die einzigen Bewohner der Foxdene Mill. Sie fuhr sich mit der Zungenspitze über die Lippen. »Ich glaube, sie sind bei Nummer zehn zugestellt worden. Ich hab sie gesehen, aber nicht gewusst, dass sie für mich waren.«

»Ach, das tut mir leid. Ich dachte, Sie wären in Nummer zehn. Ich war mir sicher, dass wir auch einen Brief für Sie hatten.«

»Tatsächlich?«

»Aye. Der ist wohl im Briefkasten gelandet – oder unter der Tür durchgeschoben worden …« Sie zuckte zweifelnd mit den Schultern. »Jedenfalls ist keine Post mehr gekommen, nicht nach den ersten paar Tagen – wegen dem Schnee und allem. Sonst hätten Sie mehr gekriegt. Zeitungen, mein' ich.«

»Kein Problem. Danke für die, die Sie geschickt haben.«

»Seit einigen Tagen geht keine Post mehr ein oder raus. Damit war wohl gleich nach Ihrer Ankunft Schluss, denk ich.« Irene lachte.

Keine Post mehr rein oder raus. »Ich hatte gehofft, etwas versenden zu können«, sagte Cass. »Eine CD mit ein paar Dateien. Ich dachte, ich könnte eine Luftpolstertasche kaufen und sie heute noch verschicken.«

Irene schüttelte den Kopf. »Tut mir leid, Schätzchen. Unsere Post wird aus Gillaholme abgeholt, und der Paketwagen kommt nicht durch.«

»Nein«, murmelte Cass, »natürlich nicht.«

»Schätze, Sie müssen glauben, in die tiefste Provinz geraten zu sein, in der es weder Post noch Telefon gibt. Hoffentlich macht Ihnen das keine Schwierigkeiten.« Irene wühlte in einer Schublade. Als sie wieder aufsah, hielt sie einen Schokoriegel in der Hand. Sie warf ihn Ben zu.

»Für dich, junger Mann. Willkommen in Darnshaw.«

Als die beiden sich verabschiedeten, blinzelte die Frau Cass zu. »Vielleicht kann er ihn in die Schule mitnehmen.«

Cass sperrte Ben die Wohnungstür auf. Er schlüpfte unter ihrem Arm hindurch und drückte dabei die erst einen Spalt offene Tür weiter auf. Cass musste unwillkürlich an Bauer Broath' Schäferhund denken. »Sei ein paar Minuten lang brav«, sagte sie, während sie die Tür gegen Zufallen sicherte. Ben wandte sich ab, ohne zu fragen, wohin Cass wollte. Er streifte die Jacke ab und ließ sie achtlos in der Diele liegen.

Sie hatte noch etwas zu tun, bevor sie sich in ihre neue Wohnung zurückziehen konnte – mit geschlossener Tür, um die Welt auszusperren. In ihrem neuen *Heim*.

Die Zeitungen steckten noch unter der Tür der Nummer 10: leicht verknittert, weil jemand sie nicht gerade behutsam daruntergestopft hatte. Alte Nachrichten, die für Cass trotzdem neu waren, da sie nicht einmal die TV-News gesehen hatte. Offenbar schottete sie sich ab, seit sie – wie hatte Irene gleich wieder gesagt – in die tiefste Provinz geraten war.

Sie schüttelte die Zeitungen aus. Ein paar Prospekte fielen heraus – für Haushaltswaren, Billigtextilien und eine Teppichreinigung. Aber kein Brief.

Cass kniete sich hin und brachte ihr Gesicht in Bodennähe. Hinter dem Türspalt konnte sie den Rand eines Briefumschlags als dünne Linie über dem Teppichboden sehen. Sie schob einen Finger unter der Tür hindurch, versuchte den Umschlag zu erreichen, schürfte sich die Haut an dem rohen Holz auf. Beim zweiten Versuch berührte sie die Kante des Kuverts, das sich leicht bewegte. Schließlich gelang es ihr, den weißen Umschlag herauszuangeln. Er war unter der Anschrift *10 Foxdene Mill* an sie adressiert.

Die Handschrift erkannte Cass sofort. Sie verzog das Gesicht, faltete den Umschlag zusammen und stopfte ihn tief in ihre Hüfttasche.

In der Wohnung spielte Ben sein Spiel, erschoss Soldaten in der sepiabraunen Wüste, in der rote Blüten aufgingen und vergingen. Er sah sich nicht mal nach ihr um.

Cass ging in ihr Zimmer und schloss die Tür hinter sich. Der Umschlag aus starkem weißen Papier trug ein eingeprägtes Wappen. Sie fuhr mit der Fingerspitze darüber.

Die Mitteilung war kurz, aber sie brauchte trotzdem lange, um sie zu lesen. Die Worte verschwammen vor ihren Augen.

*Mein liebes Kind,*
*ich weiß, dass Du das vielleicht nicht glauben wollen wirst, aber ich liebe Dich. Ich habe gehört, was Peter zugestoßen ist. Das tut mir sehr leid. Falls ich Dir irgendwie helfen kann, weißt Du hoffentlich, dass Du mich immer anrufen kannst.*

*Ich habe gehört, dass du nach Darnshaw zurückgehst. Was ich davon halten soll, weiß ich nicht. Ich werde für Euch beide beten. Ich denke stets an Euch – als Geistlicher und dein Vater. Schreibe bald wieder.*

Cass knüllte den Brief zusammen und drückte ihn an ihr Gesicht. *Als Geistlicher und dein Vater.* Das war das Problem, nicht wahr? Er konnte niemals wirklich beides sein. Und warum jetzt? Er tauchte immer nur auf, wenn sich in ihrem Leben etwas änderte, als wolle er an allen ihren Entscheidungen beteiligt sein. Sie erinnerte sich an den Brief, den er ihr geschrieben hatte, als sie sich mit Pete verlobt hatte. Sie hatte ihn lächelnd geöffnet, weil sie Glückwünsche oder höchstens eine kaum verbrämte Ermahnung erwartete, sich kirchlich trauen zu lassen. Jedenfalls nicht das, was er damals zu Papier gebracht hatte:

*Er ist nicht gut für dich. Das spüre ich. Er wird Dir und den Deinen Unglück bringen, das dich bis ans Ende Deiner Tage verfolgen wird. Du tätest gut daran, Dich dem Herrn zuzuwenden. Er liebt Dich.*

Auch jenen Brief hatte sie zusammengeknüllt und in kleine Fetzen gerissen. Seither hatte sie keinen Brief ihres Vaters mehr beantwortet.

*Er ist nicht gut für dich.*

Nun, in diesem Punkt hatte ihr Vater recht gehabt, nicht wahr? Ihre jetzige Situation war Beweis genug: in einem leeren Gebäude allein mit einem Sohn, der sie nicht ansehen wollte. Selbst ihr bisher einziger Kunde glaubte, sie habe den Verstand verloren. Hätte ihr Vater sich gefreut, wenn er das erfahren hätte? Cass spürte, wie dieser Gedanke sich in sie einschlich, und wusste, dass er falsch war, dass sie ihm nicht erliegen durfte. Sie war zu alt für Selbstmitleid, trug zu viel Verantwortung. Trotzdem stiegen ihr Tränen in die Augen, *Pete.* O Gott, wenn sie ihn doch hätte zurückhaben dürfen, wenigstens für kurze Zeit.

Ein Geräusch riss sie aus ihren Gedanken. Sie wusste erst nicht, was das war, aber dann kam es wieder, und sie erkannte, dass jemand an die Wohnungstür klopfte. Cass fuhr sich mit dem Handrücken über die Augen, die hoffentlich nicht rot waren. Als sie draußen Mr. Remick stehen sah, verkrampfte sich ihr Magen, weil sie ein schlechtes Gewissen hatte.

»Tut mir leid, dass Ben heute nicht in der Schule war, aber …«, begann sie.

Er hob eine Hand. »Schon gut«, sagte er. »Ich pflege keine Hausbesuche bei Schülern zu machen, die nicht zum Unterricht erscheinen. Täte ich das, wäre ich im Augenblick ganztägig beschäftigt. Sie hatten bestimmt einen guten Grund. Er ist doch hoffentlich nicht krank?«

Cass schüttelte den Kopf und sah weg.

»Dies ist ein rein gesellschaftlicher Besuch. He, Tiger«, sagte Mr. Remick. Cass spürte Ben neben sich. Seine Miene hellte sich auf, als er grinsend zu seinem Lehrer aufsah.

»Ich war nicht in der Schule.«

»Nein, das warst du nicht. Aber ich sag's nicht weiter, wenn du dichthältst.« Mr. Remick blinzelte Cass zu. Er verstand sich darauf, alles weniger ernst erscheinen zu lassen, gewissermaßen die Luft zu reinigen.

»Ich spiele das Spiel.«

Nicht *ein* Spiel. *Das* Spiel.

»Großartig, Ben. Willst du's mir nicht zeigen? Natürlich nur, wenn deine Mom einverstanden ist.«

Cass nickte. »Natürlich. Ich mache uns Tee.«

Sie konnte die beiden von der Küche aus hören: Ben, der über alles Mögliche schwatzte: wie viele Soldaten er schon erschossen hatte und wie er heute gewandert war, obwohl er eigentlich nicht hatte mitgehen wollen. Die Worte sprudelten nur so aus ihm hervor, als könne er sie kaum schnell genug herausbringen. Nicht wie zuvor, als er mit ihr zusammen gewesen war. Wie konnte Ben jetzt so viel zu sagen haben? Er redete fröhlich und unbeschwert wie ein ganz normaler kleiner Junge.

Allein durch ihre Schuld war er so bockig gewesen, weil sie versucht hatte, mit ihm den Ort zu verlassen, an dem er sich gerade heimisch zu fühlen begann. Sie hatte ihn in die Kälte hinausgeschleppt, ihn bis zu den Steinen marschieren lassen – und wozu? Cass schloss die Augen. Das Wasser im Teekessel begann zu kochen, und sein Pfeifen übertönte alles andere.

»Alles in Ordnung mit Ihnen?«

Die Stimme erklang unerwartet dicht hinter ihr, und Cass fuhr zusammen.

»Entschuldigung. Ich wollte Sie nicht erschrecken.« Mr. Remick zeigte ins Wohnzimmer hinüber. »Er ist ganz in sein Spiel vertieft.«

»Ich …« *Mir geht's gut,* wollte Cass sagen.

Mr. Remick legte ihr eine Hand auf den Arm. »Ich hatte das Gefühl, irgendetwas sei nicht in Ordnung.«

Cass schüttelte den Kopf, merkte jedoch, dass sie nicht sprechen konnte.

»Sie sind nicht allein, wissen Sie. Sie brauchen es jedenfalls nicht zu sein. Sie müssen nicht alles allein bewältigen.«

Cass trat einen halben Schritt zurück, wischte sich die feuchten Augen. »Tut mir leid.« Gott, sie entschuldigte sich ständig bei ihm. »Ich wollte Sie nicht … Natürlich geht's mir gut. Ich habe Sie doch erst kennengelernt. Sie denken bestimmt, ich sei …«

»Ich denke gar nichts. Ich mag Sie nur, Cass. Das ist in Ordnung, nicht wahr? Ich möchte nicht, dass Sie sich unbehaglich fühlen.«

Cass schüttelte den Kopf. Sie fühlte sich nicht unbehaglich. In seiner Gegenwart kam sie sich vor, als sei sie mit einem alten Freund an einem vertrauten Ort.

»Sie sind hier willkommen. Das meine ich ernst.«

Sie zog die Augenbrauen hoch.

»Oh, ich weiß, dass ich nicht für alle sprechen kann. Aber Sally mag Sie wirklich. Das hat sie erst heute wieder gesagt.« Er machte eine Pause. »Sally auf seiner Seite zu haben, ist natürlich ein bisschen so, als säße man mit einem Elefanten im Porzellanladen fest.«

Sie lächelte.

»Aber ich bin froh, dass Sie jetzt hier wohnen. Ich war schon lange nicht mehr hier, aber Darnshaw kann ziemlich provinziell sein, vor allem wenn es wie jetzt abgeschnitten ist. Es ist nett, mit jemandem reden zu können.«

Cass spürte, dass ihr Herz rascher schlug, als werde sich gleich irgendetwas ereignen.

»Ben hat mir erzählt, dass Sie uns verlassen wollten.«

Sie bewegte sich. »Ich …«

»Sie brauchen mir nichts zu erklären.«

»Nein, das ist in Ordnung. Ich habe mich hier nur eingesperrt gefühlt – mit dem Schnee und ohne Post und Telefon. Ich dachte, ein paar Tage in anderer Umgebung würden uns guttun.«

»Da hab ich's einfacher, glaube ich. Ich habe niemanden, den ich wirklich anrufen möchte.«

Cass lachte. »Ich auch nicht.« Ein Stich ins Herz. *Nicht mehr.* »Es ist um meine Arbeit gegangen.«

»War das alles? Dann sollten Sie unbedingt hierbleiben. Das Leben besteht nicht nur aus Arbeit, wissen Sie.«

»Tatsächlich?« Sie hatte das nicht sagen wollen, meinte diese Frage nicht ernst, aber als sie seinen Blick erwiderte, war seine Miene ernst.

»Ich mache Ihnen einen Vorschlag, Cass. Wenn Ben mal wieder außer Haus ist – bei Sally oder sonst wo –, sollte ich abends für Sie kochen.«

Sie wusste nicht, was sie dazu sagen sollte.

»Cassandra stimmt nicht, hab ich recht?«

»Was?«

»Ihr Name. Sally nennt Sie Cassandra, aber ich glaube nicht, dass Sie so heißen.«

»Nein … nein, der Name stimmt nicht.«

»Ich denke … Hmm, das ist schwierig …«

Sie strich sich die Haare aus der Stirn. »Meinen Namen erraten Sie nie.«

»Dann heißen Sie also nicht Rumpelstilzchen.« Er grinste.

»Mein Name war Cassidy.«

»Cassidy. Ja, das passt zu Ihnen.« Er machte eine Pause. »*War?*«

»Das war mein Mädchenname. Bevor …«

»Ah. Sorry. Wie heißen Sie also wirklich, Cassidy?«

Sie biss sich auf die Unterlippe.

»Kommen Sie, so schlimm wird's schon nicht sein.«

»Ich sollte jetzt wirklich den Tee aufgießen.«

»Etwas Traditionelles, denke ich. Rebecca? Nein … Verity. Faith. Hope.«

Sie schluckte. »Ich heiße Gloria.«

»Gloria.« Er ließ sich das Wort fast auf der Zunge zergehen.

»Woher haben Sie das gewusst?«

»Was?«

»Dass der Name traditionell sein würde. Mein Vater war sehr fromm.«

»Nun, das war vorherzusehen, nicht wahr?«

»Wieso?« Sie verstand nicht, was er meinte.

»Darnshaw ist ein sehr traditionell geprägter Ort. Und Sie sind zurückgekommen. Es liegt Ihnen im Blut.«

Cass lachte. Sie trat an den Wandschrank, nahm Teebecher heraus. Sie fühlte sich ein wenig bloßgestellt, fast wie ein Kind, das mit einem Geheimnis ertappt worden ist. *Gloria*. Wahrscheinlich hätte sich nicht einmal Ben erinnern können.

*Gloria. Weil du dem Herrn Ruhm bringen wirst. Hosianna in der Höh'.*

»Ich darf Sie hoffentlich weiter Cass nennen.«

Sie drehte sich um. »Das will ich Ihnen geraten haben«, sagte sie. »Und wenn Sie jemandem erzählen …«

Er hob mit gespieltem Entsetzen die Hände. »Das täte ich nie«, sagte er. »Das bleibt unser kleines Geheimnis.« Er ging zur Tür. »Als Gegenleistung für das Dinner«, sagte er und verschwand nach nebenan.

Später warf Cass einen Blick ins Wohnzimmer und sah die beiden lachend und jubelnd vor dem Bildschirm sitzen. Sie machte ihnen Pasta, ohne Mr. Remick zu fragen, ob er zum Abendessen bleiben wolle. Er schien sich hier wohlzufühlen – und als sie das Essen auftrug, wandte Ben sich ihr zu. Seine Augen blitzten, und diesmal erlosch dieser Glanz nicht, als er sie ansah.

Die Pasta schmeckte fade, die Sauce war langweilig, und Cass entschuldigte sich dafür, obwohl Mr. Remick einen gesunden Appetit an den Tag legte. Sie erzählte ihm von ihrem Besuch auf der Farm und dem Ergebnis.

»Die Einheimischen sind nicht alle so freundlich wie ich, was, Ben?« Er blinzelte ihr zu. »Was man isst, kann davon abhängen, wen man kennt. Lebensmittel gibt's genug – reichlich Farmland, wissen Sie. Aber die Leute von Land sind ein bisschen zurückhaltend.

Cass dachte an den Bauern, der ihr die Tür vor der Nase zugeschlagen hatte. »Damit haben Sie wohl recht.«

»Aber sie werden Sie schon bald ins Herz schließen. Und dann werden Sie sich kaum noch vor ihnen retten können. Dann gibt es schon bei Morgengrauen Apfelkuchen, den ganzen Tag lang Hammeleintopf – wenn Sie nichts dagegen haben, ein halbes Schaf abzunehmen. Oder hin und wieder ein lebendes Huhn.«

Cass verzog das Gesicht.

»Bei diesen Leuten darf man nicht pingelig sein.« Mr. Remicks Augen blitzten. »Hab ich recht, Ben?«

Ben nickte enthusiastisch, löffelte rote Sauce in seinen Mund.

»Jedenfalls haben Sie viel riskiert, als Sie's bei Bauer Broath versucht haben. Sogar mir fällt's schwer, diesen Leuten etwas zu entlocken.«

»Wir wollten fort«, sagte Ben.

»Ja, ich weiß. Nun, ich bin froh, dass ihr zurückgekommen seid. Mit wem sollte ich sonst Wüstenkrieg spielen?«

»Wir haben ein paar Steine gesehen«, sagte Ben.

»Ah«, sagte Mr. Remick, »was du nicht sagst.«

»Er meint die stehenden Steine im Moor«, sagte Cass. »Sie waren im Schnee meilenweit sichtbar.«

»Das hab ich mir gedacht. Ja, sie bieten jetzt bestimmt einen sehenswerten Anblick. Sie heißen Hexensteine, wissen Sie.«

»Wie bitte?«

»Hexensteine. Der mit dem Loch in der Mitte soll besonders wirkungsvoll sein, glaube ich. Angeblich sind sie an der Gemeindegrenze aufgestellt worden, um Hexen und böse Geister abzuhalten. Oder um sie am Entkommen zu hindern«, fügte er hinzu. »Wobei mir Letzteres nicht ganz abwegig erscheint, wenn man an die Einheimischen denkt?«

Er zog die Augenbrauen hoch, musterte Cass mit gespieltem Ernst, und sie lachte. »Jedenfalls ist dort oben ein guter Picknickplatz.«

»Ein Picknick im Schnee? Ah, eine abenteuerlustige Feinschmeckerin. Das muss ich mir merken.«

»O nein, ich …«

»Hmm. Keine Ahnung, ob ich was wirklich Exotisches zusammenzaubern kann. Die …« Er verstummte, als er Cass' Gesichtsausdruck sah.

Sie drehte sich nach Ben um, der mit hochgezogenen Augenbrauen von einem zum anderen sah. Dann grinste er den Lehrer an und sagte: »Ich geh zu Mrs. Spencer.«

Cass und Mr. Remick brachen in Gelächter aus.

Cass dachte beim Einschlafen an Mr. Remick, an die lässige Art, wie er in ihren Haushalt geschlüpft war, und fragte sich, ob sie sich eines Tages vielleicht wünschen würde, er bliebe ganz. Das war ein neuartiger Gedanke. Seit Pete verschollen war, hatte Cass über viele Dinge nachgedacht: wo sie leben würden; wie Ben aufwachsen sollte, ohne seinen Vater jemals wiederzusehen; wie sie die Erinnerung an Pete wachhalten sollte, damit sichergestellt war, dass sie ihn nie vergaßen. Sie war nie auf die Idee gekommen, dass sie eines Tages darüber nachdenken könnte, wie es für sie weitergehen sollte. Das ließ ihr Herz rascher schlagen. Das Leben hatte sich bei ihr eingeschlichen, bevor sie's überhaupt bemerkte, und machte alle Farben bunter.

Sie erinnerte sich daran, wie Pete die blauen Steine dargeboten, sie zu Boden hatte fallen lassen. Sie schloss die Augen.

Als sie dann träumte, kam jedoch nicht Pete zu ihr, sondern ihr Vater.

Sie standen in der Kirche. Cass blickte an sich herab und sah das weiße Rüschenkleid. Es war mit etwas Dunklem besudelt, aber das Licht war so trüb, dass sie nicht sehen konnte, was es war. Sie dachte an Blut, aber nein, draußen regnete es – sie konnte Regentropfen auf dem Dach, an Fenstern und Wänden hören, als begehrten sie Einlass. Der Boden dort draußen war schlammig, und sie war, unbeholfen wie immer, hingefallen und hatte ihr Kleid ruiniert.

Das hohe Fenster hinter ihrem Vater begann plötzlich zu leuchten. Nicht farbig, sondern in grellem Weiß. Ihr Vater schien das nicht zu bemerken. Er streckte die Hand nach ihrem

Kleid aus, strich es glatt, wobei das dunkle Zeug an seinen Fingerspitzen haften blieb. Er wischte es mit angewidertem Gesichtsausdruck ab.

*Der Mann, Daddy!*, wollte Cass sagen, aber sie brachte kein Wort heraus. Ihr Mund stand offen. Hinter ihrem Vater stand eine dunkle Gestalt. Der Mann trat aus dem Licht und schlang einen Arm um die Schultern ihres Vaters, der das aber nicht zu spüren schien.

Die dunkle Gestalt nahm ihr ihren Vater weg. Cass konnte das Gesicht des anderen Mannes nicht sehen, aber sie wusste, was er tat. Sie wusste auch, dass seine Gestalt *falsch* war, irgendwie zu dünn. Obwohl sein Gesichtsausdruck nicht zu erkennen war, wusste sie, dass er lächelte. Auch sein Lächeln war falsch, eine verzerrte, kranke Grimasse.

Cass setzte sich im Bett auf, rang nach Atem und glaubte, ein geflüstertes Echo zu hören.

*Gloria. Weil du dem Herrn Ruhm bringen wirst. Hosianna in der Höh'.*

Sie schlug die Bettdecke zur Seite und stellte die Füße auf den Boden. Einen Augenblick lang glaubte sie, ein leises Kratzen in der Wand zu hören, dann verstummte es. Cass stand auf, spürte die Nachtluft kühl auf ihrer Haut und verließ das Zimmer, um nach ihrem Sohn zu sehen.

Sie war erst in der Diele, als sie Ben laut stöhnen hörte – ein langes gedehntes Ächzen, das ihr das Herz einschnürte. Sie öffnete die Tür und betrat sein Zimmer.

Ben lag auf der Seite, wirkte völlig entspannt, ein Leitbild friedlichen Schlafs. Er hatte eine Hand unters Kinn gelegt.

Sie beugte sich über ihn und wartete ab, ob das Stöhnen sich wiederholen würde. Aber das tat es nicht. Seine Atmung war gleichmäßig und tief, und Cass lauschte ihr eine ganze Weile. Sie fragte sich, was er wohl träumte. Vielleicht war er mit dem Gedanken an Mr. Remick eingeschlafen.

Als sie sich aufrichtete und das Zimmer verlassen wollte, ließ Ben erneut etwas hören. Diesmal war es kein Stöhnen, sondern ein einzelnes, ganz deutlich gesprochenes Wort: *Daddy*. Cass wartete noch ein paar Minuten, aber er sagte nichts mehr.

## Kapitel 15

Der erste Erwachsene, den Cass außerhalb der Schule sah, war Mr. Remick. Er winkte ihr lächelnd zu, und Ben lief sofort zu ihm. Was er auch geträumt haben mochte, schien bei Tagesanbruch vergessen zu sein, aber Cass war es im Gedächtnis geblieben. Sie glaubte noch immer zu hören, wie er dieses eine Wort sagte: *Daddy*.

»Ich würde zu gern wissen, was Sie jetzt gerade denken.« Mr. Remick stand vor ihr, eine weiße Atemwolke verbarg sein Gesicht. Es war noch kälter geworden; der Winter hatte das Land fester denn je im Griff.

»Ich hab mich nach Lucy umgesehen«, antwortete sie.

»Die haben sie verpasst, fürchte ich.« War der Glanz in seinen Augen ein wenig verblasst? »Sie hat Jess heute früher als sonst abgesetzt.«

Cass runzelte die Stirn. Ihr drängte sich die Vermutung auf, dass das mit der merkwürdigen E-Mail zusammenhing, die Lucy von ihrem Kunden erhalten hatte. Vielleicht hatte sie Lucy sogar dazu veranlasst, sich die Dateien anzusehen, die sie ihm gemailt hatte. Bei dieser Vorstellung wand Cass sich innerlich. Sie ließ die Linke auf Bens Kopf ruhen – zu ihrem Trost ebenso wie zu seinem. Dann nahm sie die Hand weg. Hatte etwa Ben ihre Arbeit aus Boshaftigkeit verändert? Das hätte sie ihm eigentlich nicht zugetraut. Aber wenn sie an diese Zeichnung dachte …

»Ben, willst du nicht schon reingehen? Ich muss rasch etwas mit Mr. Remick besprechen.«

»Mo-*om*.«

»Geh nur. Bis später!« Cass beugte sich zu ihm hinunter, um ihn zu küssen, aber er entzog sich ihr.

»Sie werden so schnell erwachsen, nicht wahr?«, sagte Mr. Remick. »Gibt's irgendwas, bei dem ich Ihnen helfen kann?«

»Nein. Ich meine, nicht speziell. Ich wollte Sie nur etwas wegen Ben fragen. Als Sie mir neulich diese Zeichnung gezeigt haben, war ich etwas besorgt. Ich frage mich, ob Ihnen sonst noch etwas Ungewöhnliches aufgefallen ist.«

»Überhaupt nichts. Er ist ein prächtiger Kerl, Cass. Kein Grund zur Sorge.«

»Hat er noch mal etwas Ähnliches gezeichnet?«

»Nicht, dass ich wüsste. Ich kann Sally noch mal fragen, aber ich bin sicher, dass sie's erwähnt hätte. Ah, wenn man vom Teufel spricht ...« Er winkte, und eine schrille Stimme antwortete.

»Cass, gut, dass ich Sie hier treffe.« Sally schoss auf sie zu. Damon hatte sich in ihrem Kielwasser treiben lassen, aber jetzt drehte er ab und verschwand im Schulgebäude. »Ich wollte fragen, ob Ben heute Abend bei uns essen darf. Darüber würden wir uns sehr freuen, nicht wahr, Damon? Wo ist dieser Junge bloß wieder? *Also ehrlich*. Na ja, jedenfalls möchte er Ben weitere Spiele zeigen und vielleicht ein paar andere Jungs einladen, damit Ben neue Freundschaften schließen kann. In Wirklichkeit war das mein Vorschlag, aber ...«

Cass öffnete den Mund, um zu antworten, als sie Mr. Remicks Augen amüsiert glitzernd auf sich gerichtet sah. Sie holte tief Luft und traf ihren Entschluss. »Das ist sehr nett von Ihnen, Sally. Ich bin Ihnen wirklich dankbar. Sehr freundlich von Ihnen, dass Sie ihm helfen, sich einzugewöhnen – ihm gefällt es hier bereits sehr gut. Deshalb danke für die Einladung. Aber dieses Mal komme ich selbst bei Ihnen vorbei und hole ihn ab.«

Sally holte tief Luft. »Ohhh, wundervoll! Das freut mich echt. Vielen, vielen Dank! In nächster Zeit müssen wir mal alle zusammenkommen, nicht wahr? Sie und ich und die Jungs.«

»Das würde mich freuen, wirklich; es ist sehr nett von Ihnen, uns so freundlich aufzunehmen. Ben und Damon kommen wirklich gut miteinander aus, stimmt's?«

»Natürlich, natürlich. Nun, ich muss …«

»Noch etwas«, warf Mr. Remick ein. »Wir wollten Sie nach Bens Zeichnungen fragen. Hat er irgendwas zu Papier gebracht, das Anlass zur Beunruhigung geben könnte, Sally?«

»Zum Beispiel?«

»Irgendwas allzu Gruseliges oder vielleicht Depressives. Irgendwas, mit dem Sie nicht ganz einverstanden waren?«

»Nein, ganz im Gegenteil. Er ist ein lieber kleiner Kerl. Er versteht sich gut mit den anderen.«

»Nun, das hört man gern«, sagte er.

Sally lächelte und hastete zum Eingang weiter, während Mr. Remick sich wieder Cass zuwandte. »Noch besser finde ich«, sagte er, »dass Sie heute zum Abendessen frei sind.«

Cass antwortete nicht gleich. Sie glaubte, ein Echo von Bens Stöhnen im Traum zu hören.

»Sie bekommen doch hoffentlich keine kalten Füße, Ms. Cassidy?«

Sie holte tief Luft. »Nein, Sie haben recht. Wie's scheint, hab ich heute Abend frei.«

Er beugte sich leicht nach vorn, als wolle er sie auf die Wange küssen, aber dann richtete er sich im letzten Augenblick wieder auf und winkte einer Gruppe von Müttern zu, die mit ihren Kindern im Schlepptau von der Straße aufs Schulgelände herunterkamen.

Als Cass ging, drängten sich ihr zwei Erkenntnisse auf: erstens, dass sie in den letzten Minuten nicht mehr an die Dateien ihres Kunden gedacht hatte. Und zweitens, dass sie Lucy nicht mehr vor dem Wochenende sehen würde, wenn sie Ben heute Nachmittag nicht von der Schule abholte.

Um 15 Uhr verließ Cass wieder die Mühle. Der Gedanke, erneut zur Schule gehen zu müssen, irritierte sie bereits, zumal sie zwischendurch würde heimgehen müssen, um sich zum Abendessen umzuziehen, bevor sie ein weiteres Mal ins Dorf ging. Aber sie musste mit Lucy sprechen.

Wenigstens ersparte das Nachdenken über Lucy es ihr, sich Sorgen wegen des Abendessens mit Mr. Remick zu machen. Allein bei dem Gedanken daran verkrampften sich ihre Magennerven; das letzte Mal, dass etwas in dieser Art passiert war, lag schon lange zurück.

Auch Pete hatte sie anfangs eingeschüchtert, aber er war so voller Farbe, Lachen, Leben gewesen – lauter Dinge, die sie angezogen hatten. Pete war durch die Welt getrieben, war von Ort zu Ort gezogen, ohne irgendwo Wurzeln zu schlagen; das war etwas gewesen, das ihn nie bekümmert hatte. Es hatte ihn einfach nicht berührt. Und wenn Cass mit ihm zusammen gewesen war, hatte es auch sie nicht berührt.

Als sie aufsah, stellte sie überrascht fest, dass sie schon gegenüber der Post angelangt war. Irene schloss gerade ab. Als sie Cass sah, deutete sie auf den Briefkasten und schüttelte bedauernd den Kopf.

Cass hatte nicht damit gerechnet, dass die Straßen heute geräumt werden würden. Der Winter schien erst richtig einzusetzen. Sie sah zu den Hügeln um Darnshaw und dachte an die Steine, die Wache standen, um Hexen abzuhalten.

Wenig später hörte sie in der prickelnd kalten Luft ferne Stimmen – offenbar waren die Kinder im Freien. Eine schrill kreischende Stimme übertönte alle anderen. Das klang nicht wie freudiges Kreischen. Dann erklang eine befehlende tiefere Männerstimme. Cass hastete bis zu der Ecke, von der aus sie den Schulhof überblicken konnte. Die Kinder standen zusammengedrängt, bildeten eine Masse aus bunten Jacken. Zwischen ihnen lag eine kleine Gestalt auf dem Boden.

Cass lief die Zufahrt hinunter, rutschte auf dem Eis aus, gewann das Gleichgewicht zurück und hastete weiter. Mitten im Gedränge sah sie eine rote Jacke mit einem blonden Haarschopf darüber. *Ben*. Also lag nicht er dort. Sie atmete tief durch. Das auf dem Boden liegende Kind war ein kleines Mädchen, dessen langes schwarzes Haar feucht an seinem Gesicht klebte. Als Cass näher herankam, sah sie eine blutige Kratzspur auf der Wange der Kleinen.

Dann war ein lauter Aufschrei zu hören, und Cass sah, wie Lucy sich durch die Kinder drängte und einen Jungen zur Seite stieß, um zu dem am Boden liegenden Mädchen zu gelangen. Erst jetzt wurde ihr klar, dass die Kleine Jessica war.

Als Lucy ihre Tochter erreichte, hatte Jessica zu weinen begonnen, und Cass spürte eine Woge der Erleichterung. Das Weinen eines verletzten Kindes bereitete einer Mutter immer weniger Sorgen, als wenn Stille herrschte.

Plötzlich erschien Mr. Remick inmitten der Gruppe und strahlte nichts als Ruhe aus. Die Kinder drängelten weniger, und der Lehrer sagte halblaut etwas, das Cass nicht verstand. Einige der Kinder traten zurück, sodass sie jetzt Myra sehen konnte, die ein Kind zum Parkplatz führte. Cass wollte einen Blick mit ihr wechseln, aber die Frau sah bewusst weg.

Bald stand nur noch ein Kind bei Mr. Remick, Lucy und Jessica. Cass fühlte ihr Herz sinken. Es war Ben. Während sie zusah, ging Sally zu ihm und legte ihm beide Hände auf die Schultern. Dann sah Ben seine Mutter kommen und wich ihrem Blick ebenfalls aus, sah angestrengt zu Boden.

Lucy zog Jessica sitzend hoch und hielt die Schluchzende umarmt. Mr. Remick beugte sich zu ihr hinunter, strich Jessica die Haare aus der Stirn und begutachtete ihr Gesicht. Er richtete sich auf, sah Cass dort stehen. »Nicht weiter schlimm«, sagte er. »Nur ein Kratzer.« Das sagte er zu Cass, die nicht gleich wusste, weshalb er sie ansprach. Dann wurde ihr alles klar.

Ben starrte geradeaus. Sein Gesicht war rot angelaufen, aber aus seinem Blick sprach stählerne Unbeugsamkeit.

Lucy richtete sich auf und starrte Ben aus zusammengekniffenen Augen an. Dann sah sie zu Cass hinüber.

So fand Cass sich plötzlich im Mittelpunkt eines Kreises wieder, sah alle Blicke auf sich gerichtet und hatte keine Ahnung, was sie sagen sollte.

Mr. Remick räusperte sich. »Also gut«, sagte er. Seine Stimme war ruhig, die Stimme eines Mannes, der Gehorsam erwartet. »Ich danke euch. Alles ist wieder unter Kontrolle.«

Statt zurückzuweichen kamen einige Jungen näher. Sie musterten Cass mit Augen, die feindselig zu glitzern schienen. Damon war unter ihnen.

Mr. Remick bückte sich, half Jessica aufzustehen. Er sprach halblaut mit ihrer Mutter, und Lucy nahm ihren Arm, wischte ihr die Tränen ab und führte sie in Richtung Parkplatz weg.

Cass sah den beiden nach. Mit einer Hand tastete sie nach der CD in ihrer Tasche.

Mr. Remick wandte sich an sie. »Wollen Sie nicht hereinkommen?«, schlug er vor. »Wir sollten kurz über diese Sache reden.«

Cass nickte. Lucy hatte den Land Rover inzwischen fast erreicht. Sally führte Ben hinein, hatte ihm eine Hand auf den Rücken gelegt. Die anderen Jungen folgten ihnen mit einigem Abstand.

Eine der Türen des Land Rovers wurde geöffnet und mit einem dumpfen Schlag geschlossen, der in der kalten Luft deutlich hörbar war. »Bin gleich wieder da«, sagte Cass und ignorierte Mr. Remicks erstaunten Blick, um hinter Lucy herzulaufen. Sie rief ihren Namen, als Lucy auf die Fahrerseite zurückging, und die Angerufene blieb stehen und wartete mit reservierter Miene ab, was Cass sagen würde.

»Tut mir leid, wenn Ben … wenn er irgendwas getan hat«, sagte Cass. »Und ich hoffe, dass Jessica nichts fehlt.«

»Er hat ihr das Gesicht zerkratzt.« Lucys Stimme klang kalt. »Wenn Sie mich jetzt bitte entschuldigen; ich möchte mein Kind heimfahren.«

»Natürlich. Diese Sache tut mir schrecklich leid. Aber ich … ich hatte gehofft, Sie um Hilfe bitten zu dürfen.«

Lucy machte große Augen.

»Ich weiß, dass das alles … Nun, darüber müssen wir noch einmal reden. Aber ich muss meinem Kunden wirklich ein paar Dateien mailen. Ich weiß nicht, was mit den vorigen passiert ist; sie müssen irgendwie korrumpiert worden sein.«

»*Ich* soll sie für Sie versenden?«

»Damit täten Sie mir einen großen Gefallen. Und falls ich irgendwas für Sie oder Jessica tun kann …«

Lucy streckte wortlos die Hand aus, und Cass ging um das Fahrzeug herum und drückte ihr die CD in die Hand. Sie fing an, sich bei der Frau zu bedanken, die sie schon fast als ihre Freundin betrachtete, aber Lucy steckte nur schweigend die CD ein, setzte sich ans Steuer und fuhr davon.

Auf den Fluren herrschte Stille, als Cass das Schulgebäude betrat. Die meisten Lampen waren ausgeschaltet, weil sie nachts nicht gebraucht wurden, sodass sie sich nur im grünlichen Licht der zu den Notausgängen weisenden Leuchtschilder orientieren konnte. Als sie sich Mr. Remicks Büro näherte, hörte sie halblaute Stimmen. Cass blieb an der Tür stehen, um anzuklopfen, und spürte dabei eine Bewegung an ihrer Seite. Sie kam von einer Jungengruppe, die auf dem dunklen Flur stand und Cass anstarrte. In dem trüben Licht wirkten ihre Augen blass. Sie sah weiße Zähne aufblitzen, als einer der Jungen – Damon – hämisch grinste.

Cass hörte Mr. Remicks Stimme aus seinem Büro. Sie öffnete die Tür und trat ein. Er lächelte ihr hinter seinem Schreibtisch sitzend entgegen, und Sally nickte ihr aus einem Besuchersessel zu. Cass erwiderte das Lächeln dankbar, empfand ihre freundlichen Blicke als Wohltat. Nur Ben hatte nicht einmal aufgesehen. Er saß auf Sallys Knie.

»Wir haben Ben ein bisschen zu der Sache befragt«, sagte Mr. Remick. »Jessica hat anscheinend etwas gesagt, das ihn aufgebracht hat, und danach ist die Sache irgendwie eskaliert. So war's doch?«

Ben nickte.

»Was ist passiert?«, fragte Cass.

»Jessica hat etwas über jemanden gesagt, das Ben nicht gefallen hat, und er hat sie aufgefordert, es zurückzunehmen. Das wollte sie nicht, und es ist zu einer Rangelei gekommen, bei der die anderen Kinder sie angefeuert haben, glaube ich. Sie hat sich das Gesicht am Eis aufgeschürft, als er sie niedergeschlagen hat.«

»Ben, du hast sie *geschlagen?* Wie konntest du nur?« Cass erinnerte sich an Jessicas Gesicht: Es war leichenblass gewesen, und das Blut darauf war ihr erschreckend rot erschienen. Die Kleine war jünger als Ben – mindestens ein Jahr, vielleicht sogar zwei.

Ihr Sohn erwiderte ihren Blick noch immer nicht. Aus seiner ganzen Haltung sprach Unnachgiebigkeit.

»Was um Himmels willen hat sie denn gesagt?« Cass sah sich um. »Weiß das jemand?«

Sally räusperte sich, sprach aber nicht, sondern sah nur zu Mr. Remick hinüber. Zu Cass' Überraschung wirkte der Lehrer plötzlich leicht unsicher.

»Anscheinend hat sie etwas über mich gesagt«, antwortete er. »Das hat Ben nicht gefallen.«

Jetzt hob Ben den Kopf, starrte Mr. Remick durchdringend an.

»Ben, du sollst keine Mädchen schlagen. Du sollst niemanden schlagen«, sagte Cass. »Darüber müssen wir später reden. Aber vor allem musst du dich bei Jessica und ihrer Mom entschuldigen.«

Ben funkelte sie an. »Das tue ich *nicht*. Und wir reden *nicht* darüber, weil ich nicht mit dir heimgehe. Ich gehe zu Sally!«

*Sally*. Seit wann nannte er seine Lehrer beim Vornamen? Cass atmete tief durch. »Nicht heute, Ben.« Sie sah die anderen an. »Sorry, aber wir müssen uns entschuldigen. Und Ben und ich müssen miteinander reden.«

Ben öffnete den Mund, um zu protestieren, aber Mr. Remick brachte ihn mit einem Blick zum Schweigen. »Warte einen Augenblick draußen, Ben«, sagte er. Der Junge rutschte von Sallys Knie, starrte seine Mutter vorwurfsvoll an und verließ den Raum.

Mr. Remick wandte sich an Cass. »Tut mir leid«, sagte er, »aber ich glaube nicht, dass wir die ganze Story gehört haben. Was ich gesagt habe, ist wahr – Jess hat anscheinend etwas über mich gesagt. Aber von einem der anderen Jungen habe ich gehört, dass Jess auch über Bens Vater gesprochen hat.«

»Um Himmels willen, weshalb sollte sie das tun? Sie weiß doch gar nichts über uns!«

»Keine Ahnung, aber Kinder können grausam sein, und er war zu Recht empört. Das entschuldigt sein Verhalten nicht, und wir werden natürlich noch einmal ernsthaft mit ihm darüber reden. Und er wird sich entschuldigen. Aber darf ich Ihnen empfehlen, vorerst alles normal weiterlaufen zu lassen? Das ist natürlich Ihre Entscheidung, aber ich bezweifle, dass es gut für ihn wäre, sich heute noch mehr aufzuregen, wenn er schon so durcheinander ist.«

»Mich würd's freuen, wenn er trotzdem zu uns käme«, beteuerte Sally. »Manchmal ist's wie gesagt besser abzuwarten, bis sich die Wogen ein wenig geglättet haben. Danach sieht man vieles klarer.« Sie machte eine Pause. »Armer Junge. Er war ganz durcheinander.«

*Durcheinander?* Nur das? Das Glitzern in Bens Augen war Cass wie Zorn vorgekommen. Kannte sie denn ihren eigenen Sohn nicht mehr? Sie sah zu Boden, nahm sein schwarz-weißes Karomuster nur verschwommen wahr. Sie rieb sich das Gesicht. Dann erinnerte sie sich daran, wie Ben letzte Nacht im Schlaf nach seinem Vater gerufen hatte. Er war nur ein kleiner Junge, allein an einem fremden Ort, der unter dem Verlust seines Vaters litt. Vielleicht war sein Verhalten vor diesem Hintergrund nur verständlich. Vielleicht war das alles ganz normal.

Sie nickte langsam.

»Großartig«, sagte Mr. Remick. »Das ist bestimmt die beste Lösung. Und ich selbst profitiere natürlich auch davon.« Er lächelte herzlich. »Also, ich glaube wirklich nicht, dass Ben etwas fehlt, das sich nicht durch Eingewöhnung und ein paar neue Freundschaften ins Lot bringen ließe. Dazu kann der heutige Abend enorm viel beitragen, denke ich. Und morgen reden wir mit Jessicas Mutter, nicht wahr, Sally?«

Sally nickte. Ihr strahlendes Lächeln war zurückgekehrt. »So, jetzt muss ich meine Schäfchen zusammentreiben. Wenn Sie möchten, Cass, bringe ich Ben später nach Hause. Sie sehen ein bisschen blass aus.«

»Nein, nein, daran würde ich nicht im Traum denken. Ich hole ihn selbst ab.« Cass zwang sich zu einem Lächeln. »Danke, Sally. Wirklich sehr nett von Ihnen.«

Sally nickte, öffnete die Tür und begann Namen zu rufen. Als Cass merkte, dass die mürrischen Gestalten auf dem Flur die Kinder waren, mit denen Ben zu Abend essen sollte, hatte sie Mühe, böse Ahnungen zu unterdrücken. Nein, dies war eine gute Schule mit anständigen Schülern. Sally hätte sie nicht eingeladen, wenn sie nicht gute Kids gewesen wären

Mr. Remick beobachtete sie. »Tut mir leid, dass das passiert ist. Ich hätte diesen Streit verhindern müssen. Aber aufgrund der zusammengewürfelten Klassen, die wir jetzt haben, kann man nicht überall gleichzeitig sein.«

»Nein, natürlich nicht. Das war nicht Ihre Schuld.«

»Solche Dinge passieren eben.«

»Ja.«

»Cass, wollen Sie nicht Ihre Tasche holen und gleich mit zu mir kommen? Sie können sich entspannen, während ich koche. Eine kleine Pause tut Ihnen bestimmt gut. Es wäre doch unsinnig, vorher noch einmal in die Mühle zurückzugehen.«

Er streckte ihr die Hand hin und lächelte. Nach kurzem Zögern ergriff Cass sie.

»Kommen Sie mit mir«, sagte er.

Als sie ins Freie traten, war der Parkplatz leer, und der Abendhimmel begann dunkel zu werden. Cass sah auf und stellte fest, dass der Mond bereits als kalte, blasse Scheibe zu sehen war.

Mr. Remick stellte die Alarmanlage scharf, sperrte die Eingangstür ab und steckte die Schlüssel ein. »Solche Abende liebe ich«, sagte er. »Alles ist so still. Was halten Sie davon, wenn wir unsere kleinen Probleme für heute vergessen?« Er bot ihr seinen Arm an, und sie gingen miteinander zur Straße hinauf.

Cass war sehr wohl bewusst, dass sie untergehakt gingen. Sie spähte die Straße entlang und hielt Ausschau nach Sally und den Jungen, die aber längst fort waren. Sie merkte, dass ihr Bens Hand in ihrer fehlte.

»Cass, alles in Ordnung mit Ihnen?«

Seine Stimme klang so warm. Cass schloss die Augen. Ganz ungewohnt, dass jemand sich nach ihr erkundigte, um sie besorgt war. Das hatte sie nicht mehr erlebt, seit …

Sie hatte plötzlich Tränen in den Augen und merkte, dass sie kaum noch Luft bekam.

»Hier, setzen Sie sich.« Er führte sie ein Stück weiter, wischte Schnee von einer niedrigen Stützmauer und setzte sie darauf.

Als Cass die Augen öffnete, rieb er ihre Hände, als sei sie ein Kind mit kalten Fingern.

»Alles in Ordnung. Alles bestens. Er ist ein guter Junge, Cass. Sie brauchen sich keine Sorgen zu machen. Überlassen Sie die heute Abend mir, hmm? Nur für diesen einen Abend.« Seine Stimme war kaum lauter als ein Flüstern. Seine Finger waren warm auf ihren. »Ist Ihnen schwindlig? Wir könnten in die Schule zurückgehen.«

Diese dunklen Flure, dieser grünliche Nebel. Cass schüttelte den Kopf. »Danke, mir geht's gut. Ich weiß nicht, was das eben war.«

»Ich schon.«

»Wirklich?«

»Ihnen fehlt ein Steak à la Theo Remick. Das ist die Ursache aller Probleme.«

»Oh?« Sie lachte.

»Besser?« Er nahm ihre Hand und hielt sie kurz in seiner, bevor er Cass hochzog. Trotz seines schlanken Körperbaus waren seine Arme überraschend kräftig. »Ihre Kutsche steht bereit, Ma'am. In Wirklichkeit tut sie's nicht. Aber man kann nicht alles haben, und ich verspreche Ihnen, dass das Steak ziemlich gut sein wird.«

Cass lächelte, strich sich Haare aus dem Gesicht. In einiger Entfernung entlang der Straße hörte sie lärmende Stimmen – vielleicht von den Jungen. Ben hatte bestimmt schon Spaß mit ihnen. Mr. Remick hatte recht. Das Abendessen bei Sally würde Ben guttun und ihm helfen, sich rascher einzugewöhnen. Nein, wegen ihres Sohns brauchte sie sich keine Sorgen zu machen.

Das alte Pfarrhaus war ein geducktes schwarzes Gebäude mit schmalen Fenstern und einem dreieckigen Ziergiebel über dem Eingang. Es war hässlich, aber sobald Cass einmal darin war, fand sie die Küche mit an der Decke hängendem Kupfergeschirr und mattweißer Wandfarbe, die stellenweise abbröckelte, ganz gemütlich. Sie dachte an die Einbauküche in der Mühle – in ihrer Neuheit spartanisch und für den großen Raum etwas zu klein, um behaglich zu wirken. Dort war alles viel zu sauber und ordentlich. Hier lagen Hefte auf dem Tisch, als sei Mr. Remick dabei gewesen, sie zu korrigieren. Er schob sie zusammen und legte sie in ein Regal, das von Schulbüchern überquoll.

Dann entkorkte er eine Flasche Rotwein und gab ihr ein Glas. »Trinken wir darauf«, sagte er, »dass Sie sich rasch eingewöhnen.« Er stieß mit ihr an. Cass roch den Wein, bevor er ihre Lippen berührte: würzig und süß. So schmeckte er auch, und seine Wärme erfüllte sie behaglich.

Mr. Remick jedoch verzog das Gesicht.

»Mir schmeckt er«, sagte Cass. »Nicht das Übliche.«

»Gut. Mal sehen, was ich als Nächstes verpatzen kann.«

»Sie verpatzen nichts.« Die Worte waren heraus, bevor sie richtig über sie nachgedacht hatte. Wirkte der Wein etwa schon? Oder seine blauen Augen, die sie unverwandt ansahen? »Was hat Jessica über Sie gesagt?«, fragte sie unvermittelt.

Er schnitt eine Grimasse, und Cass verfluchte sich im Stillen. Wieso hatte sie das gefragt? Sie hatte nicht einmal bewusst daran gedacht. Sie drehte ihr Weinglas hin und her, bewunderte die rubinroten Lichter.

»Nach Einzelheiten hab ich nicht gefragt«, antwortete er. »Sich mit den Augen seiner Schüler zu sehen, ist nicht immer angenehm.«

Cass erinnerte sich daran, dass Ben in seiner Gegenwart immer leuchtende Augen bekam. »Oh, das glaube ich nicht.«

»Lauter fantastische Kids. Es wird traurig sein, sie verlassen zu müssen.«

»Verlassen?«

»Wenn Mrs. Cambrey zurückkommt.«

»Bleiben Sie denn nicht trotzdem?«

»Vielleicht – die Schule braucht einen weiteren Klassenlehrer, glaube ich. Und ich bleibe auf jeden Fall noch eine Weile am Ort. Dieses Haus ist mein Heim.«

»Aber Sie sind ein so guter Rektor.«

»Nett, dass Sie das sagen. Es nützt natürlich, diese Gegend zu kennen. Dazu einige der Kinder.«

»Und die Mütter?« Wieder hatte Cass nicht gewusst, dass sie das sagen würde.

»Manche von ihnen.« Er erwiderte ihren Blick, und sie sah weg.

»Wir sollten bald essen«, sagte er. »Wollen Sie's sich nicht bequem machen?«

Cass sah am Tisch sitzend zu, wie er ihre Steaks weichklopfte und eine Pfeffersauce zubereitete. Als das Fleisch gebraten war, servierte er es auf großen Tellern mit Salzkartoffeln und Kopfsalat. »Wo haben Sie das alles bloß her?« Die Worte kamen wieder viel zu schnell heraus, nicht zuletzt, weil ihr der Wein zu Kopf stieg.

Er grinste. »Ich hab so meine Geheimnisse. Eines davon will ich Ihnen verraten: Die Steaks verdanken wir Farmer Broath. Die beiden haben übrigens Eier für Sie mitgebracht.«

»Soll das ein Witz sein? Ich dachte, so was bekämen nur Einheimische.«

»Natürlich. Aber Sie sind von hier, nicht wahr, Cass? Das wissen die beiden jetzt. Halten Sie sich nicht mit dem hiesigen Fleischer auf – Winthrop hat nur schlechte Ware. Die Broaths werden Sie bestens versorgen.«

Sie wusste nicht, was sie sagen sollte, aber er deutete auf ihre Teller, und sie merkte plötzlich, dass sie heißhungrig war.

Sie aßen in der Küche, nachdem Mr. Remick Wein nachgeschenkt hatte. Er zündete Kerzen an und dimmte die Deckenbeleuchtung. Wegen der Kerzen spürte Cass kurz einen ängstlichen kleinen Stich, aber auch das ging in Ordnung; der Raum war so heimelig; sie fühlte sich weiterhin wohl. Sie konnte nicht anders, als mit ihm zu reden und zu lachen und zu scherzen, als seien sie alte Freunde. Vertraute alte Freunde. Dann berührte er ihr Knie – allerdings so leicht, dass sie nicht hätte beschwören können, dass es überhaupt einen Kontakt gegeben hatte.

»Kommen Sie, wir gehen rüber«, sagte er. »Hier räume ich später auf.«

Cass war überrascht, als sie sah, dass ihre Teller leer waren. »Das war wirklich gut – die beste Mahlzeit seit Langem«, sagte sie. Fast hätte sie *und die beste Gesellschaft* hinzugefügt.

Mr. Remick bot ihr betont vornehm die Hand. Sie nahm sie, und er führte sie in sein kleines Wohnzimmer hinüber, das so winzig war, dass es kaum Platz für ein grünes Sofa bot. Er blieb vor dem Regal mit der Stereoanlage stehen, und sanfte, leise Musik erfüllte den Raum.

Cass setzte sich, war plötzlich verlegen, nahm die Hände zwischen die Knie. Aber als er sich umdrehte, ließ sein Gesichtsausdruck sie lächeln. Wie schaffte er's nur, sie mit einem einzigen Blick zu beruhigen?

»Sie denken, ich könnte versuchen, Sie zu küssen«, sagte er. Seine Lippen schienen von einer ganz schmalen purpurroten Linie umrandet zu sein.

»Vielleicht.«

»Ich habe auch schon daran gedacht, es zu versuchen. Aber ich werde's nicht tun.«

»Nicht?«

»Außer Sie würden wollen, dass ich's tue.« Er deutete eine Verbeugung an. »Ich enttäusche Gäste nur ungern.«

Sie prustete vor Lachen los. »Sagen Sie das zu allen Ihren Besuchern?«

»Ja. Unbedingt. Daher lade ich nicht allzu viele Leute ein.« Er lächelte. »Ganz im Ernst. Ich mag Sie, Cass. Es macht Spaß, mit Ihnen zusammen zu sein.«

Sie schluckte, veränderte ihre Haltung.

»Ich hoffe sehr, dass Sie wiederkommen werden. Tun Sie einem alten Mann diesen Gefallen.«

»Sie sind nicht alt.«

Er erwiderte ihren Blick. »Ich bin älter, als ich aussehe.« Er machte eine Pause. »Aber in mir steckt noch viel Leben.« Seine Unterlippe zitterte, was ihn plötzlich sehr verwundbar wirken ließ, und er setzte sich neben sie. Cass bewegte sich nicht. »Darf ich dich küssen, Cass?«

*Darf ich.* Cass wich seinem Blick nicht aus. Sie nickte.

Er streckte eine Hand aus, und als er ihre Wange berührte, hielt sie den Atem an. Seine Finger streichelten ihre Haut. Er betrachtete sie weiter, als sei sie ein kostbares, vollkommenes Wesen. Dann beugte er sich so langsam zu ihr hinüber, dass sie glaubte, er werde sie nie berühren, weil dieser Augenblick sich so lange hinziehen würde, bis einer von ihnen sich aufrichtete. Vor dem Hintergrund des Kerzenscheins war sein Gesicht nur ein dunkles Oval, dessen Züge in Schatten verschwanden. Dann spürte sie seinen Atem mit dem Aroma von süßem roten Wein warm auf ihrem Gesicht, und seine Lippen berührten ihre so leicht wie nur möglich, streiften sie fast nur. Er nahm den Kopf zurück, lächelte und fuhr sich mit einer vom Wein dunklen Zungenspitze über die Lippen. Seine Hand lag weiter auf ihrer Wange.

»Mmm«, sagte er.

Sie glaubte noch immer, ihren flüchtigen Lippenkontakt zu spüren. »Theo«, sagte sie versuchsweise – und war sich dabei bewusst, dass sie ihn noch nie beim Vornamen genannt hatte. Bisher war er immer »Mr. Remick« gewesen.

»Theo ist richtig.«

»Ich möchte, dass du mich küsst.«

Diesmal drängten sie sich aneinander und machten nur eine winzige Pause, bevor ihre Lippen sich berührten. Diesmal war der Kontakt nachdrücklich, seine Lippen pressten sich auf ihre, öffneten sie, der Kuss wurde inniger, eindringlicher, vereinnahmte sie, und die Berührung schickte eine Hitzewoge durch Cass' Körper. Sie spürte seine Zungenspitze. Sie öffnete den Mund, begegnete ihr mit der eigenen, zog ihn enger an sich. Er beugte sich über sie, und seine Hand glitt unter ihren Rücken.

Er hob den Kopf. Er sprach nicht gleich, blickte nur auf sie herab, wobei sein Gesicht im Schatten kaum zu erkennen war. »Du bist eine ganz besondere Frau, Cass«, sagte er.

Sie schüttelte den Kopf und sah weg.

»Und du weißt es nicht mal.« Er richtete sich auf, seine Hitze nahm ab, und die kühle Luft auf Cass' Haut fühlte sich gelinde enttäuschend an.

Sie setzte sich ebenfalls auf, sah auf die Uhr. »O Gott, ich muss los und Ben abholen.«

»Natürlich. Hör zu, soll ich dich begleiten?«

Sie lächelte und stand auf.

»In der Tat eine ganz besondere Frau«, sagte Mr. Remick, als er auf die Beine kam.

Cass spürte, wie die kalte Luft sie einhüllte, aber der Wein und Theo Remicks Berührung wärmten sie weiter, als sie auf die Straße hinaustrat. Ihre Atemwolken vermengten sich. Sie merkte, dass es gut war, mit jemandem Arm in Arm zu gehen, nicht allein zu sein. Sie bogen miteinander in Sallys Einfahrt ab. Mr. Remick klopfte an, und sie wechselten einen amüsierten Blick, als drinnen ein einladendes Kreischen ertönte.

Mr. Remick ging voraus. Die Jungen, deren Augen und Zähne im Lampenlicht blitzten, saßen im Kreis zusammen.

»Wir essen gerade zu Abend.« Sally drängte sich geschäftig mit einem Tablett mit Käsestücken und Biskuits zwischen ihnen hindurch. »Möchtet ihr mitessen?«

»Sehr gern.« Mr. Remick setzte sich in den Kreis, und als Cass sich zwischen Ben und ihn zwängte, fiel ihr auf, wie ruhig ihr Sohn jetzt wirkte. Die Kinder saßen mit untergeschlagenen Beinen eng beieinander. Als Sally das Tablett in ihrer Mitte abstellte, stürzten sie sich darauf und stopften sich mit Biskuits voll.

»Na, wie geht's meinen Jungs?«, fragte Mr. Remick.

Sie starrten zu ihm auf.

»Wir haben geteilt«, sagte Ben.

»Wirklich? Das ist wunderbar. Teilen ist gut.«

»Wir haben Spiele gespielt«, warf Damon ein.

»Spiele sind auch gut«, sagte er mit einem flüchtigen Lächeln zu Cass hinüber. Sein Oberschenkel lag warm an ihrem. »War der Abend nett, Ben?«

Ben nickte wortlos, schob sich mit der Handfläche einen Cracker in den Mund.

»James, willst du nicht den Käse herumreichen«, sagte Mr. Remick zu dem Jungen ihm gegenüber. Der Angesprochene sprang auf, griff sich den Käseteller und bot ihn an.

»Oh«, sagte Cass, »du hast dich an der Hand verletzt.« Quer über seine Handfläche verlief eine halb von dem Teller verdeckte rote Linie. Sie glich der, die Cass an Damons Hand aufgefallen war.

Als er ruckartig den Kopf zur Seite drehte und sie anfunkelte, musste Cass plötzlich an den dunklen Schulkorridor, die Jungen mit den leuchtenden Augen denken. Dann sah Jamie zu Mr. Remick hinüber. »Ich bin beim Fußballspielen hingefallen«, sagte er.

Der Lehrer wandte sich an Sally. »Wundervoller Aufstrich. Sie haben sich wieder mal selbst übertroffen.«

Cass sagte: »Danke, Sally – Ben und ich müssen nach Hause, glaub ich.«

»Nichts zu danken. War mir ein Vergnügen, Sie alle hier zu haben. Jederzeit gern wieder.«

Mr. Remick stand auf, half Cass aufzustehen, zog dann Ben

hoch. Diesmal beschwerte er sich nicht darüber, dass er gehen musste, sondern wartete still an Mr. Remicks Hand. »Kommen Sie auch mit?«, fragte er. Aus seiner Stimme sprach kein Groll, nur Neugier.

»Nicht diesmal. Ich begleite euch nur ein Stück.«

Sie verabschiedeten sich. Als der Kreis aus kalten Augen sich auf Cass konzentrierte, erschauderte sie, aber als sie Mr. Remick und Ben ansahen, waren sie wieder ganz normale Jungen, die einem Freund und ihrem Lehrer Lebewohl sagten. *Ich bin es, die hier nicht hereinpasst,* dachte Cass, *nicht Mr. Remick und auch nicht Ben.*

Als Mr. Remick erneut ihren Arm nahm, hatte sie das Gefühl, mit einem Fremden untergehakt zu gehen. Sie ließ sich mittreiben, hörte nur halb, worüber ihr Sohn und sein Lehrer sprachen. Aber Mr. Remicks Stimme klang warm, als sie sich am Fuß des Weges zum Pfarrhaus verabschiedeten. Über ihnen ragte die Kirche als schwarzer Umriss in eine seltsam helle Nacht auf. Der Himmel war von Schnee schwanger. Cass wusste nicht, was sie zu ihm sagte, irgendeine Abschiedsfloskel, aber sie lächelte, als er etwas murmelte, das wie *müssen wir bald mal wieder machen* klang.

Ben tastete nach ihrer Hand, und sie ließ sich von ihm führen. Sie sprachen nicht miteinander, bis sie die Mühle erreichten und Cass auf dem Tastenfeld den Zugangscode eingab. Als der Türöffner summte, drückte sie die Klinke herunter und stieß die Tür nach innen auf.

Als sie sich nach Ben umdrehte, waren seine Augen kalt, spiegelten den schwachen Lichtschein des Tastenfelds wider und leuchteten im Dunkeln wie die Augen der Jungen auf dem Schulkorridor. Cass musste an Jessica, an den blutigen Kratzer auf ihrer Wange denken. Dann kam Ben herein.

Er stapfte voraus, stürmte die Treppe hinauf.

»Was hast du? War's nicht schön bei Sally?«, fragte sie.

Ben drehte sich um und lehnte sich übers Geländer. »Ich hasse dich«, sagte er.

»*Was?* Ben, was ist denn in dich gefahren?«

»Du hast ihn weggeschickt. Du schickst *alle* weg.«

»Ich habe niemanden weggeschickt – Ben, was soll das heißen?«

»Du hast dafür gesorgt, dass mein Lehrer geht. Das hättest du nicht tun sollen.« Bens Gesicht schien faltig zu werden, und sie erkannte, dass er Mühe hatte, die Tränen zurückzuhalten. »Du hast Daddy weggeschickt.«

»Ben.« Cass ging zu ihm hinauf und schloss ihn in die Arme. Er zitterte. »Schatz, ich habe Daddy nicht weggeschickt – ich habe ihn geliebt, das weißt du. Hat's deshalb Streit gegeben? Hat Jessica irgendwas über ihn gesagt?« *Vergangenheitsform,* dachte sie. *Ich* habe *ihn geliebt – kein Wunder, dass er durcheinander ist.*

Ben entwand sich ihr und sagte nachdrücklich: »Er kommt zurück.«

»Was?«

»Daddy kommt zurück.«

Cass streichelte sein Haar. Sie versuchte ihm in die Augen zu sehen, aber sein Gesicht blieb im Schatten. »Tut mir leid, Ben, aber das darfst du dir nicht einbilden. Ich wollte, es wäre so, aber dazu wird es nicht kommen. Daddy ist gestorben.«

Ben schüttelte sie ab, und als Cass ihm wieder zu nahe kam, schlug er um sich und traf ihr Gesicht.

Sie legte eine Hand auf die Wange, wusste nicht recht, ob der Schlag ein Versehen gewesen oder mit voller Absicht erfolgt war.

»Er kommt«, sagte Ben, »und du kannst ihn nicht aufhalten.« Er hetzte die Treppe hinauf, rannte den Flur entlang und verschwand um die Ecke, bevor Cass sich aufraffen konnte, ihm zu folgen.

Über ihr knallte eine Tür. Sie jagte die Treppe hinauf und

stürmte in den Vorraum im ersten Stock. Wo steckte er? Aber Ben war da, saß mit dem Rücken an ihre Tür gelehnt auf dem Fußboden. Sie konnte sein Gesicht noch immer nicht deutlich sehen, aber als sie zu ihm ging, merkte sie, dass er weinte.

»Jetzt wird Theodore mein Daddy«, stieß er schluchzend hervor.

»Oh, Ben. Nein, Schatz … pst. Das darfst du nicht denken. Niemand wird jemals deinen Daddy ersetzen.« Sie starrte ihn hilflos an. »Ben, wenn dich das so aufregt, treffe ich mich nicht mehr mit Mr. Remick.« Woher wusste er, dass der Lehrer Theodore hieß?

Ben sah auf, wischte sich Tränen aus den Augen. »Du musst aber«, jammerte er, »das *musst* du.«

Cass setzte sich neben ihn und umarmte ihn. Die richtigen Worte wollten sich nicht gleich einstellen. »Ich weiß, dass du's schwer hast, Ben. So vieles hat sich verändert. Aber du weißt, dass dein Daddy dich sehr geliebt hat – und das kann dir niemand jemals nehmen. Niemand versucht, deinen Daddy zu verdrängen.« Er bewegte sich in ihrer Umarmung. »Du bist meine Nummer eins, weißt du das? Auch das kann dir niemand jemals nehmen.« Sie drückte ihn enger an sich. »Komm, wir gehen rein.«

»Aber Sally sagt, dass Theodore …«

Das war's also! Cass biss sich auf die Unterlippe. »Sally sollte lieber den Mund halten.«

Ben machte ein finsteres Gesicht, und sein Blick ging ins Leere. Sie beugte sich zu ihm hinüber, küsste ihn aufs Haar. »Ben. Vielleicht solltest du nicht mehr zu Mrs. Spencer gehen, wenn dich das so aufregt.«

Er verschwand sofort in seinem Zimmer, knallte ihr die Tür vor der Nase zu, und Cass rieb sich den Ellbogen, den sie sich angeschlagen hatte.

Als sie ins Bad ging und Licht machte, zuckte Cass vor dem

Anblick ihres Spiegelbilds zurück. Ihr Gesicht war kreidebleich bis auf das rote Mal auf ihrer Wange, wo ihr Sohn sie geschlagen hatte.

Cass zog die Schachtel unter ihrem Bett hervor. Sie fuhr mit der Hand über die oberste Schicht, hörte das trockene Rascheln von vergilbendem Papier. Irgendwo dort drinnen steckte Pete zwischen alten Briefen und Papieren und Fotos. Seine Stimme.

Sie ertastete den kleinen Packen, streifte das glatte Band ab und drückte die Briefe an ihr Gesicht.

Pete hatte immer gesagt, er sei kein guter Briefschreiber, besitze kein Talent dafür, aber wenn er einmal anfing, konnte er Szenen so lebhaft beschreiben, dass Cass sie fast mit seinen Augen sah.

*Heute haben wir eine Hochzeit gesehen. Das Leben geht normal weiter, wenigstens für manche, oder so normal wie nur möglich. Sie tun, was sie können. Die Braut in einem traditionellen Gewand hatte bunte Bänder ins Haar geflochten. Sie haben alle auf der Straße getanzt und eine riesige Staubwolke aufgewirbelt und ständig gelächelt. Alle haben getanzt – von den Großeltern angefangen bis hinunter zu den kleinsten Kindern. Ein schrecklicher Lärm, aber guter Lärm, weißt Du? Nicht wie Artilleriefeuer. Es war merkwürdig, zur Abwechslung mal Lärm zu hören, der mich nicht umzubringen versuchte.*

*Ich habe an unsere Hochzeit gedacht und mich gefragt, ob Deine Familie gekommen wäre, wenn Du sie eingeladen hättest. Wird's nicht langsam Zeit, Deinen Frieden mit ihr zu machen, Cassie? Das Leben ist kurz. Manchmal zu kurz.*

Cass zuckte zusammen und hätte den Brief beinahe fallen lassen. Petes Ermahnung hatte sie ganz vergessen – wie merkwürdig, dass sie von allen trockenen, nach Wüste riechenden

Briefen gerade diesen herausgesucht hatte, nachdem sie erst vor Kurzem Post von ihrem Vater bekommen hatte.

Pete musste ihren Vater gemeint haben. Der Rest ihrer Familie – ihre Mutter und ein fast unbekannter Onkel – war bei der Hochzeit gewesen. Beide hatten nicht getanzt.

*Das Leben ist manchmal zu kurz.*

Da hatte er recht.

Sie steckte den Brief in den kleinen Packen zurück. Jetzt darüber nachzudenken, hatte keinen Zweck; solange die Postverbindung unterbrochen war, konnte sie ihrem Vater ohnehin nicht schreiben.

Und trotzdem … wieso hatte sie sich eigentlich zur Rückkehr nach Darnshaw entschlossen?

Sie legte den Packen wieder in die Schachtel, schob ihn mit dem Fuß unters Bett zurück, schlüpfte unter die Decke und schloss die Augen. Nach einiger Zeit hörte sie ein Geräusch, setzte sich halb auf und wandte sich der Wand hinter ihrem Rücken zu. In der Wand war ein scharfes und lautes und absichtliches *kratz, kratz, kratz* zu hören, als kratzten Fingernägel über Holz. Cass legte die Hand auf den kühlen Verputz. Nun klang es, als käme das Geräusch aus ihrer Hand. Sie klopfte an die Wand.

Das Kratzen verstummte; stattdessen schien etwas wegzuflitzen.

Cass fragte sich, ob Ben dieses Kratzen auch gehört hatte. Es war lauter gewesen als zuvor. Vielleicht hatte er recht: Das konnten Ratten, nicht Mäuse sein. Sie erschauderte, stand auf und verließ das Zimmer, um nach ihrem Sohn zu sehen.

Sie machte in der Diele Licht, blinzelte in der plötzlichen Helligkeit, öffnete Bens Tür einen Spalt weit und stieß sie dann weiter auf. Sein Bett war unordentlich, die Decke zurückgeschlagen, aber es war leer. Sie trat ein, sah sich um. Nirgends eine Spur von ihm.

»Ben?«, flüsterte Cass. Sie schaltete das Nachtlicht ein. Sie sah seine Sachen auf dem Boden liegen, seine Schulbücher waren im Regal gestapelt, aber Ben war nirgends zu sehen. Und dann holte Cass erschrocken tief Luft. Auf dem Boden lag sein Schlafanzug: Ben hatte sich anscheinend gar nicht ausgezogen.

Sie stand einen Augenblick wie erstarrt da, dann lief sie ins Wohnzimmer, machte Licht und sah nach, ob er sich vielleicht hinter dem Sofa versteckt hatte. Sie erwartete fast, ihn kichern zu hören, aber sie hörte nur ihre eigenen keuchenden Atemzüge.

Auch das Bad war leer. Sie zog den Duschvorhang auf, hastete zur Küche weiter …

… und machte auf der Schwelle halt.

Die Schranktüren standen offen, der Inhalt der Schränke war über die Arbeitsplatte verstreut. Es sah aus, als sei alles einfach herausgekehrt worden – Großpackungen mit Frühstücksflocken und Büchsen und Tüten und Gläser –, aber Cass hatte nichts gehört. Dies alles war lautlos geschehen.

In der Wohnung gab es kein mögliches Versteck mehr.

Cass stockte der Atem, und sie presste eine Hand an die Brust. Das Blut rauschte in ihren Ohren, und sie musste sich haltsuchend auf die Arbeitsplatte stützen. *Ben ist fort.* Sie richtete sich auf und ging in die Diele zurück. Er konnte hinter ihrem Rücken von einem Raum zum anderen gehuscht sein, sich sogar in seinem oder ihrem Zimmer versteckt haben – im Kleiderschrank oder unter dem Bett. Er konnte mit einer Hand auf dem Packen Briefe grinsend im Dunkeln liegen.

Aber sie wusste, dass er nirgends versteckt war. Und wie zur Bestätigung dieses Gedankens sah sie, dass die Wohnungstür offen stand.

Cass zog Schuhe an, schlüpfte im Bad in ihren Morgenrock und lief hinaus.

Im Vorraum war es still, aber dort brannte Licht, was bewies, dass hier jemand unterwegs gewesen war, auf den der Bewegungsmelder angesprochen hatte. Cass hastete zur Treppe. Wenn sie sich beeilte, konnte die Beleuchtung ihr zeigen, wohin Ben gegangen war.

Hinter dem Glaseinsatz der Tür zum Treppenhaus war ein gelblicher Lichtschein sichtbar. Sie lief darauf zu, bemühte sich, leise zu sein, und griff in dem Augenblick nach der Türklinke, in dem das Licht auf der anderen Seite ausging.

»Nein! Verdammt.« Cass stürmte durch die Tür, sodass die Beleuchtung wieder aufflammte. Unter ihr war es heller, als brenne auch in der Eingangshalle Licht.

Sie verdrängte ihre Panik und bemühte sich, nicht an den schlimmstmöglichen Fall zu denken: Hatte Ben das Haus verlassen, würde sie ihn vielleicht nie finden. Sie verdrängte auch das Bild des Mühlenteichs – tintenschwarzes Wasser unter einer giftgrünen Algenschicht –, das ihr plötzlich vor Augen stand.

*Nein.*

Cass sprang die letzten Stufen hinunter und knickte mit dem Knöchel um, rappelte sich aber auf und lief weiter. Sie drückte ihr Gesicht an den Glaseinsatz der Haustür. Licht fiel auf den Schnee draußen und verwandelte Fußabdrücke in bogenförmige schwarze Vertiefungen. Cass legte eine Hand auf die Klinke und wollte eben die Tür öffnen, als das Licht hinter ihr erlosch.

Sie erstarrte. Was tun?

Sie schwenkte einen Arm, damit der Bewegungsmelder wieder ansprach. Die Fußabdrücke erschienen wieder. Sie erkannte Bens Spuren, aber auch ihre eigenen, die sich kreuzend kamen und gingen. Bens Spuren konnten von heute Abend, heute Morgen, sogar von gestern sein. Aber was war mit der Beleuchtung? Hier unten hatte schon Licht gebrannt, als sie die Treppe heruntergekommen war.

Das Licht ging wieder aus. Sie drehte sich um. Der Eingangsbereich war jetzt dunkel, aber er fühlte sich irgendwie gegenwärtig an. Hatte hier wirklich Licht gebrannt, als sie heruntergekommen war? Sie konnte es nicht mit Bestimmtheit sagen, aber vermutlich hatte das Licht gebrannt. Es hatte sich jedenfalls so *angefühlt*.

Sie rief Bens Namen, während sie sich von der Haustür abwandte. Die Deckenleuchten im Eingangsbereich flammten leise summend abermals auf, aber kurz davor sah Cass durch eine der Türen blasses Mondlicht einfallen: Apartment 6, die leere Wohnung. Dort musste Ben sein.

Cass holte tief Luft und schlich auf Zehenspitzen zu der Wohnung unter ihrem Apartment. Die Tür stand offen, und als sie hineinsah, entdeckte sie Ben sofort. Er saß bewegungslos mitten auf dem Fußboden und murmelte wieder und wieder dieselben Worte. Bei seinem Anblick musste sie an einen alten Menschen denken, der versuchte, sich an etwas längst Vergessenes zu erinnern.

Ben sah sich nicht um, als sie auf ihn zutrat. Das Licht war schwach, die Luft war eisig, und ihr dröhnten die Ohren. Sie konnte nicht verstehen, was er murmelte.

»Ben«, begann sie, aber ihre Stimme versagte. Sie räusperte sich, trat noch einen Schritt näher. Und dann erstarrte sie.

Der Bereich um ihren Sohn herum bewegte sich: Schatten flossen um seine Beine und über den Boden, in ständiger Bewegung, dunkles Grau vor den grauen Dielen.

Als Cass noch einen Schritt machte, sah sie plötzlich alles scharf. Der Fußboden um ihren Sohn herum war mit einer wimmelnden Masse von Ratten bedeckt. Sie strömten durch die unverglasten Fenster herein und hinaus, liefen die Wände hinauf und hinunter, wirbelten kleine Staubwolken auf. Und jetzt hörte sie die Tiere auch, hörte das leise Kratzen ihrer Krallen.

Cass erstarb die Stimme in der Kehle.

Sie versuchte, näher an ihren Sohn heranzukommen, überwand ihre Abscheu vor den Nagern, kämpfte sich vorwärts. Ben saß mit geschlossenen Augen da; seine Hände lagen wie abgestorben im Schoß. Ratten schoben ihre Köpfe zwischen seine schlaffen Finger, leckten ihm die Handflächen ab.

»Lasset die …«, sagte er mit traumverlorener Stimme wie ein im Schlaf sprechendes Kind. »Lasset die Kleinen …«

»Ben!«

Seine Schultern zuckten.

»Lasset sie zu mir kommen.«

Die Ratten fraßen ihm aus den Händen, leckten an seinen Fingern. Bens Handflächen glänzten von ihrem Speichel. Sie schoben sich vorwärts und stahlen die Krümel, die noch an seinen Händen hafteten. Um ihn herum liefen die Ratten über leere Kartons, deren Inhalt sie wie Trophäen wegschleppten, und strömten aus den leeren Fensterhöhlen. Der blasse Mondschein ließ ihr glattes, dichtes Fell glänzen.

Da drehte sich eine der Ratten mit einem Mal um und starrte Cass mit Augen an, die plötzlich hell leuchteten wie die der Jungen auf dem Schulkorridor, die sie erst gesehen hatte, als sie sich umgedreht und sie fixiert hatten. Wie zuvor Bens Augen, als er sich ihr zugewandt hatte.

Cass hörte sich würgen. Dann war sie in Bewegung, packte ihren Sohn am Arm und riss ihn so abrupt hoch, dass einige Ratten von seinem Schoß fielen.

Ben schrie auf, ein Klagelaut ohne Worte, aber er wehrte sich nicht dagegen, dass sie ihn mit sich hinausschleifte, wobei seine Füße Spuren im Staub hinterließen.

Cass schleifte ihn in die Eingangshalle hinaus und brach in Tränen aus, als sie sich über ihn beugte, in sein Haar weinte, es an ihrer Haut spürte. Sie kniete nieder und zog ihn an sich. »Was tust du, Ben«, fragte sie, »was machst du hier unten?«

Seine Augen waren glasig, sein Blick ging ausdruckslos über

ihre Schulter hinweg. Cass rüttelte ihn am Arm. »Ben, sieh mich an!«

Und das tat er. Doch dabei verdrehte er die Augen so sehr, dass nur das leere Weiß seiner Augäpfel sie anstarrte.

Cass hätte am liebsten aufgeschrien – aber dann bewegte er den Kopf, nur ganz leicht, und das reflektierte Licht erreichte seine Augen nicht mehr, die zu ihrem eigenen sanften Grau zurückkehrten.

»Ben, hörst du mich?«

Er sah sie an und blinzelte wie ein Kind, das aus einem Traum erwacht.

»Was hast du gemacht?«

»Ich hab sie gehört«, sagte er mit schwacher Stimme. »Sie waren hungrig, Mami. Sehr hungrig.«

»Oh, Ben.« Ihr Kopf sank auf seine Schulter.

»Ich dachte, ich hätte sie reden gehört.«

»Ich habe sie auch gehört, Ben. Sie sind irgendwie in die Wände gelangt. Aber du darfst nicht einfach weglaufen. Das tust du niemals wieder, verstanden?«

Sein Blick trübte sich. »Ich bin müde, Mami.«

»Ja, ich weiß. Das bin ich auch. Komm, wir gehen wieder hinauf.« Als Erstes nahm Cass jedoch seine Hände in ihre, drehte sie nach oben, wischte die klebrige Feuchtigkeit an ihrem Morgenrock ab und kontrollierte sie auf Kratzer und Bissspuren. Sie stellte fest, dass sie durch keinen einzigen Kratzer versehrt waren.

Er schob sie von sich fort; sie hielt ihn allzu fest umklammert.

»Komm, du gehörst ins Bett.«

Sie zog die Tür von Apartment 6 energisch ins Schloss und führte ihren Sohn durch die Eingangshalle zur Treppe. Seine Hand war feucht, und sie stellte sich lange gelbe Nagezähne auf seiner Haut und Schnurrbarthaare vor, die sie kitzelten, und spürte einen kalter Schauder. Während sie ihn halb die Treppe hinauftrug, sah sie sich mehrmals um und erwartete fast, dass die Tiere ihnen wie einst dem Rattenfänger von Hameln folgen würden. Dann waren sie endlich in ihrer eigenen Wohnung. Cass lehnte sich erleichtert innen an die Tür.

»Sie waren hungrig«, sagte Ben noch mal. »Sie wollten nur, dass Daddy sich um sie kümmert.«

»Oh, Schatz.« Cass schloss ihn in die Arme, hob ihn auf und trug ihn ins Bad. Sie machte einen Waschlappen nass, seifte damit seine Hände ein und spülte mit klarem Wasser nach. Als sie einigermaßen sauber waren, machte sie nachdenklich eine Pause. Apartment 6. Ihre eigene Wohnung im Stockwerk darüber war Apartment 12. Zwei Sechser. Sie schüttelte den Kopf.

»Mami?«

Cass blickte auf ihren Sohn hinab. Sie fuhr ihm mit den Händen durchs Haar, kämmte Schmutz und Gipsbrocken heraus und ließ sie aufs Linoleum regnen. Am liebsten hätte sie ihn unter die Dusche gestellt, aber Ben fielen die Augen zu. Er sollte so schnell wie möglich schlafen.

Als sie ihn zu Bett brachte und die Decke an den Seiten einsteckte, konnte sie bereits wieder Geräusche in den Wänden hören. Sie verzog das Gesicht.

»Lasset sie kommen«, murmelte Ben mit geschlossenen Augen, schon halb schlafend.

»Was hast du gesagt?«

Er wandte sich ab, vergrub sich in der Decke.

Cass beobachtete ihn noch eine Zeit lang, dann ging sie zur Wohnungstür, sperrte ab und ließ auch den Sicherungsriegel laut einschnappen. So würde sie es wenigstens hören, wenn Ben beschloss, einen weiteren nächtlichen Ausflug zu unternehmen.

Danach saß sie lange auf der Bettkante und blickte auf ihre zitternden Hände hinab.

»Lasset sie kommen«, sagte sie zuletzt. »Lasset die Kindlein zu mir kommen.«

Sie schlüpfte unter die Bettdecke, ließ den Kopf auf ihr Kissen sinken und versuchte vergeblich, Schlaf zu finden.

## Kapitel 16

Lautes Klopfen riss Cass aus dem Schlaf. Das durch die Vorhänge dringende Tageslicht zeigte ihr, dass es schon später Morgen war – viel später, als sie für gewöhnlich aufstand. Als sie aufsprang und in die Diele lief, sah sie Ben, der schon angezogen war, den Sicherungsriegel zurückziehen und die Tür öffnen.

Draußen stand Mr. Remick mit einem Brot und der Schachtel Eier, die er am Vorabend erwähnt hatte. »Ich komme zu früh. Sorry.«

Cass fuhr sich mit einer Hand durchs Haar, blieb mit den Fingern in einer verfilzten Locke hängen. »Nein, das liegt an mir. Ich bin heute so spät dran.« Sie war noch im Nachthemd. »Ben, bitte geh mit Mr. Remick in die Küche. Ich komme gleich nach.«

Sie verschwand in ihrem Zimmer, zog hastig Jeans und einen Pulli an, kämmte ihr Haar vor dem Spiegel durch. Als sie wieder herauskam, hörte sie den Wasserkocher brodeln.

Mr. Remick und Ben saßen am Küchentisch, schwatzten gesellig miteinander. Mr. Remick sah auf und lächelte. »Da ist deine Mom«, sagte er.

Ben blickte auf, ohne etwas zu sagen. Seine Mundwinkel zuckten; er war noch immer blass.

»Wir haben verschlafen«, sagte Cass. »Na ja, zumindest ich.«

»Und warum nicht? Ich hätte euch nicht an einem Samstagmorgen stören dürfen. Ich habe nur vergessen, dir das hier mitzugeben.«

Sie betrachtete das Brot und die Eier. »Soll ich uns ein Frühstück machen?« Ihr Blick fiel auf die Konservendosen und die leeren Packungen auf der Arbeitsplatte. »Wir haben unsere Vorräte sortiert.«

»Mir scheint, es war keine schlechte Idee, euch die Eier zu bringen.«

Cass begutachtete die verbliebenen Lebensmittel. »Ja, das stimmt. Das stimmt wirklich. Danke, Theo. Das war sehr nett von dir.«

Sie trat an die Arbeitsfläche, berührte die Becher, die er hingestellt haben musste, öffnete einen Hängeschrank und merkte, dass es der falsche war.

»Lass mich das machen.« Theo stand zwischen Ben und Cass, legte ihr eine Hand auf den Arm. »Das tue ich gern. Willst du dich nicht ein bisschen hinsetzen? Ich bringe dir einen Kaffee.« Während er sprach, schaltete der Wasserkocher sich aus.

Cass nickte und sank auf den Stuhl neben Ben. Sie beugte sich zu ihm hinüber, gab ihm einen Kuss aufs Haar. Sie konnte Staub in seinem Haar riechen, spürte Fett auf den Lippen. Was musste Theo von ihr denken?

»Nach dem Frühstück könnten wir vielleicht einen Spaziergang machen«, schlug er vor.

Ben rutschte ungeduldig hin und her, trug schon ein breites Grinsen zur Schau.

Sie traten in die klare kalte Luft hinaus und schlugen die Richtung zum Fluss ein. Übers Feld hinweg konnten sie Bert sehen, der ihnen mit Captain, der als niedrige schwarze Gestalt an seiner Seite watschelte, auf dem Fußpfad entgegengeschlendert kam. Er sah aus, als gehöre er zur Landschaft. Cass lächelte, hob die Hand und winkte ihm zu.

Die ferne Gestalt blieb stehen. Auch der Hund machte abwartend halt.

Der Alte schien sie gesehen zu haben, denn er starrte sie direkt an. Dann ruckte er an Captains Leine, kehrte um und ging dorthin zurück, wo er hergekommen war.

Cass stieß einen überraschten kleinen Schrei aus.

»Ein seltsamer alter Kauz«, sagte Mr. Remick, »einer der spleenigsten Einheimischen, wenn du weißt, was ich meine. Daran darfst du dich nicht stören.«

Er nahm ihren Arm, und sie gingen stattdessen um das Gebäude herum in Richtung Mühlenteich.

Ben ergriff Mr. Remicks Hand, lachte und schwenkte ihre Arme. »Spielen wir später Soldaten?«

»Natürlich«, sagte er, und Cass merkte, dass ihr diese Idee nicht zuwider war. Normalerweise war sie gern allein, mit Ben allein, aber in Gesellschaft des Lehrers fühlte sie sich wohl. Er passte zu ihnen.

Ben ließ einen Freudenschrei hören, rannte voraus und kickte Eisbrocken in die Luft. Der zuletzt gefallene Schnee war durchgefroren, bildete eine geschlossene hohe Decke.

»Er ist in letzter Zeit so komisch«, sagte Cass. »Letzte Nacht …« Aber dann merkte sie, dass sie ihm nicht von letzter Nacht erzählen wollte. Bei dem Gedanken an diese grauen Körper, die über ihren Sohn hinwegkrochen, an seinen Fingern leckten, wurde ihr fast übel. Sie blieb stehen.

»Alles in Ordnung? Ich weiß, dass er Streit mit Jessica hatte. Aber jetzt wirkt er doch wieder ganz normal.«

»Ja, das stimmt.«

»Er ist ein guter Junge.«

»Mhm.«

»Unsere schlimmste Seite zeigen wir immer denen, die wir am meisten lieben, weißt du.« Remick lächelte sie an. »Völlig Fremden gegenüber funktionieren wir am besten. Spielt er verrückt, tut er's nur, weil er weiß, dass du auch dann noch für ihn da sein wirst, wenn alles vorbei ist.«

»Glaubst du?« Sie machte eine Pause. »Denkst du, dass er mich auf die Probe stellen will?«

Er seufzte. »Wir alle werden andauernd auf die Probe gestellt, Cass. Kinder testen ihre Grenzen, weißt du.«

»Du musst mit weit mehr Kindern fertig werden als ich.«

»Aber das ist nicht das Gleiche. Mir zeigen sie ihre gute Seite – zumindest meistens.«

»Glaubst du, dass er sich wieder beruhigt?«

»Er gewöhnt sich ein, schließt Freundschaften. Ich denke schon. Du dagegen …« Er strich ihr eine Haarsträhne aus der Stirn. »Du brauchst jemanden, der sich ein bisschen um dich kümmert. Was hältst du davon, wenn ich Sally als Babysitterin engagiere? Dann kann ich wieder für dich kochen.«

»Das solltest du vielleicht. Wir machen vermutlich bald eine Hungerdiät.«

»Das würde ich niemals zulassen.«

»Ganz im Ernst: Wann sind die Straßen wieder passierbar? Der Schneepflug war noch kein einziges Mal hier. Und das Telefon funktioniert auch weiterhin nicht.«

»Das dürfte noch eine Weile dauern – aber du brauchst dich nicht einsam zu fühlen, Cass. Du hast hier Freunde. Wirklich gute Freunde.« Er beugte sich nach vorn und küsste sie leicht.

»Ich bin froh, dass du heute gekommen bist.«

»Gut. Das bin ich auch. Natürlich habe ich tiefere Beweggründe.«

»Oh?«

Er legte den Kopf schief. »Mir geht's natürlich um Ben. Ich möchte ihn im Team haben.«

»Team?«

»Er baut großartige Schneemänner. Vielleicht ist er auch auf anderen Gebieten gut – Fußball, Rugby. Wir haben bisher nicht viel Gelegenheit gehabt, das rauszukriegen, stimmt's?«

»Ich glaube, du wirst schon bald merken, dass er Videospiele bevorzugt.«

»Ah, dann brauchen wir vielleicht ein Videospielteam. He, Ben, Zeit für unser Spiel!«

Ben warf sich herum. Seine Backen waren rosig, seine Augen

glänzten. Cass stellte sich vor, wie er wohl gewesen wäre, wenn Theo nicht vorbeigekommen wäre. Vermutlich so, wie er gestern Abend gewesen war: mürrisch und blass. Weshalb konnte sie diese Verwandlung nicht allein bewirken? Sie musste ihm wirklich mehr Freiheit lassen, ihn sich amüsieren lassen – ihn ein Kind sein lassen. Sie beobachtete, wie der Lehrer ihm das Haar zerzauste, bevor die beiden sich lachend und auf dem Schnee rutschend ein Wettrennen den Weg zurück lieferten. Sie erinnerte sich an die Berührung seiner Lippen – so leicht, als habe es sie gar nicht wirklich gegeben.

## Kapitel 17

Am Sonntagmorgen war Ben vor Cass auf und erfüllte die Wohnung mit seiner Ballerei. Er zuckte nicht zusammen, als sie sich über ihn beugte, um ihn aufs Haar zu küssen; er drehte sich nicht mal um, und sie konnte sehen, dass sein Gesicht wieder blass war.

Sie toastete die letzten Scheiben Brot und sah Ben beim Spielen zu, während sie frühstückte. Der Teller, den sie ihm hingestellt hatte, blieb unberührt. »Komm, iss auf«, sagte sie zuletzt. »Wir gehen spazieren.«

Sie sahen Bert, sobald sie die Haustür öffneten. Er stand, Captain neben sich, an dem Laternenpfahl am Fuß der Zufahrt. Schnee rieselte auf beide herab, bedeckte seine Schultern, die Kapuze seiner Parka, das struppige schwarze Fell des Hundes. Captain schüttelte sich, sodass die Flocken davonstoben.

Cass zögerte, dann sagte sie: »Sieh mal, Ben, da ist Captain.« Ihr Sohn runzelte die Stirn. Er ließ keinerlei Angst erkennen, schien sich aber auch nicht darüber zu freuen, den Hund zu sehen. Was er empfand, war unmöglich zu erraten.

»Warte hier«, sagte Cass. Sie schob den Sicherungsriegel vor, damit die Haustür nicht zufallen konnte, und trat ins Freie. *Was will er hier?* Gestern war Bert lieber umgekehrt, als im Vorbeigehen Hallo zu sagen.

»Tach auch«, sagte Bert und tippte mit zwei Fingern an seine Kapuze. Er hustete bellend und versprühte dabei eine Speichelwolke. »'tschuldigung.«

»Alles in Ordnung mit Ihnen, Bert?« Aus der Nähe betrachtet wirkte sein Gesicht leicht gelblich.

Captains Flanken zogen sich zusammen, und auch er hustete laut blaffend.

Cass und Ben wechselten einen erstaunten Blick.

»Hab Sie gestern mit dies'm Lehrer geseh'n.« Lehrer wie *Lehra* ausgesprochen.

»Ja, das stimmt. Kennen Sie Theo?«

»Theo. So heißt er jetzt, was?«

»Nun, in der Schule ist er natürlich für jedermann Mr. Remick, aber …«

Bert wandte sich ab und spuckte in den Schnee. »Un' Sie sin' nicht jedermann, schätz ich.«

»Bert, ich glaube nicht …«

»Schon gut, ich weiß, dass mich das nichts angeht. Wollt Ihn'n bloß sag'n, dass Sie auf den Schatz aufpass'n soll'n. Un' auf sich selbst.«

»Um Himmels willen, was soll das heißen?«

Er kniff die Augen zusammen, brachte sein Gesicht näher an ihres heran. »Am best'n wär's, den Schatz 'ne Weile wegzuschick'n«, sagte er. »So kommt er immer rein, wenn er rein will.« Er nickte zu dem Schnee hinunter. Die weiße Decke war fast wieder glatt, bedeckte alte Fährten, ließ alle Konturen verschwimmen.

»Wie bitte?«

»Tztztz«, machte der Alte mit einem Blick zum Himmel.

»Bert, ist wirklich alles in Ordnung mit Ihnen?«

»Ich würd' sag'n, Sie soll'n in die Kirche kommen.« *Kiche.* »Aber dafür ist's zu spät. Der Pfarrer kommt nicht so bald durch, denk ich.«

»Nein.« Cass machte eine Pause. »Ich hab gehört, dass ein umgestürzter Baum die Straße versperrt.«

»Ein Baum?« Er warf den Kopf zurück. »Ein Baum, was? Nun, vielleicht sieht's wie'n Baum aus. Genau wie's auf der ander'n Seite vielleicht wie'n Erdrutsch aussieht. Aye, genauso.«

Cass machte einen Schritt zurück und sah sich nach der Haustür um. Bens Gesicht war an die Scheibe gepresst, die ziemlich beschlagen war. Jetzt wischte er ein kleines Guckloch in den Beschlag. »Bert, ich glaube nicht … ich meine …«

»Sie müss'n geh'n … aye, das bezweifle ich nicht. Er hat schon angefang'n, stimmt's?«

»Goodbye, Bert.«

Die Hand des Alten schoss hervor und umklammerte ihren Arm. Cass spürte seine Finger zittern und erkannte, dass er fror. »Bert, lassen Sie mich los«, sagte sie ruhig.

»Ich hau ab«, sagte er mit unverändert festem Klammergriff, »morg'n oder übermorg'n geh ich über die Hügel nach Moorfoot. Wenn Sie woll'n, kann ich jemand für sie anruf'n. Vielleicht kann ich auf einer der Farmen ein Fuhrwerk miet'n. Ich kann Ihnen helf'n. Der Junge wird nich' mehr wegwoll'n, schätz ich.«

Cass starrte ihn an und erinnerte sich daran, wie Ben an die Hexensteine gelehnt dagesessen und sich geweigert hatte, auch nur einen Schritt weiterzugehen. *Der Junge wird nicht mehr wegwollen, schätz ich.*

»Wenn ich jemand für Sie anruf'n soll, wiss'n Sie, wo ich bin«, sagte Bert. Sein Blick ging in die Ferne, starrte in den weißen Himmel. Schneeflocken fielen lautlos auf sein Gesicht. Er ließ Cass los, ruckte an Captains Leine und zerrte den Hund in Richtung Zufahrt davon.

»Bert, warten Sie! Ich will wissen, wie das gemeint war.«

Hinter ihnen fiel eine Tür ins Schloss, dann kam Ben im Schnee auf sie zu. Er machte wieder sein inzwischen vertrautes Gesicht.

Captain machte halt. Tief in seiner Kehle stieg ein Knurren auf.

»Ben, bleib weg.« Cass versuchte, ihren Sohn mit einer Handbewegung wegzuscheuchen, aber er blieb nicht stehen.

Captain setzte sich auf die Hinterbeine, dann sprang er plötzlich so heftig vorwärts, dass die Leine sich straffte.

Bert sah auf ihn herab. »'s ist nicht er, der an die Leine gehört«, sagte er.

»Was fällt Ihnen ein?« Cass trat vor Ben. »Wie können Sie das sagen? Ihr Hund hat meinen Sohn angefallen.«

Captain wich zurück, drängte sich an Berts Beine, während sein Knurren zu einem Winseln wurde.

»Muss jetzt weiter«, sagte Bert und zerrte den Hund mit sich bergauf. Im Weggehen rief er über die Schulter: »Sie wiss'n, wo ich bin.«

Cass starrte ihm nach, dann wandte sie sich Ben zu. »Hat er dir Angst gemacht? Kümmere dich nicht um ihn, Ben, er ist nur ein seltsamer alter Mann, aber ich will nicht, dass du auch nur in seine Nähe gehst, hörst du?« Sie sah ihm in die Augen. Sein Blick war hart, starr, spiegelte den leeren Himmel wider.

»Ich will nicht gehen«, sagte er mit monotoner Stimme.

»Was hast du gesagt?«

»Ich will nicht gehen.«

»Ben, sieh mich bitte an.« Cass wünschte sich, Theo Remick wäre hier. Er hätte gewusst, was zu tun war.

*Der Junge wird nicht mehr wegwollen,* hatte Bert gesagt.

»Ich gehe nicht.« Ben warf sich herum, und Cass' Finger rutschten von seinem Jackenärmel ab. Er lief zur Haustür zurück, versuchte sich an dem Tastenfeld, schlug mit der Faust darauf und rannte um die Mühle herum davon.

»Wohin willst du?« Cass lief hinter ihm her, rutschte auf dem Eis unter dem Schnee aus. Sie sah Bens rote Jacke noch einmal aufblitzen, als er um die Ecke bog; er war dorthin unterwegs, wo der gelbe Kiesbagger abgestellt war. Zum Mühlenteich.

»Ben!«, rief sie laut, aber als sie um die Ecke bog, war nichts mehr von ihm zu sehen. Die Fläche zwischen Haus und Mühlenteich verschwand unter einer reinweißen Schneedecke, die auch ihre gestrigen Spuren unsichtbar machte. Aber auf dem Fußweg um die Mühle war der teilweise angewehte Schnee frisch zertrampelt. Ben hatte das Gebäude umrundet. Oder war zu dem unfertigen Apartment mit den leeren Fensterhöhlen unterwegs.

Cass, deren Blut in ihren Ohren hämmerte, lief weiter. Die Fußabdrücke waren der einzige Hinweis auf ihren Sohn. Als sie an den Erdgeschosswohnungen vorbeikam, sah sie flüchtig halbdunkle Räume, in denen sich jedoch nichts bewegte. Nirgends eine Spur von Ratten.

Dann gähnte plötzlich eine leere Fensterhöhle neben ihr, und sie fuhr zusammen, obwohl sie danach Ausschau gehalten hatte.

Der hineingewehte Schnee war grau, wo er sich mit Staub vermengt hatte. Cass war mit einem Sprung auf dem Fensterbrett, schwang die Beine darüber und setzte ihre Füße auf den hohl klingenden Boden. Das Apartment roch nach Feuchtigkeit und Schimmel – und nach etwas anderem: dem scharfen Gestank von Ratten.

Cass' Augen brauchten einige Sekunden, um sich ans Halbdunkel zu gewöhnen. Ratten waren hier so wenig zu sehen wie Bens nasse Fußabdrücke.

Auf dem Boden lag allerdings etwas halb im Staub Vergrabenes. Was es war, wusste sie schon, bevor sie sich bückte, um es aufzuheben. Die Puppe war schmutziger, der Stoff verblichener, aber Cass konnte noch erkennen, wo T-Shirt und Shorts aufgezeichnet gewesen waren. Dann sah sie die zweite Puppe: schmutzige Wolle als Haar, ein mit Filzstift auf den Stoff gezeichnetes Gesicht. Sie bückte sich erneut, griff danach und verzog das Gesicht.

Der Mund der Puppe war mit einem frischen schwarzen Stift kreuz und quer durchgestrichen worden, und ihr Oberkörper wies ein Loch auf, das von kleinen, scharfen Zähnen zu stammen schien. An seinem Rand war der Stoff dunkel verfärbt.

In dem Loch steckte etwas. Cass bohrte einen Finger hinein

und ertastete es: trocken und glatt und abgerundet. Sie bekam es erst heraus, als sie die Puppe zusammenfaltete und den Gegenstand herausdrückte. Ein blaugraues Ding kam zum Vorschein, zerbrach dann und benetzte ihre Hand mit einer klebrigen Flüssigkeit. Cass ließ die Stoffpuppe angewidert fallen, trat einen Schritt zurück. Dabei spürte sie, dass jemand hinter ihr stand: Ben, dessen Blick aus verschatteten Augen ausdruckslos war.

»Ich kann nicht rein«, sagte er. »Mami, lass mich rein – ich kann's nicht selbst. Ich kann's nicht.« Er verzog das Gesicht und begann zu weinen.

Cass starrte ihn an. Sie wollte ihn umarmen, konnte sich aber nicht bewegen.

Die Puppe lag auf dem Boden, das zerbrochene Ding blutete aus ihr, die Tropfen bildeten im Staub kleine Kugeln. Cass konnte nur daran denken, dass die Ratten kommen, sich um diese Beute balgen, die Flüssigkeit auflecken und die Puppe benagen würden, bis Gesicht und Haar und alles andere verschwunden war. *Ein Ei,* dachte sie. *Es war ein Ei.*

Bens Jammern wurde lauter. »Mami, lass mich rein«, rief er aus. »Mami, *bitte.* Ich kann's nicht. Ich kann's nicht.« Im nächsten Augenblick schlug er nach ihren ausgestreckten Armen und hörte abrupt zu weinen auf.

Sein Gesicht war zu einer wütenden Fratze verzerrt, und er riss die Augen auf und spuckte ihr ins Gesicht. »Ich gehe nicht fort«, sagte er.

Cass legte Ben eine Hand auf die Stirn, nachdem sie ihn auf dem Sofa zugedeckt hatte. Sie wünschte sich, sie könnte ihm etwas Milch heiß machen – ein Getränk für kleine Jungen –, aber sie hatte nur Wasser. Sie saß neben ihm, während er ein Glas trank: mit kleinen Schlucken und angewidert das Gesicht verziehend. »Sally hätte …«, begann er, dann musterte er sie scharf, bevor er wegsah. »Ich will mein Spiel«, sagte er.

Sie biss sich auf die Unterlippe. Sally hätte die richtigen Dinge zur Hand gehabt, das wusste sie, und sie hätte auch gewusst, was man in solchen Situationen sagte. Und Mr. Remick … er hätte ebenfalls gewusst, was zu tun war. »Wie wär's mit einer Spielekonsolenpause?«, schlug sie vor. »Wie wär's, wenn du mir ein Bild zeichnen würdest?«

Ben kniff die Augen zusammen, aber nach kurzer Bedenkzeit nickte er, und Cass brachte ihm die Buntstifte und seinen Zeichenblock. Sie fragte sich, was er zeichnen würde – vielleicht wieder einen Soldaten, der schwer verwundet blutete. Der Lehrer hatte gesagt, Ben habe seit dem ersten Mal nichts in dieser Art gezeichnet, aber falls ihr Sohn unter irgendetwas litt, konnte das Dargestellte vielleicht einen Hinweis darauf geben.

Sie ging in die Küche, um nachzusehen, was noch an Lebensmitteln übrig war, und sah von Zeit zu Zeit ins Wohnzimmer hinüber. Ihr Sohn war am Tisch sitzend über den Block gebeugt, den er mit einem Arm abschirmte, damit niemand sein Bild sehen konnte. Dabei warf er mehrmals den Kopf zurück, weil sein Haar ihm in die Augen fiel. Sie musste es ihm wieder schneiden. Sie musste ihm etwas zu trinken geben, das ihm schmeckte. Vielleicht einen Tee. Sie musste dafür sorgen, dass er lächelte, dass er lachte – wieder einen normalen Jungen aus ihm machen, der sie nicht anfunkelte oder gar bespuckte. Jetzt war sein Gesicht blass, aber es war aus Konzentration verkniffen, nicht aus Hass oder aufgrund dieser schrecklichen Leere. Die Hand mit dem blauen Stift bewegte sich rasch und sicher. Ab und zu wurde die Zungenspitze im linken Mundwinkel sichtbar. Das Zeichnen machte ihm offenbar Spaß.

Cass schloss die Küchentür, betrachtete ihre zusammengeschmolzenen Vorräte und überlegte, was sie essen sollten. Sie hatten weder Kartoffeln noch Nudeln – aber Fertignudeln und Bohnen. Der Eierkarton stand auf der Arbeitsplatte. Sie klappte ihn auf und erwartete fast, dass eine dicke Flüssigkeit herausspritzen würde, aber das passierte nicht. Die Schachtel enthielt nur zwei braune Eier.

Sie fand den Dosenöffner. Nun konnte es Bohnen mit Spiegelei geben. Sie stellte einen Stieltopf auf den Gasherd, und das blubbernde Geräusch klang vertraut häuslich.

»Das Mittagessen ist fertig, Schatz.« Sie stieß die Tür mit dem Fuß auf und trug die Teller hinein. Essensgeruch erfüllte den Raum. Ben sah auf und lächelte. In seinem Blick lag etwas.

»Hast du ein schönes Bild gezeichnet?«

Er stand auf, nahm das Blatt vom Tisch und versteckte es hinter dem Rücken. Lächelte wieder, ließ seine Grübchen sehen. Cass stellte die Teller ab und zerzauste ihm das Haar. »Braver Junge«, sagte sie. »Zeigst du's mir jetzt?«

Ben setzte sich neben sie, und Cass wollte ihm Messer und Gabel geben. Er nahm sie jedoch nicht und saß nur lächelnd da, bis Cass die Hand zurückzog. Dann legte er seine Zeichnung auf den Tisch und strich sie glatt.

In der Bildmitte stand ein Soldat. Er trug einen Wüstenkampfanzug mit einem Fleckentarnmuster aus Kaki- und Beigetönen. Er hatte strohblondes Haar und war groß, viel größer als die zweite abgebildete Person. Das wusste Cass, weil Pete – der Soldat musste Pete sein – diese andere Person, eine Frau, an ihren langen schwarzen Haaren hielt. Ihre Brüste hingen aus einem leuchtend blauen Kleid. Ihre Füße baumelten über dem gelben Wüstenboden. Sie hatte hellbraune Haut und braune Augen und als Mund ein weit aufgerissenes schwarzes Loch. Cass konnte sehen, dass sie schrie.

Der Soldat trug jedoch ein breites Lächeln zur Schau.

»Er hat sie gesext, Mami«, sagte Ben. Cass sah bestürzt, dass Ben ebenfalls lächelte. »Er hat sie gesext.«

Sie reagierte impulsiv, schlug ihrem Sohn ins Gesicht. Seine Haut rötete sich sofort, noch während Cass ausrief: »Oh, tut mir leid! Tut mir leid!« Sie schob die Zeichnung mit einer Hand fort, streckte die andere nach ihrem Sohn aus. »Ben, ich *wollte* dich nicht …«

Er hielt sich das Gesicht mit einer Hand, und sie konnte jeden Atemzug sehen, als der Mund die Luft einsaugte und zischend wieder ausstieß. Seine Augen waren wütend zusammengekniffen. Er schnappte sich seine Gabel vom Tisch und hielt sie in der ausgestreckten Faust.

»Ben.«

Er stieß damit zu, und Cass zuckte zurück, krachte gegen ihre Stuhllehne. Ben stieß erneut zu, und diesmal blitzten silberne Gabelzinken vor ihren Augen vorbei. Dann sprang er auf und stolperte davon, flüchtete förmlich aus dem Zimmer.

Cass hörte, wie seine Tür zugeknallt wurde. Sie hob die Zeichnung auf: die Faust ihres Mannes, um die das Haar der Frau gewickelt war, die weite schwarze Öffnung ihres Mundes. *Er hat sie gesext.*

Sie sank auf ihrem Stuhl zusammen, schlug die Hände vors Gesicht. Ihr Atem kam stockend. Die Tränen spürte sie erst, als sie zwischen ihren Fingern hervorquollen

## Kapitel 18

Das Schlurfen und die Schritte, die Cass im Vorraum hörte, klangen irreal. Sie stellte sich all die Türen dort draußen vor: Türen, hinter denen niemand wohnte, die sich jetzt alle gleichzeitig öffneten, während Nachbarn, die sie nie gesehen hatte, aus ihren Wohnungen kamen.

Dann hörte sie kurzes, sofort unterdrücktes Lachen. Sie stand widerstrebend auf, als sie ein Klopfen hörte, dem weiteres unterdrücktes Lachen folgte. Sie faltete Bens Zeichnung zusammen und steckte sie hastig ein.

Als Cass die Wohnungstür öffnete, standen draußen vier Jungen. Keiner von ihnen erwiderte ihren Blick. Einer trat vor: Damon.

»Guten Abend. Wir wollten fragen, ob Ben zum Spielen rauskommen darf.« Seine Worte waren zu höflich, trieften vor Sarkasmus.

Einer der Jungen lachte, und ein anderer stieß ihn mit dem Ellbogen an.

Cass hörte ein Geräusch hinter sich und wusste, dass dort Ben stand. Sie wollte ihn nicht ansehen. Ihre Hand berührte die Tasche, in der seine Zeichnung steckte.

»Wir wollen am Fluss spielen und nicht reinfallen«, sagte Damon. »Das will Mom nicht.« Sein Mund zuckte.

Bleierne Müdigkeit lastete auf Cass' Schultern, und als Ben sich an ihr vorbeidrängte, während er seine Jacke anzog, versuchte sie nicht, ihn aufzuhalten.

»Bye. Bis später.« Damons Stimme klang fröhlich.

Cass gab keine Antwort. Sie schloss die Tür hinter ihrem Sohn, ging ins Wohnzimmer und ließ sich aufs Sofa fallen. Seine weichen

Polster umfingen sie. *Pete,* dachte sie. *Pete.* Aber es war nicht Petes Gesicht, das sie sah, sondern Theo Remicks Züge, sein klarer, intelligenter Blick, bevor seine Lippen sich auf ihre drückten.

Sie hätte Ben sagen müssen, wann er wieder zu Hause sein sollte. Damon war nur wenige Jahre älter, aber viel selbstbewusster als Ben: ein geborener Führer. Sie konnte sich nicht vorstellen, dass Sally ihren Sohn hatte gehen lassen, ohne ihm zu sagen, wann er wieder zu Hause sein sollte. Die Jungen würden Ben auf dem Heimweg hier abliefern.

Cass seufzte. Morgen würde alles anders sein. Fühlte Ben sich wohler, war er wieder mehr er selbst, konnte er zu Sally gehen. Und sie zu Theo Remick.

Sie schlief auf dem Sofa, den Kopf in der Armbeuge, als sie die Wohnungstür zufallen hörte. Sie sah auf die Uhr. Weit nach 21 Uhr, viel später, als ihr recht gewesen wäre, aber wenigstens war Ben jetzt zu Hause. Alles andere war unwichtig. Sie fühlte sich sehr, sehr müde.

Im Waschbecken im Bad lief Wasser; die Toilettenspülung wurde betätigt. Dann lief wieder Wasser, diesmal viel länger. Cass hätte Ben rufen sollen, um zu erfahren, wie es ihm ging, aber irgendwie tat sie's nicht.

Die Badezimmertür knallte, dann die Tür seines Zimmers.

Sie hätte hinübergehen und nach ihrem Sohn sehen sollen, aber ihr fehlte die Energie zum Aufstehen. Sie wusste nicht einmal, wo er gewesen war. Ben hatte diese empörende Zeichnung angefertigt, und statt ihn ruhig und vernünftig nach dem Grund dafür zu fragen, hatte sie ihm ins Gesicht geschlagen. Und jetzt hatte sie ihn nicht einmal zurückkommen gesehen.

Dann wurde ihr klar, dass sie nicht mal wusste, ob das wirklich Ben gewesen war. Unter seiner Bettdecke konnte einer der anderen Jungen liegen – vielleicht Damon mit dem kalten Blick, der ihr einen Streich spielen wollte.

Sie zog die Zeichnung aus der Tasche und spürte jäh einen stechenden Schmerz hinter den Augen. Wie konnte Ben das gezeichnet haben? Sein Stil war unverkennbar – aber ihr lieber Junge konnte so etwas nicht gezeichnet haben, bestimmt nicht allein.

Und Pete. Ihr Ehemann. So etwas hätte er niemals getan.

Cass fuhr sich mit einer Hand über die Augen und stand auf, um nach ihrem Sohn zu sehen.

Auf den ersten Blick sah Cass nur zwei Bettdecken übereinander, darunter eine Kindergestalt. Ihr widerstrebte es, näher an sein Bett zu treten, aber sie zwang sich dazu. Sie entdeckte die Kurve von Bens Schulter und sein blondes Haar, das ihm ins Gesicht fiel. Er atmete geräuschvoll, schien bereits fest zu schlafen: nur ein kleiner Junge, der vom Spielen mit seinen Freunden erschöpft war.

Sie hätte ihn fragen sollen, wo er gewesen war, was sie gemacht hatten. Sie runzelte die Stirn. Vielleicht hatten sie Zeichen in Haustüren geschnitzt. Waren durch leere Wohnungen getobt.

Sie schüttelte den Kopf. Bestimmt hatten sie nur Schneebälle geworfen, Fangen gespielt, sich provisorische Schlitten gebaut. Dafür war der Bauhof ideal, und Cass nahm sich vor, Ben sein Betreten zu verbieten. Dort gab es sicher alles: Wellblechtafeln, rostiges Werkzeug, splitternde Bretter mit herausstehenden Nägeln. Unter darunter konnte einiges lauern: graue Ratten, Wärme suchend aneinandergedrängt.

Ratten. Und Ben, der so still dagesessen hatte, als sie über ihn hinwegschwärmten und die Krumen von seinen Händen gefressen hatten.

Er hatte freundlich sein wollen, das war alles.

Und heute Abend? War Ben heute Abend auf der Suche nach den Ratten gewesen?

Cass sah zu Boden, auf dem Bens Kleidung wie gewöhnlich

einen kleinen Haufen bildete. Dort lag etwas, das auf den ersten Blick eine wimmelnde graue Masse zu bilden schien, aber als sie blinzelte, löste es sich in Jeans und ein T-Shirt auf. Sie hob beides auf, verließ das Zimmer und schloss leise die Tür hinter sich.

Auf dem Weg ins Bad merkte sie, dass das kleine Bündel zu schwer war – und dass etwas darin durchnässt war. Zuerst dachte sie, ihr Sohn könnte in die Hose gemacht haben, vielleicht weil die Spiele der anderen ihm Angst gemacht hatten. Sie stellte sich ihren blassen Jungen vor, der weiß Gott wozu aufgefordert wurde. Vielleicht auf Bäume zu klettern … oder Bilder zu zeichnen, eklige, *schreckliche* Bilder. Cass faltete seine Jeans auseinander. Sie waren trocken; etwas Feuchtigkeit fand sich nur an den Knöcheln, wo er durch den Schnee gestapft war. Nass war dagegen sein T-Shirt, um genau zu sein, war es an der Vorderseite tropfnass. Sie erinnerte sich daran, wie im Bad Wasser gelaufen war – warum so lange? Sie strich den Stoff glatt, hielt ihn ans Licht. Unter der Nässe war etwas Dunkleres zu erkennen, irgendein undefinierbarer Fleck. Sie hob das T-Shirt ans Gesicht und roch daran. Es verströmte nur schwachen Körpergeruch, den warmen Geruch eines getragenen Kleidungsstücks. Sie ballte es eng zusammen und warf es in den Wäschekorb. Seine Jeans folgten.

Cass trocknete sich die Hände mit einem Handtuch ab und betrachtete ihr Spiegelbild. Ihr Gesicht war spitz und abgehärmt, ihr Haar fettig. Die Falten auf ihrer Stirn waren tiefer geworden. So hatte sie nicht ausgesehen, solange sie mit Pete zusammen gewesen war. Hatte Theo Remick diese Falten gesehen? Sie beugte sich übers Waschbecken und bespritzte ihr Gesicht mit Wasser. Sie fühlte sich so müde. Sie würde ins Bett gehen, um alles zu vergessen und an nichts mehr denken zu müssen.

Sie fand jedoch keinen Schlaf. Sowie sie im Bett lag, begann ihr Gehirn zu arbeiten, beschäftigte sich mit den Ereignissen des

Tages. Sie dachte über Ben nach: Wie konnte ihr Junge solch eine Zeichnung angefertigt haben? Wie konnte er überhaupt auf diese Idee gekommen sein? Sie beugte sich aus dem Bett, zog ihre Sachen, die sie ebenfalls achtlos zu Boden geworfen hatte, zu sich heran und holte die Zeichnung aus der Jeanstasche. Sie sah sie nicht wieder an, sondern fühlte nur das Papier zwischen ihren Fingern, während sie die Zimmerdecke anstarrte. Und dabei musste sie wieder an Pete denken.

Seine Arme waren so stark gewesen. Das hatte zu den Dingen gehört, die sie an ihm geliebt hatte: wie er einen Arm um ihre Taille schlang und sie gespielt gewalttätig an sich zog. Wie er sie mühelos mit einer Hand festhielt, während er mit der anderen ihren Körper erforschte.

Konnte Pete etwas derart Widerwärtiges getan haben? *Nein.* Dies war nur eine Zeichnung. Ein Fantasiebild, keine Wiedergabe eines realen Ereignisses.

Er war Bens Vater. Der Mann, den sie liebte. Geliebt *hatte.*

Cass schlug die Decke zurück und stellte ihre Füße auf den Boden. Die kühle Nachtluft ließ ihre Haut prickeln. Sie griff unters Bett, ertastete den Rand der Schachtel und zog sie heraus. Sie fühlte das glatte Seidenband, von denen das Briefbündel zusammengehalten wurde, unter ihren Fingerspitzen. Ihre Hände trafen die Auswahl, indem sie einen Brief herauszogen. Er knisterte und raschelte so laut, dass Cass zusammenfuhr. Aber dieses Geräusch kam nicht von dem Papier. Irgendwo in den Wänden bewegten die Ratten sich wieder.

Sie knipste die Nachttischlampe an, und die Schatten verflüchtigten sich. Sie sah die Handschrift ihres Mannes, die ihr so vertraut, so lieb war. Als sie einen Finger über das Papier gleiten ließ, erwartete sie fast, die Wörter spüren zu können, als hätten sie den Charakter einer eingravierten Schrift angenommen.

*Wir haben uns abgewechselt,* stand dort. Cass schloss fest die Augen.

*Wir haben uns abgewechselt, und die Einheimischen haben gelacht. Man sollte glauben, ein Nordlicht wie ich müsste gut feilschen können, aber das ist überraschend schwierig. Sie haben uns aus einer Meile Entfernung kommen gesehen. Wir haben uns angestellt, eine ordentliche Schlange gebildet, damit sie uns ausnehmen konnten.*
*Das hätte Dir gefallen, Cass. Sie bedrängen einen von allen Seiten und schreien durcheinander und schwenken ihre Ware vor dem Gesicht des Kunden. Das ist leicht beängstigend, aber so voller Leben, nicht wie in unseren Geschäften, sondern jeder drängt heran, und alle schwatzen gleichzeitig. Sie hatten Lederschuhe und Decken und Stickwaren, und ich habe versucht, etwas zu finden, das ich mir an Dir vorstellen konnte, aber das war nicht möglich.*

*Dann habe ich die Lapislazuli gesehen. Sie haben wie kleine Steinbrocken ausgesehen, die sie natürlich sind, aber wenn man weiß, wie man sie behandeln muss, verwandeln sie sich in leuchtende Schmucksteine. Männer haben um diese blauen Steine gekämpft und sind für sie gestorben. Eine Zeit lang war dieses Blau die teuerste Farbe der Welt. Ich habe einige für Dich gekauft, Cass. Vielleicht bekommen wir eines Tages ihr Geheimnis heraus.*

Lapislazuli. Blaue Steine, die aus seinen Händen fielen. Cass hatte geglaubt, ihr Mann wolle ihr etwas sagen – und dabei hatte ihr Traum seinen Ursprung nur in diesem alten Brief, den sie weggelegt und ganz vergessen hatte.

Kratz, kratz.

Cass sank wieder aufs Bett zurück, starrte die Zimmerdecke an. Sie musste fort von hier. Darnshaw war ein schwarz-weißer Ort. Pete hatte recht: Sie brauchte Farbe um sich herum, Leben.

Sie tastete nach Bens Zeichnung und hielt sie vor ihrem Gesicht hoch. Die blauen Steine in ihrem Traum waren aus dem Leben gekommen. Woher war diese *Zeichnung* gekommen? Cass starrte sie an. Der Soldat im Wüstentarnanzug, sein Arm ausgestreckt. Die Frau, ihr Gesicht zu einem Schrei verzerrt, jetzt schweigend, vielleicht für immer. Ihr Kleid in leuchtend klarem Blau.

## Kapitel 19

Cass fuhr hoch, als ihr Wecker losschrillte, beugte sich aus dem Bett und tastete nach ihm. Sie berührte die Briefschachtel, dann den glatten Kunststoff des Weckers. Sie stellte ihn ab, ließ sich zurücksinken und war versucht, sich einfach nur treiben zu lassen. Dann stemmte sie sich seufzend hoch. Sie musste früh in der Schule sein, um mit Lucy zu reden. Fünf Minuten, die sie sich jetzt gönnte, konnten weitere acht Stunden Wartezeit bedeuten.

Cass machte sich auf den Weg ins Bad und rief unterwegs nach Ben. Sie sah sein T-Shirt aus dem Wäschekorb hängen und stopfte es wieder ganz hinein.

»Ben.« Sie zog sich hastig an, erinnerte sich daran, dass sie Mr. Remick sehen würde, und nahm eine frisch gewaschene Leinenjacke aus dem Schrank.

»Ben, komm jetzt!«, rief sie, aber Ben war bereits da: Er stand für die Schule angezogen und mit seinem Rucksack über der Schulter an der Tür.

»Da bist du ja«, sagte Cass lächelnd. Bens Wangen hatten wieder Farbe, und sie fragte sich, ob die linke, die ihr Schlag getroffen hatte, etwas kräftiger gerötet war. Sie trat auf ihren Sohn zu, legte ihm eine Hand auf die Wange und küsste ihn. »Komm, Schatz, ich mache uns Frühstück.«

Das Frühstück bestand aus einigen Kräckern, die Ben übersehen hatte: etwas weich, aber noch gut. Cass bestrich sie dünn mit Butter. »Die können wir unterwegs essen. Komm, wir müssen los.«

Sie traten frische Spuren in den Neuschnee. Er war höher als je zuvor, reichte fast bis zum Oberrand ihrer Stiefel. Die Zufahrt hinauf kamen sie nur langsam voran, aber als sie die Straße erreichten, ging es besser. Die Luft in Cass' Nase war frisch und klar, völlig geruchlos.

Irgendjemand hatte die Schule vor ihnen erreicht und auf dem abfallenden Weg eine Spur hinterlassen. Der Parkplatz war eine glatte Schneefläche ganz ohne Reifenabdrücke, die in der Sonne glitzerte.

»Viel Spaß in der Schule, Schatz.« Cass gab Ben einen Kuss, weil sie im Augenblick nicht fand, dass er für solche Dinge zu alt war, und drückte seine Schulter, bevor er die Zufahrt hinablief. Dann ertönte ein schriller Pfiff, und ein vom Spielplatz geworfener Schneeball traf Ben am Arm. Geworfen hatte ihn Damon, der Ben jetzt zuwinkte. Ben winkte zurück.

Mr. Remick erschien am Eingang, und Cass ging auf ihn zu. Auch Ben hatte ihn gesehen, warf sich herum und rannte zu ihm wie ein Sohn zu seinem Vater. Cass rechnete fast damit, dass Theo ihn hochheben und herumwirbeln würde.

Cass erwiderte Theos Blick, sah die Herzlichkeit in seiner Miene. Sie ließ alles so einfach erscheinen.

»Hi, Ben«, sagte der Lehrer. »Freust du dich schon darauf, heute Abend zu Sally zu gehen?«

Ben grinste begeistert. An diesem Morgen wirkte er anders – sorglos glücklich. Er rannte zum Spielplatz, auf dem Damon ihn erwartete.

»Du hast es dir hoffentlich nicht anders überlegt, Cass«, sagte Theo.

Sie schüttelte den Kopf, aber dann hörte sie ein vertrautes Geräusch hinter sich. »Entschuldigung«, sagte sie rasch. »Bin gleich wieder da. Muss nur mit jemandem reden.«

Ein Land Rover kam in Sicht. Seine Motorhaube wippte, als er auf die Zufahrt zum Parkplatz rollte. Cass hastete winkend auf die Fahrerseite hinüber.

Die rechte Tür wurde geöffnet, und eine Cass unbekannte Frau stieg aus.

»Oh, Entschuldigung«, sagte Cass, »ich habe Sie verwechselt.« Sie wich zurück und merkte, dass Mr. Remick ihr gefolgt war.

»Freut mich, Sie zu sehen, Mrs. Jackson!«, rief er aus.

Mrs. Jackson sah auf, lächelte und wandte sich wieder dem Kind auf dem Beifahrersitz zu.

»Alles in Ordnung, Cass?«

Sie zwang sich dazu, Mr. Remick anzusehen. Sein Blick wirkte völlig unbeschwert. Er hatte keine Sorgenfalte zwischen den Augenbrauen.

»Ich müsste dringend Jessicas Mom sprechen. Hast du sie heute Morgen schon gesehen?«

»Nein, sie war noch nicht da. Möchtest du drinnen auf sie warten? Dir ist bestimmt kalt.«

Cass sah sich auf dem Parkplatz um. Niemand würde ihn so schnell wieder verlassen, nicht heute. Beobachtete sie ihn vom Gebäude aus, würde sie Lucy unbedingt sehen, bevor sie wieder wegfahren konnte.

Mr. Remick ging ins erste Klassenzimmer voraus, und Cass starrte aus dem Fenster, sah eine weiße Welt hinter bunten Fensterbildern. Er zog sich einen kleinen Plastikstuhl heran und hockte mit weit von sich gestreckten langen Beinen darauf. Bei diesem Anblick musste sie unwillkürlich lächeln.

»Du erliegst meinem Charme schon noch, Ms. Cassidy«, sagte er.

Sie wandte sich dem Fenster zu und hielt kurz den Atem an. Aber der von der Straße abbiegende Wagen war ein weißer Pick-up.

Mr. Remick stand auf und stellte sich neben sie. »Das ist Myra«, sagte er. »Den Truck hat ihr Mann ihr hinterlassen.«

»Ist er nicht mehr da?«

Er schüttelte den Kopf. »Nein, sie ist allein.« Er machte eine Pause. »Sie hat's nicht leicht. Du im Augenblick auch nicht, vermute ich.«

Cass spürte seinen Atem an der linken Halsseite, als er sich zu ihr hinüberbeugte; dann folgte ein nur hingehauchter Kuss. Ihr lief ein wohliger Schauder über den Rücken. Aber sie zwang sich dazu, weiter nach draußen zu sehen.

Myra, deren Hand auf der Schulter eines kleinen Mädchens ruhte, kam den Weg entlang. Cass beobachtete, wie die Frau den Kopf hob und durchs Fenster sah. Als ihre Blicke sich begegneten, verzogen Myras Lippen sich zu einem spöttischen Lächeln.

Cass warf den Kopf in den Nacken und musterte Mr. Remick kritisch.

»Hier kann man wirklich leicht Freundschaften schließen«, murmelte sie. »Wenn man möchte.«

Sie beobachtete die Zufahrt. Ein paar Kinder kamen sie heruntergerutscht; dann folgte eine Mutter, die ihren Jungen bis zum Eingang des Schulhauses begleitete. Autos fuhren keine mehr vor. Cass veränderte ihre Haltung, rückte etwas näher an die Fensterscheibe heran.

»Ich sollte meine Schäfchen zusammentreiben.« Er sah auf die Wanduhr.

»Aber …?«

Er zog die Augenbrauen hoch. »Wir sind zwar ziemlich stark ausgedünnt, müssen aber trotzdem weitermachen.«

»Aber mit so wenigen?« Cass sah wieder hinaus. Ungefähr ein Dutzend Kinder waren gekommen – nicht mal genug für eine ganze Klasse. Draußen ging Sarah vorbei und winkte ihr zu. »Und ich hab Lucy noch nicht gesehen. Sie kommt ganz sicher.«

»Sorry.« Er drückte ihre Schulter. »Ihr fehlt bestimmt nichts, aber heute Nacht hat es wieder geschneit. Die Straßen waren schon vorher ziemlich schlimm.«

»Vielleicht kommt sie doch noch.«

»Nun, willst du nicht noch etwas länger warten? Du kannst gern in diesem Zimmer bleiben.«

Cass hörte, wie seine Schritte sich entfernten. Dann fiel die

Tür ins Schloss. Sie lehnte an der Fensterbank und betrachtete die Fingerabdrücke an der Scheibe: so viele kleine Hände. Die Zufahrt von der Straße herunter blieb hartnäckig leer. Lucy würde heute nicht kommen. Aber was war mit der CD … Lucy hatte ihre Dateien doch hoffentlich gemailt?

Das würde Cass heute wohl nicht mehr erfahren. Im Raum nebenan wurden Stühle gerückt. Sallys laute Stimme war zu hören, und Mr. Remick lachte. Cass empfand Eifersucht wie einen Stich ins Herz. Sally war eine ledige Frau, die den ganzen Tag mit Theo verbrachte. Sie erinnerte sich daran, wie die anderen Mütter darüber Witze gemacht hatten.

*Aber ich werde die Nacht mit Theo Remick verbringen.*

Cass schluckte trocken. Hatte sie das wirklich gedacht? Sie schüttelte den Kopf. Er hatte sie zum Abendessen eingeladen, das war alles … nur zum Abendessen, und sie würden sich unterhalten, sich etwas besser kennenlernen, und dann würde Cass gehen, um ihren Sohn abzuholen.

Sie dachte an Pete, seine Briefe unter ihrem Bett.

*Er hat sie gesext.*

Sie verdrängte diese Erinnerung und zwang sich dazu, an ihren Kunden zu denken. Lucy war inzwischen eine halbe Stunde überfällig; sie würde heute offenbar nicht mehr kommen. Und wenn Jessica nicht in der Schule war, würde Lucy auch nicht kommen, um sie abzuholen. Also würde Cass erst morgen erfahren, was aus ihren Dateien geworden war.

Aber es gab noch etwas, das sie tun konnte. Bloß für den Fall, dass Lucy doch sauer auf sie war.

## Kapitel 20

Die Tür zur Poststelle war verriegelt, an der Scheibe hing ein Schild: GESCHLOSSEN. Cass sah zu den Fenstern im ersten Stock auf. Ob irgendwo dort oben Licht brannte, war schwer zu erkennen. *Die Mietwohnung*, hatte Bert gesagt, als wüsste Cass bereits, wo sie lag.

Rechts neben dem Eingang befand sich eine schmale schwarze Haustür. Obwohl die Farbe schon abblätterte, wirkte sie fast unbenutzt. *Die Mietwohnung*. Cass hielt Ausschau nach Namensschildern, aber hier gab es keine. Es gab auch keine Klingel.

Sie klopfte kräftig an und wartete. Fast augenblicklich ertönte irgendwo ein raues Kläffen, dann polterten schwere Schritte – *stampf-stampf, stampf-stampf* – die Treppe herunter.

Berts Gesicht war gerötet, als er die Tür öffnete. »Komme schon«, sagte er. »Ah, Sie sind's, Schätzchen.«

Er ließ Cass in den engen Vorraum eintreten. Gleich hinter ihm begann eine steile Treppe mit einem in der Mitte stark abgetretenen Kokosläufer. Bert blieb an die Wand gedrückt stehen, damit Cass sich an ihm vorbeiquetschen konnte. Oben an der Treppe beleuchtete eine einzelne Wandlampe ringförmig die vergilbte Tapete.

»Weiter, nur weiter«, sagte Bert, indem er die Haustür schloss.

Cass stieg die Treppe hinauf und blieb auf dem oberen Absatz stehen. Aus einem ovalen Rahmen blickte das gezeichnete Porträt einer Frau auf sie herab. Die Dame trug ein langes Kleid und lächelte zurückhaltend, fast schüchtern. Berts Frau? Cass hatte ihn sich immer als Einzelgänger vorgestellt: als alten Mann mit seinem Hund … und nun streckte Captain seine grau melierte Schnauze aus der Wohnungstür und betrachtete sie.

»Hallo, Captain«, sagte Cass. Sie blieb vorerst stehen. »Ich bin's nur.«

»Er is' harmlos.« Bert sprach so dicht hinter ihr, dass sie zusammenzuckte. »Bloß schon alt.«

Der Hund zog sich zurück, als Bert Cass mit einer Handbewegung zum Eintreten aufforderte, und ließ sich auf einer in der Ecke liegenden alten Jacke nieder. Die Einrichtung bestand aus zwei grünen Sesseln mit weißen Sesselschonern, dunklen Nussbaummöbeln und massenhaft Fotos von Kindern verschiedenen Alters sowie der Frau, deren Porträt draußen im Flur hing.

»Enid«, sagte Bert, als er sah, wofür sie sich interessierte. »Sie is' nun schon lange tot. Un' die Kinner.«

Cass fragte nicht, wessen »Kinner« das waren. Ob sie ihn wohl oft besuchten?

Captain seufzte laut.

»Sie haben mal gesagt …«

»Aye, Schätzchen. Ich kann für Sie telefonier'n gehn und mit 'nem Quad oder so was zurückkommen. Oder vielleicht jemand schick'n, der Sie hier rausholt.«

Cass machte eine Pause, betrachtete erst ihn, dann seinen Hund. Sie biss sich auf die Unterlippe. »Sehr freundlich von Ihnen. Aber ich denke, Sie sollten nicht gehen.«

»Nein?« Er kniff die Augen zusammen. »Warum nicht?«

»Na ja, der Weg ist ziemlich weit, fürchte ich. Er könnte zu viel für Sie sein, und …«

Bert lachte schallend. »Sie trau'n ihn mir nicht zu.« Das Lachen wurde zu einem Keuchen, und er schlug sich auf den Oberschenkel, als er sich in seinen Sessel fallen ließ und Cass mit einer Handbewegung den zweiten Sessel anbot. »Das steckt dahinter, was?«

»Im Schnee kämen Sie bestimmt schwer voran. Ich mache mir Sorgen wegen Captain, das ist alles. Er sieht müde aus.«

Der Alte wurde wieder ernst. »Ich weiß, Schätzchen, das is'

er – das sin' wir beide. Aber in dieser Gegend bin ich seit meiner Jugend unterwegs, und das heißt einiges.«

»Aber …«

»Ich bin kein junger Bursche mehr, das weiß ich. Hören Sie, Schätzchen, Captain und ich sind trotzdem jeden Tag unterwegs. Und das wird ein schweres Stück Arbeit, klar. Aber ich lass mir Zeit, und bin ich erst mal auf der Straße, ist alles in Ordnung. Sie werden's sehen.«

»Ist das Ihr Ernst?«

»Es sin' ungefähr neun Meilen. Wenn ich ankomm, bin ich erledigt, aber hinter dem Grat geht's nur noch bergab, und da komm ich locker zurecht. Was kann ich also für Sie tun?« Er sah sie an. »Ich geh auf jed'n Fall, Schätzchen, ob Sie mir 'ne Nachricht mitgeb'n oder nich', also könn' Sie gleich damit rausrück'n.«

Cass wühlte in ihrer Umhängetasche und zog einen Luftpolsterumschlag heraus. »Den müsste ich dringend jemandem schicken. Könnten Sie ihn in Moorfoot aufgeben, wäre ich Ihnen sehr dankbar.«

Bert ließ sich den Umschlag geben, las die Anschrift.

»Das sind wichtige Unterlagen für einen Kunden. Er muss sie bekommen, sonst verliere ich ihn. Ich habe keine Briefmarken, aber ich kann Ihnen das Geld geben.«

»Ist das alles?«

»Nun, ja, aber es ist …«

»Sie kapier'n nichts«, sagte er. »Sie kapier'n überhaupt nichts.«

»Was?«

»Ist das wirklich alles?« Sein Akzent schien sich zu verflüchtigen; er sprach knapp und präzise. »Keine Botschaft, die ich ausrichten kann? Niemand, den ich anrufen soll?«

Cass dachte an ihren Vater und rutschte im Sessel hin und her. Sie würde ihm schreiben müssen, aber nicht jetzt; das konnte sie tun, wenn dieser Ausnahmezustand beendet und der Schnee geschmolzen war. Dann konnte sie ihn besuchen oder vielleicht zu sich nach Darnshaw einladen.

Sie erinnerte sich daran, wie ihr Vater mit Ehrfurcht und noch etwas anderem im Blick in der Kirche aufgesehen hatte.

»Nein, Bert, das ist alles. Es wäre großartig, wenn Sie mir diesen Gefallen täten, aber ich will Sie weiß Gott nicht dazu drängen. Ich finde irgendeine andere Lösung.«

Der Alte steckte den Umschlag ein. »Ich geb ihn für Sie auf, Schätzchen. Ich will nur hoff'n, dass alles andere in Ordnung kommt.«

»Sehr freundlich von Ihnen.«

»Nur noch eins«, sagte er.

Cass wartete.

»Ich geh, das sagte ich ja, aber er ist zu alt. Er schafft's nicht über die Hügel.«

Sie brauchte einen Augenblick, um zu begreifen, dass er Captain meinte.

»Ich muss ihn daheim lass'n. Er kann hier bleib'n, aber … nun, ich hab mich gefragt, ob Sie ihn nehm'n könnt'n.«

Cass stand der Mund offen.

»Er ist's nicht gewöhnt, allein zu sein.«

»Bert, das tut mir echt leid … ich weiß, dass Sie mir helfen, und würde mich gern revanchieren, aber ich muss an Ben denken. Captain wollte ihn neulich anfallen. Das darf ich nicht noch mal riskieren.«

»Nein, nein.« Der Alte ließ den Kopf hängen. »Das hatt' ich vergess'n. Weil's ihm nicht ähnlich sieht. Aber nein, ist in Ordnung. Captain kommt hier allein zurecht.«

Die Ohren des Hundes zuckten, als er seinen Namen hörte.

»Bestimmt ist er froh, wenn ich ihn nicht überall hin mitschleife.«

»Ich wollte, ich könnte ihn nehmen.«

»Ich weiß, Schätzchen, das is' in Ordnung. Ich hätt' gar nich' frag'n soll'n. War bloß 'ne Idee. Mach'n Sie sich desweg'n keine Sorgen. Wir komm'n zurecht, Captain un' ich.«

Sie stiegen schweigend die Treppe hinunter, wobei Bert sich am Geländer festhielt. Er öffnete die knarrende Tür und sah zum Himmel auf. »Lässt nicht nach«, sagte er in leichten Schneefall hinein. »Am best'n seh ich zu, dass ich bald wegkomm'. Der Schnee is' fast zu riech'n, stimmt's?«

Sie sog prüfend die Luft ein, sah sich um. Als sie sich wieder umdrehte, lächelte Bert ihr zu.

»Pass'n Sie auf Ihren Jungen auf«, sagte er und schloss die Haustür.

Cass blickte ins Schneegestöber vor dem Fenster hinaus. Die Flocken waren jetzt größer und schwerer. Sie stellte sich vor, wie Bert dick vermummt gegen diesen Wind ankämpfte und langsam einen Schritt nach dem anderen machte, während Captain zu Hause nach seinem Herrchen winselte.

Sie hätte den alten Mann nicht gehen lassen dürfen.

Aber er hatte bestimmt schon mehr als die halbe Strecke nach Moorfoot zurückgelegt und freute sich bereits auf einen Drink im nächsten Pub. Er hatte gewusst, worauf er sich einließ – und außerdem hatte er selbst etwas jenseits des Moors zu tun gehabt.

Sie musste aufhören, sich Sorgen um Bert zu machen; es gab etwas anderes, das sie tun musste. Sie hatte es nicht geschafft, Bens Zeichnung aus ihrem Gedächtnis zu verdrängen. Es fiel ihr schwer, das Gefühl zu unterdrücken, ihr Sohn wisse etwas über seinen Vater, das sie nie auch nur geahnt hatte, aber das konnte natürlich nicht stimmen. Das Bild entstammte Bens Fantasie oder vielleicht einem seiner Kriegsspiele.

In Gedanken war sie dauernd bei Petes Briefen. Es wurde Zeit, sie zu sortieren. Um vielleicht Hinweise darauf zu finden, in was für einen Menschen ihr Mann sich verwandelt haben mochte.

Und sie dann zu entsorgen, nach vorn zu blicken.

Das Päckchen sah so klein aus, als sie es bei Tageslicht hochhielt. So wenig angesichts ihrer gemeinsamen Jahre: ein paar Beobachtungen, Eindrücke von Menschen und Orten, die sie nicht kannte und niemals zu sehen bekommen würde. Cass hob sie an ihr Gesicht. Sie rochen leicht staubig wie etwas, das zu zerfallen beginnt.

Bens Zeichnung hatte sie mit in die Schachtel gelegt. Nicht die Darstellung schmerzte, sondern seine Erklärung dazu: *Er hat sie gesext.*

Cass zog die Schleife auf und breitete die Briefe auf dem Boden aus.

*Heute habe ich einen kleinen Jungen gesehen. Er war fünf bis sechs Jahre alt. Er hat mich irgendwie an Ben erinnert – und dann doch wieder nicht. Ist das nicht unheimlich? Aber in seinem Blick hat etwas gelegen. Wissen, denke ich. Oder totale Hoffnungslosigkeit. Erst als ich an ihm vorbei war, habe ich gesehen, dass sein linkes Bein ab dem Knie amputiert war.*

Cass schüttelte den Kopf. Dies war nicht, wonach sie suchte.

*Einst war das Blau dieser Steine die teuerste Farbe der Welt. Ich hab einige für Dich gekauft.*
*Ich liebe dich, Cass. Für immer und ewig.*

Sie hielt den Atem an, drückte den Brief an ihr Gesicht und wartete darauf, dass die Tränen kommen würden. Aber sie kamen nicht. Stattdessen sah sie Theo Remicks Blick, klar und freimütig, als sei alles geklärt, alles zwischen ihnen vereinbart.

Sie schob die Briefe zusammen und stand auf. Am besten wäre es gewesen, sie entschlossen wegzuwerfen, um wenigstens sich selbst zu beweisen, dass sie bereit war, nach vorn zu schauen.

Trotzdem wandte sie sich jetzt ab und legte sie wieder in die

Schachtel, die sie unters Bett schob. Vielleicht würde sie sie eines Tages noch brauchen. Vielleicht würde sie den Trost seiner Stimme brauchen.

Und Ben würde sie vielleicht lesen wollen, wenn er älter war. Natürlich würde er das wollen.

Cass schob den Fuß unters Bett, schubste die Schachtel noch ein Stück weiter. Dort konnte sie bleiben. Sie konnte im Dunkel liegen, bis sie in Vergessenheit geriet.

# Kapitel 21

Cass nahm ein Seidentop aus dem Kleiderschrank und hielt es an ihren Oberkörper. Pete hatte dieses Teil geliebt. Er hatte darauf bestanden, es ihr zu kaufen, obwohl es ihr zu teuer gewesen war. Sie hängte es wieder hinein. Sah dabei etwas Rotes aufblitzen. Rot. Ein bisschen plakativ, aber spielte das eine Rolle? Sie war eine erwachsene Frau mit Falten auf der Stirn und einem Sohn, der von der Schule abgeholt werden musste. Nein, es spielte keine Rolle. Cass zog die Bluse an und sah, wie sie ihr Haar heller leuchten, ihre Augen strahlen ließ.

*Er hat sie gesext.*

Ja, so würde es gehen.

Sie versuchte, nicht an Pete zu denken, konnte aber nicht verhindern, dass sie die beiden Männer miteinander verglich. Theo würde niemals laut, niemals derb wie Pete sein, das wusste sie. Würde ihr das fehlen? Sie presste die Lippen zusammen. Oder war Theo Remick nicht vielmehr der Typ Mann, den sie selbst gewählt hätte, bevor sie Pete begegnet war?

Cass schüttelte den Kopf, tuschte sich die Wimpern und legte Lipgloss auf. Erinnerte sich an das Gefühl von Remicks Lippen an ihrem Hals. Dann zog sie den Mantel an, nahm ihre Umhängetasche und verließ die Wohnung.

Die Schule war längst aus. Nur zwei Kinder waren zurückgeblieben: ein Junge und ein Mädchen. Ihre Jacken und Schulranzen in Warnfarben leuchteten grell, als sie davonschlenderten.

Der Korridor war leer. Cass ging ihn entlang. Ihr Herz schlug zu schnell, ihre Schritte waren zu laut. Sie klopfte an die Tür von Theos Büro.

»Hier«, sagte er hinter ihr. Seine hagere Gestalt stand an der Tür eines Klassenzimmers. Er betrachtete sie mit diesen Augen. Hätte sie gewollt, hätte sie eine Hand ausstrecken und ihn berühren können. Und trotzdem war er ein Fremder, ein Mann, den sie kaum kannte.

Er hob eine Hand, berührte ihr Haar und lächelte, ohne etwas zu sagen, aber das war in Ordnung, denn sie sah auf seinem Gesicht, dass sie ihn doch kannte. Er war der Mann, der sie lächeln ließ, zu dem ihr Sohn aufsah und in dessen Gegenwart er wieder er selbst war.

»Nun, Ms. Cassidy.«

»Nun, Mr. Remick.«

»Ich bin versucht, dich hier zu küssen, aber das wäre höchst unprofessionell.«

Ohne ihn aus den Augen zu lassen, trat Cass dicht an ihn heran, drängte sich an seinen großen, hageren Körper und küsste ihn. Er trat einen halben Schritt zurück, vergrub das Gesicht an ihrem Hals und verwandelte so den Kuss in eine herzliche Umarmung. »Ich bin froh, dass du hergezogen bist«, sagte er. »Hier hat's schon sehr lange niemanden mehr wie dich gegeben.«

Cass öffnete die Augen, fragte sich, was für eine Geschichte er wohl haben mochte, und erkannte, dass sie das gar nicht wissen wollte.

Sie traten miteinander ins Freie. Er schloss ab. Cass nahm einen Arm, und sie gingen in geselligem Schweigen zur Straße hinauf. Schneeschleier hüllten sie ein, und obwohl die Sonne schon untergegangen war, war der Himmel weiß bis auf die orangeroten Lichtkreise der Straßenlampen. Eine große Schneeflocke setzte sich auf ihre Oberlippe; sie öffnete den Mund und fühlte sie auf ihrer Zungenspitze schmelzen.

Cass trank einen Schluck Wein und spürte, dass er sie wohlig wärmte. Diesmal hatte Mr. Remick sie gleich auf das Sofa gesetzt. »Du kannst auch von dort aus mit mir reden«, sagte er. »Was es heute gibt, soll eine Überraschung sein.«

Sie hatte vergessen, wie klein der Raum war, aber er war warm und gemütlich, wirkte nicht so leer wie ihr Apartment in der Mühle. Theo zündete Kerzen an, die sein Gesicht sanft beleuchteten. Cass setzte sich und fuhr mit einer Hand über die Polster. Der Bezugsstoff fühlte sich neu, wie unbenutzt an. Sie erinnerte sich an Berts altmodisches Wohnzimmer, musste dabei lächeln und bemühte sich, nicht daran zu denken, wie er übers verschneite Moor stapfte.

Sie trank noch einen Schluck. Auch Bert saß mittlerweile gewiss an einem Kaminfeuer und genoss einen Drink.

Cass spürte Theos Hand auf ihrer Schulter, fuhr zusammen und verspritzte Wein auf ihre Jacke.

»Entschuldige, ich wollte dich nicht erschrecken. Komm, ich nehme sie dir ab.«

Sie stellte ihr Glas ab und ließ die Jacke von den Schultern gleiten.

Er musterte sie anerkennend. »Hübsch siehst du aus.« Bevor Cass antworten konnte, stellte er ihr eine Schale mit schwarzen Oliven hin und zog sich wieder in die Küche zurück.

Bald roch sie reife Tomaten und schmelzenden Käse. Theo führte sie ins Esszimmer und schenkte ihr nach. Der Tisch war mit Damast, Silber, erlesenem Porzellan und silbernen Leuchtern mit cremeweißen Kerzen gedeckt. Der Kerzenschein ließ Theos Augen glänzen, und Cass fragte sich, ob er das auch bei ihren bewirkte. Sie aßen Lasagne, herzhaft und gut, mit grünem Salat.

Sie öffnete den Mund, um seine Kochkünste zu loben und ihn zu fragen, wie er an frischen Kopfsalat gekommen sei, aber er hob abwehrend eine Hand. »Pst«, sagte er. »Nicht reden.«

Cass wusste erstmals nicht, was sie mit der Stille zwischen ihnen anfangen solle. Sie wollte sie durchbrechen, aber Theo schüttelte den Kopf. »Ich weiß, was du sagen willst: dass du deinen Sohn abholen musst – aber du brauchst nicht zu gehen, wenn du nicht willst, Cass. Sally hat angeboten, dass Ben bei ihr übernachten kann. Dein Sohn ist bestens versorgt.« Er stand auf, kam um den Tisch herum und legte ihr einen Finger auf die Lippen. »Ich gebe zu, dass das anmaßend von ihr war, aber sie ist dir freundlicher gesinnt, als du ahnst, und ihr Angebot lässt dir alle Freiheit. Ich habe dich gern, Cass. Ich möchte, dass du bei mir bleibst.«

Sie starrte ihn an. Seine Miene war ernst, sein Blick durchdringend. Sie wollte sagen, sie müsse fort, sie könne nicht bleiben, aber sie blieb stumm. Vor ihrem inneren Auge stand erst Pete, dann Bens Zeichnung. Sie spürte, dass ihr Tränen kamen.

Theo fragte nicht, weshalb, ersparte sich jeglichen Kommentar. Er beugte sich zu Cass hinunter und küsste sie auf die Wange. Sein Atem war warm. Sie konnte eine Hand ausstrecken und seine Brust berühren – und das tat sie jetzt, spürte die weiche Kaschmirwolle seines Pullovers. Sie schloss die Augen, öffnete die Lippen.

Theo nahm den Kopf zurück. »Bleib bei mir«, sagte er.

Sie nickte, und er zog sie hoch. Sie küsste ihn, diesmal heftiger, und er drängte sie an die Wand hinter ihr. Cass' Rechte umfasste seinen Hinterkopf, wühlte in seinem kurzen weichen Haar. Seine Lippen pressten sich hungrig auf ihre, ließen feurige Energieströme durch ihren Körper fließen.

»Komm mit nach oben«, flüsterte er und ergriff ihre Hand, führte sie aus dem Zimmer und eine dunkle Treppe hinaus. Er machte kein Licht.

Das Bett schien so alt zu sein wie das Haus, breit und solide. Theo zog Cass drauf, und als sie zurücksank, spürte sie sein Gewicht auf sich, während ihre Zungen sich begegneten. Ihre Bluse wurde achtlos zu Boden geworfen, ein roter Lappen, und dann wanderten seine Hände über ihren Körper: erforschten den

Rücken, streichelten den Nacken, lagen unter den Schulterblättern, als er ihre Brüste küsste. Sie hörte das Geräusch ihrer im Gleichtakt lauter werdenden Atemzüge.

Theo hielt ihr Gesicht mit beiden Händen umfasst, während er auf sie glitt. Er drang behutsam in sie ein und machte eine Pause, bevor er die Hüften zu bewegen begann. Alle diese Dinge nahm sie genau wahr: seine rhythmischen Bewegungen, die Kraft seiner schmalen Hüften, das Geräusch seines Atems an ihrem Hals, die feuchte Zunge an ihrem Schlüsselbein.

Sie schloss die Augen, und als sie sie dann wieder öffnete, sah sie, dass Theo sie beobachtete. Seine Hände lagen auf ihrem Körper, liebkosten sie, berührten sie überall, bis ihr Herz sich schmerzlich zusammenzog, als habe er den lebenden, schlagenden Muskel in ihrer Mitte ebenfalls berührt. Cass sah auf seine Hände herab. Sie ruhten auf ihren Brüsten mit den steif aufgerichteten Spitzen. Auf ihrer Haut.

Dann stieß er tiefer in sie hinein, und sie schrie auf, als sich in ihr eine Hitze ausbreitete, gegenüber der alles andere verblasste: eine feurige Lohe, die noch brannte, als er sich von ihr löste und mit einer Hand auf ihrem Bauch neben ihr lag.

Die Hitze klang allmählich ab. Cass rutschte ein kleines Stück von ihm weg, zog die Beine an. Schloss die Augen. Sie spürte, dass er sie an sich zog, sie eng umarmte. Sie behielt ihre Haltung bei und ließ die Augen fest geschlossen. Starrte in das Dunkel hinter den Lidern.

Alles das wusste sie noch – und trotzdem erinnerte sie sich an nichts deutlich, an nichts sehr genau. Es gab eine Reihe von Eindrücken und das Gefühl tiefer körperlicher Befriedigung, sonst nichts.

# Kapitel 22

Irgendwann nachts wachte Cass auf und sah Theo neben sich liegen. Sein Gesicht war ausdruckslos. Sie versuchte zu sehen, wie seine Brust sich hob und senkte, aber das war nicht zu erkennen. Trotzdem schien sein Körper weiter Hitze abzustrahlen. Auch spürte sie seine Hitze noch in sich, aber ihre Haut war am ganzen Körper kalt. Auf der Schulter hatte sie eine Gänsehaut. Theo schlief weiter. Cass zitterte.

Dies war der Mann, mit dem sie geschlafen hatte. Jetzt beobachtete sie ihn und versuchte, das beruhigende Gefühl vertrauter Nähe zurückzugewinnen. Die Art und Weise, wie sie unverkrampft miteinander geschwiegen hatten, war gut gewesen. Nun wünschte sie sich, etwas würde die Stille durchbrechen, auf der glatten Oberfläche Wellen erzeugen und ihr einen Grund liefern, von hier zu verschwinden.

In ihr brannte die Hitze weiter. Cass schlang die Arme um sich und ließ die Hände über ihren Körper gleiten, als wische sie seine Berührung von ihrer Haut ab. Sie hätte nicht bleiben sollen. Es war zu früh gewesen, das war alles. Wenn er aufwachte und sie ansah, würde alles anders, würde alles wieder in Ordnung sein. Cass schloss die Augen.

So war es mit Pete nie gewesen. Er hatte mit dem Kopf auf dem Arm geschlafen, hatte tief und laut geatmet. Oft hatte er geschnarcht, was ein lebendiges, vertrautes Geräusch gewesen war. Nicht wie diese Lautlosigkeit. Cass wusste, dass sie neben diesem reglosen Mann nicht würde schlafen können. Und wenn er nachts die Hand ausgestreckt, sie berührt hätte … Abscheu jagte ihr einen kleinen Schauder über den Rücken.

Was war nur mit ihr los? Theo Remick war ein anständiger

Mann, ein zuverlässiger Mann, mit dem man reden konnte. Er brachte sie zum Lachen, er brachte Ben zum Lachen. Er war ein guter Mann.

Cass gab sich zitternd einen Ruck und schwang die Beine aus dem Bett. Die Nachtluft auf ihrem Körper war kalt, als sie geräuschlos aufstand.

Am frühen Morgen duschte sie, obwohl sie fürchtete, dadurch Theo zu wecken. Aber sie konnte die Vorstellung von seinen Händen überall auf ihrer Haut, als sie über Brüste, Beine, Schultern, Schenkel und Geschlecht geglitten waren, nicht länger ertragen. Und wie ihr Herz sich verkrampft hatte, als er sie berührt hatte.

Sie duschte kalt und blieb unter dem Wasser stehen, so lange sie's aushalten konnte.

Theo kam zu ihr, als sie auf dem Sofa saß und zu Boden starrte. Er streichelte ihr tropfnasses Haar und drückte einen leichten Kuss darauf, ohne zu sprechen. Dann ging er hinaus und kam wenig später mit einem Tablett mit Toast, Rührei und Schinken zurück. Der Geruch war ihr so widerwärtig, dass sie sich abwandte.

»Cass?«

Sie sah ihn an.

»Es war schön«, sagte er und lächelte.

»Ja. Schön.«

»Ich hatte das Gefühl, wir seien wirklich miteinander verschmolzen. Hast du das auch gespürt, Cass?«

Sie nickte.

»Alles in Ordnung mit dir? Du bist blass.«

Sie sah ihn an, sah wieder weg. »Ich bin müde. Hab nicht gut geschlafen.«

»Nein.«

»Ich muss duschen«, sagte sie und hielt dann den Atem an, weil ihr klar wurde, dass sie eben erst geduscht hatte.

»Fehlt dir bestimmt nichts?«

»Ich muss Ben holen.« Sie stand auf. Das Frühstück hatte sie nicht angerührt.

»Das kannst du nicht – er ist bei Sally, weißt du noch? Er kommt mit ihr in die Schule. Ein bisschen früh fürs Abholen, findest du nicht auch?«

»Klar doch. Natürlich.« Cass sehnte sich danach, ihren Sohn in den Armen halten, ihr Gesicht in seinem Haar vergraben zu können.

*Er hat sie gesext.*

Sie erschauderte, schob das Tablett weg.

Theo streckte eine Hand aus und berührte ihre Schulter. Sie fuhr zusammen. »Hab ich irgendwas falsch gemacht?«

Cass sah auf. Licht fiel durch die Vorhänge, ein neuer Tag. Ben war bei Sally, und sie war hier. Es war schön gewesen, das wusste sie. »Tut mir leid, Theo. Mir ist nicht ganz wohl. Vielleicht hab ich zu viel getrunken.«

»Ja. Vielleicht.«

»Ein Spaziergang würde mir guttun. Ein bisschen frische Luft. Am besten gehe ich nach Hause. Mir fehlt nichts, ehrlich. Ich muss nur erst richtig aufwachen.« Sie machte eine Pause. »Es war lange her. Ich bin's nicht mehr gewöhnt, neben jemandem aufzuwachen.«

Sie fühlte Theos Blick auf sich, erwiderte ihn jedoch nicht.

»Cass, ich weiß, dass du deinen Mann verloren hast. Tut mir leid, wenn das zu früh war.«

*Er hat sie gesext. Sie* gesext.

»Nein, das war's nicht; es wird Zeit, dass ich mein Leben weiterlebe. Ich hab nur nicht sehr gut geschlafen.« Diesmal erwiderte Cass seinen Blick.

»Du brauchst dich nicht schlecht zu fühlen. Dein Leben gehört allein dir.«

Sie lächelte gezwungen.

»Du hast die richtige Wahl getroffen, Cass. Du weißt es vielleicht noch nicht, aber …«

Sie stand immer noch lächelnd da. Im nächsten Augenblick hatte sie sich ihren Mantel geschnappt, ging damit die Straße entlang, schlüpfte hinein und wickelte ihn eng um sich.

Je weiter Cass das alte Pfarrhaus hinter sich ließ, desto klarer konnte sie denken. Die Luft auf ihrem nassen Haar, das sie sich jetzt aus dem Nacken strich, fühlte sich eisig an. Dass sie mit tropfnassem Haar durch die Straßen lief, musste einfach lächerlich aussehen. Was hatte sie bloß dazu gebracht, so aus dem Haus zu laufen? Theo Remick hatte nichts falsch gemacht – und er hatte recht: Es *war* schön gewesen.

Es war sehr schön gewesen.

Trotzdem würde sie zu Hause sofort unter die Dusche gehen, das Wasser voll aufdrehen und sich ausgiebig abbrausen. Ihre Haut kribbelte noch immer, wo er sie berührt hatte. Dass sie keinen Grund hatte, sich Vorwürfe zu machen, änderte nichts daran. Pete war nun schon lange fort; er hätte gewollt, dass sie sich ein neues Leben aufbaute. Deshalb war sie schließlich hergekommen.

Cass wünschte sich, Ben wäre bei ihr. Sie hätte die Welt aus ihrer Wohnung ausgesperrt, ihn nicht in die Schule geschickt, sich mit ihm eingeigelt. Von ihr aus konnte er den ganzen Tag lang seine grässlichen Videospiele spielen. Sie runzelte die Stirn. Nur gut, dass Ben bei Sally war. Sally würde nicht so egoistisch sein. Ihr Junge war in Darnshaw glücklich, fühlte sich in der Schule wohl. Und sie musste sich jetzt beeilen, damit keine der anderen Mütter sie in diesem Zustand sah. Sie mochte sich nicht vorstellen, was Lucy denken würde.

Dabei fiel ihr wieder ihr Kunde ein.

Zu Hause duschte sie dann doch nicht; dafür reichte die Zeit nicht aus. Sie föhnte ihr Haar trocken, zog wieder ihre Jacke an, ging zur Straße hinauf und postierte sich dort, um Lucys Geländewagen abzupassen. Nach einiger Zeit fuhr ein Land Rover vorbei, aber er war silbern, nicht schwarz wie der ihrer Freundin. Wo blieb Lucy? Vielleicht war Jessica krank. Vielleicht fürchtete sie sich nach der Sache mit Ben davor, in die Schule zu gehen.

Cass wartete, stampfte wegen der Kälte mit den Füßen auf. Hielt sie lange genug die Stellung, würde sie vielleicht sogar Bert sehen, der von seinem Marsch übers Moor zurückkam. Sie lehnte sich an die Stützmauer der Straße.

Nach einiger Zeit kam der silberne Land Rover in Gegenrichtung zurück. Ein fremdes Gesicht starrte sie durch die Frontscheibe an. Von Lucy noch immer keine Spur.

Cass beschloss ins Dorf zu gehen; so konnte sie weiter die Straße im Auge behalten – und zugleich nach Bert sehen, um sich zu vergewissern, dass er ihren Brief aufgegeben hatte. Dann hatte sie vielleicht eine Chance, ihren Kunden zu halten. Aber als sie zu den Hügeln auf allen Seiten aufsah, hatte sie das Gefühl, es gebe gar keine Außenwelt mehr, sondern nur noch dieses Tal.

Unterwegs fuhren keine Autos an ihr vorbei. Als sie die Poststelle erreichte und an Berts Haustür klopfte, war als Antwort ein schwaches Bellen zu hören. Sie wartete, aber das blieb die einzige Reaktion. Cass trat von einem Fuß auf den anderen und starrte die Tür mit der abblätternden Farbe an. Aus nervöser Ungeduld fuhr sie mit einer Hand über den alten schwarzen Anstrich, unter dem rohes Holz sichtbar wurde. Dann runzelte sie die Stirn, trat näher an die Tür heran und kratzte mit dem Daumennagel etwas mehr Farbe ab. Unter dem Anstrich waren alte Spuren zu sehen, die quer über die Maserung gingen. Als sie sich die Sache näher anschaute, konnte sie erkennen, was unter der schwarzen Deckschicht lag – ein Gebilde aus senkrechten und waagrechten Kerben.

Ein Kreuz wie das an der Tür der Foxdene Mill.

Cass wich zurück. Dieses Kreuz war alt, seit vielen Jahren überstrichen, aber vielleicht würde Bert wissen, weshalb es dort war oder von wann es stammte. Vielleicht wusste er sogar, wer es in seine Tür geritzt hatte.

Sie klopfte erneut, diesmal kräftiger, aber niemand kam.

Cass wartete einen Augenblick, versuchte es noch mal und glaubte dann, ein Schnüffeln zu hören.

»Captain?«

Das Geräusch verstummte. Cass bückte sich und legte ihr Ohr an das Türblatt. Dahinter war nichts zu hören. »Captain, bist du da? Bert?«

Sie erinnerte sich an das unregelmäßige Poltern, das sie gestern gehört hatte, als Bert ans Geländer geklammert seitlich die Treppe hinabgehumpelt war, um ihr aufzumachen. Sie sah zu den steilen Hügeln auf. Sie hätte ihn niemals allein losziehen lassen dürfen.

»Ich glaube, er ist ausgegangen, Schätzchen.« Das war Irene, die mit Schlüsseln klappernd an der Tür des Postamts stand.

»Aber er müsste längst zurück sein. Er ist gestern aufgebrochen. Haben Sie ihn seither nicht mehr gesehen?«

»Nein, leider nicht, Schätzchen. Wahrscheinlich macht er seinen Morgenspaziergang.«

»Das glaube ich nicht. Captain ist noch drinnen.«

»Tatsächlich?«

»Ich bin sicher, dass ich ihn gehört habe.«

Irene spielte mit ihren Schlüsseln.

»Ich mache mir echt Sorgen. Er wollte gestern nach Moorfoot hinübergehen. Ich fürchte, dass er's vielleicht nicht geschafft hat.«

»Wollte er das? Dann ist alles klar. Er hat bestimmt dort übernachtet, Schätzchen. Unserem Bert fällt's schwer, sich von einem Pub loszureißen, wenn er erst mal einen gefunden hat.«

»Aber er würde Captain nicht so lange zurücklassen.«

»Dem fehlt nichts, Schätzchen. Bert hat ihm Futter und Wasser hingestellt. Machen Sie sich deshalb keine Sorgen. Captain ist nicht zum ersten Mal allein.«

»Wirklich?«

»Klar doch. Bei Schnee ist der Hin- und Rückweg an einem Tag kaum zu schaffen. Bert wird es sich aufgeteilt haben.«

»Dann kommt er also später?«

»Vermutlich, wenn er nicht noch mal einkehrt.«

»Aber Captain …«

»Für seinen Hund hat er gewiss gesorgt. Wissen Sie bestimmt, dass er ihn nicht mitgenommen hat? Das sieht Bert gar nicht ähnlich.«

Cass machte eine Pause. Sie hatte geglaubt, Geräusche zu hören. Angesichts von Irenes Gelassenheit war sie sich ihrer Sache jedoch nicht mehr sicher. »Sagen Sie ihm bitte, dass ich hier war? Ich komme später noch mal vorbei.«

»Wird gemacht, Schätzchen.«

Bevor Cass davonging, drehte sie sich um und sah zu Berts Fenstern hinauf. Ihre Scheiben, in denen sich der Himmel widerspiegelte, glichen blinden weißen Augen. Ihr lief ein leichter Schauder über den Rücken. Die Luft war farblos kalt, aber trotzdem bedrückend, als drohten weitere Schneefälle. Wenn Bert noch im Moor unterwegs war … Aber das war er bestimmt nicht. Und er kannte diese Hügel seit seiner Jugend, wusste genau, was er tat.

Sollte noch mehr Schnee fallen, während Bert in Moorfoot war, würde er vielleicht nicht zurückkommen können. Cass biss sich auf die Unterlippe. Dann würde sie Captain zu sich nehmen müssen. Sie würde irgendeine Möglichkeit finden, den Hund aus der Wohnung zu holen und bei sich unterzubringen – selbst wenn sie ihn in ihr Schlafzimmer sperren musste, um ihn von Ben fernzuhalten. Sie wusste ziemlich sicher, dass er das Einzige war, was der Alte hatte.

Als Cass die Zufahrt zur Mühle erreichte, blickte sie auf den pastellfarbenen Steinbau hinunter und stellte fest, dass sie noch nicht hineingehen wollte. Sie konnte nur an das in die Haustür eingeschnittene Kreuz denken, dessen Gegenstück sie an Berts Tür entdeckt hatte.

Stattdessen ging sie weiter, passierte die Abzweigung ins Hochmoor und folgte der schmalen Straße, die dem Tal folgend aus Darnshaw hinaus und nach Mossleigh führte.

Auf beiden Straßenseiten lagen verschneite Felder, hinter denen die allgegenwärtigen Hügel aufragten. Diese Monotonie wurde nur vereinzelt durch Farmhäuser oder Scheunen durchbrochen. Die Straße lag unter einer Schneedecke, in der sich keine Fuß- oder Reifenspuren abzeichneten. Um Schneewehen zu umgehen, musste Cass mehrmals in die Straßenmitte ausweichen. Nach einiger Zeit holte sie ihr Handy heraus und kontrollierte die Anzeige. Kein Empfang.

Sie folgte einer weiten Kurve, nach der das Tal sich öffnete. Der Fluss, dessen Bett bisher parallel zur Straße verlaufen war, beschrieb einen Bogen, und die Straße überquerte ihn mittels einer hübschen Steinbrücke. Cass blieb stehen und starrte das Bild an, das sich ihr bot. Der Schnee auf dem Asphalt war von tiefen grauen Riefen durchzogen, die wie Kratzspuren aussahen. Die Straße war auf zwanzig Metern Länge abgerutscht, und der Schnee konnte die entstandenen Risse nur zum Teil ausfüllen. An den Bruchstellen glitzerte durchsichtiges Eis.

Die Brücke jenseits des Bergrutsches war intakt geblieben, aber die unebene Schneedecke ließ vermuten, dass der Asphalt darunter rissig war. Cass kniff die Augen zusammen. Quer über die andere Seite der Brücke war offenbar ein Absperrband gezogen. Die Straße war gesperrt. Die Brücke war anscheinend einsturzgefährdet, und der Fluss darunter war tief und reißend. Von ihrem Standort aus konnte Cass ihn bedrohlich rauschen hören.

Was hatte Bert gleich wieder gesagt? *Vielleicht sieht's wie'n Baum aus. Genau wie's auf der ander'n Seite vielleicht wie'n Erdrutsch aussieht.*

Kein Wunder, dass Theo Remicks Klassen dramatisch geschrumpft waren. Aus dieser Richtung würde so bald niemand mehr nach Darnshaw kommen.

Auf dem Rückweg sah Cass immer wieder zu den Hügeln auf. Steil, weiß, kalt. Hoffentlich war Bert nicht mehr dort oben unterwegs.

## Kapitel 23

Zuletzt konnte Cass ihre Ungeduld nicht länger beherrschen und ging ins Dorf zurück, lange bevor es Zeit wurde, Ben aus der Schule abzuholen. Sie klopfte abermals an Berts Tür, drückte ihr Ohr ans Holz und rief Captains Namen, aber diesmal war kein Schnaufen zu hören. Cass sah zu den verschneiten Hügeln auf. Die Kälte ließ ihre Augen tränen, und sie fuhr mit den Handschuhen darüber, sodass ihr Gesicht wie von Tränen feucht zurückblieb.

»Nicht doch, Schätzchen«, sagte eine Stimme. Irene sperrte die Tür des Postamts ab und kam mit etwas in der Hand auf sie zu. »Machen Sie sich keine Sorgen. Wir können nach ihm sehen, wenn Sie das beruhigt.«

Cass starrte den Gegenstand in Irenes Hand an. Er war ein Schlüssel.

»Kommen Sie, Schätzchen. Wir sehen uns oben um, einverstanden?« Sie steckte den Schlüssel ins Schloss und stieß die Tür auf, die sich knarrend einen Spalt weit öffnete. Irene stieß sie ganz auf und lief die Treppe hinauf, ohne das Licht einzuschalten. Cass folgte ihr, tastete sich im Halbdunkel am Geländer entlang nach oben.

Irene blieb auf dem oberen Treppenabsatz stehen. »Aha«, sagte sie, »er hat Captain also doch mitgenommen. Sonst begrüßt sein Hund mich immer schon hier.« Sie ging ins Wohnzimmer voraus. Cass folgte ihr und sah hinter alle Sessel, um sich zu vergewissern, dass dort niemand lag. Die Luft war abgestanden, und Berts alte Jacke, auf der Captain schlief, roch muffig.

Die winzige Küche war mit klapprigen Möbeln eingerichtet,

deren abblätternde Resopalbeschichtung an einigen Stellen mit Klebeband befestigt war. Auf dem Klapptisch, vor dem ein einzelner Stuhl stand, lagen Brotkrümel. Nirgends eine Spur von Captain.

»Sehen Sie«, sagte Irene, »die beiden sind eben unzertrennlich.«

Sie drängte sich an Cass vorbei, um wieder auf den Treppenabsatz zu gelangen. Jetzt war nur noch ein Zimmer übrig, und Cass zögerte, es zu betreten. Irene hatte jedoch keine Bedenken. »Werfen Sie ruhig einen Blick hinein, Schätzchen. Damit Sie beruhigt sein können.« Sie machte eine einladende Handbewegung, bei der Cass etwas Seltsames auffiel. Aber sie schüttelte den Kopf und verdrängte diesen Gedanken wieder; er konnte warten. Sie folgte Irene in Berts Schlafzimmer.

Der Überwurf auf dem Bett war eine nachlässig glatt gezogene Häkeldecke im selben Blassrosa wie die Vorhänge. Die Tapete trug ein knalliges Rosenmuster. Auf dem Nachttisch lag eine Bibel. Bert hatte einige Kleidungsstücke auf dem Bett liegen lassen: ein beigefarbenes Hemd, zusammengerollte braune Socken, einen grauen, ziemlich ausgebleichten Overall. Cass sah weg.

»Er hat ein paar Sachen zusammengesucht, bevor er losgezogen ist«, sagte Irene. »Sehen Sie? Anscheinend wollte er eine Zeit lang wegbleiben. Und für den Fall vorsorgen, dass er drüben in Moorfoot festsitzt. Sieht so aus, als würd's bald wieder schneien.« Sie schnüffelte, als könne sie den Schnee wittern, und verzog das Gesicht. »Hier könnte er auch mal wieder putzen. Kommen Sie, Schätzchen. Na, sind Sie zufrieden?«

Cass nickte und war erleichtert, von diesen privaten Dingen wegzukommen. Sie ging vor Irene die Treppe hinunter. Im Halbdunkel wirkte sie noch steiler. Sie hielt sich am Geländer fest und ging seitlich, wie Bert es getan hatte. Vielleicht war der Alte nicht gebrechlich, sondern nur vorsichtig gewesen.

Irgendwo hinter der Wand war ein raues Kläffen zu hören.

»Das ist der Hund der Turnbulls«, sagte Irene. »Die wohnen nebenan. Vielleicht haben Sie ihn vorhin bellen gehört, Schätzchen.«

»So muss es wohl gewesen sein.« Cass wartete, während Irene die leicht klemmende Tür mir geübtem Schwung schloss. »Vielen Dank, Irene. Sie halten mich bestimmt für verrückt.«

»Natürlich nicht«, sagte sie und legte Cass eine Hand auf den Arm. »Durchaus nicht. Nein, Sie haben sich nur nachbarschaftlich verhalten, und das tun wir hier alle. Nachbarschaftlich. Typisch für uns, wissen Sie. Sehr freundlich von Ihnen.« Sie nickte nachdrücklich. »Sehr freundlich.«

Irene ließ den Arm los, wandte sich ab, ging ins Postamt zurück und ließ Cass auf der Straße stehen.

Cass holte tief Luft, atmete langsam aus, sah zu, wie die Atemwolke sich auflöste, rieb sich die Hände und spürte ihre Finger kribbeln. Sie fühlte sich wärmer, war zum erste Mal an diesem Tag wieder sie selbst. War ihr deshalb bei Theo so merkwürdig zumute gewesen? Aus Sorge um Bert, den sie nicht hätte gehen lassen dürfen? Und dabei war Bert die ganze Zeit mit Captain an seiner Seite in Moorfoot in Sicherheit gewesen. Sie nahm sich vor, ihn auf seine runzlige Wange zu küssen, wenn sie sich wiedersahen.

Im Vorbeigehen winkte Cass zum Fenster des Postamts hinauf, aber dahinter war es finster, sodass sie nur ihr eigenes Spiegelbild sah. Ihr Haar war leicht zerzaust, ihr Blick unkonzentriert. Und dann fiel ihr wieder ein, was ihr in der Wohnung seltsam vorgekommen war.

Als Irene sie mit einer Handbewegung aufgefordert hatte, Berts Schlafzimmer zu betreten, hatte Cass gesehen, dass sich eine rote Linie über ihre Handfläche zog. Genau wie bei Damon. Und wie bei diesem anderen Jungen … James.

## Kapitel 24

Cass erreichte die Schule, bevor die Türen aufgingen. Sie blieb stehen und horchte auf den nach außen dringenden Gesang: eine schwerfällige, langsame Melodie, zu der rhythmisch geklatscht wurde. Dann war das Scharren von Stühlen zu hören.

Sie wusste nicht, was sie zu Theo Remick sagen würde. Der gestrige Abend schien bereits lange zurückzuliegen, zu einer anderen Welt zu gehören. Weit lebhafter war ihre Erinnerung daran, wie sie aus seinem Haus geflüchtet war: mit tropfnassem Haar, ohne sich die Zeit zu nehmen, ihren Mantel anzuziehen. Vielleicht würde er nichts mehr mit ihr zu tun haben wollen, was sie ihm nicht einmal verübeln konnte.

Hinter ihr brummte ein Auto heran, dann veränderte sich das Geräusch, als es langsamer wurde und auf den Parkplatz abbog. Cass drehte sich um und sah Myras rote Mähne durch das Seitenfenster leuchten. Die Frau bemerkte Cass und musterte sie von oben bis unten, bevor sie einparkte. Ihr Blick glich der Berührung durch eine eiskalte Hand. Aufflammende Bremsleuchten färbten den Schnee blutrot, und Myra stieg aus und ging die Hüften schwenkend an Cass vorbei.

Theo Remick erschien an der Tür. Er begrüßte Myra nicht, als sie herankam, sondern streckte nur die Hand aus – aber nicht, um Myra die Hand zu schütteln oder ihr zuzuwinken; stattdessen berührte er kurz ihr Haar, wie man einen Hund oder eine Katze flüchtig streichelt.

Sie ging an ihm vorbei und betrat das Schulgebäude, ohne etwas zu sagen, und Remicks Blick fiel auf Cass. Sein Mundwinkel zuckte. Dann lächelte er zur Begrüßung.

Cass wandte sich ab und starrte in den Schnee, während sie

errötete. Tief in ihrem Inneren spürte sie wieder die verzehrende Hitze von letzter Nacht.

Sie hörte Kinderstimmen, drehte sich um und sah Ben auf Zehenspitzen stehen, während Theo ihm etwas ins Ohr sagte. Ben grinste, nahm eine Tüte von ihm entgegen und rannte zu seiner Mutter. Wie in alten Zeiten: Ben mit einem breiten Grinsen auf dem Gesicht, ohne sich darum zu kümmern, wer zusah oder was die Leute vielleicht dachten. Und es war Theo Remick, der diese Verwandlung bewirkt hatte.

Ben kam schlitternd vor ihr zum Stehen und hielt ihr die braune Tüte hin. »Von ihm«, sagte er und wies mit dem Daumen auf seinen Lehrer. Cass sah in die Tüte: Brot, Eier, Schinken. Wo trieb er das nur immer auf? Sie roch warmen Brotteig.

Als sie aufsah, schlängelte Myra sich auf dem Rückweg mit ihrem Kind im Schlepp hüftschwingend an Remick vorbei. Dann passierte sie Cass, ohne sie eines Blickes zu würdigen.

Aus der Tüte stiegen köstliche Düfte auf, und Cass stellte sich vor, wie Ben sich fröhlich über diese Leckerbissen hermachte. Sie beugte sich zu ihm hinunter und küsste ihn. »Na, war's schön heute?«

Er nickte. Seine Augen glänzten auffällig, fast wie im Fieber. »Wir haben wieder geteilt.«

»Was habt ihr denn geteilt?«

»Sachen.« Ben runzelte die Stirn. »Ein Spiel.« Er fuhr sich mit dem rechten Zeigefinger über die linke Handfläche. Cass griff danach, drehte sie nach oben. Die Handfläche war glatt und unversehrt.

»Was für ein Spiel, Ben?«

»Bloß ein Spiel.« Er entzog ihr seine Hand.

»Tut mir leid, dass ich dich gestern Abend nicht abgeholt habe«, sagte Cass. »Du hast mir gefehlt.«

»Schon gut, Mami. Sally hat gesagt, das sei zu erwarten gewesen.«

»Was? Was ist zu erwarten gewesen?«

»Dass du mich nicht abholen würdest.«

Cass zerzauste ihm das Haar. »Wo ist sie? Ich sollte mich bei ihr bedanken.«

Er schüttelte den Kopf. »Sie ist schon weg.«

Cass sah sich nach Theo um. Er stand noch immer mit auf den Rücken gelegten Händen an der Tür. »Warte hier«, sagte sie. »Bin gleich wieder da.«

Er lächelte, als sie auf ihn zukam. »Ich dachte, du würdest nicht herüberkommen.«

»Wieso denn nicht?« Cass biss sich auf die Unterlippe.

»Ich dachte … ich meine, was wir gemacht haben. Mir ist's als guter Abschluss eines schönen Abends erschienen. Etwas Besonderes. Mir hat es sehr viel bedeutet, Cass. Ich möchte nicht, dass du etwas anderes denkst.«

»Nein, das hab ich nie getan …« Sie hielt die braune Tüte hoch. »Vielen Dank dafür. Das war sehr freundlich von dir.«

»Wir würden doch nicht wollen, dass der Junge Hunger leidet, nicht wahr?«

Cass sah weg, dann zwang sie sich dazu, seinen Blick zu erwidern. Er betrachtete sie freimütig, offen.

»Tut mir leid, dass ich weggelaufen bin, Theo.« Sie wollte mehr sagen, ihm irgendetwas anbieten, aber das konnte sie nicht. Sie erinnerte sich, wie ihr Herz sich verkrampft hatte, als er sie berührte. Als hätten sich seine Hände unter ihrer Haut bewegt.

»Alles in Ordnung mit dir, Cass? Ich meine, wenn es zu früh war …«

»Nein.« Cass nahm die Schultern zurück. »Ich hab dich gern, Theo, aber … ach, ich weiß nicht. Es kommt mir nicht richtig vor.«

»Du willst Schluss machen?« Er hob eine Augenbraue.

»Nein … ich meine … ja, tut mir leid, Theo, aber das muss ich tatsächlich.« Sie hatte vorausgesehen, dass sie das sagen würde.

»Wenn es um deinen Mann geht …«

»Das glaube ich nicht, weißt du. Ich dachte, ich hätte ein schlechtes Gewissen, aber irgendwie hat das nichts mit Schuldgefühlen zu tun.«

Seine Finger lagen unter ihrem Kinn, hoben ihren Kopf sanft hoch.

»Ich glaube nicht, dass ich schon bereit bin.«

»Du bist bereit, Cass.« Er lächelte. »Du weißt es nur noch nicht.«

Seine Haut war trocken, und sie wich vor seiner Berührung zurück.

»Du wirst zu mir kommen, Cass. Wenn es Zeit ist.«

»Was?«

»Ich nehme dir das nicht übel. Denk daran, Gloria. Wenn die Zeit kommt.«

»Das ist nicht mein Name.« Cass hatte plötzlich Schwierigkeiten zu atmen. Die Luft in ihrer Kehle war kalt. »Was hast du, Theo? Ich wollte dich nicht verärgern. Tut mir leid, wenn ich's getan habe.«

Er hob den Kopf, in seine Augen trat ein seltsamer Glanz, und über sein Gesicht zog ein Lächeln. Er streckte die Hand aus und berührte ihr Haar, genau wie zuvor Myras.

Cass wich zurück, wandte sich ab und hastete zu ihrem Sohn zurück. Ben funkelte sie an. »Immer verdirbst du alles!«, warf er ihr vor.

»Was soll das heißen?«

»Du hast alles verdorben.« Ben machte ein weinerliches Gesicht. »Jetzt wird er nicht mehr mein Daddy sein wollen.« Seine Stimme wurde lauter.

Cass sah sich um, aber Theo war schon wieder hineingegangen. »Ben, du *hast* einen Daddy. Pete bleibt *für immer* unser Daddy. Aber er ist nicht mehr bei uns. Mr. Remick ist nicht dein Daddy; er ist nur dein Lehrer. Das weißt du.«

»Du lügst«, sagte er und entriss ihr seinen Arm. »Du bist ein verlogenes Miststück.«

»Ben!« Diesen Ausdruck hatte sie noch nie von ihm gehört – er klang falsch, ein schmutziges Wort auf seinen Lippen. »Ben, so was darfst du nicht sagen.«

»Ein verlogenes verfluchtes Miststück.«

»Schluss damit, Ben!«

»Du bist jetzt seine Hure. Damon hat's gesagt.«

»Was?« Es war, als habe er sie ins Gesicht geschlagen.

»Huren. Das sind alle Frauen. Nichts weiter als seine gottverdammten Huren.«

Cass stand plötzlich vor Augen, wie Myra sie gemustert, wie sie Theo angesehen hatte. Sie schluckte trocken. »Mein Gott, Ben, was ist denn in dich gefahren?«

»Allesamt.« Ben warf den Kopf in den Nacken und grinste humorlos.

»Wo hast du solche Dinge gehört?«

»Das sagen alle – alle Jungs.«

»Die Jungs? Nun, wenn du das noch mal sagst … Ben, ich will das niemals wieder …«

»Und was willst du dagegen machen?« Seine Augen funkelten. »Weglaufen? Von hier kommst du nicht weg, nicht jetzt.«

»Was soll das heißen?«

*Der Junge wird nich' mehr wegwoll'n, schätz ich.*

»Wir gehören hierher. Er hat's gesagt.«

»Damon. Das war wieder Damon, nicht wahr?« Cass erinnerte sich an den kalten Blick des Jungen, als er sie gemustert hatte. »Das hat er gesagt, als du bei Sally warst, stimmt's? Er und diese anderen Jungen. Ben, ich will nicht, dass du dich wieder mit ihnen triffst. Das sind keine guten Jungen.«

»Das sind keine guten Jungen, Ben«, äffte er sie nach. »Es war nicht bei Sally. Sally weiß nichts. Sie ist bloß 'ne dreckige Hure wie du.«

Cass hob eine Hand. Ben starrte sie an. In seinem Blick lag keine Angst, nur Verachtung, und sie ließ die Hand wieder sinken. »Was ist nur in dich gefahren?«, flüsterte sie.

»Ich will meinen Daddy.« Seine Lippen zuckten.

»Oh, Ben.« Cass hatte plötzlich Tränen in den Augen. »Du tust mir so leid … Ich weiß, wie schrecklich alles für dich ist. Ich weiß, dass du durcheinander bist, dass dir manchmal alles zu viel wird. Vor allem jetzt, wo alles neu ist und wir uns noch nicht wirklich eingewöhnt haben. Aber das kommt noch, Ben. Dann werden wir auch wieder glücklich. Du wirst schon sehen!«

Er starrte sie an. Cass streckte die Hände aus, umarmte ihn, zog ihn eng an sich. Sein Körper war klein und zart, aber unnachgiebig.

Als sie einen halben Schritt zurücktrat und ihn ansah, starrte er ohne zu blinzeln ins Leere. Cass umarmte ihn erneut, vergrub ihr Gesicht an seiner Schulter. »Ich liebe dich, Ben«, sagte sie. »Alles kommt wieder in Ordnung, versprochen.«

## Kapitel 25

Ben saß vor dem Bildschirm, auf dem sein Spiel lief. Seine Verkrampfung hatte sich gelöst, und seine Haltung wirkte locker, entspannt.

Cass strich sich das Haar aus der Stirn und dachte daran, wie Remick es berührt hatte: wie etwas, das ihm gehörte und für das er im Augenblick keine Verwendung hatte. *Du wirst zu mir kommen.* Ihr lief ein kalter Schauder über den Rücken. Und diese Dinge, die Ben gesagt hatte; sie wünschte sich, sie könnte ihn im Haus halten und sein Spiel spielen lassen, ohne dass er Kontakt mit den anderen Jungen oder Sally oder Remick hatte, wenn dieser Umgang ihn dazu brachte, solche Dinge zu sagen. Vielleicht würde sie ihn morgen nicht in die Schule schicken.

Hinter ihren Augen setzten Kopfschmerzen ein. Sie runzelte die Stirn. Schickte sie Ben morgen nicht in die Schule, würde es trotzdem noch ein Übermorgen und die Tage danach geben. Und Ben hatte seinen Lehrer gern.

Cass wünschte sich plötzlich, Bert wäre da, damit sie ihn nach alldem fragen konnte – oder Lucy. Sie hätte sich mehr Mühe geben sollen, einige der anderen Mütter kennenzulernen, aber sie hatte eigentlich nur mit Lucy gesprochen, die jetzt unerreichbar war. Und Bert hätte vielleicht gewusst, was das Kreuz an der Tür, der Knochenkreis am Flussufer und die mit blutigem Eigelb beschmierte Stoffpuppe zu bedeuten hatten. Hatte Bert das Zeichen an der Mühlentür gesehen? Hatte er sie deshalb ermahnt, vorsichtig zu sein?

Dabei musste sie an die leere Wohnung unter ihr denken. Vielleicht war in diesem Augenblick jemand dort unten, sah zur Decke auf. Cass schüttelte sich innerlich. Sie beobachtete ihren Sohn. Der sanfte Schwung seines Nackens unter dem blonden Haarflaum wirkte unschuldig, verwundbar. Er saß ganz still da.

Cass sah zur Wohnungstür hinüber. Der Schlüssel steckte. Sie würde nicht lange fort sein; sie würde ihn einsperren, damit er in Sicherheit war. »Ben«, sagte sie laut. »Ich gehe zehn Minuten weg. Bloß rasch nach unten, okay?«

Er gab keine Antwort.

»Ben?«

Eine leichte Kopfbewegung, ein Schulterzucken. Das würde genügen müssen. Cass ging in die Küche und nahm ihre Stablampe aus dem Regal. Als sie nach Ben sah, hatte er sich nicht im Geringsten bewegt. Sie verließ die Wohnung, zog die Tür hinter sich zu, sperrte sie ab. Sie fuhr leicht zusammen, als die Beleuchtung aufflammte, und hastete durch den Vorraum zur Treppe.

Ihre Schritte hallten auf den Steinplatten, dann wurden sie von dem roten Teppichboden im Erdgeschoss gedämpft. Die Tür von Apartment 6 war geschlossen. Hatte sie selbst sie ins Schloss gezogen? Das wusste sie nicht mehr. Sie erinnerte sich nur an ein Gefühl des Abscheus, mit dem sie die mit Staub bedeckte Puppe berührt und die dickflüssige Masse darunter gespürt hatte.

Abscheu wie vor Theo Remick.

Sie legte eine Hand auf die Türklinke. Vielleicht war jemand dort drinnen, aber die Wohnung fühlte sich nicht so an. Sie fühlte sich ebenso leer an wie der Rest der Mühle. Wie auch ihr eigenes Apartment.

Cass öffnete die Tür und erblickte das Skelett einer unfertigen Wohnung und reflektiertes Mondlicht auf dem Schnee vor dem Fenster. Sie wusste nicht, was sie zu finden erwartet hatte. Die Wohnung war leer. Staub bedeckte den Fußboden, war an einigen Stellen von Bens und ihren Schritten oder vorbeihuschenden Ratten aufgewirbelt worden. Nichts wies darauf hin, dass außer ihnen noch jemand hier gewesen war. Sogar die Ratten waren verschwunden.

*Vielleicht hat sie niemand gerufen.*

Sie blinzelte, hob ihre Stablampe, schaltete sie ein.

Die Stoffpuppe lag noch dort, wo Cass sie hingeworfen hatte. Ihr halber Körper fehlte, war abgenagt, sodass herausstehende Fäden wie Haare aus einem Loch in ihrer Brust ragten. Die Jungenpuppe war halb im Staub begraben. Cass bückte sich, stellte angewidert fest, dass sie mit Rattenkot bedeckt war, und richtete sich auf, ohne sie anzufassen.

Sie wusste nicht, weshalb sie hergekommen war. Hier gab es nichts, hatte es vermutlich nie etwas gegeben, nur Kinder, die dumme Streiche machten, und auch das konnte schon lange zurückliegen – in der Zeit, als hier noch gebaut worden war, oder noch länger.

Trotzdem hatte sie das Gefühl, hier gebe es etwas, das sie wissen oder sehen müsse. Cass trat ans Fenster, spürte den Frosthauch der kalten Luft auf ihrem Gesicht und richtete den Strahl der Stablampe nach draußen. Auf der Schneedecke zeichnete sich ein bläulich weißer Lichtkegel ab. Irgendwo schrie eine Eule. Vielleicht jagte sie Ratten. Cass wünschte ihr stumm viel Erfolg.

Als sie sich umdrehte, fiel der Lichtstrahl auf ein fast im Staub vergrabenes helles Dreieck. Cass beugte sich darüber, beleuchtete es besser und erkannte ein Stück Papier. Sie hob es auf und schüttelte den Staub ab. Eine Kante des Blatts war angefressen.

*Cass, habe Ihre Dateien erhalten. Sieht schon besser aus. Wir starten in einigen Tagen. Ich brauche noch einige Korrekturen – siehe Anlage. Oder muss ich mich deswegen nach jemand anderem umsehen? Rufen Sie mich bitte dringend an, vielleicht finden wir gemeinsam eine Lösung.*

Cass starrte den Ausdruck an. Er trug keine Unterschrift; das fiel ihr als Erstes auf, während sie blinzelnd dastand. Die E-Mail war nicht unterschrieben. Nachdem sie sich solche Mühe gegeben hatte, war ihr Kunde so aufgebracht, dass er nicht einmal seinen Namen getippt hatte. Und sie hatte keine Möglichkeit, ihn zu erreichen. Das konnte sie nur, wenn sie Darnshaw verließ. Stattdessen hatte sie sich auf allen Seiten einengen lassen, nicht nur von dem Schnee, sondern auch von Remick, von einfach allem.

Ihr war vage bewusst, dass sie diese Dinge nur dachte, um die wirklichen Fragen zu meiden, die sich ihrem Unterbewusstsein aufdrängten. Wie kam diese E-Mail hierher? Hatte Lucy sie mitgebracht, als sie hergekommen war, um Cass zu helfen, obwohl Ben Jessica wehgetan hatte? Oder hatte jemand anderer sie hier zurückgelassen? Und am wichtigsten: Was war Lucy zugestoßen, falls sie hergekommen war, um Cass aufzusuchen?

*Die Anlage,* dachte sie.

Sie leuchtete mit der Stablampe umher, bis sie ein weiteres Stück Papier sah. Es war zusammengeknüllt und unter den Holzrahmen gestopft worden, der eines Tages eine Trennwand aus Gipskartonplatten tragen würde. Dort wurde es durch herabhängende Kabel fast verdeckt.

Cass angelte das Stück Papier heraus und hörte es einreißen, als sie zu kräftig daran zog. Sie strich es glatt. Dies war nicht die von dem Kunden erwähnte Anlage, sondern etwas, das wie eine Fotokopie eines alten Zeitungsartikels aussah. Oben war ein Schwarz-Weiß-Foto abgebildet, das Frauen mit altmodischen Hauben und Kinder in groben Kitteln zeigte. Sie standen vor der Foxdene Mill.

Wo diese Fotokopie herkam, blieb unerklärlich, aber Cass glaubte, wieder Lucys Stimme zu hören: *Ich würde sie gern mal besichtigen. Ich habe ein Faible für Geschichte, bin aber noch nie in der Mühle gewesen – eigentlich komisch, wo ich ständig daran vorbeifahre.*

Ständig. Und Lucy war zur Foxdene Mill gefahren, hatte diese Fotokopie mitgebracht. Cass hielt sie ins Licht ihrer Stablampe, um die verwischte Schlagzeile lesen zu können: VERMISSTES KIND IN DER FOXDENE MILL AUFGEFUNDEN.

Sie überflog die Seite. »Zu den hässlichsten Episoden der Geschichte Darnshaws gehört …« Also ein heutiger Bericht, kein zeitgenössischer.

*Ein Kind wurde tot aufgefunden, anscheinend das Opfer eines Ritualmords. Ein Mädchen von sechs bis sieben Jahren mit durchschnittener Kehle und weiteren Spuren am ganzen Körper.*

Weitere Spuren. Etwa ein Schnitt quer über die Handfläche? Nähere Angaben dazu fehlten.

*Ihre Leiche wurde im Erdgeschoss unter zur Verschrottung bestimmten Maschinenteilen entdeckt. Da bis zu ihrer Auffindung einige Zeit verstrichen war, hatten Schädlinge den Körper angefressen, sodass eine Identifizierung schwierig war.*

Schädlinge. Cass sah sich um und erkannte überall Rattenspuren im Staub. Ihre Hand umklammerte die Stablampe fester. Sie beugte sich nach vorn, hielt die Fotokopie an ihre Brust gepresst und übergab sich, bis ihr Magen leer war. Als sie nichts mehr heraufwürgen konnte, sah sie sich verlegen um, fast als rechne sie damit, belauscht worden zu sein.

*Die Mühle war seit Jahren außer Betrieb – wenigstens aus Sicht der Eigentümer. Es gab jedoch Anzeichen dafür, dass dort Aktivitäten stattfanden, die manche für Hexerei, andere für Besessenheit hielten. Vermutlich wussten viele Dorfbewohner davon, denn um die Mühle und ihre Umgebung rankten sich abergläubische Spekulationen.*

*Von den frevelhaft verwendeten Symbolen, die dort entdeckt wurden, scheinen einige den Zweck gehabt zu haben, die Mühle zurückzugewinnen oder wenigstens zu schützen, denn in ihre Tür waren auch christliche Kreuze eingeschnitten worden.*

Cass öffnete den Mund, machte ihn wieder zu. Sie hatte den

sauren Geschmack von Erbrochenem auf den Lippen. Sie beugte sich nach vorn und spuckte aus, stellte sich dabei vor, wie eine Ratte den Speichel aufleckte, und musste erneut würgen.

Ein Kreuz an der Tür: kein bedrohliches Graffito, sondern ein schützendes Symbol. Sie erinnerte sich an eine Tür mit abblätternder schwarzer Farbe, unter der ein weiteres Kreuz ins Holz geschnitten war. Bert, der auf seinen Spaziergängen täglich an der Mühle vorbeikam. Cass hatte auf Jugendliche getippt, aber sie hatte immer nur Bert in der Umgebung der Mühle gesehen.

Sie schüttelte den Kopf. *Lächerlich*. Bert war zu alt für Graffiti.

*Die auf seinem Nachttisch liegende Bibel. Das Kreuz an seiner Haustür.*

Und hier in der Mühle war ein unschuldiges Kind ermordet worden. Zu welchem Zweck? Cass starrte zu Boden. Der Ritualmord war in diesem Raum geschehen; das wusste sie, das konnte sie spüren. Sie konnte die durch Staub und Zeit trüb gewordenen blonden Locken fast vor sich sehen. Niemand hatte die Kleine gesehen, und niemand hätte sie gefunden – wenn die Ratten nicht gewesen wären. Das arme Kind war allein gewesen. Dieser Aspekt schmerzte am meisten: Sie hatten die Kleine ermordet und sie allein zurückgelassen: im Dunkel, in diesem leeren Raum, vielleicht gerade dort, wo Cass jetzt stand. Sie wich zurück, starrte in die Schatten und erwartete fast, eine Kindergestalt werde sich aufrichten und sehnsüchtig die Arme recken, um sich ein letztes Mal umfangen zu lassen.

Und hatte Lucy nicht davon gesprochen, Kinder hätten die Opfer gebracht? Cass schloss die Augen, glaubte fast, näher kommende Schritte zu hören. Sie fuhr zusammen und dachte an Ben, der oben in der Wohnung allein war. Wie lange war sie schon hier? Ihr Sohn war *allein*. Vielleicht suchte er sie, hatte vielleicht Angst.

Die Nacht draußen war dunkler geworden, der Raum hatte

sich zu einem schmalen Lichtstrahl auf einem verknitterten Blatt Papier verengt. Als Cass aus dem Fenster sah, herrschte wieder Schneetreiben. Kälte sickerte in die Mühle und legte sich auf ihre Haut.

## Kapitel 26

Cass schreckte im Bett hoch, riss die Augen auf. Die Dunkelheit in ihrem Zimmer besaß eine seltsame Qualität, die sie nicht einordnen konnte. Sie stand auf und trat barfuß ans Fenster.

Schneeflocken tanzten in der Luft, wurden von dem böigen Wind verwirbelt. Große dicke Flocken schwebten von dem nachtschwarzen Himmel herab, blieben liegen und überzogen die Schneedecke mit einem weißen Flaum. Der Neuschnee bedeckte alles, verwischte alle Kontraste.

Cass hielt den Atem an. Draußen auf dem Hang stand eine Gestalt. Flocken fielen und schmolzen auf Armen und Gesicht und Oberkörper, der nackt war, sodass die scheinbar dunkel unterlegten Rippen deutlich hervortraten. Sie kannte diesen Körper, hatte ihn mit den Händen erforscht, hatte ihn an sich gedrückt. Hatte im Dunkel seinen Namen gerufen: Theodore Remick.

Während sie ihn beobachtete, streckte er die Arme in die Höhe, warf den Kopf in den Nacken und verschlang den Himmel, den Schnee, die Nachtluft, alles. Seine Augen leuchteten weiß.

Er wandte sich mit offenem Mund ihrem Fenster zu, und sie erkannte sein Grinsen, das Aufblitzen seiner Zähne. Sie holte erschrocken tief Luft, wandte sich ab und schlug die Hände vors Gesicht.

Als sie wieder aus dem Fenster sah, war Remick verschwunden. Cass suchte seine Spuren im Schnee, aber dort waren keine zu entdecken. Sie konnte keinen klaren Gedanken fassen, und in ihrer Verwirrung fiel ihr eine merkwürdige Äußerung Berts ein: *Es schneit immer so stark, wenn er's will.*

Sie hatte geglaubt, er meine Gott, als er das gesagt hatte. Es hatte genau wie etwas geklungen, das ein alter Mann sagen würde, das ihr Vater hätte sagen können, aber jetzt war sie nicht mehr ganz überzeugt davon.

Nach einiger Zeit schlief Cass wieder ein. Und sie war sich nicht sicher, ob die Dinge, die sie sah, wirklich nur Träume waren.

## Kapitel 27

Am folgenden Morgen zog Cass den Reißverschluss von Bens Jacke hoch und hielt ihn am Kragen fest, während sie vor ihm kniete. »Ben«, sagte sie, »wir müssen etwas besprechen.«

Sein Blick war klarer als am Tag zuvor. Er wirkte weniger verwirrt, nicht so zornig. Wie er so vor ihr stand, war er wieder ihr kleiner Junge. Cass machte eine Pause. Fehlte ihm wirklich nichts? Sie traute ihren eigenen Augen nicht mehr. Letzte Nacht hatte sie sich eingebildet, Theo Remick halbnackt vor ihrem Fenster im Schnee stehen zu sehen. Das war natürlich ein Trugbild gewesen, aber es hatte auch nicht völlig irreal gewirkt.

Ohne viel darüber nachzudenken, ergriff sie Bens Hand und drehte sie nach oben. Die Haut war unverletzt, durch keine rote Narbe entstellt.

»Ben, weißt du, weshalb die anderen Jungen sich in die Handfläche schneiden?«

Er zuckte mit den Schultern.

»Manche haben dort eine Narbe, stimmt's? Weißt du, wie sie dazu gekommen sind?«

Keine Antwort.

»Haben sie sich absichtlich geschnitten?«

Er entzog ihr seine Hand.

»Okay, Ben, hör mir zu: Ich muss dir etwas sehr Wichtiges sagen. Erinnerst du dich, wie wir zu zweit, nur du und ich, aus dem Dorf und über die Hügel gewandert sind?«

Er trat von einem Bein aufs andere.

»Das sollten wir wieder tun, denke ich. Für uns wär's am besten, für einige Zeit aus Darnshaw wegzugehen, glaube ich. Hast du verstanden?«

Er fing an, den Kopf zu schütteln.

»Ben, wir müssen zusammenbleiben.«

Ihr Sohn warf sich herum, wollte sich losreißen.

»Wir können einfach übers Moor wandern.«

»*Du* kannst das tun.«

»Wir müssen gemeinsam fort.«

Ben kehrte ihr weiter den Rücken zu. Seine Schultern waren abwehrend hochgezogen. Cass erinnerte sich daran, wie er mit dem Rücken zu den Hexensteinen dagesessen und sich weiterzugehen geweigert hatte. Tragen hatte sie ihn nicht können, weil er zu schwer war.

*Der Junge wird nich' mehr wegwoll'n, schätz ich.*

Sie seufzte resigniert. »Also gut, Ben. Aber ich muss gehen, Schatz. Ich muss wegen meiner Arbeit telefonieren, mich vielleicht mit ein paar Leuten treffen. Ich bleibe nicht lange fort.«

Er stand bewegungslos da.

»Ich gehe los, sobald ich dich in die Schule gebracht habe, und müsste rechtzeitig zurück sein, um dich abzuholen. Aber für den Fall, dass ich mich verspäte, bitte ich Sally, sich um dich zu kümmern.«

Sie verdrängte den Gedanken an Damon. Ben würde nur kurz mit dem älteren Jungen zusammen sein; was konnte ihm das schaden? Cass holte tief Luft. »Und noch was, Ben. Ich weiß, dass du Mr. Remick magst, aber vorläufig solltest du dich vielleicht von ihm fernhalten. Ich werde Sally bitten, auch in der Schule ein Auge auf dich zu haben.«

Er machte ein finsteres Gesicht. »Ich mag ihn.«

»Das weiß ich. Und er mag dich auch, Ben, aber ich weiß nicht recht, ob er mich noch mag.«

*Du wirst zu mir kommen*, hatte Remick gesagt.

»Er soll mein Daddy sein. Wie der aller anderen Kinder.«

»Schatz, darüber reden wir ein andermal, okay? Aber Mr. Remick ist nicht der Daddy dieser Jungen.«

»Doch, das ist er. Das sagt Damon.«

»Nun, manchmal bilden Leute sich etwas ein, Vielleicht solltest du nicht auf Damon hören.«

Ben erwiderte ihren Blick. »Das muss ich, wenn du mich bei Mrs. Spencer lässt.«

Cass öffnete den Mund, wusste dann aber nicht, was sie sagen sollte. Natürlich sah Ben zu seinem älteren Freund auf; hatte Damon ein enges Verhältnis zu Remick entwickelt, würde Ben sein Verhalten imitieren wollen. Aber sie musste ihn nur noch einen Abend lang in Damons Gesellschaft zurücklassen. Danach …

Sie zerzauste ihrem Jungen das Haar, küsste ihn auf die Wange. »Gut, dann komm jetzt. Tut mir leid, wenn ich vielleicht erst spät zurückkomme. Aber ich muss nach Moorfoot, okay? Du wirst mir fehlen.«

Bens Gesichtsausdruck veränderte sich nicht – nicht als sie ihn küsste, nicht als sie sprach. Cass zog ihre braune Jacke an und schnappte sich den Rucksack, den sie fertig gepackt an der Tür deponiert hatte. Lucys Computerausdruck steckte in der Innentasche. Sie wusste vorläufig noch nicht, wem sie ihn zeigen und was sie als Erklärung vorbringen sollte; als Erstes würde sie Bert finden müssen; dann würde sie wissen, was sie zu tun hatte.

Ben starrte sie abwartend an. Sie öffnete die Tür, ließ ihn vorausgehen und sperrte hinter ihnen ab.

## Kapitel 28

Cass fürchtete sich davor, Ben in der Schule abzuliefern, aber dann gelang es ihr doch, mit Sally zu sprechen, ohne Remick zu begegnen. Sally traf gleichzeitig mit Cass ein, winkte mit dem ganzen Arm und kreischte gellend laut »Juu-huu!«, während sie von der Straße herunterkam. Damon folgte ihr mit einer Gruppe weiterer Jungen. Als Cass sie miteinander lachen sah, wusste sie, dass sie niemals in Darnshaw bleiben würde. Dies waren die Jungen, die ihr Sohn sich als Freunde wünschte, und sie wollte nicht, dass Ben so wurde wie sie mit ihren blassen Gesichtern und verschlagenen Mienen.

Das dachte sie nicht eigentlich, sondern *fühlte* es, ähnlich wie ihr Leib abwehrend auf Remick reagiert hatte: Es war kein geistiges, sondern körperliches Wissen, *Seelen*wissen.

Als Sally herankam, rang sich Cass ein Lächeln ab. »Sally«, sagte sie, »wie schön, dich zu sehen. Hör zu, ich weiß, dass ich deine Großzügigkeit in letzter Zeit überstrapaziert habe, aber ich wollte fragen …«

»Keine Ursache, keine Ursache.« Sally strahlte Ben an. »Ein so netter Junge. Gehört schon richtig zu ihrer Bande.«

*Nicht mehr lange.*

»Ich muss heute zu Fuß nach Moorfoot hinüber.«

»Gibt's irgendein Problem?«

»Nein, nein«, wehrte Cass hastig ab. »es hängt mit meiner Arbeit zusammen – eine echt lästige Sache, wenn du mich fragst. Ich muss ein paar Leute anrufen, danach komme ich sofort zurück.«

*Vorläufig. Bis der Schnee schmilzt und wir unsere Sachen gepackt haben.*

Cass merkte, wie sie angestrengt lächelte und dabei Bens Hinterkopf fixierte. Sie bewegte sich. »Ich will mich nicht verspäten, aber mit dem Schnee und allem …«

»Ich nehme ihn. Ist mir ein Vergnügen«, sagte Sally sofort.

»Sehr freundlich von dir. Ich bin dir echt dankbar.«

»Er könnte bei uns übernachten – dann bräuchtest du ihn nicht abzuholen.«

»Danke, das ist nicht nötig. Vielleicht schaffe ich's sogar bis Schulschluss. Sonst schaue ich direkt bei dir vorbei. Und noch was, Sally …«

»Ja?«

»Er ist in letzter Zeit irgendwie anders. Nicht krank, nur … ach, ich weiß nicht. Nicht er selbst. Ist dir irgendwas aufgefallen?«

»Nein, nein, aber ich kenne ihn natürlich nicht so gut wie du.«

»Es ist bestimmt nichts Ernstes. Aber könntest du ihn heute ein bisschen im Auge behalten?«

»Wird gemacht. Kein Problem.«

»Danke.« Cass berührte Sallys Schulter. »Wirklich sehr nett von dir.«

»Wozu sind Nachbarn schließlich da? Aber du solltest dich bei diesem Wetter nicht ins Moor wagen. Das ist keine gute Idee, Cassandra. Dort oben gibt's zwei bis drei Meter hohe Schneewehen. Bleib lieber hier. Wir können dir bestimmt helfen, dein Problem zu lösen.«

»Ich komme schon zurecht«, wehrte Cass nachdrücklich ab. »Es dauert nicht lange.« Wie oft hatte sie sich das schon gesagt? Als ob sie versuchte, sich selbst davon zu überzeugen. Sie beugte sich zu Ben hinunter, küsste seinen Scheitel und ließ die Hand auf seinem Kopf ruhen. »Bye, Ben, bis bald!«

Er schlüpfte unter ihrer Hand hervor und rannte zu Damon hinüber.

»Also bis später!«, rief sie.

Er winkte ihr zu, ohne sich umzusehen. Dann war er fort und ließ sie mit schmerzendem Herzen zurück.

Die Straße ins Moor hinauf war unbefahren. Das Knirschen ihrer eigenen Schritte im Schnee klang in Cass' Ohren dröhnend laut, aber es gab hier auch keine anderen Geräusche: kein ferner Verkehrslärm, kein Vogelgezwitscher. Es war seltsam, nicht Bens Schritte neben sich zu haben, irgendwie falsch, als überlasse sie ihn schon jetzt diesen Fremden. Doch um ihn brauchte sie sich keine Sorgen zu machen; ihm würde es weit besser ergehen als ihr selbst.

Die Kälte drang bereits durch ihre Daunenjacke und ließ sie frösteln. Jeder Schritt erforderte eine bewusste Anstrengung. Aber es würde besser werden, sobald sie den Grat überschritten hatte; dann ging es nur noch bergab, und in Moorfoot konnte sie etwas Warmes essen und Bert aufspüren. Bestimmt kannte er einen leichteren Weg zurück. Vielleicht würde sie dann nicht mehr durch tiefen Schnee stapfen müssen, in den sie bei jedem Schritt einbrach.

Sie bog zur Farm des Ehepaars Broath ab. Diesmal kläffte kein Hund. Aus dem Entlüftungsrohr in der Mauer strömte jedoch wieder Dampf. Cass machte nicht halt. Auf dem unebenen Weg konnte man sich leicht den Knöchel verknacksen, aber sie ging vorsichtig und belastete den Fuß, mit dem sie auftrat, jeweils nur langsam. Ihre Hose war nicht wasserdicht, sodass sich an ihrem Saum ein dunkler Rand bildete.

Der Schnee wurde tiefer. Sein grellweißer Widerschein ließ Cass' Augen schmerzen. Über den Himmel, der in unschuldigem Tiefblau strahlte, zogen weiße Schäfchenwolken. Wunderschön.

Der Schnee reichte ihr jetzt bis über die Knie. Als Cass einen unbedachten Schritt machte, sank sie bis fast zu den Oberschenkeln ein. Sie war sofort durchnässt, und die Kälte machte sich noch schlimmer bemerkbar. Als sie darum kämpfte, sich aus der Schneewehe herauszuwühlen, musste sie an einen Urlaub mit Pete denken, in dem sie durch starke Brandung gewatet waren: Pete lachend, während sie Mühe gehabt hatte, in der kraftvollen Strömung auf den Beinen zu bleiben. So ähnlich war es auch hier, nur kalt, bitterkalt. Ihr Wangen brannten, ihre Ohren brannten. Schneeklumpen hafteten an ihrer Hose. Cass wischte sie weg. Der Schnee wurde verteilt, dann schmolz er und ließ den Stoff an ihrer Haut kleben. Wie um sie zu verspotten, klarte der Himmel auf, die Wolken schienen wegzuschmelzen. Bald würde er wolkenlos blau sein: ein Sommerhimmel, ein Wüstenhimmel. Die Sonne war nicht mehr als eine weiß glühende Scheibe, die jedoch keine Wärme gab, sondern nur blendete und deren blasses Licht von den Hügeln und Feldern reflektiert wurde.

Cass stapfte weiter, während jeder Atemzug in ihrer Kehle brannte. Der Hügel schien steiler zu sein als neulich, der Schnee viel tiefer. Sie zog die Beine aus den knietiefen Löchern, die bei jedem Schritt entstanden, kämpfte sich weiter, sank nochmals ein und hinterließ eine breite aufgewühlte Fährte, als sei hier irgendein Lebewesen auf dem Bauch gekrochen.

Dabei musste sie an Captain denken. Wie sollte der Hund den Weg übers Moor geschafft haben? Bert musste verrückt gewesen sein, wenn er ihn mitgenommen hatte. Und trotz aller rätselhaften Äußerungen ihr gegenüber hielt Cass den Alten keineswegs für verrückt. Sie musste mit ihm reden: Er verstand sich auf alles Mögliche, auch wenn seine seltsamen Ideen manchmal mit ihm durchgingen. Er würde über vieles Auskunft geben können.

Zum Beispiel über Theodore Remick.

Ben war bei dem Lehrer in der Schule. Daran versuchte sie möglichst nicht zu denken. Ben hätte es niemals bis hierher geschafft – vor allem nicht, wenn er absichtlich getrödelt hätte. Sie hatte keine andere Wahl gehabt. Außerdem konnte ihm nichts passieren; *sie* hatte jetzt Probleme.

Pete hätte sich niemals in diese Situation hineinmanövriert. Es war Cass, die versagt hatte: Sie hatte sich dafür entschieden, nach Darnshaw zu ziehen, um sich einen Traum zu verwirklichen, eine Idylle zu finden, die sie nicht einmal genau hätte beschreiben können. Dumm. *Dumm.*

Sie starrte auf den Schnee, funkelte ihn an, forderte ihn zum Verschwinden auf. Er schien jetzt etwas weniger kompakt zu werden. Vielleicht war sie zufällig auf einen Weg geraten. Aber der Schnee blieb schrecklich, ein grausiges Ungeheuer, das sie nicht freigeben wollte, sich an ihr festsaugte und sie für sich behalten wollte.

*Noch ein Schritt. Und noch einen. Einen nach dem anderen.*

Bei den Hexensteinen würde sie rasten. Sie würde etwas Suppe aus der Thermosflasche in ihrem Rucksack trinken. Sie hatte auch Brot bei sich. Remicks Brot. Sie verzog das Gesicht.

Cass sah mit brennenden Augen auf und konnte nun die Hexensteine erkennen, die dunkel aus dem Schnee aufragten. Im ersten Augenblick war die Perspektive unverständlich: Die Steine sahen wie Löcher aus – wie schwarze Löcher, die in unbekannte Tiefen führten –, aber dann entdeckte sie den weißen Hohlraum in einem der Steine und kehrte in die Realität zurück. Dies waren nur Steine, die sich im Schnee stehend vom Himmel abhoben … Steine, die Hexen abhalten sollten …

*Oder sie einsperren,* dachte Cass. Sie stellte sich Sally mit einem hohen schwarzen Hut vor, wie sie in einem riesigen Zauberkessel rührte. Darüber musste sie beinahe laut lachen. Ja, Sally die Hexe. Ein irgendwie treffendes Bild.

Sie zog den Reißverschluss ihrer Jacke auf, ließ kalte Luft herein. Ihr war plötzlich so heiß, dass die Kälte willkommen war. Die Steine kamen näher. Sie ließen den Himmel höher, unglaublich fern erscheinen. Als Cass den ersten Block erreichte, zitterten ihre Beine vor Anstrengung. Sie streckte eine Hand aus und berührte die raue schwarze Oberfläche mit ihrem Handschuh.

Cass ließ zu, dass ihre Knie nachgaben. Sie saß am Fuß des Steins, lehnte sich daran, schloss die Augen und spürte, wie die Kälte ihre Wangen brennen ließ. Der Rucksack drückte in ihren Rücken. Sie öffnete die Augen und blickte übers Tal hinaus, in dem Darnshaws weiße Dächer sich kaum von den Feldern abhoben. Nur die Kirche stand allein und klar definiert und schwarz da. Cass war jetzt höher als sie, was ihr ein Gefühl von Freiheit vermittelte.

Sie sah sich um, betrachtete die Hexensteine und den Hügel, auf dem sie rastete. Keine hundert Meter von ihr entfernt ragte etwas Weißes auf.

Dort stand ein Schneemann, weiß vor weißem Hintergrund. Er war klumpig und missgebildet, in sich zusammengesunken, fast steinzeitlich. Sie hatte ihn nur gesehen, weil er einen graublau gestreiften Schal um den Hals gebunden trug. Obwohl er keine Augen hatte, schien er sie anzustarren.

Cass stockte der Atem. Sie rieb sich das Gesicht, bis ihre Augen brannten, aber als sie aufsah, war die weiße Gestalt noch immer da, und dahinter erkannte sie jetzt eine weitere … und noch eine dritte, die so stark in sich zusammengesunken war, dass sie fast im Schnee verschwand. Sie erinnerte an einen tief gebeugten alten Mann.

Sie atmete tief durch, einmal, zweimal. Ihr Herz jagte. »Nicht«, flüsterte sie. *»Nicht.«*

Sobald diese vorwurfsvoll klingenden Worte heraus waren, wurde alles noch viel schlimmer.

Cass rappelte sich auf. Der raue Stein scharrte über ihre Jacke und ließ sie zusammenzucken. Bis auf die weißen Gestalten war die Welt still und leer. Sie konnte nicht hier bleiben und sie aus der Ferne betrachten. Sie musste weiter, sich einen anderen Rastplatz suchen.

Oder sie konnte sie aus der Nähe betrachten.

Das wollte sie nicht. Sie erkannte den Schal wieder. Als sie ihn zuletzt gesehen hatte, hatte Remick ihn Bens Schneemann umgebunden. Jetzt war er hier. Natürlich konnte ihn jemand entwendet haben. Oder er konnte jemand anderem gehören – oder nur zufällig aussehen wie der von Remick. Und die weiße Gestalt war nur ein Schneemann.

*Remick, der mit nacktem Oberkörper im Schnee steht, ihn begrüßt. Ihn beschwört, dichter zu fallen.*

Cass stapfte auf die Schneemänner zu. Obwohl sie festen Boden unter den Füßen zu haben schien, bewegte sie sich unsicher. Die drei Gestalten bildeten einen den Hexensteinen zugewandten Halbkreis. Cass blieb vor dem ersten Schneemann stehen. Sie sah sich um, obgleich sie seit Stunden niemanden mehr gehört oder gesehen hatte, und die Steine erwiderten ihren Blick.

Der Schneemann mit Remicks Schal um den Hals hatte doch ein Gesicht: drei Löcher in der als Kopf dienenden Walze – zwei leere Augen und ein zu einem lautlosen Schrei geöffneter Mund. Cass streckte eine Hand aus und berührte ihn. Der Schnee war hart, fest gerollt. Sie sah zu den beiden anderen hinüber.

Cass holte tief Luft und stieß den Kopf des Schneemanns an. Er wackelte leicht, fiel aber nicht herunter. Sie krümmte die Finger und kratzte etwas Schnee weg. Er fiel in großen Klumpen herab, sodass zu sehen war, was darunter lag, Sie öffnete den Mund, um lautlos zu kreischen. Ihre Lunge holte tief Luft, saugte sie ein und stieß sie aus, aber Cass war zu keinem Laut imstande …

Sie streckte die Hand aus, berührte dann aber doch nicht, was unter dem Schnee lag: rosa, faltige Haut, uneben und von Rissen durchzogen.

Ihr Atem kam stoßweise. Sie betrachtete die anderen Gestalten, dann wieder den Schneemann vor ihr. Ihr Verstand fragte: *Wie viele?*, aber sie wusste keine Antwort, konnte die Gestalten nicht begreifen. Sie hatte nur Augen für das Ding vor ihrem Gesicht.

Die Hexensteine. Vielleicht hielt sich dort jemand versteckt. Irgendjemand hatte das hier getan; er konnte jetzt bei den Hexensteinen auf sie lauern. Vielleicht beobachtete er sie sogar in diesem Augenblick.

Cass fuhr herum. Die Steine ragten groß, schwarz, unversöhnlich auf. Natürlich hätte jemand hinter ihnen versteckt sein können, aber irgendwie wusste sie, dass das nicht der Fall war. Allein die Steine beobachteten sie.

Sie zog den rechten Handschuh ab, knüllte ihn in der Hand zusammen und rieb damit noch mehr Schnee von der Gestalt vor ihr ab. Jetzt konnte sie eine Schädeldecke sehen, an der weiße Haare klebten – nein, graue Haare. Die Kopfhaut war ebenfalls grau, aber stellenweise auch rosa oder weiß.

Ihr Atem pfiff leise in ihrer Kehle. Die empfindliche Haut war dem Schnee schutzlos ausgeliefert. Es gab nichts, was sie hätte schützen können. Cass streckte die Hand aus und hätte sie beinahe gestreichelt. Sie erkannte sie. Natürlich. Als sie ihren Besitzer zuletzt gesehen hatte, hatte er auf einem schlecht beleuchteten engen Flur gestanden, und sie hatte sich eben geweigert, seinen Hund zu versorgen. Das war seine letzte Bitte gewesen, und sie hatte sie ihm abgeschlagen. Jetzt hatte sie seine Kopfhaut vor sich: kahl und exponiert.

Cass holte langsam tief Luft, was wie ein unterdrücktes Schluchzen klang.

Der Alte hatte aufgegeben, war hier auf die Knie gesunken, und der Schnee hatte ihn überwältigt. Er hatte ihn wie Rost oder Schimmel bedeckt, war in sein Innerstes vorgedrungen und hatte sein Herz zum Stehen gebracht. Er hatte es bis hierher, aber nicht weiter geschafft … eine erschreckend kurze Strecke. Armer, armer Bert.

Cass kniff die Augen zusammen, aber die Tränen blieben aus. Für Tränen war es zu spät. Er hatte sie um Hilfe gebeten, und sie hatte sie ihm verweigert. Er war hier oben gestorben. Einsam.

*Und dann ist jemand vorbeigekommen und hat ihn ganz mit Schnee bedeckt, Augen und Mund hineingedrückt und ihm einen warmen Schal umgebunden.*

Cass stieß einen unverständlichen Schrei aus und sah sich wild um. Aber die weiten Schneeflächen um sie herum waren leer. Saddleworth Moor, in dem Leichen begraben wurden und spurlos verschwanden, in das Menschen gingen und nicht mehr zurückkehrten.

*Du wirst zu mir kommen,* hatte Remick gesagt. Irgendwie erschien es ihr jetzt fast tröstend. *Du wirst zu mir kommen.*

Der Schal gehörte Remick, das wusste sie. Er hatte ihn um den Hals von Bens Schneemanns geschlungen und mit ihrem Sohn darüber gelacht. *Daddy. Ich will, dass er mein Daddy ist.*

Was für ein Mensch war er? Wusste sie das überhaupt? Sie wusste nur, dass allein der Gedanke an seine Berührung sie erschaudern ließ. Und ausgerechnet dieser Mann war jetzt für ihr Kind verantwortlich!

*Sally*. Ben war bei Sally. Und irgendwer hatte den Schal mitgenommen. Das konnte jeder gewesen sein.

»Bert«, flüsterte Cass. »Tut mir so leid.«

Obwohl sie wusste, dass sie ihn nicht berühren durfte, wischte sie noch etwas mehr Schnee von seinem erstarrten Körper. Sie musste das Gesicht des Alten sehen. Zum Vorschein kamen die Falten auf seiner Stirn, der Nasensattel, die von geplatzten Äderchen durchzogene Haut der Nasenflügel. Und dann spürte sie etwas Hartes unter den Fingern. Cass ließ die Arme sinken. Aus seinem Gesicht ragte etwas Schwarzes. Sie kratzte etwas mehr Schnee ab und fand einen Stein, der in die Augenhöhle gerammt worden war. Und einen zweiten. Steine als Augen, und sein Mund … als sie ihn freizulegen begann, rutschte ihr Finger hinein. Als sie genauer hinsah, ragte ein Rohrstück zwischen seinen Lippen hervor. Sie wollte es herausziehen, aber irgendetwas verhakte sich zwischen den Zähnen. Sie ruckte dran, bekam es mit einiger Mühe heraus und hielt dann ein kurzes Rohr mit einer Querstange und einem geschwungenen Ansatz in der Hand. Ein Kreuz der Verwirrung.

»Jesus.« Cass ließ es fallen, sah seine gotteslästerliche Form im Schnee versinken. »Tut mir so leid, Bert.« Sie hätte den Alten nicht gehen lassen sollen. Das war ihr im Unterbewusstsein klar gewesen. Aber sie hatte es nicht zu verhindern gewusst.

Sie wandte sich dem Schneemann neben Bert zu, ohne den kleineren, der zusammengebrochen war, zu beachten. Sie streckte eine Hand aus, betastete ihn wie im Traum, drückte leicht dagegen. Schneeklumpen lösten sich von der Gestalt, plumpsten mit einem angenehmen Geräusch, als sei das Ende des Winters gekommen, zu Boden.

Cass schüttelte den Kopf. Sie ahnte bereits, was sie finden würde.

Sie kratzte weiter, und als noch mehr Schnee abfiel, kam Haar zum Vorschein. Es war dunkel, noch immer glänzend. Dieses Haar kannte Cass. Sie fiel auf die Knie, die im Schnee einsanken, legte ihre Arme um die Gestalt und zog sie an sich. Sie jammerte klagend – ein Laut, der zugleich nahe und weit, weit entfernt war –, aber sie konnte nicht damit aufhören, versuchte es nicht einmal. Sie streichelte das Haar, verstärkte ihre Umarmung. Zusammengepresster Schnee fiel in Klumpen ab, und Cass sah eine gelbe Strickjacke, die mit kleinen Bommeln besetzt war, mit denen ein kleines Mädchen vielleicht gern spielen würde, bis Mami es ihr verbot, weil es lästig wurde. Noch mehr Haar. Als Cass es streichelte, löste es sich unter ihren Fingern ab. Sie schrie laut auf und schüttelte die Hand, aber die schwarzen Haare blieben an ihren Fingern kleben. Cass musste würgen, warf sich herum und spuckte Erbrochenes in den Schnee.

»O Gott!«, sagte sie, dann etwas ruhiger: »O *Gott.*« Das war Lucy – war einmal Lucy *gewesen,* dieses Ding unter dem Schnee. Cass wischte Schmutz von dem grauen, zerstörten Gesicht ihrer Freundin. Lucy war gekommen, um ihr zu helfen – sie hatte zu helfen versucht, und nun hatte sie Steine als Augen; *o Gott, sie hatte Steine als Augen.* Cass säuberte das Gesicht ihrer Freundin. Ihrer vielleicht einzigen Freundin. In Lucys Rachen steckte kein Metall; ihr Mund war zerschlagen. Abgebrochene Zähne umrahmten einen schwarzen Stein, der hineingedrückt worden war. Ihre zu einem stummen Schrei verzerrten Lippen umschlossen ihn. Speichel war herausgetropft und zu kleinen Eiszapfen gefroren. Als Cass dagegen stieß, brachen sie ab und rissen kleine Fetzen mit, winzige Stücke der Haut, die Lucy sanft massiert und mit Reinigungsmilch und Feuchtigkeitscreme gepflegt hatte, um möglichst lange jung auszusehen. Haut, die nun grau und zerrissen war. Cass sah zum Himmel auf und schüttelte den Kopf, als versuche sie, diese Tatsache zu leugnen.

Der Himmel blieb stumm, unverändert.

Cass drehte sich um, betrachtete die kleine Gestalt neben ihrer Freundin, ließ sich in den Schnee zurücksinken und schlang die Arme um ihren Oberkörper. »Nein«, flüsterte sie, »nicht Jess, nein. *Nicht Jess.*«

Sie sah sich nach dem Wrack um, das Lucy gewesen war. Die schwarzen Steine in ihrem Gesicht waren eine abscheuliche Entweihung. Cass war es ihr schuldig, sich von dem möglichen Schicksal ihrer Tochter zu überzeugen. Aber das konnte sie nicht; sie *konnte* es nicht. Trotzdem kroch sie zu der kleinen Gestalt hinüber, wischte mit bloßen Händen darüber und wünschte sich, der Schnee würde mit einem Schlag abfallen, damit sie schnell Gewissheit hatte. Sie wartete darauf, dass Jessicas Haar sichtbar werden würde, dann die Steine, die ihre Augen waren, und schließlich der zu einem Schrei erstarrte Mund.

Doch sie räumte den Schnee langsam ab, Stück für Stück, behutsam. Das war respektvoller.

Schwarzes Fell unter ihren Fingern.

Cass schrie auf, begann wie wild in den Schnee zu krallen, brach große Stücke heraus und legte Captains Schnauze, seine scharfen weißen Zähne frei. Seine Zunge hing heraus. Sein Fell war dicht und verfilzt. Als sie unter den steif gefrorenen Kadaver griff, spürte sie etwas glattes Rundes und riss die Hände zurück. Kleine rosa Brocken hafteten an ihren Fingern und schmolzen auf der Haut. Sie wischte sie im Schnee ab.

Captain war der Bauch aufgerissen worden. Die Wundränder waren ausgefranst, und die herausquellenden Eingeweide bildeten ein Geschlängel aus Klumpen und Knoten und Stricken, das im Schnee unter Cass' Füßen verschwand. Sie schlurfte rückwärts und betrachtete prüfend das Gesicht des Hundes, wie seine Lefzen über die Zähne hochgezogen waren.

*Er hat noch gelebt.* Der Hund hatte noch gelebt, als ihm das angetan worden war. Cass wusste nicht, woher sie das wusste, aber es war eine Tatsache.

»Tut mir so leid«, flüsterte sie und drehte den Kopf von links nach rechts, um alle drei anzusehen.

Als sie wegstolperte, blieb sie mit einem Fuß an irgendwas unter dem Schnee hängen und schlug der Länge nach hin. Dort lag noch etwas. Cass drehte sich um, wollte Lucy in die Augen sehen und begegnete nur einem Blick aus Stein. Sie musste wissen, was dort lag.

Sie grub den Schnee unter ihren Füßen auf, schaufelte ihn mit aufgesprungenen roten Händen weg. Ihre Finger waren so taub, dass sie fast gefühllos waren, aber als sie jetzt in die Tiefe grub, stieß sie auf Widerstand und ertastete etwas, das nicht Schnee war.

Ein seltsamer Laut drang an ihr Ohr: ein stöhnender Klagelaut, der gleich darauf erstarb. Cass biss sich auf die Unterlippe, sah zu den Hexensteinen hinüber …

Das war der Wind, der um die schwarzen Gebilde heulte, sonst nichts.

Sie blickte auf ihre Hände hinunter, die noch im Schnee steckten, und schaufelte weiter.

Unter ihren eigenen kamen andere Finger zum Vorschein – keine zarten Kinderfinger, sondern kräftige, aufgedunsene weiße Finger, die wie Maden aussahen. Cass starrte sie an und musste nochmals würgen. Einer war in der Mitte eingeschnürt, sodass er an ein Paar Würstchen erinnerte. Dort war das Fleisch aufgeplatzt und bildete dunkle Spalten. Der Finger war um einen schlichten Goldring herum angeschwollen.

Trotz der Schwellungen konnte Cass Altersspuren erkennen; dies waren keine Kinderhände, sondern die einer älteren Frau. Ihre Hände waren gefaltet, als habe sie gebetet … als habe sie um Gnade gefleht.

In dieser Haltung waren sie geblieben, auch als jemand den Leichnam beseitigt hatte.

Cass ließ sich auf die Fersen zurücksinken. Sie war ratlos. Sie wusste von sonst niemandem, der aus dem Dorf vermisst wurde, konnte nur daran denken, dass jemand neu nach Darnshaw gekommen war: Theodore Remick.

*Wir haben um jemanden wie ihn gebetet.*

Mr. Remick, der mit seiner Autorität ausstrahlenden Art hinter dem Schreibtisch mit dem kleinen Namensschild saß, das er wegnahm und in eine Schublade fallen ließ. MRS. CAMBREY. Der es einfach verschwinden ließ. Mrs. Cambrey, deren Verschwinden den Weg für Mr. Remick frei gemacht hatte.

Sie war ermordet worden, bevor er überhaupt gekommen, bevor der Schnee gekommen war. Irgendjemand hatte sie ermordet und hier heraufgebracht. Cass senkte den Kopf und weinte um diese Frau, die sie nie gekannt hatte. Dann richtete sie sich kniend auf. »Er war's nicht«, flüsterte sie dem Himmel zu. »Niemals!«

Sie erinnerte sich, wie sie mit Ben übers Moor gefahren war und weder links noch rechts etwas gesehen hatte, bis eine Gestalt aus dem Nebel aufgetaucht war und sie angehalten hatte. Sie sprach den Namen aus: *Sally*.

Sally, die sich um Ben kümmerte. Sally, die sie gebeten hatte, ein Auge auf ihren Sohn zu haben …

Ben hatte die Realität damals besser erfasst als Cass. *Mir gefällt's hier nicht,* hatte er gesagt. *Die Lady hat gemieft. Sie hat schlecht gerochen, und ich hasse es hier.*

»O Gott!«, rief Cass aus. Sie kroch rückwärts und hatte Mühe, mit den Füßen im Schnee Halt zu finden. Sie musste nach Darnshaw zurück. Als sie sich aufrappelte, hörte sie wieder den seltsamen stöhnenden Klagelaut und blickte um sich. Sie hatte ihn sich nicht nur eingebildet. Er entstand irgendwo *unter* ihr.

»Mein Gott«, flüsterte sie, *»nein …«*

Sie sah sich um und erkannte, dass die Schneefläche auffällig eben war, sich gleichförmig nach allen Richtungen erstreckte.

Sie glaubte Bens Stimme zu hören, als er vom Moor gesprochen hatte: *Pass'n Sie auf den See auf. Der ist zugefror'n. Oben bei den Steinen. Manchmal schwer zu seh'n.*

Sie starrte in den Schnee. Sie stand nicht etwa auf festem Boden. Sie stand auf einem zugefrorenen See.

Mrs. Cambreys Finger waren aufgedunsen gewesen, weil sie im Wasser gelegen hatte, bis das Eis sie umhüllt und festgehalten hatte.

Cass machte noch einen Schritt und hörte ein Knistern und Knacken. Sie bekam weiche Knie. Sie ging unwillkürlich gebeugt, um einen möglichst tiefen Schwerpunkt zu haben, und riskierte noch einen Schritt. Schwacher Wind blies ihr eisig ins Gesicht, schien sie zu necken. Eine Brise aus einer anderen Welt, die zu dem langen Marsch bergauf gehörte, bevor sie hier hergekommen war und die Dinge gesehen hatte, die sie gesehen hatte. Sie glaubte, die Gestalten hinter sich zu spüren, ihre starren Blicke auf sich zu fühlen. Sie wagte es nicht, sich umzudrehen.

Als eine vom Wind aufgewirbelte Schneefahne über die ebene

Fläche zog, kam von unten wieder ein schmerzhaft lautes Stöhnen.

*Noch einen Schritt. Nur einen.*

Vor ihr lag eine kleine Böschung, danach stieg der Hügel wieder an. Die Hexensteine warteten, und hinter ihnen begann das Moor. Als Cass noch wenige Schritte vom Ufer entfernt war, warf sie sich nach vorn, ohne darauf zu achten, ihr Gewicht gleichmäßig zu verteilen. Dann rannte sie los, landete mit einem Sprung auf der Böschung und kroch im Tiefschnee weiter. Sie war völlig durchnässt, aber sie war nicht mehr auf dem Eis.

Als sie sich endlich aufgerappelt hatte, wurde ihr klar, dass sie übers Moor weiterwandern konnte und nie mehr zurückzukommen brauchte. Sie konnte jemanden schicken, der ihren Sohn holte; sie konnte zur Polizei gehen, Hilfe holen – die Behörden würden ihr helfen müssen, vielleicht sogar Hubschrauber einsetzen, und Cass stellte sich vor, wie sie mitflog und im Park landete, während das ganze Dorf zusammenlief und gaffte.

Aber sie wusste, dass diese Möglichkeit nur theoretisch bestand.

Ben war in Darnshaw, und Sally war bei ihm. Sie selbst musste ihren Sohn dort rausholen.

Cass stolperte blindlings den Hügel hinunter, war ständig kurz davor, sich den Knöchel zu verknacksen, und machte niemals halt, um abzuwarten, ob der stechende Schmerz stärker werden würde. Wenn sie stürzte, rappelte sie sich wieder auf und hastete weiter. Ihr Gesicht war von der Kälte starr, und sie spürte nichts mehr, außer dass die Zeit langsamer und zugleich schneller verging, als ihr lieb war. Sie sah sich nicht mehr um.

*Ben.* Sie sah ihn vor sich: klein und blass, als er hasserfüllt hervorstieß: *Du bist seine Hure.*

Cass machte abrupt halt.

Die anderen versuchten, ihn ihr abspenstig zu machen.

Das war's: Diese Besuche bei Sally, die Jungen mit ihren leeren, kalten Blicken, während sie im Halbkreis sitzend zu ihr aufsahen. *Wir haben geteilt.*

*Was teilten sie?* Erzählten sie ihm Geschichten, *Lügen*, über sie, über Pete? Sie schloss die Augen.

*Ich will, dass er wiederkommt. Wie soll er uns jetzt finden? Er weiß gar nicht, wo er suchen soll.*

Was hatten sie ihm *erzählt?*

Das spielte keine Rolle. Sie traute sich zu, alles ungeschehen zu machen, sobald sie nur Darnshaw hinter sich gelassen hatten. Sobald sie Ben in Sicherheit gebracht hatte. Cass zwang sich dazu, den nächsten Schritt zu machen, dann noch einen, bevor ihre Muskeln sich lockerten und sie bergab weiterstürmte.

## Kapitel 29

Die Schule war abgesperrt. Cass starrte die Tür an, ratterte mit der Klinke und trat so fest gegen das Holz, dass die alten Angeln knarrten. Dann machte sie einen Schritt zurück … und bemerkte erst jetzt den Zettel an dem Glaseinsatz: GESCHLOSSEN, stand darauf. WEGEN HEIZUNGSAUSFALL. Das war alles – keine Nachricht für sie, kein Hinweis darauf, wo Ben jetzt war. Sie hatte Halsschmerzen. Auch ihr Herz schmerzte. Cass lehnte sich an die Tür und legte die Wange an das kalte Glas.

Erst als sie sich abwandte, fiel ihr die fast greifbare Stille auf dem Schulhof und der Zufahrt auf. Sie war hier ganz allein.

Sie hatte Sally gebeten, sich um Ben zu kümmern.

Cass hastete zur Straße hinauf und weiter durchs Dorf. Dabei wurde sie erstmals auf Stellen aufmerksam, an denen die Schneedecke so dünn war, dass darunter Asphalt zu ahnen war. Der Schnee schmolz, aber das kam zu spät. Sally hatte ihren Sohn – Sally, die möglicherweise Lucy, Bert, Mrs. Cambrey ermordet hatte.

Aber Sally hatte Jess verschont – oder etwa nicht? Cass schluckte, hatte dabei das Gefühl, Eisbrocken schürften ihr die Kehle auf, und ging weiter.

WILLOWBREAK CRESCENT. Das Straßenschild war halb zugeschneit. Gewöhnliche Häuser, nicht aus Naturstein, sondern in Ziegelbauweise, ihre Haustüren rot oder grün oder weiß. Aus Kaminen stieg Rauch auf, wie um die Normalität dieses Tages zu unterstreichen. Cass blieb am Gartentor stehen. Der Tag *war* normal; davon kündete hier alles. Sie selbst hatte den Bezug zur Realität verloren. Sie hatte ein schlimmes Erlebnis gehabt und Dinge gesehen, die es nicht gegeben haben konnte.

Aber diese Frau hatte ihren Sohn. Cass erinnerte sich an Bens erste Reaktion auf Sally: *Die Lady hat schlecht gerochen, und ich hasse es hier.*

Cass stieß das Gartentor auf. Sallys Vorhänge waren zugezogen – warum? Es war doch noch heller Tag.

Sie klopfte an die Haustür, wartete nur Sekunden und hämmerte nochmals dagegen. Sie versuchte, den Namen ihres Sohns zu rufen – *Ben* –, brachte aber nur ein Krächzen heraus. Ihre Magennerven rebellierten.

Die Tür klickte und scharrte und öffnete sich. Sally erschien mit verquollenen Augen und feuchtem Haar in dem Türspalt. Ihr Gesicht glänzte von Fettcreme. »Du bist wieder da«, sagte sie. »So früh hätte ich dich nicht erwartet. Sie sind im Wohnzimmer.« Ihr Kopf verschwand, und die Tür wurde geschlossen, um gleich wieder ganz geöffnet zu werden. Sally stand in einen Morgenrock gewickelt da. »Ich hab gerade geduscht. Ben geht's gut, er ist mit Damon zusammen. Alles in Ordnung mit dir? Du siehst aus, als hättest du …«

Cass drängte sich an ihr vorbei, rief den Namen ihres Sohns.

Im Wohnzimmer war es dunkel. Ein eigenartiges Dämmerlicht ließ die sitzenden Gestalten nur ahnen.

»Ben?«

Gesichter wandten sich ihr zu. Sie konnte nicht erkennen, welches ihrem Sohn gehörte.

»Cassandra, alles in Ordnung mit dir?«

»Ich nehme ihn mit.« Cass sah sich in dem Kreis um und begegnete nur ausdruckslosen Blicken. Dann entdeckte sie Bens helles Haar. Seine Hände umfassten etwas, das auf seinem Schoß lag. Cass trat ans Fenster, zog die Vorhänge auf, ließ Tageslicht ein und gab den Blick auf eine gewöhnliche Wohnstraße frei.

»Hör zu, ich …«

»Ich habe sie gesehen. Ich weiß, was du getan hast.«

»Ich weiß nicht, was …«

»Ben.« Cass bückte sich, packte ihn am Arm und riss ihn hoch. Ben sah nicht zu ihr auf. Er ließ das Ding fallen, das er in den Händen gehalten hatte. Cass sah, dass es das Gamepad einer Spielkonsole war. Aus dem Augenwinkel heraus nahm sie wahr, dass Damon sich bewegte, sich den Controller schnappte und ihn mit beiden Händen festhielt.

»Wir gehen, Ben. Sofort.«

Ben sagte noch immer nichts. Cass' Finger gruben sich in seinen Arm; sie merkte, was sie tat, konnte sich aber nicht beherrschen, und er versuchte nicht, sich loszureißen. Sie sah auf ihn hinab. Sein Blick war ausdruckslos.

»Ben«, wiederholte sie.

Er wandte ihr langsam das Gesicht zu und verzog den Mund – aus Hass, nicht aus Wut oder Angst. Er war leichenblass.

»Ich glaube, er würde lieber hierbleiben«, sagte Sally, »vielleicht bis du dich wieder beruhigt hast. Ist irgendwas passiert? Bist du krank, Cassandra?«

»Nenn mich nicht so! Ich hab gesehen, was du ihr angetan hast.« Cass erinnerte sich an Lucys zerstörte Gesichtszüge, an den in ihren Mund gerammten schwarzen Stein. Sie musste einen Brechreiz unterdrücken.

»Ben, deine Mutter ist krank, fürchte ich«, sagte Sally. »Denk daran, dass du jederzeit herkommen kannst. Wir sind deine Familie.«

Cass erstarrte.

»Wir *teilen,* das weißt du. Wir teilen alles. Wir verbergen uns nicht vor unserer Familie, stimmt's? Wir weisen niemanden ab, wenn er uns am nötigsten braucht.«

Cass beobachtete, wie ihrem Sohn eine Träne über die Wange lief. Ihr Griff, mit dem sie seinen Arm umklammert hielt, war das einzig Solide in diesem Raum.

»Du sollst nicht mit meinem Sohn reden«, sagte sie und zerrte ihn hinaus.

»Sie spinnt ein bisschen.« Sally folgte ihnen, als begleite sie liebe Gäste zur Tür, aber ihre Stimme war zu laut. »Sie ist ein bisschen durchgeknallt, Ben. Vergiss nicht, dass du jederzeit zu mir kommen kannst.«

Ben blieb zurück, sträubte sich etwas, und Cass' Finger packten fester zu. Hinter sich hörte sie Schritte, aber sie ignorierte sie, schleppte Ben weiter, hatte Mühe, das Gartentor zu öffnen, und schob ihn hindurch. Als sie sich umsah, standen dort Sally und drei Jungen, deren dunkle Augen sie fixierten.

»Ein bisschen verrückt.« Sallys Stimme klang amüsiert. »Komm bald wieder, Ben. Du wirst uns fehlen. Komm wieder.«

Cass sah von einem ausdruckslos starren Gesicht zum anderen, und keiner der vier wich ihrem Blick aus.

Aus dem Augenwinkel heraus sah sie eine Bewegung im Fenster über ihren Köpfen. Es war ein weißes Fenster mit weißem Holzrahmen. Eine Hand wurde an die Scheibe gedrückt und verschwand wieder.

Cass verschlug es für einen Moment den Atem. Sie versuchte zu schlucken. Ben wand sich in ihrem Griff, aber sie ließ ihn nicht los, als sie jetzt wieder einen Schritt in Richtung Haus machte. »Du hast Jessica«, sagte sie.

Sally warf ihr feuchtes Haar mit einer Kopfbewegung zurück und hob die Hände, um es zu glätten. Ihr Gesichtsausdruck war ernst, als sie Cass' Blick erwiderte. »Du bist das verrückteste Weibsstück, das ich kenne«, sagte sie.

Damons Mundwinkel zuckten. Er verschränkte die Arme. Ein anderer Junge grinste und stieß seinen Freund an.

»Ich hole sie hier raus«, sagte Cass. »Ich lasse nicht zu, dass ihr etwas geschieht. Verlass dich drauf!«

Damon prustete verächtlich, hob eine Hand, um spöttisch zu winken, und ließ dabei die rote Linie quer über die Handfläche sehen. Die Jungen lachten jetzt ungeniert, und als ein weiterer winkte, zeigte sich, dass auch er dieses rote Mal trug.

Cass packte Ben an der Schulter. »Komm, wir gehen.« Sie schob ihn vor sich her, und er machte roboterhafte Schritte die Straße entlang, blieb nicht zurück, gewann aber auch keinen Vorsprung. Selbst als sie seine Schulter losließ, wurde er nicht langsamer, blieb jedoch auch nicht stehen. Ihre Finger zitterten, sie bekam weiche Knie, und diese Schwäche erfasste ihren ganzen Körper. Sie begann zu zittern. Sie lehnte sich an eine Mauer und rief: »Ben, warte einen Augenblick!«

Das Geräusch seiner Schritte verstummte, aber er drehte sich nicht um.

»Ben, bitte. Komm …« Ihr versagte die Stimme. Sie konnte ihm nichts erklären, ihm nicht schildern, was sie im Moor gesehen hatte.

Er schlurfte widerstrebend zurück, kam aber nicht in Cass' ausgebreitete Arme. Erst jetzt wurde ihr bewusst, dass er kein Wort gesprochen hatte, seit sie Sallys Haus verlassen hatten.

»Liebes, bitte«, flüsterte sie, und nun kam er zu ihr und vergrub sein Gesicht an ihrer Brust. Sie umschlang ihn mit den Armen, hielt ihn an sich gedrückt, fühlte ihn zittern. »Schon gut, Liebes, ich bin hier«, murmelte sie. »Ich kümmere mich um dich.«

Er wich so plötzlich zurück, dass seine Schädeldecke an ihr Kinn stieß, sodass Cass die Zähne klapperten. Er hob abwehrend eine Hand. *Stopp*.

»Ben, Sally und Damon sind nicht deine Familie. *Ich* bin deine Familie, nicht sie. Sie haben etwas Schlimmes gemacht, deshalb müssen wir so schnell wie möglich jemanden informieren.« Cass hoffte plötzlich, das Telefon funktioniere vielleicht wieder und sie werde jemanden anrufen können.

Ben schüttelte den Kopf.

»Schon gut, Schätzchen. Ich lasse nicht zu, dass dir jemand etwas tut.«

Er machte keine Bewegung, sondern stand nur mit erhobener

Hand da, bis sie endlich begriff, was er ihr zeigen wollte: den roten Strich quer über seine Handinnenfläche.

Cass streckte eine Hand aus, ergriff seine und öffnete den Mund. Aber sie brachte kein Wort heraus.

Ben sah weg. Er atmete schwer.

»Was ist das, Ben? Was haben sie mit dir gemacht?«

Er versuchte zu sprechen.

Cass rieb seine Finger, um sie zu wärmen.

»Das Buch«, sagte er schließlich, »das Buch. Es ist das Buch.«

»Was soll das heißen, Schatz?«

Ben blickte auf, und sie sah den Himmel in seinen Augen: kalt und blass. »Damit ich schreiben konnte«, sagte er. »Damit ich in das große Buch schreiben konnte.« Und dann machte er kehrt und rannte davon. Auf der menschenleeren Straße hallten seine Schritte.

Cass holte ihn ein. Seine Augen waren groß von Tränen. »Ben, was soll das heißen? Welches Buch?« Sie konnte nur an ihren Vater denken, wie er über sie gebeugt kontrollierte, ob sie und ihr Kleid gut genug waren, während die Kirche düster hinter ihm aufragte.

Ben riss sich los und marschierte schweigend auf die Zufahrt zur Mühle zu. Irgendjemand hatte das in die Tür geritzte Kreuz durch tief ins Holz geschnittene Kerben ausgelöscht. Ben stand vor der Tür, und sie sah, wie sein blasses, verkniffenes Gesicht sich in dem Glaseinsatz spiegelte.

Sie tippte den Code ein, und schob Ben vor sich her in die dunkle Eingangshalle. Die Beleuchtung flammte nicht auf, aber Cass nahm sich nicht die Zeit, sich darum zu kümmern. Ihre erste Sorge galt Ben, der durchfroren und hungrig und verwirrt war. Vorerst brauchte er ein warmes Bett, und morgen in aller Frühe würden sie fliehen. Diesmal würde Ben es schaffen; notfalls würde sie ihn tragen. Sie würde ihre Aussage bei der Polizei machen, und alles würde in Ordnung kommen.

Ben ließ sich von ihr baden; er leistete keinen Widerstand, half aber auch nicht mit. Außer dem hellroten Schnitt quer über die Handfläche wies sein Körper keine Verletzungen auf. Die Wunde ließ Cass an Blutsbruderschaften denken – an Jungen, die sich in die Hand schnitten und ihre Hände aneinanderdrückten. Blutsbrüder. *Familie.* So hatte Sally sie genannt: ihre Familie. Cass führte seine Handfläche an ihre Lippen und küsste sie, aber Ben lächelte nicht.

»Ben, was habt ihr geteilt?«, fragte sie.

Er sah auf. Sein Blick war ausdruckslos.

»Du hast gesagt, ihr hättet euch bei Sally etwas geteilt. Was war das?« Sie streichelte sein Haar und wartete.

»Wir haben Zeug gegessen«, sagte er.

»Was für Zeug?«

Er schüttelte den Kopf.

»Wie hat es ausgesehen?«

»Es war bloß Zeug. Wie Brot, aber ganz schwarz. Und wir haben etwas getrunken. Es hat komisch geschmeckt. Ich hab's nicht gemocht.« Er verzog das Gesicht.

»Wie hat es ausgesehen?«

Er zuckte nochmals seine mageren Schultern und schlang die Arme um die Knie. »Wir haben Spiele gespielt«, sagte er. »Die haben mir gefallen.«

»Ich weiß, dass du gern spielst. Also raus aus der Wanne, dann kannst du spielen, was dir gefällt.«

Cass trocknete ihn ab, setzte ihn vor den Fernseher und drückte ihm das Gamepad der Spielkonsole in die Hand. Der Schnitt schien nicht wehzutun, als seine Finger über die Tasten flogen, aber er reagierte auf nichts, lachte nicht, seufzte nicht und stieß auch kein Triumphgeheul aus, wenn es auf dem Bildschirm Tote gab. Nur seine Finger wirkten lebendig.

»Ben?«

Er ging auf Pause. Sie kniete neben ihm nieder, drehte sein

Gesicht zu sich. Seine Augen ließen sie den Atem anhalten. Sie waren dunkel, verschattet, *seelenlos*. Cass zwang sich dazu, ruhig zu sprechen. »Zeit fürs Bett, Liebes.«

Cass glaubte, sie würde endlos lange wach liegen, aber stattdessen wechselte sie zwischen Wachen und Träumen hin und her. Sie trieb an der Oberfläche, aber der Traum zog sie zuletzt doch in die Tiefe. Ihr Kleid war nicht gut genug. Ihr Vater sah auf sie herab, und seine Miene war zornig. Sie wusste nicht genau, was sie tun musste, um besser auszusehen. *Dies ist Liebe*, sagte er ständig, aber wenn sie zu ihm aufsah, lag keine Liebe in seinem Blick.

Das Buch lag aufgeschlagen auf dem Altar, ein staubiger schwarzer Foliant mit vergilbten Pergamentseiten. Cass ging hin und sah es sich näher an. Die Schrift war graubraun, dann dunkelbraun, dann rostbraun. Die letzten Einträge waren heller, eher rötlich. An einigen Stellen waren Tintenspritzer wie von einem schlecht geschnittenen Federkiel zu sehen. Sie konnte das Buch riechen. Es roch nach Alter, Staub, trockenem Mauerwerk. Aber auch nach Gewürzen: Zimt, Nelke, Cayennepfeffer.

In dem Buch stand eine Liste von Namen. Sally war darin, hatte schwungvoll unterschrieben, während Damon seinen Namen in Druckschrift hingekritzelt hatte. Cass konnte sich vorstellen, wie er mit leicht herausgestreckter Zunge die Buchstaben gemalt hatte. Gleich darunter stand Myras Name. Cass las weiter und wusste, dass dies nur ein Traum war, denn selbst als sie aufhören wollte, glitt ihr Blick weiter von Zeile zu Zeile tiefer, als habe nicht sie darüber zu bestimmen. Sie folgte den Namen bis zu dem leeren Feld ganz unten auf der Seite – wo *sie* selbst unterschreiben sollte. Ihre Unterschrift würde er nie bekommen. Sie würde sich niemals in die Hand schneiden und ihren Namen auf diese gotteslästerliche Seite setzen. Und trotzdem musste sie bis zum vorletzten Namen weiterlesen … da zuckte ein Lichtblitz durch ihr Blickfeld, als Sonnenschein die Fenster erhellte und alles in lichten Tag verwandelte.

Sie sah auf, weil sie eine Vision erwartete, vielleicht Jesus Christus, aber es war nur Pete, der auf sie herablächelte. Das Licht verblasste, und ihr Mann streckte die Hände aus, die voller Steine von der Farbe des Himmels waren. Er sprach, aber sie konnte nicht hören, was er sagte. Er bot ihr die Steine an, aber sie konnte sie nicht festhalten und ließ sie zu Boden fallen, der sie aufsog. Pete runzelte die Stirn; er erzählte ihr, was sie wissen musste, was sie sehen sollte. Sie streckte die Hand aus und fing einen der Steine auf. Er funkelte in ihrer Hand und verwandelte sich in den Himmel.

Endlich hörte sie seine Stimme. *Jetzt siehst du's,* sagte er. *Jetzt siehst du's.*

Cass schrak hoch, krallte die Bettdecke von ihrem Hals, wischte sich brennenden Schweiß vom Gesicht. Sie öffnete ihre zur Faust geballte Hand, erwartete, darin den Stein zu finden, und erinnerte sich daran, dass alles schließlich nur ein Traum gewesen war.

*Jetzt siehst du's*. Sie bedeckte ihr Gesicht mit den Händen. Was Pete ihr hatte erklären wollen, nützte ihr nichts; sie verstand es nicht. Sie war nicht gut genug. »Ich seh's *nicht*«, flüsterte sie. »Tut mir leid, Pete, ich sehe überhaupt nichts.«

Jemand klopfte an die Wohnungstür.

Cass erstarrte. Sie musste an Lucy denken, die sie mit einem Computerausdruck in der hingestreckten Hand besuchen wollte: *Ich hab etwas für dich*. Nein – das konnte Sally sein, die ihrem Sohn mit Worten Gift ins Herz tröpfeln wollte, oder die Jungen, die mit ihren entstellten Händen gegen die Tür gepocht hatten.

Es konnte Remick sein. Theodore Remick, der sich nach ihrem Befinden erkundigen, sie wieder mit Brot ködern wollte.

Plötzlich spürte sie seine Hände über ihren Körper gleiten,

spürte die Wärme seines Atems auf ihrer nachtkühlen Haut, dann die in ihr aufblühende Hitze. Seltsamerweise wich sie nicht davor zurück. Sie schloss die Augen, verschränkte die Arme und hörte ihn flüstern: *Du wirst zu mir kommen.*

Cass öffnete leicht ihren Mund. Plötzlich sehnte sie sich danach, seine Lippen auf sich zu spüren, hätte dafür alles hingegeben …

Sie biss sich auf die Unterlippe. Der Schmerz brachte sie in die Realität zurück.

An der Tür stand niemand. Sie hatte geträumt, das war alles. Es gab keinen Pete; es gab keine blauen Steine. Sie schloss die Augen und fragte sich, ob sie bei den Hexensteinen womöglich kurz eingenickt war, ob sie die drei weißen Gestalten, die sie angestarrt hatten, wirklich gesehen hatte.

*Du bist das verrückteste Weibsstück, das ich kenne.*

Vielleicht hatte Sally am Ende ja recht.

Das Klopfen wiederholte sich, ein gewöhnliches häusliches Geräusch, aber diesmal kam es nicht von der Tür her, sondern aus der Wand hinter ihr. Cass stand auf und starrte ins Dunkel. Aber dort war nichts zu sehen.

Vielleicht hatte Ben etwas gehört und hatte Angst.

Cass atmete tief durch und ging aus dem Zimmer, um nach ihrem Sohn zu sehen. Auf dem Flur wiederholte sich das Klopfen, diesmal lauter. Es schien von der Tür und aus der Wand und von der Decke zu kommen.

Sie sah auf – und sah natürlich nichts; das waren nur die Kinder – Damon und seine Freunde. Sie waren irgendwie in die Mühle gelangt, hatten sich auf die Wohnungen neben, unter und über ihr verteilt und warteten jetzt darauf, dass sie Angst erkennen ließ. Nun, diesen Gefallen würde Cass ihnen nicht tun.

Sie spürte, dass ihr das Herz bis zum Hals schlug.

Sie betrat Bens Zimmer. Er saß mit großen Augen aufrecht im

Bett. Sein Mund stand offen, und aus dem rechten Mundwinkel hing ein dünner Speichelfaden.

Zimmerdecke, Wände und Fußboden hallten von Klopftönen wider.

Cass lief zu ihm, schloss ihn in die Arme. »Pst«, sagte sie, obwohl er nicht gesprochen hatte. »Das sind nur Kinder, die uns einen Streich spielen. Ungezogene Kinder, Ben. Aber wir müssen sie nicht mehr lange ertragen.«

»Sie sind gekommen, um mich zu holen«, sagte er.

»Nein, das sind sie nicht. Das ist nur ein dummes Spiel, das sie spielen.«

Seine Haut war klamm, wo sie ihre Arme berührte. Er wand sich aus ihrer Umarmung. »Das ist kein Spiel.«

»Darauf kommt's nicht an, Ben. Jedenfalls gehen wir morgen von hier fort, du und ich. Ist dir das klar?«

Er schüttelte den Kopf.

»Doch, Ben. Wir gehen fort. Wir kommen nicht zurück.«

»Das macht keinen Unterschied. Er hat mich.«

»Was soll das heißen?«

»Er ist hier drinnen.«

»Hier?« Cass sah zur Tür hinüber.

Ben hob einen Finger, tippte damit an seine Brust. »Hier – er ist *hier* drinnen. Er hat's mir gesagt.«

»Von wem sprichst du, Ben?«

»Daddy.« Er machte eine Pause. »Er ist jetzt mein Daddy – das sagen die anderen. Sie haben mir das Brot und das Zeug gegeben, und ich habe ins Buch geschrieben.«

Cass glaubte plötzlich, ihren Vater vor sich zu sehen: *Dies ist Liebe.* »Du meinst wie in der Kirche?«

Ben machte ein finsteres Gesicht.

»Was musstest du noch tun?«

Als Antwort streckte er ihr seine Hand hin, auf der eine dunkelrote Linie die blasse Haut zerschnitt.

»Du hast deinen Namen in ein Buch geschrieben?«

Er nickte.

»In welches Buch, Ben? Wo war es?«

»Damon hat gesagt, das ist okay«, sagte er. »Er hat gesagt, das ist okay, weil es in der Kirche ist. Aber es fühlt sich nicht okay an.«

Sie erinnerte sich an ihren Traum. Wie sie versuchte, Daddy in ihrem weißen Kleid zu gefallen, wie sie sich bemühte, gut genug zu sein. »Das Namensbuch.«

»Es bedeutet, dass man zur Familie gehört«, flüsterte er. »Ich wollte zur Familie gehören, Mami. Ich will meinen Daddy.«

Sie zog ihn an sich.

»Sie haben gesagt, ich könnte zur Familie gehören, nur muss es wehtun, wenn man dazugehören will. Deswegen kriegt man die Hand zerschnitten und muss damit schreiben.«

»Du hast mit *Blut* geschrieben?« Cass dachte wieder an den Traum, an die Schrift, die oben fast schwarz, dann dunkelbraun, zuletzt rostbraun gewesen war. »Wer hat dir die Hand zerschnitten? War das Damon?« Vielleicht waren es ja doch nur die Kinder gewesen, die alte Geschichten gehört und dumme Spielchen getrieben hatten. Vielleicht wusste Sally nicht einmal davon.

Doch was hatte Sally noch vor Kurzem zu Ben gesagt? *Wir sind deine Familie.*

*Er ist hier drinnen*, hatte Ben gesagt. Cass sah sich um, erwartete fast, wieder das Klopfen zu hören, und erinnerte sich daran, wie es scheinbar aus den Wänden gekommen war. Sie spürte einen kalten Schauder. »Wer ist da in dir, Ben?«

Sie hatte das Gefühl, es bereits zu wissen. Sie spürte das Gewicht der Hand ihres Vaters, das sie niederdrückte. *Lass ihn in dein Herz, Gloria. Gib anderem keinen Raum.*

Aber Ben war so klein. Wie hatte sie das geschehen lassen können?

»Deine Seele«, flüsterte sie.

»Die haben sie verlangt«, sagte Ben. »War das falsch, Mami? Hätte ich's nicht tun sollen?« Als er zu ihr aufsah, erkannte sie etwas von dem kleinen Jungen, der er früher gewesen war – der er eigentlich noch immer war. Sie beugte sich hinunter und küsste ihn aufs Haar. Er war unschuldig; er konnte nicht gewusst haben, was er tat. Das Ganze war ein verrückter Schwindel, nicht mehr als irgendein religiöser Hokuspokus.

*Du bist das verrückteste Weibsbild, das ich kenne.*

Cass schloss die Augen. Es lag an ihr; vermutlich war sie kurz davor überzuschnappen. Sie spürte, wie Ben sie wieder am Arm zupfte, aber sie glaubte Lucy zu sehen: ausdruckslose Steinaugen, die blicklos einen verschneiten Hügel fixierten. Sie hatte eine Gänsehaut.

»Mami?«

Sie küsste ihren kleinen Jungen. Sie streichelte seinen Arm, drückte ihn an sich und schmiegte ihre Wange an seinen Kopf, bis er einschlief.

# Kapitel 30

Cass starrte in den Spiegel, begutachtete ihre Augen. Ben hatte sie schon geweckt, aber er durfte noch ein bisschen dösen. Sie konnte es nicht ertragen, wie er sich aufgesetzt und sie angesehen hatte: mit glasigen und zugleich leblosen Augen, ohne Interesse oder Angst, als sei er innerlich ausgebrannt.

*Der Junge wird nich' mehr wegwoll'n, schätz ich.*

Bert hatte sich in Bezug auf Ben getäuscht – und hatte doch recht gehabt. Ganz gleich, wie weit sie mit ihrem Sohn wegreiste, ein Teil seines Ichs würde in Darnshaw bei Sally und Damon und den Jungs bleiben. Sein Blick würde immer leer sein. Ein wichtiger Teil seines Ichs war fort, und sie würde es nie zurückholen können.

Außer sie unternahm etwas …

Jäh aufsteigende Hitze brannte in ihrer Brust, in ihrer Kehle. Sie *würde* etwas unternehmen – aber als Erstes musste sie das Buch mit eigenen Augen sehen, musste wissen, dass es wirklich existierte.

Sie weckte Ben nochmals, sah ihm ins Gesicht, als er sich aufsetzte, weil sie hoffte, dass es lebendig sein, dass die Augen wieder strahlen würden, aber sie waren weiter ausdruckslos, *seelenlos*. Sie sah weg, rieb sich über das Gesicht und sagte lächelnd: »Komm, beeil dich, Schatz. Wir haben etwas zu erledigen, und anschließend gehen wir weit fort von hier.«

Sie half ihm auf. Ben hing schlaff in ihren Händen, aber er blieb auf den Beinen. Er fragte auch nicht, warum er nicht in die Schule sollte. Er sagte überhaupt nichts.

»Ben, weißt du noch, wie's war, bevor wir hierher gekommen sind? Du wolltest nicht umziehen. Erinnerst du dich?«

Er legte eine Hand auf ihre Schulter und stützte sich ab, als sie ihm die Hose anzog.

»Ben, weißt du noch …«

»Ich war nie woanders!«, stieß er plötzlich hervor. »Ich war immer hier, und du warst immer hier.«

»Ben?« Sie hob sein Gesicht mit zwei Fingern unter seinem Kinn hoch.

»Du warst hier«, sagte er und schob sie weg.

»Das stimmt nicht, Ben. Wir haben in Aldershot gewohnt, nicht wahr? Mit …« Es kam ihr grausam vor, ihn daran zu erinnern, aber es musste sein. »… mit Daddy.«

»Ich habe einen Daddy. Er ist hier. Er war schon immer hier. Mit dir.«

»Nun, ich habe eine Zeit lang hier gewohnt, Ben, als ich ein kleines Mädchen war. Aber das war mit meinem eigenen Daddy. Dann bin ich weggegangen und habe dich bekommen, was mich sehr glücklich gemacht hat.«

Ben verzog das Gesicht und schien Mühe zu haben, Tränen zurückzuhalten. »Ihn hat es auch glücklich gemacht«, sagte er, und von da an schwieg er hartnäckig, sosehr Cass ihm auch zusetzte.

Draußen tropfte es von allen Bäumen. Ihre Füße brachen durch weichen Schnee ein, unter dem Cass Wasser tröpfeln hörte. Sie blickte zu dem grauen Himmel auf. Heute war es eindeutig wärmer als gestern.

In den Fahrspuren auf der Straße liefen jetzt zwei Bäche. Es regnete nicht, aber als Cass und Ben ins Dorf gingen, platschten immer wieder große Wassertropfen von schmelzenden Eiszapfen herab. Alles schmolz.

Cass musste an ihren Traum denken: Remick, der mit nacktem Oberkörper auf dem Hügel stand und den fallenden Schnee mit erhobenen Armen begrüßte.

Der Kirchturm ragte bedrohlich auf, eine gen Himmel weisende Lanze, und sie erinnerte sich daran, wie sie sich vor ihm gefürchtet hatte, als sie dagestanden hatte, während ihr Vater ihr Kleid inspizierte, bevor er sie zum Altar geführt hatte.

Heute spürte sie nichts. Bei Tageslicht mochte sie kaum glauben, dass das Buch wirklich existierte oder dass ihre Erlebnisse real gewesen waren: die Gestalten im Moor, Sallys Drohungen. Nichts in ihrem Leben wirkte real – nicht mehr seit dem Augenblick, in dem sie erfahren hatte, ihr Ehemann werde nie mehr zurückkehren.

Sie blickte auf Ben hinab, zerzauste ihm liebevoll das Haar. Sein Blick war finsterer als je zuvor.

Bens Schritte wurden zögerlich, als sie ihn an dem alten Pfarrhaus vorbeiführte. Sie sah zu den Fenstern hinüber, erkannte ihr eigenes Spiegelbild in den Scheiben. Ob Remick zu Hause war? Vielleicht beobachtete er sie just in diesem Augenblick. Cass lief ein kalter Schauder über den Rücken, als Ben haltmachte und den Kirchturm anstarrte.

»Komm, Schatz.« Sie streckte ihm die Hand hin. »Ich kann dich nicht hier allein lassen. Ich muss nur etwas nachsehen, das ist alles.«

Er schluckte, und sein Blick verhärtete sich, aber im nächsten Augenblick nahm er ihre Hand. Cass spürte, wie kalt seine Haut war, und fuhr die Linie auf seiner Handfläche unwillkürlich mit einem Finger nach.

Ben blieb etwas zurück, als Cass die schmiedeeiserne Klinke der Kirchentür herunterdrückte, aber sobald sie die Tür aufstieß, duckte er sich unter ihrem Arm hindurch und flitzte ins Dunkel des Mittelschiffs. Sie schloss die Tür und hörte die Unterkante über die Steinplatten schleifen, bevor sie krachend ins Schloss fiel.

Als Cass eintrat, fand sie sich von leuchtenden Farben umgeben wieder: inmitten von Rot-, Gelb- und Blautönen und

Sonnenstäubchen, die in dem hellen Licht tanzten. Sie blinzelte kurz, bevor sie mit laut auf dem Stein hallenden Schritten weiterging. Sie öffnete den Mund, um Ben zu rufen, aber dann entdeckte sie seinen blonden Schopf.

Er saß in der ersten Reihe und sah zu dem Altarkruzifix auf, das Christus mit schmerzverzerrtem Gesicht und stark hervortretenden Rippen zeigte. Cass betrachtete den hingerissenen Gesichtsausdruck ihres Sohns. Bisher hatte sie versucht, ihn vor solchen Bildern zu bewahren; ihm sollte es besser ergehen als ihr, die als kleines Mädchen in einem weißen Kleid im Mittelgang nach vorn geführt worden war, während die väterlichen Ermahnungen ihr in den Ohren geklungen hatten.

*Bete darum, von der Sünde erlöst zu werden. Wende dich ab von dem Bösen. Seine Stimme wird dir ins Ohr flüstern, dich mit weltlichen Dingen locken wollen. Du darfst nicht auf sie hören.*

»Du bist geweiht worden«, sagte Ben. Er deutete nach vorn auf die Stelle, wo Cass gekniet und unter der Hand ihres Vaters den Kopf gesenkt hatte, bevor sie erstmals die trockene Hostie und den sauren Wein geschmeckt hatte. *Dies ist Liebe.*

Es hatte nicht wie Liebe geschmeckt.

Cass schüttelte den Kopf. »Ich bin konfirmiert worden.« Ihre Stimme war trocken und brüchig. »Ich wurde konfirmiert, Ben, nicht …«

Ihr Sohn sah sie nicht an, und sie sprach nicht weiter. *Geweiht,* hatte er gesagt, und sie hatte ihm widersprechen wollen, nur hatte er natürlich recht: Sie war geweiht worden. So jedenfalls hatte ihr Vater es ausgedrückt. *Ich weihe dieses Kind dem Herrn.*

Das Gewicht der Hand ihres Vaters auf ihrem Kopf. Das Gewicht seiner Worte. Der saure Weingeschmack auf ihrer Zunge.

*Ich habe dich Gloria genannt. Du sollst den Namen des Herrn rühmen.*

Diesen Namen hatte sie längst hinter sich gelassen – und

trotzdem war sie wieder hier in Darnshaw, vielleicht ebenso auf der Suche nach Erinnerungen an ihren Vater, wie Ben einen Vater gesucht hatte.

»Woher weißt du das, Ben? Bist *du* geweiht worden?«

Er bedeckte seine verletzte Handfläche mit den Fingern der anderen Hand, nahm sie weg und rieb sich über die Wange. Sein Blick blieb unverwandt auf das Fenster gerichtet. Farbige Streifen lagen auf seinem Gesicht: rot, gelb, blau.

Cass trat an den Altar. Auf ihm lag kein Foliant, sondern nur der weiße Läufer, den sie von früher kannte. Er bedeckte die Mitte des Steins, ohne die Abflussrinne an seinem Rand zu verbergen.

Lucy hatte von Kindern bei einer Opferung gesprochen – nicht als Opfer, sondern als *Handelnde* mit dem Opfermesser in ihren kleinen Händen …

Sie drehte sich nach Ben um.

Er war nicht mehr da. Cass blinzelte. Das farbige Licht fiel über den Platz, an dem er gesessen hatte. In den Schatten war eine Bewegung zu erkennen, die von einem Schlurfen begleitet wurde, und Cass konnte sehen, wie Ben sich an eine große Männergestalt drängte. Sie kannte diese Gestalt, hatte diese Hände auf ihrem Körper gespürt. Ben wurde nicht festgehalten; seine Arme umklammerten Remick mit verzweifelter Kraft. Und während Cass die beiden beobachtete, hob Remick eine Hand und ließ sie auf Bens Kopf ruhen.

»Jetzt ist er daheim«, sagte Remick.

»Ben, komm her.«

Er machte keine Bewegung.

»Glaubst du wirklich, dass er mit dir gehen will, Cass? Hier fühlt er sich wohl. Hier ist er glücklich.«

»Ben.«

Remick lächelte, trat einen halben Schritt zurück und drehte Bens Kopf so zur Seite, dass er sie ansah.

Auf den Wangen ihres Sohns konnte sie zwei silberne Tränenspuren sehen.

»Er braucht Stabilität, Cass. Sicherheit. Frieden.«

»Er braucht *mich.*«

»Wirklich, Cass? Glaubst du das?«

»Ben, komm her!«, rief Cass diesmal so laut, dass ihre Worte von den Wänden widerhallten.

»Du kannst ihn mitnehmen, Cass, aber du bekommst ihn nie zurück.«

Sie streckte die Hand aus. Ben verließ Remicks Seite und griff danach.

»Ben, zeig ihr, wer du bist«, sagte Remick. »Zeig ihr, wem du gehörst.«

Ben starrte zu Boden und öffnete seine Hand. Der Schnitt quer über die Innenseite leuchtete blutrot.

»Siehst du? Er gehört mir, Gloria. Wohin ihr geht, spielt keine Rolle. Ein Teil seines Ichs – der wichtige Teil, wie du merken wirst – bleibt für immer hier bei mir.«

Remicks Lippen bewegten sich weiter, aber sie konnte ihn nicht mehr hören. Sie schloss die Augen und sah ihren Mann, der ebenfalls stumm zu ihr sprach, ihr etwas mitzuteilen versuchte. Seine Hände waren ausgestreckt. Als sie die Augen wieder öffnete, trat Remick rückwärts ans Fenster. Blaues Licht fiel auf sein Gesicht. Er lächelte. »Jetzt verstehst du alles, nicht wahr, Cass? Jetzt siehst du's.«

Cass drückte Bens Schulter, damit er wusste, dass er stehen bleiben sollte. Sie ging auf Remick zu.

»Du bist mir willkommen, meine Liebe«, sagte er und breitete die Arme aus. Aber sie ließ ihn stehen, trat unter das Fenster und sah auf.

Die Pietà. Christus auf den Knien der Jungfrau Maria, tot in ihren Armen. Sein Gesicht war leer, die Augen schwarze Flecken. Ein gefallener Gott. Maria trug einen himmelblauen

Mantel. Er hatte dieselbe Farbe wie die Steine, die Pete in den Händen gehalten hatte.

Und dann betrachtete Cass das Gesicht der Maria und spürte, wie ihr Mund jäh austrocknete. Es war ein schmales, ziemlich hageres Gesicht, etwas zu lang, etwas zu klar definiert. Die Haut der Wangen wirkte irgendwie gesprenkelt. Die Augen waren dunkel, triumphierend.

Das Gesicht eines Mannes, nicht das einer Frau. »Du«, flüsterte Cass. Sie spürte, wie Remick ihre Schulter berührte, und konnte seine Hände gleichzeitig auf ihrem Gesicht, ihren Armen, ihren Brüsten spüren, während sie über ihr Rückgrat, ihre Brust glitten, ihr Herz berührten.

»Ich war schon immer hier«, sagte er, »bevor die Zeit gemessen, bevor der erste Stein gelegt wurde. Ich war hier, um über die zu wachen, die meinen Namen annehmen würden.«

»Aber …« Cass sah zu dem Fenster auf, zu dem Gott, den Remick in den Armen hielt.

Sie hatte seine Stimme im Ohr. »Das ist gelungen, was? Stell dir vor, wie in all diesen Jahren unzählige Gläubige zu der Pietà aufgesehen und ihr Lob gesungen haben – und dabei habe *ich* den toten Christus in den Armen gehalten. Eine nette Geste, findest du nicht auch? Und komisch, wenn man's recht betrachtet: Sie sehen mich jeden Tag, und doch kennen sie mich nicht.«

»Du bist …« Nur ein Mann, hatte Cass sagen wollen, aber sie spürte seinen Atem im Nacken, seine Lippen, die ihr Gesicht liebkosten, sich tiefer vorarbeiteten. Sie schloss die Augen, sah Pete mit blauen Steinen in den ausgestreckten Händen, sah sie einen nach dem anderen zu Boden fallen. Sie besaßen exakt die Farbe des Gewands der Jungfrau Maria. Er hatte versucht, ihr das zu zeigen, sie zum Sehen zu bekehren, aber sie war für alles blind gewesen.

Remick lachte. »Lapislazuli«, sagte er, »der Wüstenstein, ist das nicht eine Ironie des Schicksals? Die kostbarste Farbe der

Welt, und sie ist gleich hier in Darnshaw: die Farbe des Himmels und auch des Kernbereichs einer Kerzenflamme.« Seine Stimme klang wehmütig. »Eine Verbindung zweier Welten, Cass. Seiner und meiner.«

Er drängte an sie heran, ließ sein Kinn auf ihrer Schulter ruhen. »Weißt du was, Cass? Der beste Lapislazuli enthält auch Schwefel. Ist das nicht köstlich? Er enthält Schwefel und Eisenkies – Katzengold.« Sein höhnisches Lachen gellte in ihrem Ohr. »Ausgerechnet das hat dein Mann für dich ausgewählt: Katzengold.«

»Wie kannst du …?«

»Ich habe es dir gezeigt, Cass. Man nennt mich den Vater aller Lügen, aber dir habe ich immer nur die Wahrheit gezeigt.« Er streckte die Hand aus, und sie sah blaue Steine, die auf seiner Handfläche zu Staub wurden.

Cass verstand plötzlich. »Er war nicht da – Pete war nie da. In meinen Träumen habe ich immer nur dich gesehen.«

Remick lächelte. Er fuhr sich mit der Zungenspitze über die Lippen.

Cass sah zu ihrem Sohn hinüber.

»Oh, er ist so besser dran, Cass. Außerdem hat die andere Fraktion das jahrhundertelang getan. ›Gib mir das Kind sieben Jahre lang, dann gebe ich dir einen Mann zurück.‹ Damit prahlen sie, nicht wahr? Aber tue ich das Gleiche, empören sie sich alle.«

»Lass Ben in Ruhe.«

»Wie du willst – aber er ist bereits als mein Eigentum gezeichnet. Sehr reizvoll, findest du nicht auch?« Remick trat an Ben heran, griff nach seinem Arm und bog die Finger gerade, damit Cass die rote Wunde quer über die Handfläche sehen konnte. »Ein bisschen melodramatisch, diese Sache mit der mit Blut geleisteten Unterschrift, aber nach ihrem Verständnis ist sie bindend, und nur darauf kommt's an. Und ich gestehe, dass mir der

Geruch immer gefallen hat.« Seine Augen blitzten, als er sich wieder Cass zuwandte. »Willst du's sehen, Gloria? Deine Hände auf das Buch legen? Klar willst du das.«

Er tänzelte zum Lesepult hinüber und griff nach dem Buch, das aufgeschlagen darauf lag. *Es hat die ganze Zeit dort gelegen,* dachte Cass. *Für jedermann sichtbar. Genau wie das Fenster.*

Remicks Gesicht verfinsterte sich. »Du glaubst doch wohl nicht, dass ich es verstecken würde? Hier ist es.« Der Foliant war in staubiges Leder gebunden und roch nach Tierhaut und Zeit. Remick pfiff tonlos vor sich hin, während er einen dünnen Finger über die aufgeschlagene Seite gleiten ließ. Er drehte den Band um, damit Cass die Eintragungen sehen konnte, aber die Unterschriften verschwammen vor ihren Augen. Sie suchte die Seite ab und fand dort Damons Namen, dunkelbraun. Sally. Myra. Obwohl sie das alles nicht sehen wollte, konnte sie ihre Augen nicht daran hindern, die Seite bis zur letzten Eintragung zu lesen.

Remick klappte das Buch mit einem leisen Knall zu.

»Alle drin«, sagte er, »alle unterzeichnet, gesiegelt und geweiht.« Sein Blick ging zu der Stelle hinüber, an der Cass einst gekniet hatte.

Die Kirche drehte sich um sie. Die Hand ihres Vaters, die auf ihrem Haar lag – war es überhaupt so gewesen? Vor ihrem inneren Auge stand eine Szene, in der sie ihre nach oben gedrehte Hand, klein und weiß, unter ein erhobenes Messer legte, auf dem Altar lag ein aufgeschlagenes Buch. Sie schüttelte den Kopf. So war es nicht gewesen. Ihr Vater war ein guter Mann gewesen, der sein Bestes getan hatte. Gloria, so hatte er sie genannt.

»Ganz recht.« Remick sprach ganz nah an ihrem Haar. »Er hat jeden deiner Gedanken beherrscht, nicht wahr? Er hat dich mir weggenommen. Er dachte, er könnte dich beschützen, dich dem anderen zuschanzen. Nun, ich will dir eines sagen, Cass: Man kann sich nur selbst verschenken.«

Cass griff nach dem Buch, spürte den abgenutzten Einband unter ihren Fingern, bevor er es wegzog.

»Du kannst es nicht rückgängig machen.«

Cass zwang sich dazu, sich hoch aufzurichten. »Du hast Wahnvorstellungen«, sagte sie. »Du bist verrückt, das ist alles.«

»Meinst du?« Er sah zu dem Kirchenfenster auf. »Ein einfaches Zeichen, nicht wahr, Cass? Jeder Besucher hätte es sehen können. Diese Kirche ist lange vor deiner Geburt erbaut worden. Für mein Alter habe ich mich nicht schlecht gehalten, stimmt's?« Er grinste. »Ich bin noch ziemlich munter, findest du nicht auch?«

Cass sah erneut zu dem Fenster auf. Das musste ein Zufall sein; der Glaskünstler, von dem es stammte, konnte doch nicht allen Ernstes …

Sie sah der Jungfrau Maria ins Gesicht und merkte, dass Remicks Augen auf sie herabblickten.

»Siehst du«, flüsterte Remick, »du glaubst also doch.«

Sie erinnerte sich daran, wie dieses Gesicht ihres berührt hatte, wie seine Küsse auf ihrer Haut gewesen waren.

Remick lächelte, und Cass fühlte, wie ihre Nerven kribbelten. Ihr schauderte. *Ich hab's gewusst*, dachte sie. *Mein Körper hat es schon immer gewusst.*

Sie erwiderte seinen Blick und sah in fürsorgliche, liebende Augen, die amüsiert blitzten. Sie schüttelte den Kopf. »Du kannst ihn nicht haben«, sagte sie. »Du kannst meinen Sohn nicht haben.«

Er lächelte, legte das Buch aufs Lesepult zurück.

»Ich verbrenne es!«

Er lachte. »Wirklich, Cass? Wir werden ja sehen. Natürlich steht auch alles in seiner Hand, nicht wahr? In seinem Herzen, in seinen Augen …«

»Nein.«

»Vielleicht solltest du jetzt lieber gehen, Cass. Auch du trägst deine Bestimmung in dir. Gloria: zum Ruhme Gottes. Nun, du kannst deinen Sohn mitnehmen und gehen. Glorifiziere ihn.«

Cass starrte ihn an. »Sie werden dich abholen kommen«, sagte sie. »Ich erzähle ihnen alles. Ich habe die Leichen gefunden – Bert, Lucy.« *Jess.* Die Kleine war noch in Sallys Haus.

»Cassandra.« Er lächelte. »Welche Ironie des Schicksals, dass du diesen Namen trägst. Weißt du, wer sie war, Cass? Sie konnte wahrsagen, aber sie war dazu verdammt, nie Gehör zu finden. Komisch, dass du ihn für dich ausgesucht hast.«

»Ich heiße Cassidy.«

»Wie du möchtest.«

»Du kannst ihn nicht haben.« Cass merkte, dass ihr Tränen in die Augen stiegen. »Du musst ihn freigeben.«

»Du *musst,* du *musst …*«

»Bitte.«

»Ah, du bettelst – das mag ich. Das gefällt mir.«

Cass starrte ihn an. Im nächsten Augenblick fiel sie vor ihm auf die Knie. Der Steinboden war kalt, unnachgiebig.

Remick lächelte.

»Bitte. Ganz gleich, was du ihm angetan hast – was du ihm geraubt hast –, lass ihn gehen.«

»Du bittest mich darum?«

»Ich flehe dich an.«

Remicks Augen blitzten. Er warf laut lachend den Kopf in den Nacken. »Oh, Cass, bitte – wirklich?« Er machte eine Pause, wurde wieder ernst. »Ich will nur eines, einzig und allein eines, und du weißt genau, was es ist.«

Er verstummte, aber seine Lippen bewegten sich weiter. Cass hörte die Worte ganz deutlich: *Ich habe dich gekostet.*

Sie öffnete die Lippen. *»Mich?«* Sie glaubte, wieder seine Hände auf ihrem Körper zu spüren, und erschauderte. Dabei dachte sie: *Du hast mich schon gehabt.*

»Oh, nicht deinen Körper, Cass, so köstlich er auch war – was dein Vater wohl dazu gesagt hätte? Nein, den brauche ich nicht; das war nur ein Vorgeschmack. Eine Kostprobe.« Sein Blick ließ sie nicht los.

Sie schüttelte den Kopf.

»Deine Liebe? Nein, dein Herz erkaltet, Cass; ich will es nicht. Darum geht es überhaupt nicht. Du kennst das Spiel, du hast seine Regeln als kleines Mädchen gelernt. Ich spreche von dem Teil deiner selbst, der damals *ihm* geweiht worden ist: Der ist süß, Cass, die süße, süße Seele einer verbotenen Frucht. *Gib sie mir.«* Sein Blick war plötzlich gierig. Er fuhr sich mit der Zungenspitze über die Lippen, auf denen ein Speicheltropfen zurückblieb. »*Gib sie mir*«, wiederholte er heiser. »Überschreib sie mir – eine Kleinigkeit. Es dauert nur einen Augenblick, dann ist's geschehen. Dann lasse ich ihn gehen, tilge seinen Namen aus dem Buch, und alles ist wieder so, als habe er nie unterschrieben.«

Sie wich vor ihm zurück, schüttelte wieder den Kopf.

»Sieh ihn dir an, Cass, so jung und trotzdem so sorgenschwer. Siehst du den Schatten in seinem Blick? Das ist kein Schatten, Cass; weißt du, was es ist? Das Fehlen von Licht. Es ist erloschen, Cass. Ausgelöscht. *Verschwunden.* Und es bleibt für alle Ewigkeit verschwunden, wenn du nicht Ja sagst. Mehr ist nicht nötig, Cass. Ein einziges kleines Wort.« Er legte den Kopf schief, veränderte seinen Tonfall. »Es war *gut,* Cass, nicht wahr? Du und ich – alles, wonach du dich gesehnt hast.«

*Bis auf die Art und Weise, wie ihr Fleisch vor ihm zurückgewichen war.*

»Ich kann's dir geben.« Er lächelte, und es war *Theos* Lächeln, herzlich, warm, tröstlich. Es beruhigte sie. Cass wandte den Blick ab. Obwohl ihr Sohn in dem durch die Fenster einfallenden Licht stand, waren seine Augen voller Schatten, würden immer voller Schatten sein.

Und sie war seine Mutter.

Remick streckte eine Hand aus, zeichnete eine Geste in die Luft, und sie spürte seine Berührung: kraftvoll, warm, tröstlich, wie es nur die Umarmung eines Mannes sein konnte. *Sicherheit*. Sein Atem war in ihrem Haar, auf ihrem Nacken. Sie stöhnte leise.

»Es war gut, Cass.« Seine Fingerspitzen liebkosten ihren Körper, so leicht auf ihren Armen, an der Innenseite ihrer Handgelenke, auf ihren Hüften. Sie berührten ihre geheimsten Stellen, setzten sie in Brand, drangen sanft in sie ein … füllten sie aus. Seine Finger waren kühl im Gegensatz zu ihrer Hitze.

»Nein.« Sie öffnete die Augen. Seine waren blau. Blau.

»Komm zu mir«, sagte er und breitete die Arme aus.

Cass schüttelte den Kopf. Solche Wärme, solches Licht, so beruhigend für Herz und Seele. Sie senkte den Blick und sah sorgenvoll die Schatten in Bens Augen. Sie musste etwas für ihn tun, musste ihm helfen. Mit einem einzigen Wort …

»Ich gebe dir dein Leben zurück, Cass.«

Plötzlich war ihr bewusst, was sie alles verloren hatte.

»Cassandra. *Gloria*. Komm.«

Seine Arme waren offen, und sein Blick war warm, so voller Liebe, voller Versprechen, dass er alles zurückbringen würde. Cass trat vor, bevor sie selbst wusste, dass sie's tun würde. Das war letztlich so einfach, sie brauchte nur einen Schritt zu tun, um von diesem Gewicht, von dieser Hand, die noch auf ihrem Kopf lastete, befreit zu werden. Wie schön es sein würde, in seinen Armen zu ruhen und diese Last von sich nehmen zu lassen. Er zog sie an sich, strich ihr übers Haar, drückte ihren Kopf sanft an seine Schulter. Sie ließ es mit sich geschehen.

Remick hielt sie weiter umarmt, als er mit ihr zum Altar ging, und Cass ruhte in seiner Wärme und spürte, wie Licht ihr Gesicht berührte. Ihre Hand war unversehrt, ein hilfloses Ding, als Cass sie ausstreckte, und er ergriff sie, legte sie flach in seine eigene. Mit der anderen Hand hob er ein Messer. Die lange Klinge war leicht gekrümmt, und er lächelte wölfisch, zog dabei die Lippen hoch und ließ die Zähne sehen.

Cass sah ihre Hand nicht an, als er hineinschnitt, obwohl der Schmerz unerwartet heftig war. Sie fühlte, wie er etwas tief in ihrem Inneren zertrennte, aber sie schrie nicht auf. Dann war es auch schon vorbei, und die Leere, die er zurückließ, war gut, sicher. Sie gehörte ihm.

Ihr Blick fixierte Remicks Augen – sie waren schön, hatte sie das vorher nicht bemerkt? –, und sie spürte, wie er ihre Finger um etwas schloss – es war ein Füller. Er schob ihr das Buch hin.

Sie beugte sich über die Seite, nahm ihren zimtartigen Blutgeruch wahr. Ihren Namen zu schreiben, dauerte nur einen Augenblick. Es war ihr richtiger Name, den sie ihm als Geschenk darbrachte. Das Ding, das er wollte.

Als sie sich aufrichtete, küsste er sie auf die Stirn. »Geh«, flüsterte er. »Geh in Frieden, mein Kind.«

Sie blinzelte. Ben stand in der Nähe, und sie streckte ihm die Hand hin. Seine Augen glichen dunklen Löchern. Er lächelte nicht, sagte kein Wort; er starrte sie nur unverwandt an.

»Du hast versprochen, ihn freizugeben«, sagte Cass. Während sie sprach, merkte sie, dass sie wieder klar denken konnte. »Gib ihn also frei.«

Remick hatte sich abgewandt. Er klappte das Buch zu, legte es auf das Lesepult zurück, schob den Füller in irgendeine verdeckte Tasche. Er wischte das Messer an dem weißen Altartuch ab und verbarg es unter seine Jacke. Das alles tat er, ohne ein Wort zu sagen.

»Lösche seinen Namen, wie du's versprochen hast.« Cass zeigte auf das Buch. Sie wartete auf eine Antwort, die jedoch nicht kam.

»*Tu's* jetzt! Halte dein Versprechen. Gib ihn frei.«

»Er ist frei.« Remick klopfte Staub von seiner Jacke. Seine Bewegungen waren rasch, geschäftsmäßig.

»Aber du hast gesagt … Du hast versprochen, alles in Ordnung zu bringen. Wenn ich nur …«

»Wenn du *nur* …«

»Ja.«

»Du scheinst etwas missverstanden zu haben, Cass. Hier scheint ein Irrtum vorzuliegen,.«

Ihre Kehle war wie ausgetrocknet. Sie bekam kaum noch Luft. »Nein. Du hast's gesagt. Du hast's *versprochen.*«

»Das habe ich. Und ich halte, was ich verspreche, auch wenn andere das Gegenteil behaupten.«

»Du hast *gesagt,* du würdest ihn *freigeben.*«

Remick richtete sich auf, wandte sich ihr zu. »Ich hab's dir gesagt. Er ist frei.«

»Aber das Buch …«

»Das Buch«, wiederholte er spöttisch. »Weißt du denn gar nichts, Cass? Ich dachte, du wüsstest es besser.«

»Aber sein Name …«

»Er ist ein Kind.«

»Aber du … Seine Hand …«

»Ja, ja. Um Himmels willen, er ist ein Kind. Hörst du denn nicht zu? Ein Kind: ein unschuldiges Wesen, zumindest in den Augen Gottes. Er ist keine bindende Verpflichtung eingegangen, hat sich nicht in meine Hand gegeben. Verstehst du das denn nicht?« Er lächelte. »Oh, Cass. Jetzt verstehst du, nicht wahr? Endlich.«

»Er ist …«

»Unschuldig, ja. Frei, wenn du so willst. Wenigstens vorläufig.«

»Aber er hat unterschrieben …«

»Nichts Bindendes. Wie ich gesagt habe.«

Sie schwieg.

»Nimm ihn und geh.«

»Aber …«

»Ich habe keine Macht über ihn. Nimm ihn und geh.«

Ben starrte weiter geradeaus, seine Augen glichen kohlschwarzen Flecken.

»Natürlich dürfte er zu mir zurückfinden; das ist dann seine eigene Entscheidung. Was ich gesagt habe, ist wahr: *seine eigene Entscheidung*. Das ist das Schöne dran. Und er betrachtet mich schon jetzt als seinen Vater, nicht wahr, Ben?«

»Aber die anderen. Damon, die anderen Jungen …«

»Oh, Damon gehört mir; er ist gerade alt genug, um das zu verstehen. Die anderen … wer weiß? Aber sie tragen mein Zeichen.« Er grinste wölfisch. »Sie werden zurückkommen. Spürst du das nicht, Cass?«

»Aber nicht Ben. Du hast gesagt …«

»Ich habe versprochen, ihn freizugeben. Ich habe nicht gesagt, dass er frei bleiben *wird*. Und da kommst du ins Spiel. Du bist seine Mutter, nicht wahr? Du kannst ihn anleiten. Traust du dir das zu? Bist du eine gute Mutter, Cass?«

Sie sah auf das Blut hinunter, das auf ihrer Handfläche antrocknete.

»Vermutlich nicht. Nun, das wird sich im Lauf der Zeit erweisen, nicht wahr?«

»Aber wie er zuletzt war … er hat mich *geschlagen*. Er hat solche Dinge zu mir gesagt.«

»Kaum überraschend, Cass, wenn man bedenkt, wie du ihn entwurzelt hast – wie du seinen Daddy daran gehindert hast heimzukehren. Wirklich, Cass!«

»Er hat gesagt …«

»Kinder sind so leicht zu manipulieren, habe ich das nicht erwähnt? Und da ich sein Lehrer bin …« Remick wandte sich Ben zu und lächelte. »Umarmungen sind was für Waschlappen, nicht wahr, Ben? Was deine Zeichnungen betrifft, hältst du dich sehr gut an deine Anweisungen. Die eine mit dem Soldaten und der Lady … wirklich, Ben, du solltest dich der Familie anschließen.

Du gehörst dazu. Aber das kannst du natürlich immer noch – wenn du alt genug bist, versteht sich.« Ben wandte den Blick ab.

»Du hast ihm erzählt, dass er sie *gesext* hat. Dass mein Mann … diese Frau …«

Remick schnaubte. »Worte – nichts als *Worte*, Cass. Ben hat geglaubt, das hieße gerettet, stimmt's, mein Sohn?« Er lächelte. »Natürlich würde ich das deinem Mann ohne Weiteres zutrauen: Pete denkt sehr geradlinig, nicht wahr? Er ist kein Typ, der sich Gedanken wegen des Spirituellen macht. Wegen Schuld und Sühne.«

Ben scharrte mit den Füßen.

»Du hast recht, Ben. Ihr müsst weiter.« Remick sah wieder Cass an. Seine Augen waren nicht mehr nur blau; sie waren stahlblau. »Danke«, sagte er, »für dein Vertrauen.«

»Aber was ist mit …?«

»Dir? Was ist mit dir?« Er nickte zu Ben hinüber. »Dein Sohn hat nicht gewusst, was er tat. Er ist frei wie ein Vogel. Das war unsere Vereinbarung, nicht wahr?«

»Aber …«

»Es gibt kein Aber, Cass; es gibt kein Zurück. Dein Sohn hat nicht verstanden, was er getan hat, aber du hast's gewusst, nicht wahr? Du hast genau gewusst, was du tust.« Er machte eine Pause, dann breitete sich langsam ein Lächeln auf seinem Gesicht aus. »Liebe, süße Cass. Willkommen in der Familie.«

## Kapitel 31

Das Geräusch von tropfendem Wasser kam von überall: von den Hausdächern, vom Kirchturm, von den Bäumen. Es erfüllte Cass' Ohren. Als sie die Straße entlanggingen, die sich durch das Dorf schlängelte, sah sie, dass der Asphalt jetzt fast schneefrei war; nur an einigen Stellen hielten sich noch dünne Eisplatten, die wie Spinnweben aussahen. Sie vergewisserte sich mit einem Blick über die Schulter hinweg, dass Ben ihr folgte. Das tat er. Ihre Brust war voll eisiger Luft. Sie fragte sich, ob sie auftauen würde, wenn der Frühling kam.

# Kapitel 32

Cass ließ sich aufs Sofa fallen, und Ben verschwand in seinem Zimmer. Sie starrte die Wand an. Hinter ihr herrschte jetzt Stille, es gab kein Kratzen oder Klopfen mehr; das einzige Geräusch kam von außen, wo Wasser zu Boden tropfte. Es bedeutete, dass die Zeit verging. Sie hätte Ben mitnehmen, ihn von hier wegbringen sollen, aber das schien keinen Sinn mehr zu haben.

Sie dachte an die Leichen oben im Moor. Alle drei waren ihretwegen zurückgelassen worden – als warnendes Zeichen. Remick würde nicht gefasst werden, *konnte* nicht geschnappt werden. Die Welt besaß keine Macht über ihn.

Sie brauchte nicht aus dem Fenster zu sehen, um zu wissen, dass das Moor weiterhin tief verschneit war. Dort oben würde es noch eine Zeit lang Winter sein, selbst wenn es in Darnshaw taute. Aber die Straße über die Hügel war vielleicht frei. Sie konnte das Auto vollladen und wegfahren. Sie konnte packen, Ben auffordern, seine Sachen zusammenzusuchen. Irgendwie war es jedoch einfacher, dazusitzen und dem Tauwetter zu lauschen.

Aber Ben stand neben ihr, und er war hungrig. Er zupfte sie am Arm, bis sie aufstand. Im Brotkasten war Brot, obwohl sie sich nicht daran erinnern konnte, wie es hineingekommen war. Sie strich ihm ein paar Butterbrote, legte sie auf einen Teller. Ben verzog missmutig das Gesicht, aber sie schob ihm den Teller hin. Er nahm ihn und ging damit in sein Zimmer zurück.

Cass sah aus dem Fenster, und das Moor schien ihren Blick zu erwidern. Von irgendwoher kam Motorengeräusch, das nahe und zugleich weit entfernt zu sein schien, weil es durch die Topografie des Tals verstärkt wurde. Irgendein großes Fahrzeug, vielleicht ein Geländewagen.

Schaffte sie mit ihrem Auto die Zufahrt zur Straße hinauf, konnten sie Darnshaw verlassen. Aber die Vorstellung zu packen, den Zündschlüssel zu drehen, um den Motor anzulassen, den Wagen durch die kurvige Straße zu lenken … das war ihr alles zu viel.

Sie wusste nicht mehr, wann sie zuletzt zu telefonieren versucht hatte – aber mit wem hätte sie reden können? Niemand würde ihr Anliegen verstehen. Sie hatten ja keine Ahnung.

Cass spürte ein heftiges Brennen in der Magengrube. Sie ging in die Küche, klappte eine Brotscheibe zusammen, steckte sie den Mund und kaute das unangenehm trockene Zeug. *Dies ist Liebe.*

Sie beugte sich über den Ausguss, würgte alles wieder hoch und angelte Brotbrocken aus ihrem Mund.

Als Cass die Augen schloss, war Remick da. Sie konnte die Hitze seines Atems spüren. Sie stand nackt vor ihm, aber das war in Ordnung. Sie schämte sich nicht. Er fuhr ihr mit dem Handrücken über den Arm, als betrachte er sie als seinen Besitz.

Sie hörte ein Klopfen an der Tür und verbarg ihr Gesicht an seiner Schulter. Er war für sie da, er würde stets für sie da sein, jemand, an den sie sich wenden konnte, wenn sie nicht weiterwusste, ein Fels in der Brandung. Das Klopfen wiederholte sich, aber sie sah nicht hin, es tat nur weh, wenn sie hinsah. Sie würde hier in Remicks Umarmung bleiben, die ihr garantierte, dass nichts passieren konnte.

Eine Tür wurde geöffnet und geschlossen.

Remicks Hände lagen auf ihren Schenkeln, um sie zu spreizen. Sie verzog das Gesicht, ließ aber die Augen geschlossen.

»Cass?«

Die tiefe Stimme klang vertraut, und Cass wusste, dass sie sie hätte erkennen müssen, aber irgendwie gelang ihr das nicht.

»Cass, alles in Ordnung mit dir?« Eine Hand auf ihrem Arm, solide, schwer. Nicht wie Remicks. Sie wischte sie weg. Ihr Kopf fiel zurück, und sie öffnete die Augen.

Eine Gestalt, deren Umrisse das Licht in der Diele nachzeichnete, ragte über ihr auf. Cass kannte sie von irgendwoher. Die Gestalt musterte sie von Kopf bis Fuß, ohne etwas zu sagen. Ihr war bewusst, dass ihre Kleidung derangiert, ihre Augen rot geändert und Lider wie im Halbschlaf schwer sein mussten.

Die Gestalt beugte sich herab, sah genauer hin, befand sie als nicht gut genug. Sie war *niemals* gut genug gewesen.

»Mami?«

Cass blinzelte. Ben stand neben dem Sofa, zupfte sie am Ärmel. Sie bekam seinen Arm zu fassen, spürte die dünnen Knochen unter seiner Haut: Ben war in Sicherheit. Sie zog ihn an sich und schloss ihn in die Arme. Sein Haar unter ihren Lippen war fettig. Sie musste ihn von hier fortschaffen, dafür sorgen, dass Remick ihn nie mehr zu sehen bekam.

»Cass.«

Sie blickte auf und sah etwas, das keinen Sinn ergab: das Gesicht war das ihres Vaters. Es war auch seine Stimme, jedoch anders, mit den Jahren weicher geworden. Um die Augen hatte er Falten, die früher nicht da gewesen waren, und seine Wangen waren zu Hamsterbacken geworden. Alt. Er war alt, das war es. Sie zog Ben an sich, blickte zu ihrem Vater auf und wartete darauf, dass er alles aufzählen würde, was mit ihr nicht in Ordnung war.

*Nur eine Sache. Eine ganz einfache Sache.*

»Ist irgendwas passiert?« Er kniete neben ihr, rieb ihren Arm. »Bitte erzähl mir, dass du dich nicht so hast gehen lassen, seit Peter …«

Cass blinzelte. Sie konnte nicht verstehen, was er sagte. Vielleicht meinte er ihr Kleid. Das war's! Sie sollte in die Kirche gehen, aber sie hatte Schmutz am Kleid. Sie drückte Ben enger an sich, hörte Remicks Flüstern in ihrem Ohr: *Ich werde dir dein Leben zurückgeben.*

Ihr Vater sprach. »Das ist eine gute Nachricht, Schatz. Ich dachte … ich dachte, du seist fast schon darüber hinweg. Ich hab zwar nie geglaubt, dass er gut ist für dich, das weißt du, aber dich jetzt so zu sehen …« Als er lächelte, bildeten die tiefen Falten neben den Mundwinkel einen Bogen.

Er konnte ihr helfen. Der Hoffnungsschimmer war schwach, aber er war vorhanden: Ihr Vater war ein Mann Gottes. Cass behielt ihn im Auge. Er konnte sie von allem befreien. Sie würden miteinander aufbrechen, er konnte sie beide mitnehmen, und sie würden Darnshaw nie wiedersehen müssen.

»Er ist wieder da, Schatz. Er ist heimgekehrt.«

Cass wusste nicht, was er meinte. Remick? Remick war nie fort gewesen. Er war schon immer hier.

Ihr Vater fuhr ihr mit dem Handrücken über die Stirn, was sie an den Lehrer und seine besitzergreifende Geste erinnerte. Cass wandte sich erschaudernd ab. War dies wirklich ihr Vater? Dies konnte Remick sein, einer seiner Tricks. Sie presste Ben an sich, und ihr Sohn holte erschrocken Luft. Ihre Vater zog an ihrer Hand, aber sie wehrte ihn ab. Sie würde nicht zulassen, dass er ihr ihren Sohn wegnahm. *Niemals.*

»Er lebt, Glo- *Cass*. Ich bin gekommen, um dir die freudige Nachricht zu überbringen: Er ist seit einiger Zeit wieder da, aber wir mussten jenseits des Moors warten, bis wir zu dir vordringen konnten. Er kann's kaum erwarten, dich wiederzusehen, Cass, aber ich habe es für ratsam gehalten, dass er vorläufig im Auto wartet. Ich wollte vermeiden, dass der Schock für dich allzu groß wird.«

Er berührte nochmals ihre Stirn – diesmal jedoch, um zu fühlen, ob sie Fieber hatte. »Cass, kannst du mich hören? Verstehst du, was ich sage? Du siehst krank aus. Ich … ich wollte ohnehin kommen, wie du weißt. Dieser Ort … er hat uns allen kein

Glück gebracht. Ich wäre gekommen, sobald ich Antwort von dir erhalten hätte, aber die Sache mit Pete hat keinen Aufschub geduldet. Jetzt wird alles wieder gut, Cass.«

Seine Worte ergaben keinen Sinn. Wurde von ihr erwartet, dass sie glücklich war? Sie wusste, dass Remick lebte – er würde ewig leben, auch wenn ihr eigenes Leben längst zu Ende war. Sie fuhr sich mit der Zungenspitze über die Lippen, auf denen ein Geschmack von Staub lag.

»Er hat mich reingelegt«, flüsterte sie.

»Nein, Cass, nein, das hat er nicht getan, nicht absichtlich. Er ist bei einem Gefecht in Gefangenschaft geraten. Dann ist er mit einem Kameraden verwechselt worden und konnte lange nicht selbst sprechen. Aber jetzt ist er wieder da. Er ist zu dir zurückgekommen, Schatz. Er … er hat natürlich Narben, Liebes, darauf musst du gefasst sein. Aber er ist wieder da.«

Sie blinzelte. »Pete?«

»Natürlich! Peter … Pete. Wer denn sonst?« Ihr Vater lächelte, drückte ihren Arm. »Er ist hier, Cass. Er wartet unten.«

Sie versuchte aufzustehen und ihm zur Tür zu folgen, aber zuletzt blieb sie an die Wand gelehnt stehen und ließ ihn allein gehen. Ihr Vater nickte scheinbar verständnisvoll. Er streckte Ben die Hand hin. »Willst du mitkommen und deinen Daddy sehen?«, fragte er.

Ben wich gegen Cass zurück und schüttelte den Kopf, und Cass' Vater sah sie an. Sein Blick war halb verwirrt, halb tadelnd. Cass hörte seine Schritte leise werden und in Richtung Treppe verhallen.

Er würde nicht zurückkommen, bestimmt nicht zurückkommen. Dieser Gedanke war abwegig, lag irgendwie außerhalb ihres Vorstellungsvermögens. *Ich werde dir dein Leben zurückgeben.* Daran klammerte sie sich, das wiederholte sie in Gedanken ständig. *Ich werde dir dein Leben zurückgeben.* Und sie glaubte zu hören, was Remick nicht dazugesagt hatte: *Wenn du's nicht mehr brauchen kannst. Wenn du's nicht mehr haben willst.*

Es war Ben, der die Wohnungstür öffnete. Draußen standen Cass' Vater und hinter ihm jemand, der etwas größer, etwas breiter war.

Ihr Vater trat beiseite.

Pete war sichtbar abgemagert. Sein einst volles Gesicht war eingefallen. Die Haut war rau, anscheinend verbrannt.

Cass' Lippen zuckten.

Pete lächelte sie an, hob eine Hand, ließ sie wieder sinken. In seinen Augen stand ein Leuchten, und Cass brachte es zum Erlöschen; das sah sie deutlich. Sie wusste nicht, was sie hätte tun können, um es zu erhalten. Es war, als stünde jemand vor ihr, den sie vor langer Zeit gekannt hatte, vielleicht ein Freund aus ihrer Kindheit – ein Wiedersehen, das umso merkwürdiger war, weil sie sich beide verändert hatten. Die Jahre hatten Spuren auf ihren Gesichtern zurückgelassen. Petes Augen waren heller, als Cass sie in Erinnerung hatte. Wie von greller Wüstensonne ausgebleicht.

»Cass.« Er versuchte zu lächeln. »Ich bin's.« Seine Stimme war ein Krächzen, ganz anders als in ihrer Erinnerung. Ben neben ihr trat vor, und Pete sank auf die Knie und umarmte seinen Sohn. Er hielt ihn an sich gedrückt, flüsterte Worte an seinem Ohr, und Ben stieß plötzlich einen Schrei aus und umarmte ihn seinerseits. Beide begannen zu weinen.

Pete richtete sich auf und schloss Cass in die Arme. Sein Körper war groß, breitschultrig, hatte nicht die richtige Statur. Sie wollte nicht, dass er sie berührte.

»Wie wundervoll, dich zu sehen, Cass«, sagte er. Er machte eine Pause, wartete auf etwas, das sie ihm nicht geben konnte. »Ich wollte zu dir zurück«, sagte er mit brechender Stimme. »Ich dachte, ich würd's nie schaffen.«

»Cass.« Das war die Stimme ihres Vaters. Sie spürte die Wand hinter sich, was irgendwie ganz falsch war. »Cass«, sagte er nochmals, diesmal drängender. Sie musste wählen, das wusste sie. Sie konnte seinen Blick erwidern und sich auf dies hier einlassen, oder sie konnte ins Dunkel gehen. Sie schloss die Augen. Das Dunkel wartete, und es stieg auf, um sie zu umfangen.

# Kapitel 33

Remick kam zu Cass, während sie schlief. Seine Arme waren ausgebreitet, aber nicht, um sie willkommen zu heißen; vielmehr schien er ihr ein Geschenk zu bringen. Er lächelte. Seine Augen waren dunkler, als sie sie in Erinnerung hatte. Er machte den Mund auf, aber sie hörte keine Worte, weil er mit blauen Steinen angefüllt war. Während er sprach, fielen sie nacheinander zu Boden. Cass griff nach ihnen, aber sie schlüpften ihr durch die Finger. Das verstand sie jetzt: halb von dieser Welt, halb aus einer anderen, und jeder einzelne von ihnen eine Lüge. Katzengold. Sie ließen sich nicht greifen. *Er* ließ sich nicht greifen.

Sie öffnete die Augen und sah blassblaue Augen auf sich gerichtet. Sie holte tief Luft. »Pete.«

Er lächelte, und seine Hand umfasste ihre. »Du bist wieder da. Ich hab mir schon Sorgen um dich gemacht.«

»*Du* hast dir Sorgen gemacht?«

Pete lachte, und das rief Erinnerungen in ihr wach. Das war ein Klang aus guten Zeiten, bevor sie beide verschwunden waren. Er erinnerte Cass an den Tag, den sie mit Remick verbracht hatte, als sie gerade hier eingetroffen waren und er zu Besuch gekommen war und sie wie eine Familie einen Spaziergang im Schnee gemacht hatten.

Sie schloss die Augen. Sie konnte das Buch riechen, faulig wie allzu lange abgehangenes Fleisch, und dann kam die Erinnerung an die Hände des Lehrers auf ihrem Körper. Sie öffnete die Augen wieder und sah Pete an. Seine Augen waren durchsichtig hell, und sie hatte das Gefühl, direkt in ihn hineinsehen zu können.

»Du hast mir gefehlt«, sagte sie. »Du weißt gar nicht wie sehr.«
»Sorry, dass ich mich ein bisschen verspätet habe.«
Sie boxte ihn spielerisch an den Oberarm, erwiderte sein Lächeln. Das fühlte sich gut an.
»Wenn du dich in den letzten Weltwinkeln rumtreibst …«
Sein Lächeln verblasste. Cass sah sich um und stellte fest, dass Ben nirgends zu sehen war. Sie setzte sich auf. »Wo ist …?«
»Ben ist gut aufgehoben. Dein Dad macht einen Spaziergang mit ihm. Er ist wirklich sehr hilfsbereit gewesen, viel mehr als früher. Jedenfalls hat Ben so ausgesehen, als bräuchte er etwas frische Luft. Cass, alles in Ordnung mit dir? Wie lange hast du dich schon hier verkrochen?«
Sie schüttelte den Kopf.
»Vielleicht brauchst du auch etwas frische Luft. Du hast im Schlaf ziemlich verrücktes Zeug geredet.«
Sie runzelte die Stirn.
»Das hat wie eine Art Rückblende geklungen.«
»Tatsächlich?«
»Irgendwas aus deiner Kindheit – irgendwas über Hölle und Verdammnis.« Er sah zur Tür hinüber. »Das muss der Einfluss deines Vaters sein. Cass, ist mit dir wirklich alles in Ordnung?«
Die wirkliche Frage stand in seinem Blick: Wie konnte etwas mit ihr nicht in Ordnung sein, nachdem er zu ihr zurückgekommen war? Was um Himmels willen konnte sie daran hindern, darüber glücklich zu sein? Vor Cass' innerem Auge erschien ein Bild: Remicks Hände, die auf ihren Brüsten lagen. Sie erschauderte.
»Sollte Ben nicht in der Schule sein?«
Sie schüttelte den Kopf. »Die hat geschlossen. Die Heizung ist ausgefallen. Aber er muss sowieso nicht mehr hin, stimmt's? Ich meine, wir fahren doch weg, nicht wahr?«
Sie konnte nach Aldershot zurückgehen, ihr altes Leben im Kreis anderer Frauen wieder aufnehmen, sich mit Leuten um-

geben, die vertrauenswürdige Freunde waren. Sie brauchte Remick nie wiederzusehen, außer vielleicht in ihren Träumen.

»Wenn du möchtest, Cass … wenn du das willst.«

»Ja.« Sie rang sich ein Lächeln ab und merkte nun, dass ihr Mann eigentlich genau wie früher aussah; ließ man seine Magerkeit und die Brandnarben im Gesicht außer Acht, war er derselbe Pete. Sie konnte ihr Leben zurückhaben, Darnshaw vergessen. Dies würde eine Episode von Verrücktheit, von Illusionen sein, von denen keine real war. Sie konnte übers Moor entkommen, und alles würde hinter ihr verblassen, vom Nebel verschluckt werden.

Sie ergriff Petes Hand. »Ja, das will ich. Ich kann's kaum noch erwarten.«

Die Wohnungstür wurde geöffnet, fiel ins Schloss, und Ben kam hereingerannt und lächelte auf eine Art, die sie schon lange nicht mehr gesehen hatte. Er breitete die Arme aus und umarmte seinen Dad stürmisch. Cass zerzauste ihm das Haar, zog beide lachend an sich. Dann spürte sie eine Hand auf ihrem Arm, sah auf und war augenblicklich wieder ein kleines Mädchen, über dem eine dunkle Gestalt aufragte, die sein Kleid prüfend anstarrte.

Ihr Vater sprach. »Ich muss mit dir reden, Cass.«

*Nicht gut genug*, dachte sie.

Die Erregung ihres Vaters zeigte sich darin, wie hektisch rasch er Cass musterte – von den Augen übers Haar bis zu ihrer verknitterten Kleidung. Er schloss die Küchentür hinter ihnen.

Sie öffnete den Mund, aber er sprach zuerst. »Woher hat Ben dieses Mal auf seiner Handfläche?«

Cass merkte, dass sie seinen Blick nicht erwidern konnte, und starrte das Linoleum an. Es wies zahlreiche Abdrücke von schmutzigen Schuhen auf. Wie lange war hier schon nicht mehr geputzt worden?

»Erzähl's mir, Cass.« Seine Stimme klang sanft.

»Er …« Cass dachte an die Jungen, die im Kreis gesessen hatten: Kinder, die mit Blut einen Pakt schlossen, um Blutsbrüder zu werden. »Er hat mit seinen Freunden Unfug gemacht. Es hat nichts zu bedeuten.«

»Erzähl mir keine Lügen, Cass. Ich kenne solche Male. Ich weiß, was sie bedeuten.«

*Warum fragst du dann?* In ihrer Brust gähnte eine Leere, in die sich am liebsten verkrochen hätte, um nie mehr hervorzukommen.

»Wo ist er, Cass?«

Sie sah auf.

»Ich hätte niemals zulassen dürfen, dass du hierher zurückkommst. Das war mir gleich klar, als ich von deinem Umzug gehört habe. Ich wusste, dass du in Gefahr sein würdest, aber ich habe mir eingeredet, die sei längst gebannt. Er hat's versucht, als du noch klein warst – wusstest du das? Er wollte dich Dinge lehren, aber ist unterlegen, Cass. Er hat verloren. Ich habe euch beide rausgeholt.«

»*Was?*«

»Cass, du musst verstehen, was … Ich habe geglaubt, das Richtige zu tun, al ich euch verlassen und deine Mutter dazu gezwungen habe, aus Darnshaw wegzuziehen. Als ich ein Mann der Kirche geworden bin, habe ich euch dem Herrn geweiht – weißt du das noch? Ich dachte, das würde euch schützen. Ich dachte, das sei genug.«

Cass blinzelte. Was hatte das damit zu tun, dass er sie verlassen hatte? Er hatte sie verstoßen – er hatte sie nicht mehr gewollt, weil sie nicht gut genug war.

»Ich wusste, dass du's wieder mit ihm zu tun bekommen würdest – wie denn auch nicht? Ich hatte geschworen, ihn in allen Erscheinungsformen zu bekämpfen, Cass. Ich dachte, wenn ich allein meiner Wege ginge, wärt ihr als Unbeteiligte sicher.« Ihr

Vater versprühte beim Reden Speicheltröpfchen. »Aber ich habe mich getäuscht – ich war ein verdammter Narr, Cass. Ich hätte dich besser wappnen müssen. Ich hab's versucht, aber … Was hat er getan, Cass?«

Sie versuchte zu sprechen, brachte die Worte nur mühsam heraus. »Er hat sich *alles* genommen«, sagte sie. »Ich dachte, er sei mein Freund. Daddy, bitte …«

»Aye, das sieht ihm ähnlich. Er ist der Vater aller Lügen, Cass – hast du dir nichts von meinen Lehren gemerkt? Aber Ben … er ist noch ein unschuldiges Kind. Er kann noch nicht verstehen, was er getan hat.«

»Nein, nein, er ist frei. Remick hat's gesagt.«

»Ah, nennt er sich jetzt Remick?« Er machte eine Pause. »Also gut, wir fahren, bringen euch von hier fort, Ben und dich. Ich komme später allein zurück, wenn ihr in Sicherheit seid.«

Als sie erneut den Kopf schüttelte, starrte er sie forschend an. Im nächsten Augenblick begriff er. »Cass … *Gloria*. Nein …«

Sie brauchte nicht zu antworten. Er wurde blass, trat einen Schritt zurück, lehnte sich an den Küchentisch und blieb lange in dieser Haltung. Zuletzt beugte er sich zu Cass hinunter und küsste sie auf die Stirn. Dann verließ er die Küche, und sie hörte die Wohnungstür krachend hinter ihm ins Schloss fallen.

Ben kam in die Küche gerannt – von Pete verfolgt, der den Jungen hochhob und herumwirbelte, wobei sein tiefes Lachen sich mit Bens Kichern vermischte. Er sah zu Cass auf, und sein Lachen verstummte schlagartig. »Wo ist dein Dad? Cass, was geht hier vor? Ich dachte, wir wollten fahren?«

»Er … er hat noch was zu erledigen«, sagte Cass hastig.

»Was geht hier vor, Schatz? Irgendwas stimmt hier nicht, hab ich recht? Willst du's mir nicht erzählen?« Pete beugte sich hinunter und flüsterte Ben etwas ins Ohr. Der Junge lief ins Wohnzimmer, um alles für sein Videospiel vorzubereiten.

»Er muss mit jemandem sprechen. Der Kerl hat Schwierigkeiten gemacht, als Dad noch hier gelebt hat, und jetzt ist er wieder da.«

Pete starrte sie an. »Wie sollte jemand ihm Schwierigkeiten gemacht haben, wo er doch kaum zehn Minuten hier ist … außer du selbst hast welche. Cass?«

»Ach, das ist kompliziert. Du würdest es nicht verstehen, Pete. Die Sache fällt eher ins Fach meines Vaters.«

»Was, eine religiöse Angelegenheit?« Er schnaubte.

Cass starrte zu Boden.

Pete zog einen Stuhl hervor, setze sich aber nicht darauf. Er blieb mit beiden Händen auf der Rückenlehne stehen. »Du hast dich in diese Einsamkeit zurückgezogen, um … hast du eine Art Konversion erlebt? Steckt das dahinter?«

Sie schüttelte den Kopf.

»Was hat die Sache dann mit deinem Vater zu tun? Wen will er aufsuchen? Vielleicht einen Mann, Cass, ist es das? Hast du jemanden kennengelernt?« Er musterte sie forschend; seinem festen Blick aus den blauen Augen nach zu urteilen, schien er auf Schmerz gefasst zu sein.

»Gewissermaßen. Pete, ich … ich denke, dass das mit hineinspielt. Aber das ist nicht alles. Er ist nicht wirklich ein Mann, Pete, oder besser gesagt nicht einfach nur ein Mann. Er … er ist einfach böse, und er hat mich zu etwas gezwungen.«

»*Was?* Hat er dir Gewalt angetan?« Pete richtete sich auf. In seinem Blick lag außer Zorn etwas, das sich nur als eine Art Hoffnung deuten ließ. Sie konnte es nicht ertragen, diesen Hoffnungsfunken zu sehen.

»Nein, Pete, er hat mich zu nichts gezwungen, aber er hat mich manipuliert. Pete, er hat mir alles genommen. Er hat mir die Seele geraubt.«

Pete schnaubte erneut. Er stieß den Stuhl so energisch weg, dass er fast umgefallen wäre. »Was? Cass, du wirst allmählich so verrückt wie dein Vater. Du weißt, dass ich damit nichts anfangen kann. Du hast selbst nie an solches Zeug geglaubt. Ich kann mir vorstellen, dass diese Zeit für dich nicht einfach war, aber …«

»Es stimmt aber.«

»Hast du mit ihm geschlafen, ist's das? Und jetzt kannst du nicht dazu stehen? Ist das der Kern der Sache?«

Sie schüttelte den Kopf, aber nicht verneinend. »Pete, darum geht's nicht. Ich meine, ja, ich hab mit ihm geschlafen, und das tut mir leid, aber ich dachte, du seist tot. Doch Dad – er versucht meine *Seele* zu retten.«

Ihr Mann wich ihrem Blick aus, sah sich in der Küche um, als versuche er, sich ihre Anordnung einzuprägen. »Wo ist dieser Kerl?«, fragte er ruhig.

»Er …« Cass merkte, dass sie das nicht bestimmt wusste. »In der Kirche, glaub ich.«

»Er ist also wie der Satan, und er ist in der Kirche. Richtig? Richtig.«

»Pete, Dad versucht mir zu helfen. Glaub mir bitte. Ich war dumm, aber ich habe versucht, das Richtige zu tun. Er hatte Ben in seiner Gewalt, und ich …«

»Er hatte *was?*«

»Er war Bens Lehrer oder hat sich als Lehrer ausgegeben. Ich weiß, das klingt alles völlig verrückt, aber …«

»Er hatte meinen Sohn?« Petes Stimme klang noch eine Spur ruhiger – und gefährlicher.

»Gewissermaßen. Er …«

Aber Pete hatte sich bereits umgedreht, war auf dem Weg zur Tür. »Überlass das mir«, sagte er, lief hinaus und machte ihr die Tür vor der Nase zu. Cass folgte ihm und wäre fast über Ben gefallen, als sie in die Diele hinauslief. Ben sah angstvoll zu ihr auf, und sie beugte sich hinunter und umarmte ihn. Als sie die Wohnungstür öffnete, war Pete schon nicht mehr zu sehen.

Cass ließ ihre Hände auf die hochgezogenen Schultern des Jungen gelegt. »Liebes«, sagte sie, »du musst etwas für mich tun.« Sie sagte es ihm und wiederholte es, sobald sie ihre Schuhe angezogen hatte und die Schlüssel in der Hand hielt. »Mach auf keinen Fall die Tür auf«, ermahnte sie ihn. »Für *niemanden*, hörst du?«

Dann küsste sie ihn und lief hinaus, wartete aber noch das Klicken des Sicherheitsriegels ab, bevor sie zur Treppe hastete.

## Kapitel 34

Cass rannte hinter ihrem Vater und ihrem Ehemann die Zufahrt hinauf und merkte erst oben an der Straße, dass sie eigentlich das Auto hätte nehmen können; darauf war sie nur nicht gekommen. Dämlich. *Nicht gut genug.* Sie begann ihr Leben mit Petes Augen zu sehen, und was sie sah, gefiel ihr nicht – vor allem nicht, wie sie zugelassen hatte, dass Remick ihren Sohn in seine Gewalt bekam.

*Wir sind deine Familie,* hatte Sally Ben versichert, und Cass ballte die Fäuste, wenn sie daran dachte.

*Remick ist letztlich doch nur ein Mann,* sagte sie sich: ein kauziger Eigenbrötler mit verrückten Ideen, der ein paar gelangweilte Einheimische für sich eingenommen hat. Sie erinnerte sich an Myras triumphierendes Lächeln auf dem Schulhof. Cass war nicht die Erste gewesen, mit der er ins Bett gegangen war, das war klar. Nun, Cass hatte sich idiotisch verhalten, das stand leider auch fest. Sie rannte den Hügel zur Kirche hinauf, die hoch über ihr aufragte, alles Licht zu blockieren schien.

Das Scharren von Holz auf den Steinplatten war laut; sie konnte die Vibrationen in den Fingerspitzen spüren. Aus dem Inneren der Kirche kamen laute Stimmen. Eine davon gehörte Pete. Sie hörte ihn ausrufen: »… kannst du nicht machen!«

Ihre Vater stand hinter dem Altar – mit ausgebreiteten Armen, als predige er leidenschaftlich. Pete stand neben ihm, hatte den Kopf verächtlich in den Nacken geworfen. Remick war nirgends zu sehen.

Cass' Schritte hallten, als sie im Mittelschiff nach vorn ging:

wie die Braut in irgendeiner bizarren Zeremonie. Auf dem Altar lag ein aufgeschlagenes Buch.

Ihr Vater hielt irgendetwas über das Buch. Zwischen seinen Händen loderte eine kleine Flamme auf – ein brennendes Streichholz.

»Das kannst du nicht machen«, sagte Pete noch einmal.

Cass wusste nicht, ob er ihre Anwesenheit wahrgenommen hatte, bis Pete kurz zu ihr hinübersah. »Er ist übergeschnappt, Cass«, sagte er. »Er ist imstande und brennt die ganze Kirche nieder.«

Sie war ihm dankbar, dass er sie angesprochen hatte, aber sie konnte nicht antworten. Sie wusste, was auf dem Altar lag; sie fragte sich, ob ihr Vater ihre Namen darin gesehen hatte – Bens und ihren eigenen.

Ihr Vater hielt das Streichholz an das Buch. Es beleuchtete sein Gesicht von unten, verzerrte seine Züge. Zunächst passierte nichts … dann fing eine Seite Feuer, und die Flamme loderte höher. Sie zischte, ließ kurz nach, wurde stärker. Ein Pergamentfetzen wurde wie eine dunkle Antithese zu Schnee hochgewirbelt. Er ließ sich auf dem Haar ihres Vaters nieder, der ihn wegwischte, sodass ein dunkelgraues Mal auf seiner Stirn zurückblieb. Ihn markierte.

Pete schnaubte.

Cass trat vor, konnte es kaum erwarten, das Buch brennen zu sehen. Die Flamme wuchs, nährte sich von den dicken Seiten, verbreitete zischend den Geruch von verbranntem Fleisch. Der innere Kern der Flamme war bläulich.

Einige Zeit später begann sie zu ersterben. Das Buch war nur noch eine rußige Masse. Nur mehr Fragmente waren übrig geblieben.

»Geschafft, Cass«, sagte ihr Vater. »Du bist jetzt frei.«

Sie starrte ihm in die Augen, weil sie hoffte, das könnte wahr sein, aber sie hörte ein Echo von Remicks Stimme: *Es steht auch auf seiner Haut geschrieben, nicht wahr? In seinem Herzen … Auch dein Schicksal steht auf dir geschrieben.*

Remick war nur ein Verrückter; was er sagte, wurde deswegen nicht gleich wahr. Cass rang sich ein Lächeln ab, versuchte ihr Herz aufzumuntern.

»Komm her«, sagte ihr Vater. Er zeigte auf eine Stelle vor dem Altar.

Cass trat vor und kniete an der von ihrem Vater bezeichneten Stelle nieder. Er legte ihr eine schwere Hand auf den Kopf. Sie hielt die Augen fest geschlossen.

»Ich weihe dieses Kind dem Herrn.« Seine Stimme hallte von den Wänden wider. »Ich taufe dich Gloria. Rühme seinen Namen, Gloria. Rühme ihn.« Bei jedem Wort drückte er ihren Kopf etwas weiter herab. Sie beugte sich unter diesem Gewicht. Dabei fragte sie sich, ob ihr Vater vielleicht auch verrückt war. Vielleicht litten hier alle unter derselben Krankheit, die wie ein Krebsgeschwür in ihnen wucherte?

»Gehe in Frieden«, sagte er, und der Druck wurde plötzlich von ihr genommen.

Cass sah sich blinzelnd um.

Pete weigerte sich, ihrem Blick zu begegnen. Er würde sie nie mehr wie früher sehen, das wusste sie. Sie biss sich auf die Unterlippe. Das spiele keine Rolle; sie war jetzt frei – das hatte ihr Vater gesagt. Ihr Blick verschwamm, und sie sah die Farben hinter ihrem Mann wie zum ersten Mal: leuchtende Farben in einer einfarbigen Welt. Ein Lächeln spielte um ihre Lippen, und sie konzentrierte sich auf das Lapislazuliblau des Gewands der Maria, die ihren Blick mit Remicks Augen erwiderte. Sie erschrak, spürte die Hände ihres Vaters, die sie hochzogen.

Er sagte etwas über Ben, sagte, dass nun alles vorüber sei und sie ihren Sohn auffordern könne hereinzukommen. Sie sah ihn verständnislos an.

Die Kirchentür fiel krachend ins Schloss, dann kam Pete mit

grimmiger Miene wieder den Mittelgang entlangmarschiert. Er baute sich vor ihr auf. »Ben ist nicht draußen«, sagte er. »Wo ist er, Cass? Erzähl mir nicht, dass du ihn alleingelassen hast. Sag mir, dass er in Sicherheit ist.«

## Kapitel 35

Sie drängten sich um die Wohnungstür, und Cass musste ihren Vater beiseiteschieben, um den Schlüssel ins Schloss stecken zu können. Sie stieß die Tür auf und glaubte im ersten Augenblick, Ben sei da und spiele eines seiner Computerspiele. Aber als sie blinzelnd genauer hinsah, war das Wohnzimmer leer.

»Ben!«, rief Pete und drängte sich an ihr vorbei. Ihr Vater folgte ihm. Cass ging nicht hinein. Sie konnte die Leere des Apartments – eines hallenden, stummen Raums – bereits spüren. Ben war nicht hier. In ihrer Magengrube nistete sich etwas Kaltes ein. Sie wich zurück, hörte noch die Stimmen Petes und ihres Vaters. Sie waren weiterhin zu hören, als Cass zur Treppe lief.

Sie stürmte hinunter, und die Deckenleuchten im Erdgeschoss flammten auf, tauchten den Teppichboden in grelles Licht. Die Tür zu der Wohnung unter ihrer stand offen, aber Cass wusste, wohin Ben verschwunden war, noch bevor sie sie erreichte. Auf dem Teppichboden waren Schuhabdrücke zu sehen, schmutzige Abdrücke von Kinderstiefeln, jedoch nicht Bens Stiefel, sondern größere.

Nässe und Staub hatten sich zu einer schmierigen Paste verbunden, die an ihren Schuhen haftete. Deutliche Schuhabdrücke führten ans Fenster. Das erinnerte sie an den Mittelgang in der Kirche. Sie kniete nieder. Die Puppe war noch da, war noch mit Eiklar befleckt. Die Jungenpuppe war verschwunden, mit ihrem Sohn entführt worden.

Sie sah sich um. Diese Wohnung verrottete bereits. Hier herrschte ein durchdringender, irgendwie pilzartiger Geruch. Sie glaubte, ein Echo von jungen Stimmen, von Kinderstimmen zu hören. Von den Wänden hallte Lachen wider, kaltes, grausames Lachen.

*Sally*. Waren die Jungen gekommen, um Ben zu holen, würden sie ihn in Sallys Haus gebracht haben.

Cass stemmte sich mit zitternden Händen hoch. Als sie gehen wollte, stieß sie mit dem Fuß gegen etwas, das zuvor nicht auf dem Boden gelegen hatte: schwarze Steine, raue Brocken, die zu ihr aufstarrten. Sie bückte sich, berührte einen und zog hastig ihre Hand zurück. An den Steinen haftete etwas, das rostbraune Flocken bildete. Sie wusste, dass sie diese Steine schon mal gesehen hatte – im Gesicht eines alten Mannes.

Dies war ein Zeichen, eine Botschaft. Ihr Sohn war also doch nicht zu Sally gebracht worden. Sie sah aus dem Fenster, sah zu den auf allen Seiten aufragenden steilen weißen Hügeln auf. Das Moor. Sie hatten ihn zu dem gefrorenen See geschafft – an den Ort, an dem sie ihre Opfer hinterließen.

# Kapitel 36

Pete war schweigsam, als sie der aus Darnshaw ins Moor hinaufführenden Straße folgten. Sein Gesicht war blass, sein Mund zu einer schmalen Linie zusammengekniffen. Cass wusste, was er dachte. Wie hatte sie Ben allein zurücklassen können? Wie hatte sie sich nur mit Leuten, die dies getan hatten, einlassen können? Und wie konnte sie behaupten zu wissen, was droben im Moor zu finden sein würde? Schließlich hatte sie sich selbst reichlich verrückt benommen.

Vielleicht hatte er recht. Sie konnten die Hexensteine erreichen und dort nur eine weite ebene Fläche vorfinden, über die der Wind Flugschnee trieb. Natürlich würden sie nichts finden. Viel wahrscheinlicher war, dass Ben zu Sally gegangen war. Er hatte Vertrauen zu ihr und ihrem verschlagenen, schweigsamen Sohn. Cass drückte beide Hände auf ihre Augen. Sie musste Ben finden. Er würde dort sein. Er *musste* dort sein.

Ihr Vater saß mit vorgerecktem Kinn und funkelnden Augen am Steuer. Er glaubte, er werde seinen Enkel im Moor finden. Er musste recht haben.

Cass deutete auf die Stelle, und sie hielten gleich neben dem Zaunübertritt. Sie war sofort aus dem Wagen, riss die Fahrertür auf und half ihrem Vater beim Aussteigen. Pete sah bereits über die Mauer. Sein Atem bildete weiße Wölkchen. Hier oben hatte das Tauwetter noch nicht einmal eingesetzt. Das Moor klammerte sich mit ausgestreckten Fingern aus Gras und Heidekraut an die Kälte.

Vor ihnen waren mehrere Fußspuren zu sehen, die im Schnee bergauf führten. Cass Herz schlug schneller. Es konnten ihre eigenen Spuren sein, die sie mit Ben oder allein zurückgelassen hatte – aber seit sie zuletzt oben im Moor gewesen war, hatte es doch bestimmt weitere Schneefälle gegeben?

Als sie den Aufstieg begannen, rutschte ihr Vater aus und wäre beinahe hingefallen; er winkte ihr zu, sie solle weitergehen. Pete sah sie nicht an; er blieb nur so lange stehen, bis Cass sich wieder in Bewegung setzte.

Wenn nur Ben in Sicherheit war, spielte es keine Rolle, was irgendjemand dachte; das galt für ihren Vater, sogar für ihren Mann. Ihr ging es nur noch um ihren Sohn.

Ihr Vater hatte das Buch verbrannt und Cass zurückgeholt, und jetzt hatte Remick ihren Sohn entführt. Aber sie durfte sich nicht gestatten, allzu viel an Ben zu denken. Die Angst würde sich in Kehle, Brust und Gliedern festsetzen und sie einfach lähmen; ihr Verstand würde aufhören zu funktionieren. Sie dachte an Sally und machte ein finsteres Gesicht. *Schon besser.*

Sie hob den Kopf und sah zu dem Grat auf, wo der Schneehang in den blassen Himmel überging. Genau auf dieser Linie stand etwas Schwarzes. Cass dachte an die Hexensteine, aber dann bewegte es sich, verschwand hinter dem Hügelrücken: Jemand hatte sie beobachtet. Ihr Puls beschleunigte sich. Sie war also nicht übergeschnappt. Ben war hier, das konnte sie *fühlen.* Sie blickte zu Pete hinüber, um zu sehen, ob er die Gestalt ebenfalls gesehen hatte, aber er war in Gedanken ganz woanders, das zeigten seine zusammengekniffenen Lippen und sein unkonzentrierter Blick. Wahrscheinlich dachte er über seine verrückte Frau nach. Und an seinen verschwundenen Sohn.

Die Kinder erwarteten sie bei den Hexensteinen, die Jungen aus Bens Schule, alle zu Boden starrend, ohne zu blinzeln. Damon stand in ihrer Mitte.

Eine Gestalt trat vor: Remick. Er lächelte, streckte in einer Willkommensgeste die Hände aus.

Cass bewegte sich nicht. »Wo ist Ben?«, fragte sie.

»Alles zu seiner Zeit. Kommt bitte.« Remick breitete die Arme aus, ganz der herzliche Gastgeber, und schloss auch Pete und ihren Vater ein. »Pete, nicht wahr? Ich habe mich schon darauf gefreut, Sie kennenzulernen.« Er streckte dem anderen die Hand hin. »Nein? Macht nichts, Sie werden bald anders denken. Ich bin wirklich ein liebenswerter Typ. Sie werden lernen, mich zu lieben.« Seine Augen blitzten humorvoll.

»Sie!«, sagte Pete.

»Ich, in der Tat. Kommen Sie.«

»Sie sind's.« Pete stand wie vom Donner gerührt da. In seinem Blick lag nichts als Verwirrung.

Remick zog eine Augenbraue hoch. »Das steht außer Zweifel, denke ich.«

»Sie waren doch mit uns im Bunker – Sie haben gesagt, wir sollen die Stellung halten, und dann brach plötzlich die Hölle los.« Petes Blick war in die Ferne gerichtet.

»Was für eine verrückte Idee. Nun, wenn Sie meinen. Kommen Sie jetzt? Oder haben Sie vergessen, dass hier schon ein Gast wartet?«

Pete schüttelte den Kopf, rieb sich mit einem Arm über die Augen. »Wo ist mein Junge? Was zum Teufel gibt Ihnen das Recht …« Sein Blick streifte Cass.

»Natürlich Ihre liebe Frau. Sie hat mir ihren Sohn ohne Zögern anvertraut. Es hat Spaß gemacht, ein Auge auf Ihre Familie zu haben, während Sie fort waren.«

Pete trat langsam auf Remick zu, kniff die Augen zusammen.

Cass' Vater packte zu, hielt ihn am Arm fest.

Remick lächelte. »Cass?«, sagte er und streckte die Rechte aus. Seine Handfläche war glatt, unversehrt. Cass betrachtete ihre eigene, über die sich eine rote Narbe zog. Er winkte sie zu sich heran.

»Sie heißt Gloria«, sagte ihr Vater. Er trat vor sie.

»In der Tat«, sagte Remick. »Ist das der Name, den sie für sich selbst gewählt hat, glauben Sie? Egal, das tut nichts zur Sache. Folgen Sie mir bitte. Alle warten schon. Jetzt können wir anfangen.«

Cass hastete an ihm vorbei zu den Hexensteinen, bei denen die Kinder standen. Alle starrten ihr entgegen, aber sie achtete nicht auf sie. Was aus ihnen wurde, war ihr egal; ihr war nur ihr Sohn wichtig. Sie wollte ihn in die Arme schließen und an einen möglichst weit entfernten Ort mitnehmen, an dem sie niemals wieder in Remicks Augen würde blicken müssen. Sie sah Sally – und neben ihr Ben, der ihre Hand hielt.

»Ben!«, rief Cass und stürmte zu ihm …

Sie starrte ungläubig in die weit aufgerissenen Augen eines kleinen Mädchens. Was sie für Bens blondes Haar gehalten hatte, war nur der mit hellem Pelz besetzte Rand einer Kapuze, die Jessica tief ins Gesicht gezogen war. Darunter sahen einzelne dunkelbraune Haarsträhnen hervor.

Cass war über sich selbst bestürzt. Die Kleine hatte sie ganz vergessen … Natürlich musste sie Ben finden, aber wie hatte sie das Kind ihrer Freundin vergessen können? Die Miene der Kleinen war angstvoll. Cass sah über die Schneefläche und fragte sich, ob Lucys blicklose Augen in dieser Sekunde ihre Tochter beobachteten. Die weißen Erhebungen waren noch da, aber sie waren wieder getarnt worden, sodass frischer Schnee sämtliche Höhlungen ausfüllte, das Haar bedeckte und die Anzeichen und den Geruch einsetzender Verwesung verbarg.

»Du solltest dich hüten, sie allzu lieb zu gewinnen«, rief Remick.

Sie ignorierte ihn. Zwischen den Hexensteinen hinter Jess tauchte eine weitere kleine Gestalt auf. Bens Gesicht war verkniffen, seine Augen glänzten unnatürlich. Er hielt etwas in den Händen.

»Für uns ist sie ein Problem, weißt du.«

Cass beugte sich zu ihrem Sohn hinunter, zog ihn an sich,

aber er reagierte nicht darauf. »Wir gehen nach Hause, Ben«, sagte Cass nachdrücklich. Ihr Blick streifte Jessica. Sie durfte das Mädchen nicht hier bei Remick zurücklassen – wer wusste schon, was er ihr antun mochte. Er würde ihr bereits alle möglichen Lügen erzählt haben.

Ihr Vater trat vor, sodass er zwischen Remick und ihnen stand, aber es war Petes Stimme, die in der stillen Luft zu hören war. »*Sie* waren bei uns«, wiederholte er in noch immer ungläubigem Tonfall. »Sie waren da – allerdings haben Sie behauptet, Ihr Name sei Jackson. Sie haben gern nachts im Dunkeln gesessen. Sie haben gesagt, Sie würden die Wache übernehmen, um zu beobachten, wie der Himmel brennt.«

Remick sprach. »Ich denke, du solltest Abstand von dem Jungen halten, Cass – zu deiner eigenen Sicherheit.«

Sie sah zu ihm hinüber, hielt Ben jedoch weiter umarmt.

»Wie schon gesagt stellt die kleine Jessica, so süß sie auch ist, ein gewisses Problem dar. Gewissermaßen eine unerledigte Kleinigkeit. Natürlich suchen Leute nach ihr. Sogar in Gedanken, hmmm, Cass? Ich will mir nicht die Mühe machen, sie ständig abzuwimmeln. Und ich bin mir sicher, dass sie lieber bei ihrer Mami wäre.«

Cass zuckte zusammen, aber Jessica rührte sich nicht. Nur ein Mundwinkel zuckte, als sei sie kurz davor, in Tränen auszubrechen.

»Ben dagegen erweist sich als gelehriger Jünger. Hier dreht sich alles um Freiwilligkeit, musst du wissen, Cass. Wir sind alle nichts, wenn wir nicht frei sind. Darin liegt Schönheit, nicht wahr? Du hast sie gespürt, Cass. Nichts übertrifft die Freiheit, seinen ganzen Besitz – sein ganzes Sein – in die Hände eines anderen zu legen.«

Cass schloss die Augen, spürte Remicks Atem auf ihrem Gesicht und fuhr zurück.

Remick lächelte. »Wie schön du bist. Das weiß auch Ben,

nicht wahr, mein Sohn? Und er hat mir versprochen, etwas zu tun. Zeig's ihr, Ben. Zeig deiner Mami, wozu du hergekommen bist.«

Ben trat von einem Fuß auf den anderen, starrte zu Boden.

»Ben!« Remicks Stimme klang befehlend; sie durchzuckte Cass wie ein Stromstoß, der durch ihren Körper lief und dann in die Erde abgeleitet wurde. Die Umstehenden fuhren zusammen.

Remick sprach weiter. Seine Stimme klang nun beruhigend, aber zugleich unnachgiebig fest. »Denk daran, was ich gesagt habe, Ben.«

Sally drehte sich um und packte Jessica an den Schultern. Ihre Hände gruben sich in die Daunenjacke des Kindes.

»Es ist Zeit, Ben!«, sagte Remick. »Ich dürste. Ich hungere.«

Ben öffnete die Hände und ließ das darin verborgene Ding sehen. Es leuchtete weiß, dann mattgrau und wurde wieder weiß, als er es drehte. Cass wollte danach greifen, aber Sally war schneller, packte ihren Arm und blockierte sie mit ihrem Körper.

Ben starrte das Messer in seiner Hand an. Sein Blick war ausdruckslos.

»Ben, untersteh dich! Leg das weg.« Cass stellte sich breitbeinig hin, versuchte Sally wegzuschubsen, aber Remicks Hand lag auf ihrer Schulter. Er hielt sie nicht zurück, doch sie erstarrte trotzdem. Er streichelte ihr Haar, als sei sie ein Schoßtier.

»Das ist in Ordnung«, sagte er, und seine Stimme war wie eine Erlösung. »Es muss sein. Du bist jetzt eine von uns, Cass. Stell dich nicht gegen uns.« Er brachte sein Gesicht so nahe an sie heran, dass sein Atem ihren Hals wärmte. »Wir lieben dich. Wir wissen, wer du bist, Cass. Du bist keine gute Mutter, aber wir nehmen ihn dir nicht weg. Wir machen dir niemals Vorwürfe. Stattdessen unterstützen und helfen und lieben wir dich, machen dich besser, als du bist.«

Sally drehte sich beglückt lächelnd um. Sie strahlte Cass an.

Remick senkte die Stimme, während er auf Pete deutete. »Er wird dir Ben wegnehmen. Weshalb, glaubst du, habe ich dich vor ihm in Schutz genommen, Cass? Er wird dich zerbrechen, dich *vernichten.*« Seine Stimme wurde tiefer, ähnelte der ihres Vaters. »Du wirst vor seinem Blick nicht bestehen. Lass nicht zu, dass er dich verletzt, Cass. Er war niemals gut für dich. Ich bin gut für dich – gut für euch beide.« Er streckte die Hand aus, berührte Bens Jacke mit den Fingerspitzen. »Komm, es ist Zeit.«

Ben hob das Messer, das er wie einen Kugelschreiber in der Hand hielt. Er sah zu Remick hinüber, korrigierte seinen Griff, legte eine Hand über die andere.

»Braver Junge. Sehr gut, Ben.«

Sally riss Jessica in ihre Arme und trug sie zu dem flach auf dem Boden liegenden Hexenstein. Zu dem Opferstein. Jessica schrie leise auf, aber sie wehrte sich nicht; es wäre ohnehin zwecklos gewesen, und sie war erschöpft, hilflos.

»So, jetzt reicht's«, sagte Cass' Vater, aber Remick hob eine Hand, und ihr Vater blieb wie angenagelt stehen.

»Cass«, sagte er ruhig. »Ich brauche dich, um Jessica festzuhalten.«

Sie schüttelte entsetzt den Kopf, trat aber trotzdem wie von einem fremden Willen gesteuert vor. Sie war in ihrem Körper gefangen und beobachtete alles, was sie tat, wie aus einiger Entfernung.

Remick ließ einen tadelnden Zischlaut hören. »Freiwilligkeit ist mir natürlich lieber, Cass, aber ich bin nicht darauf *angewiesen.* Und jetzt halte sie fest!«

Cass wollte sich umdrehen, ihren Vater und Pete ansehen, aber das konnte sie so wenig, wie sie ihre Namen rufen konnte. Ihre Muskeln bewegten sich, zogen sich zusammen und streckten sich, und sie trat einen Schritt auf den Stein zu. *Er könnte Jess selbst festhalten,* dachte sie, *wahrscheinlich tut er's sogar. Er braucht mich nicht.*

*Oh, aber Ben braucht dich.* Sie glaubte nicht, dass Remick laut gesprochen hatte, aber sie hörte seine Worte dennoch deutlich. *Und du wünschst dir so sehr, das für mich zu tun, liebe Cassandra.*

Cass ging wie willenlos um den Opferstein herum, sodass sie Remick jetzt gegenüberstand. Seitlich hinter ihm konnte sie ihren Vater sehen, der mitten in der Bewegung erstarrt war. Auch Pete, noch immer mit verwirrtem Gesichtsausdruck, konnte sich keinen Millimeter von der Stelle bewegen; allein seine Augen folgten Cass, als sie nun in die Hocke ging und ihre Hände auf Jessicas Körper legte.

Sie dachte an die tote Mutter des Mädchens, die halb im Schnee vergraben diese Szene aus ihrem eisigen Gefängnis heraus beobachten musste. Als sie diesen Gedanken verdrängte, fiel ihr der arme Captain ein, und sie erinnerte sich an die hochgezogenen Lefzen über seinen gefletschten Zähnen. Er hatte noch *gelebt*, hatte gelitten, als sie ihm den Bauch aufgeschlitzt hatten, sodass seine Eingeweide herausgequollen waren.

Cass wollte die Augen schließen, aber sie öffneten sich aus eigenem Antrieb wieder.

*Sieh's dir an,* sagte Remicks Stimme in ihrem Ohr. *Spüre es. Schmecke es.*

Einen Augenblick lang schmeckte sie ihn: den salzigen Geschmack seines Schweißes auf ihrer Zunge; die Glitschigkeit seiner Haut.

Sie hielt Jessica fest, fühlte die zarten Knochen der Kleinen unter ihrer Daunenjacke, ihre Haut und ihr Fleisch; spürte fast, wie das heiße Blut durch ihre Adern gepumpt wurde. Während das Herz jagte, als könne es vor dem Kommenden davongaloppieren. Cass' Gesicht war zu einer Grimasse verzerrt, die fast ein Lächeln war. Sie hob den Kopf, bis sie ihren Sohn ansehen konnte. Sie machte ihm ein Zeichen, nickte kurz. *Jetzt.*

Ben änderte den Griff um das Messer, hielt es nun dicht an seine Brust gedrückt. Er sah seine Mutter an, als erwarte er Anweisungen von ihr. Sie versuchte den Kopf zu schütteln, aber es gelang ihr nicht.

»Nun?«, fragte Remick. Cass sah sich nach ihm um, aber er achtete nicht auf sie. Er behielt ihren Vater im Auge.

»Schluss jetzt«, sagte ihr Vater. »Aufhören. Schluss damit!«

Cass merkte, dass sie die Arme wieder bewegen konnte. Sie riss sich von Jess los und streckte eine Hand aus, um ihren Sohn aufzuhalten, obwohl er sich nicht bewegt, nicht näher an den Stein herangetreten war.

Remick griff in seine Jacke und zog etwas Schwarzes heraus, das in seinen Händen aufklappte. Es war ein Buch. Cass erkannte es natürlich wieder, obwohl es kleiner war als zuvor. Der Umschlag bestand aus Saffianleder, die Seiten waren leicht vergilbt. Ein schwarzes Buch. *Das* Buch, das ihr Vater vor ihren Augen verbrannt hatte. Sie glaubte, feine Rußflocken aufsteigen zu sehen, als er in dem Buch, dessen Seiten er fast verächtlich umblätterte, eine bestimmte Stelle suchte. »Hier«, sagt er zuletzt, »hier müssen Sie unterschreiben. Dann gebe ich Ihre Tochter frei.«

»Und Ben.«

Remick verdrehte die Augen. »Wie oft soll ich das noch erklären? Ben ist längst frei. Alles freiwillig, nicht wahr, Ben?« Er blinzelte ihm zu. »Er wird sich eines Tages selbst entscheiden, wenn er so weit ist. Gebe ich auch Ihre Tochter frei, kann sie sich natürlich seiner annehmen und versuchen, ihn mir abspenstig zu machen.« Er sah sich nach Cass' Vater um und rieb sich das Kinn, wobei seine Finger hörbar über Bartstoppeln kratzten. »Ich denke, dass Sie ihr trauen können. Sie trauen ihr doch, nicht wahr?« Sein Blick streifte Cass, die rasch wegsah.

Remick hüstelte, als sei er über sich selbst irritiert. Er wühlte in seiner Jackentasche und zog einen langen, schlanken Federhalter mit grausam scharfer Spitze hervor. »Bring mir das Messer, Ben. Es kann anscheinend doch einen weiteren Zweck erfüllen.«

Ben gehorchte, und als Remick die Hand ausstreckte, legte er das Messer hinein und wich zurück.

Cass schüttelte den Kopf, aber ihr Vater achtete nicht darauf, sondern schnappte sich das Messer. Er kehrte ihnen allen den Rücken zu und entfernte sich einige Schritte weit. Er starrte über die Dächer von Darnshaw hinaus, die wieder dunkel waren, weil der Schnee geschmolzen war. Er drehte den Kopf, sah zu den weißen Gestalten in der Nähe hinüber.

Aus unbestimmbar weiter Ferne schien ein dumpfer Schmerzenslaut an Cass' Ohr zu dringen. Sie öffnete den Mund, um etwas zu sagen, schwieg dann aber doch und beobachtete nur, wie ihr Vater sich ihnen mit schwachem Lächeln auf den Lippen zuwandte. Er sah Cass nicht an. »Nimm dich seiner an«, sagte er und streckte die Hand aus.

Cass wurde bewusst, dass sie bei jedem Atemzug Remicks ein pfeifendes Geräusch hören konnte. Dampf stieg zum Himmel auf. Das blassblaue Gewölbe über ihnen sah unmöglich fern und unmöglich nah aus; sie hätte die Hand ausstrecken und es berühren können. Der Hügel unter ihren Füßen schwankte. Sie schloss die Augen. Sie konnte nicht sprechen. Daran war Remick schuld, dessen Einfluss trotz des räumlichen Abstands zwischen ihnen unvermindert stark war. Ihre Hand – die mit Remicks Zeichen – war krampfhaft geballt, sodass die Fingernägel sich ins Fleisch bohrten. Sie erinnerte sich daran, wie ihr Vater auf sie herabgeblickt hatte.

Was hatte er zu ihr gesagt? *Ich hätte dich besser wappnen müssen. Ich hab's versucht, wirklich versucht.*

Und das hatte er getan. Er hatte sein Bestes getan.

*Sie trauen ihr doch, nicht wahr?*

»Alles eine Frage des Glaubens«, sagte Remick laut. Cass sah zu ihm hinüber. Seine Augen blitzten, verspotteten ihren Vater, der jetzt mit gesenktem Kopf dastand und abwechselnd das Messer in einer Hand und die geöffnete andere Hand anstarrte.

»Kommen Sie, Sie sind doch stark im Glauben, nicht wahr?« Remicks Stimme wurde leiser, gemeiner. »Ich habe Sie beobachtet«, sagte er, »seit Sie sie gezwungen haben niederzuknien, um sie ihm zu *weihen*. Sie glauben, ein Leben weihen zu können, was? Sie bilden sich ein, sie von mir fernhalten zu können?«

Der Blick ihres Vaters ging kurz zu Cass hinüber.

»Ich bin ein großer Freund freiwilliger Entscheidungen«, sagte Remick. Er warf den Kopf in den Nacken und lachte. »Entscheiden Sie sich also. Lassen Sie uns alle nicht länger warten.«

Sie standen im Kreis – die Jungen, Sally, Cass, Ben, der sich jetzt seinem Vater angeschlossen hatte, die Hexensteine und die schneebedeckten weißen Gestalten – und beobachteten die beiden.

»Ihr seid alle frei!«, rief Remick laut, und seine Stimme hallte von den Hügeln wider. »Eure einzigen Fesseln sind die, die ihr euch aus freien Stücken anlegt. Seid frei! Folgt mir!« Sein Blick war offen und ehrlich, sein Gesicht glänzte feucht. Cass stellte erstaunt fest, dass er weinte. »Ich liebe euch«, sagte er, »und eure herrliche Freiheit. Ihr ahnt gar nicht wie sehr.«

Pete, der den Kopf wie im Traum schüttelte, trat vor. Ben umklammerte seine Beine, um ihn aufzuhalten, und Pete legte dem Jungen eine Hand auf den Kopf. Jessica setzte sich auf dem Opferstein auf; dabei rutschte die Kapuze nach hinten, und ihr Haar bedeckte ihr Gesicht. Nirgends ein Laut, überall nur die weiße Stille.

Cass' Vater hob das Messer, setzte die Klinge an seine Handfläche. Er beobachtete sie genau, als fürchte er, sie könnte sich selbstständig machen. Seine Schultern zuckten. Er sah zu Remick auf, und der Glanz seiner Augen erlosch.

Remick lächelte, während ihm weiter Tränen übers Gesicht liefen. »Willkommen«, flüsterte er, »alter Freund.«

Eine undeutlich wahrnehmbare Gestalt schoss an Cass vorbei, und sie fuhr zurück, rutschte aus und ging zu Boden. Pete stürzte sich auf Remick, und der kleinere Mann hatte ihn nicht einmal kommen gesehen; er taumelte, und Pete begrub ihn unter sich, wobei er die Finger so weit spreizte, als wolle er den blauen Himmel herunterreißen. Das Buch fiel in den Schnee, und Cass' Vater blinzelte, während sein Blick wieder klar wurde. Er betrachtete das Messer in seiner Hand, dann sah er zu Pete hinüber, der auf Remick hockte und wütend auf ihn eindrosch.

Cass hörte etwas, ein langes, träges Knirschen, und hielt den Atem an, während sie sich aufrappelte. Remick holte seinerseits aus und verpasste Pete einen Kinnhaken. Obwohl dieser Schlag nicht sehr kraftvoll wirkte, flog Petes Kopf nach hinten.

*»Pete …!«*, rief Cass. Sie wusste selbst nicht, ob sie ihn warnen oder auffordern wollte, von Remick abzulassen.

Ihr Vater wollte zu den beiden, rutschte jedoch aus und fiel auf die Knie. Diesmal ächzte das Eis nicht nur, sondern ließ ein scharfes splitterndes Krachen hören.

Remick hob einen Arm und stieß Pete von sich weg. Als er auf die Beine zu kommen versuchte, streifte er mit seiner fuchtelnden Hand eine der mit Schnee bedeckten Gestalten. Er krallte sich daran fest, wobei ein graues Schädeldach mit noch anhaftenden Haaren sichtbar wurde.

Er richtete sich auf und lächelte wieder, als er die blutige Hand an seiner Jacke abwischte und sich Pete zuwandte, der wie gebannt auf den Leichnam unter dem Schnee starrte.

Remicks Lippen bildeten ein Wort; er hob eine Hand, aber bevor er sprechen konnte, rammte Cass' Vater ihn seitlich, sodass Remick gegen eine weitere der schneebedeckten Gestalten torkelte, die zerplatzte und rosagraue Fleischbrocken über dem gefrorenen Boden verstreute.

Das Eis ächzte abermals, ein lautes, schmerzliches Geräusch, das von überall her zu kommen schien. Dabei war wieder ein deutliches Knacken zu hören.

Remick sah zu Cass hinüber. Seine Lippen verzogen sich zu einem Lächeln, das nur für sie bestimmt war. Jetzt bückte er sich, hob etwas aus dem Schnee auf – ein gefrorenes Stück Eingeweide –, führte es an die Lippen und leckte daran. Sein Blick leuchtete ekstatisch.

Cass' Vater tauchte mit dem Messer in der Hand hinter Remick auf, dann stürzte Pete sich auf beide, und sie gingen in einem wüsten Knäuel zu Boden.

Das Eis bebte, und diesmal spürte Cass sein krampfartiges Erzittern. Sie sah ihren Vater stehen, die Beine gespreizt, die Hände ausgestreckt. Irgendwie hatte er's geschafft, das Messer nicht zu verlieren. Er achtete jedoch nicht auf Remick; er starrte auf das Eis unter seinen Füßen. Im nächsten Augenblick waren alle drei Männer verschwunden.

Cass sah, wie das Eis ihren Vater verschlang: Er wirkte nicht ängstlich, erwiderte stattdessen ihren Blick mit Augen, die alles sahen.

Sallys gellender Schrei zerriss die Luft, und Cass rannte zu dem Loch im Eis. Sie glaubte, ertrinken zu müssen, als fülle ihre Lunge sich mit Schnee. Sie musste ihren Vater erreichen; er war ihm Begriff gewesen, sie zu retten, und hatte alles aufgeben wollen, was ihm teuer war, um sie zu befreien.

Sie warf sich aufs Eis, rutschte auf dem Bauch liegend an das gezackte Loch heran und bemühte sich verzweifelt, mit den Händen auf der glitschigen Oberfläche Halt zu finden. Sie grub tiefer, spürte ihre Fingernägel am Eis abbrechen und hielt abrupt inne. Ihr Haar hing über dem dunklen Wasser, in dem etwas an die Oberfläche zu steigen schien. Sie schrie auf, als sie sah, dass dies ihr eigenes Spiegelbild war, das auf dem See erschien, als die Wellen sich allmählich verliefen.

Sie starrte ins Wasser und streckte eine Hand danach aus, ohne es zu berühren. Alle drei waren in ihren Gedanken: ihr Vater, Pete, Remick, und sie wusste nicht, nach wem sie die Hand ausstreckte, sondern nur, dass sie verschwunden waren und dass irgendwo hinter ihr Ben weinte.

Das Eis unter ihr vibrierte, als habe jemand mit der flachen Hand draufgeschlagen.

Die Wasseroberfläche begann zu brodeln, und eine bleiche Gestalt durchbrach sie – wie eine Eruption, wie eine Geburt. Eiswasser spritzte Cass ins Gesicht, aber diesmal wich sie nicht zurück. Im Wasser trieb etwas Totes; sie erkannte die aufgedunsene Gestalt Mrs. Cambreys, ihre betend gefalteten Hände. Aus den Höhlen quellende Augen starrten Cass an.

Weitere Gestalten, deren Glieder von Eis und Zeit steif waren, kamen an die Oberfläche. Sie wogten, und das Wasser brodelte, als etwas sie beiseiteschob – etwas mit Händen, die nach oben krallten und um sich schlugen. Aus dem See tauchte ein Kopf auf. Cass konnte nicht gleich erkennen, wem er gehörte. Das würde Remick sein; sie wusste, dass er's war, und spürte jähe Wärme, die vom Bauch ausgehend ihren ganzen Körper erfasste.

Es war nicht Remick. Wasser strömte von der Gestalt und ließ blondes Haar erkennen, das an einem kantigen Schädel klebte. Dann griffen kräftige Hände nach ihr: Soldatenhände. Es war ihr Mann. Um Petes Arme schlang sich etwas Blaugraues, das ihn wie rankende Wasserpflanzen behinderte. Cass griff danach und spürte nasse Wolle unter ihren Fingern. Sie klebte an ihm, hemmte seine Bewegungen. Cass krallte danach, hätte es fast aus den Fingern verloren, hatte es dann sicher. Als sie dran zu zerren begann, merkte, sie, dass sie dadurch näher ans Wasser heranrutschte.

Petes Hand kam hoch, wedelte vor ihrem Gesicht hin und her und bekam die Eiskante zu fassen. Cass rutschte auf ihn zu, aber sie zog trotzdem weiter und widerstand dem Drang, sich von seinem Gewicht mit in die Tiefe ziehen zu lassen, ganz tief hinunter, wo sie sich an nichts mehr würde *erinnern,* nicht mehr würde *denken* müssen.

Dann bekam Pete erst ein Knie, dann das Bein aufs Eis und kletterte am ganzen Leib zitternd aus dem Wasser.

Cass sah nach unten. Sie hielt Remicks Schal in der Hand. Ihre Finger umklammerten ihn krampfhaft. Sie hörte Ben aufschreien, drehte sich um und sah Sally über ihren Sohn gebeugt stehen, den sie festhielt, während sie ihm etwas ins Ohr flüsterte. Mit der anderen Hand hielt sie Jessica fest. Damon stand daneben und sah zu.

Sie richtete sich auf und warf den Schal wieder ins Wasser. Er schwamm auf der Oberfläche, bis er sich dunkel vollgesogen hatte, bevor er versank.

Cass ging mit großen Schritten auf Sally zu. Als sie näher kam, sah sie, dass die Frau leichenblass und ihr Blick vor Schock merkwürdig unruhig war, aber sie machte nicht halt, bevor ihre Hand auf ihrem Sohn lag. »Lass ihn los«, befahl sie. »Lass sie beide los.«

Sallys Lippen zuckten; ihr Blick wanderte zu Cass' Füßen und wieder nach oben.

Cass legte ihre Rechte auf die Hand, mit der Sally Ben festhielt. »*Lass ihn los,* hab ich gesagt.«

Sally verzog den Mund zu einem verächtlichen Lächeln. »Du warst niemals würdig«, sagte sie. »Ich hab ihm gesagt, dass du niemals würdig warst.«

Cass kniff die Augen zusammen. »Er hat mich dir vorgezogen, du Schlampe.« Das sagte sie halblaut, gefährlich leise. »Und jetzt nimm die Hände von meinem Sohn, bevor ich dich dazu zwinge.«

Sally lächelte immer noch, als sie Ben wieder an sich zog. Als Cass hörte, dass ihrem Kind der Atem stockte, ließ sie es los und legte Sally beide Hände um den Hals. Sie spürte Knorpel unter den Händen und drückte fest zu, bis Sally sich keuchend und nach Luft ringend losriss. Trotzdem hielt sie Ben weiter fest.

Als Jessica sich von ihr frei machte, trat Damon auf sie zu.

Sally beugte sich tief über Ben, schirmte ihn mit einer Schulter ab, als Cass sie wieder zu fassen bekam: eine liebende Familie in enger Umarmung. Ben stieß einen erstickten Schrei aus, und Sally murmelte: »Er gehört mir.«

Cass ließ Sallys Ärmel los, packte sie stattdessen an den Haaren und riss ihren Kopf herum. Sie sammelte sich kurz, dann brachte sie einen Kopfstoß an und spürte, wie Sallys Nase gegen ihre Stirn krachte. Schmerzen schossen durch ihr Gehirn, migränegrell, und sie rutschte aus und wäre beinahe gestürzt. Als sie ihr Haar zurückstrich, um wieder sehen zu können, stellte sie fest, dass sie noch stand, während Ben, der jetzt frei war, sich an sie klammerte.

Sally war zu Boden gegangen; ihre blutende Nase und das Blut auf ihren Lippen leuchteten vor dem Schnee. Sie wollte sich aufrappeln, sah Cass' Gesichtsausdruck und ließ sich wieder zurücksinken.

Cass wandte sich Damon zu. Der Blick des Jungen war unergründlich. Er ignorierte jetzt Jessica, trat statt dessen hinter Ben, griff in seine Jackentasche und brachte ein Springmesser zum Vorschein. Die Klinge schoss mit einem metallischen Klicken heraus, das über den Hügel zu hallen schien.

Sie spürte eine Hand auf ihrer Schulter und sah Pete neben sich stehen: vornübergebeugt und schwer atmend. Dann richtete er sich auf. »Willst du damit gegen einen durchtrainierten Soldaten antreten, Kleiner?« Seine Stimme klang amüsiert, aber sein Blick war stahlhart.

Sie warteten. Ein Windstoß seufzte übers Eis.

Pete ließ ein leises Schnauben hören und achtete nicht mehr auf Damon. Er hielt sich eine Hand über die Augen, weil die Sonne blendete, und sah auf seine Armbanduhr. »Komm, mein Junge«, sagte er. »Wird Zeit, dass wir verschwinden.« Seine Schultern bebten vor Kälte, nicht etwa vor Angst. Seine Stimme schwankte nicht im Geringsten.

Im nächsten Augenblick spürte Cass Bens Hand in ihrer. Sie drückte sie.

Damon ließ die Hand mit dem Messer sinken. Weil er dabei den Arm etwas drehte, hätte ihm die Messerspitze fast die Hose aufgeschlitzt. Auch er sah weg. Als er seine Mutter betrachtete, die mit blutverschmiertem Gesicht im Schnee lag, war ihm die Verachtung, die er für sie empfand, deutlich anzusehen.

Einen Augenblick lang empfand Cass Mitleid mit ihr; dann hatte es sich verflüchtigt. »Komm, Jess«, sagte sie und streckte dem Mädchen die Hand hin. »Beeil dich, Ben. Wir müssen zusehen, dass wir warm werden. Wir fahren heim.«

»Nein«, sagte Pete, und nun zitterte seine Stimme, klapperte er mit den Zähnen. »Wir gehen erst zur Mühle, Cass, um deine Sachen zu holen, und *dann* fahren wir heim.«

## Kapitel 37

Nachdem Pete lange und heiß geduscht hatte und sie ihre Sachen gepackt und in dem Geländewagen von Cass' Vater verstaut hatten, machten sie nur noch einmal halt. Es ging um Jessica; sie konnten die Kleine nicht heimfahren, aber als Cass das Mädchen fragte, ob es mit ihnen kommen wolle, reagierte es ängstlich und sagte: »Tante Winthrop … ich will zu Tante Winthrop.« Dabei zeigte sie in Richtung Straße.

Winthrop – der Fleischer in Darnshaw. Remick hatte Cass erklärt, mit den Winthrops *vergeude man seine Zeit,* und sie erinnerte sich an den Gesichtsausdruck, mit dem er das gesagt hatte. Folglich musste die Familie in Ordnung sein.

Das Geschäft war geschlossen, aber Jessica dirigierte sie zu einem Cottage in der Nähe der Schule. Ihre Tante begrüßte Jess herzlich und zeigte sich nicht etwa erleichtert, sondern überrascht. Cass verstand, dass die Frau nicht gewusst hatte, dass Jessica vermisst gewesen war – wie sie auch nicht wusste, dass Lucy verschwunden war -, und sie fühlte einmal mehr große Trauer um ihre ermordete Freundin.

»Sie hat Hunger, glaube ich«, sagte Cass zu Mrs. Winthrop, »und kalt ist ihr bestimmt auch.«

Daraufhin wurde das Kind hastig ins Haus gebracht.

Cass ging davon. Gewiss, später würde es Fragen, eine polizeiliche Vernehmung geben. Jessica würde vermutlich von den Hexensteinen und Leuten, die ins Wasser gefallen waren, und dem Jungen mit dem Messer erzählen, aber sie würde sich nicht sehr klar ausdrücken können. Cass hatte ein schlechtes Gewissen, weil sie insgeheim hoffte, dass es so kommen würde. Solange Jessica und Ben in Sicherheit waren, spielte es keine

Rolle, was danach kam. Hoffentlich hatte die Kleine die in dem schwarzen Wasser nach oben gekommenen Leichen nicht gesehen und vor allem die verstümmelte Gestalt ihrer Mutter nicht erkannt.

## Kapitel 38

Pete fuhr mit ihnen davon, lenkte den Geländewagen umsichtig durch die Kurven der ins Moor hinaufführenden Straße. Cass sah sich um und beobachtete, wie Darnshaw langsam, zu langsam hinter ihnen zurückblieb. Sie öffnete schon den Mund, um Pete den Weg zu beschreiben, und musste dabei an eine andere Fahrt an einem anderen Tag denken, bei der Sally ihr Anweisungen erteilt hatte, hier abzubiegen und auf jene Kurve zu achten. Also schwieg sie lieber.

Cass bekam nicht mit, wie sie an der Farm des Ehepaars Broath mit dem Zaunübertritt am Beginn des Wegs in die Hügel vorbeifuhren; sie sah erst wieder auf, als sie auf der Straße waren, die hoch über dem Dorf übers Moor führte.

*Er wird dir Ben wegnehmen.*

Es war, als flüstere Remick ihr diese Worte ins Ohr.

*Sei still, du bist erledigt,* dachte Cass, und trotzdem kribbelte ihre Haut auf so unheimliche Weise wie an dem Tag, als er sie berührt, seine Zunge in sie gesteckt, sie erforscht, sie besessen hatte. Sie senkte den Blick, und die Narbe in ihrer Handfläche pochte. Sie öffnete und schloss ihre Hand. Der rote Strich erschien, verschwand, erschien wieder.

»Alles in Ordnung, Schatz?«

*Zum Teufel mit dir; du bist fort und dein Buch mit dir.*

Sie glaubte immer noch, Remicks Stimme im Ohr zu haben, und fühlte sich, als sei sein Name auf immer in ihr Herz geschrieben.

Ben bewegte sich, und sie hörte ihn hinter sich seufzen, spürte das leichte Trommeln seiner Absatze am Rücksitz.

*Der Junge wird nich' mehr wegwoll'n, schätz ich.*

Cass setzte sich etwas auf. Vor ihrem inneren Auge standen die Hexensteine, die böse Geister abhalten sollten – oder sie vielleicht einsperrten, auch das war möglich. Sie wusste nur, dass sie zweimal versucht hatte, an ihnen vorbeizukommen. *Zweimal.* Sie hatte mit dem Rücken zu den Steinen dagesessen, sich mit der Sonne auf dem Gesicht an sie gelehnt und war keinen Schritt aus Darnshaw herausgekommen. Aber jetzt reiste sie ab, und niemand würde sie daran hindern können.

*Er wird dir Ben wegnehmen.*

Nein, sie verließ Darnshaw mit ihrem Ehemann und nahm ihren Sohn mit. Hier gehörte sie her. In diesen Wagen, der sie die Straße entlang forttrug …

»Bist du sicher, dass dir nichts fehlt?«

Sie öffnete die Augen und sah, dass Pete sie beobachtete. Er hatte am Straßenrand gehalten, und Cass brauchte nicht hinauszusehen, um zu wissen, wo sie waren. Ihre Hand tastete nach links, sie zog an dem Griff, um die Tür zu öffnen, und dann stand sie in der frischen Luft und blickte auf die Hexensteine hinunter.

Eine halbe Ewigkeit schien vergangen zu sein, seit sie zuletzt an diesem Ort gewesen war. Cass glaubte zu wissen, dass Sally genau an diesem Punkt als Hilfesuchende aus dem Nebel aufgetaucht war – unweit der Stelle, an der sogar die Straße selbst versucht hatte, Ben und sie von dem abzuhalten, was sie in Darnshaw erwartete.

Inzwischen hatte auch hier oben Tauwetter eingesetzt. Im Moor waren zwischen grünschwarzem nassen Heidekraut Stellen mit winterbraunen Farnen zu sehen. Von diesem Aussichtspunkt aus konnte Cass das Moor erstmals deutlich sehen. Ihre Haut kribbelte wieder wie damals, als Remick sie zum ersten Mal berührt hatte. Sie spürte Flammen, die ihre Nervenbahnen entlangliefen, und den kalten Schauder, als er ihr Herz anrührte. Sie zitterte leicht. Die Narbe auf ihrer Handfläche pochte. Cass ballte die Hand zur Faust und drückte so fest zu, dass sie fast erwartete, Blut werde herausquellen und ins nasse Gras tropfen.

*Du bist fort und dein Buch mit dir.*

Aus dieser Perspektive wirkten die Hexensteine weit weniger prominent. Sie standen klein und unbedeutend am Ufer eines Moorsees, der kaum mehr als ein großer Tümpel war.

Sie spürte Petes Hand auf ihrer Schulter.

*Er war immer schlecht für dich.*

Sie schüttelte sie ab.

»Cass?« Seine Stimme schien aus weiter Ferne zu kommen.

Ihr Vater hatte recht gehabt. Er hatte immer recht. Er war im Begriff gewesen, sie zu retten, sich für sie zu opfern, und Pete hatte ihn daran gehindert.

»Cass?«

Sie öffnete ihre Hand, um nochmals die Handfläche zu betrachten. Die Narbe war schon blasser als zuvor, verschwand fast zwischen den Handlinien. »Ich weiß nicht, ob er wirklich fort ist«, sagte sie. »Mir kommt's vor, als wäre er noch da.«

Petes Hand berührte ihren Nacken. »Ich weiß, wie dir zumute ist, Cass. Dein Vater war ein guter Mann. Mir tut's leid, dass er nicht mehr da ist. Aber darüber kommst du im Lauf der Zeit hinweg.«

Cass drehte sich zu ihm um und bemühte sich, die Verachtung in ihrem Blick zu verbergen. Glaubte er wirklich, sie habe von ihrem Vater gesprochen? Er verstand nichts … aber ohne Jahre voller Worte in seinen Ohren, ohne die Ermahnungen, den Unterricht, die Bibellesungen und die auf harten Kirchenbänken verbrachten Sonntagvormittage konnte er niemals verstehen.

Die schwere Hand, die ihr Leben lang auf ihrer Stirn gelegen hatte.

»Glaubst du, dass ich frei bin?«, fragte sie unerwartet laut. »Glaubst du, dass meine Seele frei ist, Pete?«

Das war nur halb als Frage gedacht, aber er fuhr sich mit der

Zungenspitze über die Lippen und antwortete. »Er ist tot, Cass. Er und sein Buch, die sind beide fort. Was immer du glaubst getan zu haben, was immer du ihm *gegeben* hast, ist nicht mehr wichtig.«

*Was immer du ihm gegeben hast.* In Petes Stimme schwang ein Unterton mit, als er das sagte, und Cass wusste, was er meinte. Der Schmerz in seinem Blick war Eifersucht. Er fing bereits an, sich aus lauter falschen Gründen an lauter falsche Dinge zu erinnern.

*Er wird dir Ben wegnehmen.*

Ihr Vater hatte recht gehabt: Pete war schlecht für sie. Ihr Vater hatte immer recht gehabt, nur in einem einzigen Punkt nicht. Cass bewegte die Hand, beobachtete, wie die Narbe sich dabei veränderte, und dachte daran, wie ihr Vater ihr schmutziges Kleid betrachtet und dabei auch sie begutachtet hatte. Sie hatte stets geglaubt, seinen Ansprüchen nicht zu genügen, und das hatte sie wohl auch nicht getan. Aber er hatte ihr vertraut. Ihr Vater hatte geglaubt, sie werde stark genug sein.

»Komm«, sagte sie und berührte Petes Arm. »Wir wollen weiter.

*Er ist tot. Das alles ist nicht mehr wichtig.*

Pete gab Gas, fuhr wieder auf die Straße hinaus. Bald würden sie an einem anderen Ort, in einer anderen Kleinstadt leben. Ben würde neue Freunde finden, mit denen er spielen konnte. Er würde alles vergessen. Vielleicht sollte er das tun.

Oder vielleicht sollte Cass dafür sorgen, dass ihr Sohn sich erinnerte, damit er bereit war, falls Remick jemals zurückkehrte. Sie sah zu Pete hinüber. Im Profil wirkte sein Gesicht energisch, aber er hatte noch immer diese Traurigkeit im Blick. Und daran war sie schuld.

Aber sie konnte nicht an ihn denken; sie konnte nur an Ben und sich denken.

Pete wandte sich ihr zu, und sein Blick verdüsterte sich. Cass rang sich ein Lächeln ab. Er durfte nicht wissen, was sie dachte. Sonst würde er vielleicht versuchen, ihre Pläne zu durchkreuzen.

*Er wird dir Ben wegnehmen.*

Cass wusste, dass er das nicht konnte; was auch immer geschah, sie würden wieder eine Familie sein. Sie strich ihr Top über dem Bauch glatt, schob den Sicherheitsgurt etwas zur Seite und dachte nach: über sich und Pete, Ben auf dem Rücksitz und all ihr Gepäck, das sie eilig zusammengerafft übers Moor transportierten – wieder dorthin, wo es hergekommen war. Und sie dachte an das Ding, das in der Reisetasche lag, die sie vorsichtig auf die Koffer gestellt hatte. Das Ding, das sie nach ihrer Rückkehr in der Foxdene Mill gefunden hatte.

Pete hatte unter der Dusche gestanden, um sich aufzuwärmen. Ben hatte seine Sachen zusammengepackt. Deshalb war Cass allein gewesen, als sie ihr Zimmer betrat und es auf ihrem Bett liegen sah. Sie ging darauf zu, ohne Licht zu machen, und griff danach.

Es war eine Puppe, aber sie war nicht angenagt oder schmutzig und entstellt, wie es die anderen gewesen waren; dies war eine neue Puppe aus hellem Baumwollstoff und mit Haar aus sauberer gelber Wolle. Ihre Augen waren Knöpfe in klarem Himmelblau. Ihr lockeres Kleid war klein geblümt; es war an den Schultern mit Clips befestigt und reichte bis zu den Knien. In der Körpermitte wölbte es sich sanft, aber markant nach außen.

Cass ließ eine Fingerspitze über die Wölbung gleiten, fühlte die darin konzentrierte Wärme. Sie brauchte das Kleid nicht hochzustreifen, um das darunter ruhende blaugraue Ei zu sehen.

Diesmal warf sie es nicht weg oder zerschlug es. Stattdessen packte sie eine Reisetasche mit ihren weichsten, wärmsten Kleidungsstücken und legte die Puppe darauf. Sie sah zu, wie das

Gepäck im Wagen verstaut wurde, trug die Tasche selbst hinunter, eine kostbare Last, und stellte sie behutsam oben auf die Koffer, damit sie sicher reisen konnte.

Sie gehörte ihr, und niemand konnte sie ihr wegnehmen; nicht Pete, nicht Remick.

Cass zweifelte nicht daran, dass Remick eines Tages zu ihr zurückkommen würde – mit einem Lächeln auf seinen Lippen, die grausam und doch so süß waren. Seine Hände, die alle ihre Kurven kannten, zu einer Willkommensgeste ausgebreitet; seine Finger, die genau wussten, wie sie berührt werden wollte. Ihre Haut erwärmte sich bei dem Gedanken an ihn. Sie fühlte sich nicht mehr abgestoßen: Sie *gehörte* ihm, und darin lag eine gewisse Freiheit.

Cass erbebte leicht, setzte sich etwas auf und lächelte, als Pete flüchtig zu ihr hinübersah, sein Blick so verletzt und dumm.

Sie könnte gegen Remick kämpfen. Dieses Kind war ein Geschenk, etwas, das sie als Druckmittel verwenden könnte, um ihre Seele zurückzukaufen, falls das möglich war. Remick würde kommen, um Cass zu finden, nur um zu entdecken, dass Gloria auf ihn wartete.

Mattigkeit überkam sie. *Doch ein Kind ist kein Tauschobjekt,* dachte sie. *Ein Vater ist kein Opfer. Man kann immer nur sich selbst verschenken.* Sie gehörte ihm. Das wusste Cass jetzt, konnte es in sich aufsteigen fühlen, und sie erkannte, dass es für sie kein Zurück mehr geben würde. Ihr Körper sehnte sich noch immer nach ihm, würde niemals mehr wie früher auf diesen Fremden reagieren, der neben ihr saß.

Remick hatte Pete gefragt, ob er sich darauf verlassen könne, dass sie ihren Sohn zuverlässig versorgte. Und das konnte er, nur nicht so, wie er dachte, oder wie Cass' Vater vor ihm gedacht hatte. Niemand konnte auf ewig versorgt werden; irgendwann würde der Zeitpunkt kommen, an dem sich jeder entscheiden musste.

Cass würde Ben einfach helfen müssen, die richtige Entscheidung zu treffen, damit er bereit war, wenn das Oberhaupt der Familie heimkehrte. Denn heimkehren würde Remick eines Tages.

Und sie würden zusammen sein.

Bis dahin hatte sie sein Geschenk. Cass fuhr mit der Hand über ihren Bauch, als spüre sie bereits, wie er sich dehnte und anpasste, um Platz für das neue Leben in ihr zu schaffen. Ihre blasse Haut würde prall und glatt werden wie ein makelloses Ei.

Cass lehnte sich zurück und lächelte – noch immer ruhte die Hand auf ihrem warmen Bauch. Dann wandte sie den Kopf, um zu beobachten, wie draußen das Moor an ihnen vorbeizog.

*»Ich war neun, als ich meinen ersten Geist sah ...«*

Amanda Stevens
TOTENHAUCH
Roman
Aus dem amerikanischen
Englisch von
Diana Beate Hellmann
416 Seiten
ISBN 978-3-404-16850-7

Mein Name ist Amelia Gray. Ich arbeite als Restauratorin. Und ich kann die Geister der Toten sehen. Mein Vater brachte mir Regeln bei, die mich schützen sollen. Nach ihnen habe ich streng gelebt — bis jetzt. Als Detective John Devlin mich um Hilfe bei der Aufklärung einer Mordserie bat, willigte ich ein. Doch ich spüre, dass dieser Fall und dieser Mann mich in Gefahr bringen. Die Grenze zwischen der Welt der Geister und unserer scheint immer dünner zu werden. Und manchmal lässt sich eine Tür, die einmal geöffnet wurde, nicht wieder schließen ...

- *»Ein mitreißendes Lesevergnügen! Genau so sollte ein Buch geschrieben sein«* NEW YORK JOURNAL OF BOOKS

Bastei Lübbe Taschenbuch

Werde Teil der Bastei Lübbe Welt
You Tube
www.luebbe.de/Meinewelt
Lesen, rezensieren, Bücher gewinnen
Lerne Autoren, Verlagsmitarbeiter und andere Leser kennen
BASTEI LÜBBE
www.luebbe.de